herlezen voor de
Club de lecture
van 24 januari 2017

DU MÊME AUTEUR

Aux Éditions Le Castor Astral

ENTRE VILLES : HISTOIRES EN CHEMIN
LE PARADOXE DE FRANCESCO

Chez L'Arche Éditeur

L'ANGE DE LA MÉTAMORPHOSE : SUR L'ŒUVRE DE JAN FABRE

Chez Christian Bourgois Éditeur

COMME AU PREMIER JOUR

Du monde entier

STEFAN HERTMANS

GUERRE ET TÉRÉBENTHINE

Traduit du néerlandais (Belgique)
par Isabelle Rosselin

nrf

GALLIMARD

Cet ouvrage est publié avec le concours du Fonds flamand des Lettres
(Vlaams Fonds voor de Letteren – www.flemishliterature.be).

Titre original :

OORLOG EN TERPENTIJN

À mon père

C'est comme si les jours, tels des anges vêtus d'or
et de bleu, se tenaient ~~insensibles~~ au-dessus du mouvement circulaire
de la destruction.

E.M. REMARQUE

unfassbar =
onbegrijpelijk
onvoorstelbaar

Im Westen, 254

I

Le souvenir le plus vif que j'ai de mon grand-père est celui de la plage d'Ostende : un homme de soixante-six ans, tiré à quatre épingles dans son costume bleu nuit, vient de creuser avec la pelle bleue de son petit-fils un trou peu profond et de tasser le sable rejeté tout autour pour que sa femme et lui puissent s'asseoir dans un certain confort. Il a légèrement surélevé le rebord derrière eux, pour assurer une protection contre le vent d'août provenant des terres, qui sous les hautes traînées de nuages souffle sur la ligne des vagues de la mer se retirant. Ils ont ôté leurs chaussures et leurs chaussettes et profitent, en remuant légèrement les orteils, de la fraîcheur du sable humide en profondeur – un acte qui me paraît, moi qui n'ai alors que six ans, d'une extraordinaire frivolité chez ces deux personnes éternellement vêtues de noir, de gris ou de bleu marine. Malgré la chaleur et la plage, mon grand-père garde son borsalino noir rivé sur sa tête presque chauve, il porte sa chemise d'un blanc impeccable et, comme toujours, sa lavallière noire, une grande lavallière, plus grande qu'elles ne le sont d'ordinaire, dont pendent de surcroît les deux extrémités, si bien qu'on a l'impression, à une certaine distance, qu'il a noué autour de son cou la silhouette d'un ange noir aux ailes déployées. Ma mère cousait ces singulières lavallières selon ses instructions, au cours de sa longue vie j'ai toujours vu mon grand-père arborer une telle lavallière noire avec des basques comme une queue de pie ; il devait en avoir des dizaines, il y en a une quelque part parmi mes livres, vestige d'un lointain passé perdu.

Au bout d'une demi-heure, il finit par ôter sa veste, retirer ses boutons de manchette en or et les ranger dans sa poche gauche, puis il va même jusqu'à retrousser ses manches, ou plutôt les replie deux fois juste en dessous du coude, chaque pli étant de la même largeur que les poignets empesés, et le voilà assis à présent, sa veste dont la doublure de soie brille sous le soleil de l'après-midi, soigneusement pliée sur son bras gauche comme s'il posait pour un portrait impressionniste. Son regard semble se perdre au loin dans le fourmillement humain, les enfants qui s'éclaboussent en poussant des cris, les promeneurs venus passer la journée à la mer qui s'interpellent et rient en se courant après comme s'ils étaient retombés en enfance. Ce qu'il voit ressemble à un tableau mouvant de James Ensor, même s'il déteste l'œuvre de cet Ostendais blasphémateur au nom anglais. Ensor est à son avis un *klakpotter*[1], et ce terme est, en dehors de *klepsjiezen* et de *kroelkesvolk*, le plus grand reproche qu'il peut faire à quelqu'un. Ce sont des *klakpotters*, les peintres d'aujourd'hui : ils n'ont plus aucune

1. En flamand populaire ou selon les termes employés spécifiquement par le grand-père, *klakpotter* signifie « bricoleur du dimanche », *klepsjiezen* « porteur de casquette » et *kroelkesvolk* « racaille » ou « bas peuple » (*Toutes les notes sont de la traductrice.*)

notion de ce qu'est un artiste peintre, de tous les subtils aspects de ce noble métier d'autrefois. Ils bidouillent, ne respectent plus les lois de l'anatomie, ne savent même pas appliquer un glacis, ne mélangent plus jamais eux-mêmes leur peinture, utilisent la térébenthine comme de l'eau, ignorent tout des secrets du pigment que l'on broie de ses propres mains, de l'huile de lin fine ou de la pulvérisation d'un siccatif – et on s'étonne qu'il n'existe plus de grands peintres !

Le vent se rafraîchit, il sort ses boutons de manchette de la poche de sa veste, déroule les manches de sa chemise qu'il reboutonne soigneusement, enfile sa veste et aide, avec une grande sollicitude, sa femme à draper sa mantille de dentelle noire autour de ses épaules et de ses cheveux gris foncé et luisants rassemblés en un chignon. Viens, Gabrielle, dit-il, et ils se lèvent, prennent leurs chaussures à la main, commencent avec quelque difficulté à remonter la pente en direction de la promenade, lui avec son pantalon encore retroussé d'une quinzaine de centimètres, elle avec ses bas noirs enfoncés en boule dans ses chaussures, de sorte que je vois les quatre mollets blancs sous leurs torses sombres se mouvoir lentement et régulièrement au-dessus du sable. Mes grands-parents se dirigent vers l'escalier en pierre qui les conduit en haut de la digue. Là-haut, ils s'assiéront sur le banc le plus proche, taperont et frotteront longuement leurs pieds, enfileront leurs pieds d'albâtre dans leurs chaussettes noires, fermeront leurs chaussures avec ce qu'on appelait encore à l'époque des *rijgkoorden*, des lacets.

Quant à moi, une fois que mes pistes avec mes grosses billes rondes en terre cuite – mes chers *bonketten* – se sont effondrées, je m'approche en tremblant de ma mère. La mer monte, dit-elle, en me frottant pour me réchauffer tandis que les premiers cumulus apparaissent au-dessus des dunes derrière nous. Le vent brosse la crête des dunes ; on dirait qu'il ébouriffe leur chevelure et que de grands animaux de couleur sable se préparent à affronter le soir qui s'annonce.

Mon grand-père tient déjà à la main sa canne luisante en orme vernis, il attend, légèrement impatient, que nous soyons tous arrivés sur la promenade. Puis il prend la tête de notre cortège ; il n'est pas grand, un mètre soixante-huit, comme je l'entends souvent le dire, mais là où il passe, les gens s'écartent devant lui. Tête haute, irréprochables chaussures montantes, noires et luisantes, pantalon au pli bien marqué, sa femme silencieuse à son bras et de l'autre côté sa canne à la main – le voilà qui marche devant nous, un peu inquiet, se retournant de temps à autre pour nous regarder et nous crier que nous allons manquer le train si nous continuons de traîner. Il marche comme un militaire à la retraite, autrement dit non pas en frappant lourdement le talon contre le sol, mais en commençant toujours par poser à terre la partie avant du pied, comme il le faut, depuis plus d'un demi-siècle. Puis il disparaît d'une manière ou d'une autre du champ de mes souvenirs, et soudain envahi par la luminosité de ce tableau qui remonte si loin dans le temps, je me sens si fatigué que je parviens à m'endormir aussitôt.

Sans la moindre transition, la prochaine image que j'ai de lui est celle d'un homme qui pleure en silence : il est assis à une petite table sur laquelle il peignait et écrivait, vêtu d'une blouse grise, son chapeau noir sur la tête. La lumière jaune du matin entre par la petite fenêtre entourée de vigne vierge ; dans ses mains, il tient une des nombreuses reproductions qu'il déchirait régulièrement dans des livres d'art pour réaliser des copies (il épinglait la reproduction sur une planchette qu'il maintenait à sa palette par deux pinces à linge en bois) ; il tient l'illustration dans ses mains, je ne la vois pas, mais je vois que des larmes coulent sur ses joues et qu'il marmonne en silence. J'avais monté les trois marches menant vers sa petite chambre à l'entresol pour lui dire que j'avais déterré le squelette d'un rat ; à présent je me retire vite, en silence, mes pas étouffés par le tapis couvrant les marches, et je referme la porte mais, plus tard, quand il descend prendre son café, je me faufile en haut et découvre l'illustration posée sur sa table : c'est le tableau d'une femme nue, le dos tourné vers l'observateur, une femme mince aux cheveux bruns, elle est allongée sur une sorte de sofa ou de lit devant un rideau rouge, son visage songeur et paisible se reflète dans un miroir que lui présente un cupidon portant un ruban bleu sur les épaules ; la nudité de son dos élancé et de ses fesses rondes est prédominante. Puis mon regard se déplace vers les frêles épaules, les boucles de cheveux fins dans son cou, et de nouveau vers son derrière presque obscène, tourné vers l'observateur ; choqué, je pose l'illustration, je descends, mon grand-père est là, dans la cuisine. Il est à côté de ma mère et lui chante une chanson en français dont il se souvient et qui remonte à la guerre.

⋆

Mon enfance a été envahie par ses récits sur la Première Guerre mondiale, toujours et encore la guerre : les vagues actes d'héroïsme dans des plaines boueuses sous une pluie de bombes, le claquement des fusils, les ombres criant dans l'obscurité, les ordres beuglés en français, il mimait le tout avec un grand sens théâtral depuis son fauteuil à bascule – plus loin il y avait toujours des barbelés, les shrapnels passaient au ras de nos oreilles, les mitraillettes crépitaient, les balles traçantes décrivaient de grands arcs sur le sombre firmament, les tirs de mortier et d'obusier retentissaient, les milliers de bombes et de grenades, et pendant ce temps les tantes sirotaient leur thé en hochant la tête d'un air béat alors que pour ma part je ne retenais pas grand-chose en dehors de l'idée que mon grand-père avait dû être un héros en des temps aussi éloignés de moi que le Moyen Âge dont j'entendais parler à l'école. Enfin, bon, de toute façon il était déjà un héros, lui qui me donnait des cours d'escrime, affûtait mon canif, m'apprenait à dessiner des nuages en frottant doucement à l'aide d'une gomme des formes que j'avais d'abord appliquées avec un morceau de bois brûlé sorti du poêle, ou bien à reproduire les innombrables feuilles d'un arbre sans vraiment toutes les dessiner – le véritable secret de l'art, comme il disait.

Les histoires étaient faites pour qu'on les oublie, puisqu'elles refaisaient toujours surface, même les histoires les plus curieuses à propos de l'art et des artistes. Je savais déjà que le vieux Beethoven avait travaillé de manière obsessionnelle à sa neuvième symphonie parce qu'il était sourd, mais un jour était venue s'ajouter l'information bouleversante qu'il ne prenait même pas la peine d'aller aux toilettes comme il se doit quand il était au travail et « déféquait tout simplement à côté de son piano », si bien que – je cite – « il a composé cet air magnifique à propos de tous les gens qui deviennent frères à côté d'un tas de fumier ». J'imaginais par conséquent le grand compositeur sourd comme un pot, assis dans un intérieur viennois orné de chapiteaux dorés, avec sa perruque exubérante, ses guêtres et ses galoches, à côté d'une pyramide d'excréments de plusieurs mètres de haut et, chaque fois que le magnifique adagio de la *Pastorale* retentissait par un long et ennuyeux dimanche après-midi et que mes parents et grands-parents, installés dans le canapé marron aux motifs fleuris, dodelinaient de la tête devant la radio, je voyais une montagne de merde à côté d'une épinette en bois laqué brillant, tandis que le coucou de la forêt viennoise lançait son appel parmi les instruments à vent et les violons et que mon grand-père plissait fort les paupières : son respect pour le génie romantique, auquel il croyait religieusement, ne l'autorisait pas en pareils moments à poser son regard sur le quotidien de ceux qui partageaient le même toit. Des années plus tard seulement, je pris conscience qu'il avait lui-même vraiment vécu, pendant un an et demi environ, à côté d'un tas de fumier – dans les misérables tranchées où, dès qu'on laissait dépasser sa tête du rebord pour faire ses besoins quelque part, on était sanctionné par une balle dans le crâne. Ainsi, ce qu'il voulait oublier réapparaissait dans des bribes d'histoires, dans des détails absurdes, et ces bribes et ces détails, à propos de l'enfer ou du ciel, étaient les pièces du puzzle que je devais assembler pour essayer de comprendre ce qui s'était passé en lui pendant toute une vie : la lutte entre le sublime, ce à quoi il aspirait, et le souvenir de la mort et de la perte, qui gardait prise sur lui.

★

À la maison, mon grand-père portait invariablement ce qu'il appelait des *kieltjes*, une de ces blouses blanches ou gris clair de la longueur d'une robe de chambre à l'ancienne, par-dessus sa chemise blanche ornée de sa lavallière. Ma mère et sa mère avaient beau nettoyer et faire bouillir continuellement ces vieilles blouses de coton, qu'il savait porter avec une certaine élégance, elles restaient couvertes de taches bigarrées : traces éparses de peinture à l'huile de toutes les couleurs de l'arc-en-ciel, empreintes de doigts se mélangeant en tous sens, composition de traînées intrigantes, désinvoltes, graffitis capricieux tels les vestiges du véritable travail.

Ce véritable travail, qu'il pouvait exercer tranquillement depuis sa retraite prise prématurément à quarante-cinq ans pour invalidité de guerre, était de peindre pour son plaisir. La petite chambre à l'entresol où il passait ses journées, debout devant la petite fenêtre, sentait l'huile de lin, la térébenthine, la toile, la peinture à l'huile. Oui, même l'odeur de la grande gomme qu'il découpait en morceaux, à l'aide de son couteau, au format souhaité se décelait dans ce mélange inimitable qui composait son atmosphère, le lustre de ces heures silencieuses, interminables, au cours desquelles il s'appliquait à imiter les grands sans en tirer profit. C'était un copiste virtuose, qui connaissait tous les secrets des substances et des préparations anciennes que, depuis la Renaissance, les peintres utilisaient et se transmettaient. Après les années de guerre, il avait suivi dans sa ville natale des cours du soir de dessin et de peinture, bien que son père décédé, peintre de fresques dans les églises et les chapelles, le lui ait fortement déconseillé. À l'époque, il devait encore exercer en parallèle un métier manuel éprouvant, mais il avait persévéré et, arrivé presque au-delà de l'âge normal pour se marier, il avait obtenu un « brevet de capacité en peinture et dessin anatomiques ».

De sa fenêtre, il apercevait un méandre du Bas-Escaut, les prés et les vaches paresseuses, les péniches de transport fluvial profondément enfoncées dans l'eau passant à faible allure le matin, les bateaux vides à fleur d'eau, plus rapides, quittant la ville le soir. Il a peint cette vue à maintes reprises, chaque fois sous une lumière changeante et avec d'autres teintes, à un autre moment de la journée, à une autre saison, dans une autre atmosphère. Il peignait d'après la nature chaque petite feuille de la vigne vierge rouge – manifestement l'art était tout de même prêt à faire quelques exceptions à son grand principe de l'illusion, et quand il copiait un détail du Titien ou de Rubens, il savait qu'il devait faire preuve de patience, être capable de réaliser un croquis précis au fusain ou à la mine de plomb, un mélange secret de couleurs, une dilution de pigments, d'évaluer le temps nécessaire pour laisser reposer une première couche avant d'en appliquer une deuxième, pour donner une impression de profondeur et de transparence – le deuxième des nombreux grands secrets de cet art.

Il avait une passion pour les cimes des arbres, les nuages et les plis des étoffes. Dans ces formes informes, il pouvait se laisser aller, se perdre dans ses pensées en un monde de lumière et d'obscurité, de nuages figés dans la peinture à l'huile, *chiaroscuro*, un monde où les gens ne s'imposaient pas à lui, car il y avait en lui quelque chose – difficile à définir – qui était brisé. Sa cordialité s'accompagnait toujours d'une certaine réserve, comme s'il restait toujours sur ses gardes, de crainte qu'on ne s'approche trop près de lui parce qu'il s'était montré trop aimable. Mais il faisait preuve aussi d'une forme plus élevée, plus noble, d'ingénuité bienveillante, et cette naïveté était au cœur de son humeur enjouée. Son mariage avec Gabrielle était sans nuage pour quiconque n'était pas plus avisé. Enchevêtrés comme deux vieux arbres qui, pendant des décennies, ont dû pousser à travers leurs cimes respectives, luttant contre la rareté de la lumière, ils vivaient leurs journées simples, uniquement entrecoupées par la gaieté apparemment frivole de leur fille, leur unique enfant. Les journées disparaissaient dans les replis du temps diffus. Il peignait.

La chambre à l'entresol, qui lui servait d'atelier, à laquelle on accédait en montant trois marches depuis le petit palier, était aussi leur chambre à coucher ; on a du mal à concevoir aujourd'hui que les gens trouvaient autrefois parfaitement normal de disposer de peu d'espace. Derrière son petit bureau, le lit était installé contre le mur dans le sens de la longueur, pour que sa femme puisse toujours s'appuyer contre le mur pendant son sommeil, car elle dormait loin de lui dans le lit pourtant étroit. Plis et nuages ; cimes d'arbres et eau. Les meilleures réalisations de son travail résolument classique contenaient toujours quelques taches informes, curieuses masses abstraites à son avis fidèles à la nature, peinture du modèle que Dieu avait exposé devant ses yeux et qu'il devait laisser se déployer avec la patience méticuleuse propre à sa tâche quotidienne d'humble copiste. Mais c'était aussi le prix qu'il payait loyalement pour faire le deuil de la perte prématurée de son père, Franciscus, humble peintre d'église.

⋆

Pendant plus de trente ans, j'ai conservé sans les ouvrir les cahiers où soigneusement, de son écriture incomparable d'avant-guerre, il a consigné ses souvenirs ; il me les a donnés quelques mois avant sa mort en 1981. Il avait alors quatre-vingt-dix ans. Il était né en 1891, sa vie semblait se résumer à l'inversion de deux chiffres dans une date. Entre ces deux dates étaient survenus deux guerres, de lamentables massacres à grande échelle, le siècle le plus impitoyable de toute l'histoire de l'humanité, la naissance et le déclin de l'art moderne, l'expansion mondiale de l'industrie automobile, la guerre froide, l'apparition et la chute des grandes idéologies, la découverte de la bakélite, du téléphone et du saxophone, l'industrialisation, l'industrie cinématographique, le plastique, le jazz, l'industrie aéronautique, l'atterrissage sur la Lune, l'extinction d'innombrables espèces animales, les premières grandes catastrophes écologiques, le développement de la pénicilline et des antibiotiques, Mai 68, le premier Rapport du Club de Rome, la musique pop, la découverte de la pilule, l'émancipation des femmes, l'avènement de la télévision, des premiers ordinateurs – et s'était écoulée sa longue vie de héros oublié de la guerre. C'est sa vie qu'il me demandait de décrire en me confiant ces cahiers. Une vie se déroulant sur près d'un siècle et commençant dans un autre monde. Un monde de villages, de chemins à travers champs, de voitures à cheval, de lampes à gaz, de bassines à linge, d'images pieuses, de vieux placards, une époque où les femmes étaient âgées à quarante ans, une époque de prêtres tout-puissants sentant le cigare et les sous-vêtements sales, de jeunes bourgeoises rebelles placées dans des couvents, une époque de grands séminaires, de décrets épiscopaux et impériaux, une époque qui commença sa longue agonie en 1914, quand Gavrilo Princip, petit Serbe douteux, tira sans même bien viser un coup de feu qui pulvérisa la belle illusion de la vieille Europe, provoquant la catastrophe qui allait aussi le toucher lui, mon petit grand-père aux yeux bleus, et dominer définitivement sa vie.

*

J'avais décidé de ne lire ses mémoires que lorsque je pourrais y consacrer tout mon temps, partant du principe que la lecture du contenu produirait un tel effet sur moi que j'aurais aussitôt envie d'écrire l'histoire de sa vie, que je devrais me sentir libéré d'autres mots, ne rien avoir à faire, pour me mettre à son service. Mais les années s'écoulaient, et les jours approchaient où la commémoration inévitable du centenaire de l'année catastrophique de 1914 déclencherait un raz-de-marée d'ouvrages qui viendraient s'ajouter à la montagne de documents historiques existants, déjà quasiment impossibles à cerner, une digue supplémentaire de livres, aussi innombrables que les sacs de sable dans la plaine de l'Yser, fictions et récits historiques, soigneusement documentés, tandis que moi, qui avais le privilège de détenir ses mémoires, je gardais, apeuré, ces cahiers fermés, n'osais même pas ouvrir la première page, sachant que j'allais régler mes comptes avec une partie de ma propre enfance, une histoire qui, si je ne me dépêchais pas, paraîtrait à un moment où le lecteur se détournerait en bâillant d'un énième livre à propos de cette maudite *Grande Guerre*. Je gardais les cahiers fermés, alors que je savais que ce récit exceptionnellement bien documenté avait sa place dans les archives de la Première Guerre mondiale – autrement dit, que par ma scandaleuse indolence, je recelais de surcroît un témoignage direct saisissant, qui aurait dû entrer dans le domaine public. J'étais aussi en proie à une peur de l'échec qui me paralysait. Sans compter qu'en me remémorant un certain nombre de ses histoires, telles que je l'avais entendu les raconter autrefois, et en commençant à comprendre seulement à ce moment-là les véritables causes et circonstances de beaucoup de choses, j'étais envahi par un sentiment d'impuissance et de culpabilité. Je perdais donc encore de précieuses années, me consacrais avec zèle à une multitude d'autres tâches et contournais les cahiers, patients témoins silencieux contenant son écriture élégante, soigneuse, d'avant-guerre, tel un modeste reliquaire.

Durant ces années d'ajournement et de culpabilité refoulée, une révélation sembla donner à l'entreprise un caractère encore plus urgent. Dans le modeste pavillon que mon grand-père avait fait construire en 1930, un oncle, venu aider mon père à remplacer quelques planches vermoulues du vieux parquet dans la pièce donnant sur la rue, trouva dans le vide sanitaire sous le salon, tout au fond du recoin le plus obscur, dans la poussière, une pierre tombale. Il appela mon père pour qu'il vienne voir, les deux hommes rampèrent en s'aidant de leurs mains et de leurs pieds jusqu'à la pierre en question et l'éclairèrent à l'aide d'une lampe de poche. C'était la pierre tombale de la mère de mon grand-père. Bon sang, c'est donc là qu'il l'avait cachée ! ai-je entendu mon père s'exclamer. Ils transportèrent tant bien que mal la lourde pierre jusqu'à la trappe et la redressèrent. Là encore, je n'avais aucune idée de ce qui s'était véritablement passé, mon grand-père était mort depuis une dizaine d'années déjà et je ne comprenais pas ce qui pouvait inciter quelqu'un à cacher une pierre tombale au fond d'un vide sanitaire, en étant manifestement convaincu qu'elle ne réapparaîtrait plus jamais au grand jour. Des années plus tard, je m'aperçus que mon père avait fixé la pierre, à environ un mètre au-dessus du sol, à l'aide d'épaisses pinces métalliques sur un mur du jardin depuis recouvert de lierre, derrière le vieux garage où il rentrait autrefois sa voiture. Je lus alors pour la première fois avec attention l'inscription dessus :

PRIEZ POUR L'ÂME DE
CELINA ANDRIES
NÉE LE 9-8-1868
DÉCÉDÉE LE 20-9-1931
VEUVE DE
FRANCISCUS MARTIEN
ÉPOUSE DE
HENRI DE PAUW

*

Devant moi sont posés les deux cahiers. Le premier est petit et épais, ses pages sont peintes en rouge sur la tranche. La couverture est en toile gris clair, comme si on l'avait habillée d'une veste de tweed sur mesure d'avant-guerre. Le deuxième cahier est plus grand, presque au format A4, et sa couverture cartonnée est marbrée à l'ancienne, un peu comme le *faux marbre** [1] que mon grand-père aimait tant

1. Les mots ou passages en italique suivis d'une étoile sont en français dans le texte.

peindre sur les murs. Dans le premier cahier, il a consigné les souvenirs de sa jeunesse misérable à Gand avant 1900, et une partie de ses expériences de la Première Guerre mondiale.

Il avait soixante-douze ans quand il a commencé à écrire dans le premier cahier – la date initiale est le 20 mai 1963 – peut-être pour raconter encore une fois à quelqu'un ce qui avait altéré sa vie, car les personnes qui vivaient avec lui et d'autres membres de sa famille en avaient assez d'écouter ses histoires et le rabrouaient par un : « tu nous l'as déjà raconté souvent », « je tombe de fatigue, je vais me coucher », ou : « il faut que je file ». Sa femme Gabrielle était morte depuis cinq ans à l'époque ; d'une manière ou d'une autre, il a achevé sa période de deuil en écrivant. Son écriture régulière n'évolue pratiquement pas dans ce premier cahier ; il utilise la plupart du temps une encre bleu nuit, enchaîne les histoires avec simplicité, en évoquant une multitude de souvenirs de la période où il vivait dans une ville de province grise – je vois encore le stylo plume Waterman posé devant moi sur la petite coiffeuse du dix-neuvième siècle qu'il avait décorée en peignant des motifs capricieux imitant le bois dans l'espoir qu'elle ressemble un peu à un meuble ancien. Le plateau original en marbre avait dû un jour se casser ; la planche de bois fixée maladroitement dessus est juste un peu trop étroite. C'est à cette petite coiffeuse que, pendant des années, il s'est installé pour écrire, alors qu'elle était trop haute et qu'on y était mal assis. La petite table, au tiroir simple maculé de taches de peinture à l'huile, est ici derrière moi, dans la chambre où j'écris ; j'y conserve encore les deux cahiers. Dans le deuxième cahier, qu'il a commencé parce qu'il regrettait apparemment de s'être tant attardé sur sa jeunesse vécue dans une pauvreté humiliante, il déclare d'emblée qu'il a trop raconté la *petite histoire** dans son premier cahier et qu'il doit reprendre du début, pour cette fois évoquer seulement ses souvenirs de guerre. Le premier cahier était d'ailleurs déjà rempli alors qu'il n'était arrivé qu'à la moitié de l'année 1916.

Il écrit : *Mon journal sur la guerre de 1914-1918 est composé, pour moitié, du récit ennuyeux de mon enfance et de nombreuses pages sans intérêt. Ce que j'écris à présent porte uniquement sur la guerre, il s'agit d'un compte rendu véridique et sincère, et non d'un hommage. Que Dieu me vienne en aide. Il n'y a là que mes expériences. Mon épouvante.*

Il y rassemble par conséquent un certain nombre d'histoires déjà racontées, ajoute ici et là de nouveaux détails et passe ensuite à 1919. Ce deuxième cahier contient des scènes traumatisantes dont il a fait l'expérience dans la plaine de l'Yser, des précisions sur ses blessures, ses périodes de rétablissement en Angleterre, la découverte pour lui si importante de la fresque à Liverpool ; après 1916, l'année où il est blessé par balle pour la deuxième fois, il est plus concis, car il ne peut répéter indéfiniment les descriptions de la vie crasseuse dans les tranchées, des rats étranglés à la main que l'on fait griller sur un petit feu dans la nuit, des cris des camarades mutilés, du cafouillage, des rouleaux de barbelés dans la boue tripotés par des mains ensanglantées, du crépitement de la mitraille, des projections de terre, des membres arrachés. Il s'attarde en revanche plus longuement sur son troisième séjour en Angleterre, à Windermere dans le Lake District. Au fil des dernières pages de ce deuxième cahier, où il arrive à l'événement dramatique qui le frappe une année après la guerre, pendant l'épidémie de grippe espagnole en 1919, son écriture se désagrège. Il semble perdre toute discipline, même si son récit reste remarquablement réservé. Les lignes sont penchées, montant de gauche à droite sur la page ; tantôt il reprend son ancienne écriture régulière, tantôt tout se met à zigzaguer. Il devait approcher des quatre-vingt-dix ans quand il a griffonné péniblement les dernières pages. Il utilisait alors des stylos à bille de différentes couleurs et sa vue avait considérablement baissé ; à ma connaissance, il n'a jamais acheté de nouvelle paire de lunettes durant les décennies où je l'ai connu, peut-être ne voyait-il presque plus rien sur la page au-dessus de laquelle il se torturait. Dix-sept années de travail pour produire au total six cents pages d'écriture. Il avait encore si bonne mémoire et retenu tant de détails que je ne vois pas d'autre explication qu'une forme de lucidité traumatique ; les détails dans le deuxième cahier, au regard du premier, montrent qu'il vivait de plus en plus dans les tranchées du souvenir. Toute sa vie, il est resté attaché aux détails, à une feuille qui tourbillonne au crépuscule juste avant qu'il ne regarde pour la énième fois la mort en face, au spectacle de ses camarades morts, à l'odeur de la boue, au vent tiède soufflant, les premières journées de printemps, sur la campagne pilonnée, aux lambeaux d'un cheval déchiqueté dans une haie trouée par les tirs. Sur la dernière page, il y a une tache à travers laquelle du liquide semble avoir goutté ; un trou s'est formé autour duquel d'un côté est écrit le mot *soir* et de l'autre le mot *panique*.

⋆

J'ai laissé ma lecture décanter, puis j'ai commencé à numéroter les pages et à noter les scènes qui se recoupent dans le premier et le deuxième cahier. Il m'a fallu presque un an pour retaper ses mémoires, afin de me faire une idée du lien entre les événements et les histoires passées sous silence. La tâche était ardue ; je ne parvenais pas à égaler mon grand-père, d'une part parce que je ne pouvais imiter ce mélange d'élégance désuète, de maladresse et d'authenticité sans tomber dans l'affectation, et d'autre part parce qu'en transposant dans une langue contemporaine son style de narration prolixe, j'avais le sentiment de le trahir. Même la correction de ses fautes d'orthographe souvent attendrissantes m'emplissait d'un léger sentiment de culpabilité. Ce travail me confrontait à la douloureuse réalité de toute œuvre littéraire : je devais d'abord me guérir de l'histoire authentique, la libérer, avant de pouvoir la retrouver à ma manière. Mais le temps pressait plus que jamais et j'avais, d'une manière ou d'une autre, acquis la conviction que je devais terminer ce travail avant le centenaire de la Grande Guerre, sa guerre. Mon combat avec son souvenir.

Tel un copiste, j'avançais péniblement au fil des centaines de pages manuscrites et maudissais la médiocrité de mon propre style, qui résultait de ma tentative ambiguë de rester fidèle à mon grand-père tout en traduisant son récit en fonction de ma propre expérience. J'ai ensuite constitué un index des scènes et des mots-clés, j'ai noté les lieux où je devrais me rendre et fait faire une copie des cahiers de peur qu'ils ne se perdent, puis je les ai conservés dans le coffre ignifuge d'une banque ; j'ai parlé aux rares survivants, qui n'ont pu me donner que quelques précisions avec hésitation. J'ai demandé à mon père, son gendre, la seule personne à vivre encore dans la maison sur les rives du fleuve, d'écrire à son tour ce dont il se souvenait ; il m'a aidé, avec la lucidité et la force dont il disposait encore à quatre-vingt-dix ans, à recoller au besoin les fragments, à confronter les versions apocryphes, que mon grand-père avait répandues joyeusement autour de lui pendant des décennies, aux versions des cahiers, et à redonner tant bien que mal à l'ensemble ses justes proportions.

*

Quand je regarde la vieille coiffeuse ici derrière moi, je vois une petite silhouette ramassée dont se dégage une intensité inouïe. Il est mort depuis plus de trente ans et pourtant ses yeux bleu clair brillent dans son visage couronné de rares cheveux blancs, un peu comme sur le célèbre portrait d'Arthur Schopenhauer : des personnalités fortes et résistantes, dont nous nous disons qu'elles n'existent plus parce que la vie a perdu cette sobriété spartiate qui permettait à de tels tempéraments de mûrir et de s'épanouir. Je l'entends appeler, j'entends ses haussements de voix communicatifs, la tessiture de ses récits, mais je ne distingue plus de mots ou de phrases spécifiques. Il était aussi entouré d'odeurs : les odeurs du peintre d'un autre temps, et quelque chose d'indéfinissable, son odeur, sa présence autrefois physique dans le monde, éloignée du moment où j'écris ces mots. En rejoignant le passé telles les apparitions des vieux mythes et récits, il est devenu concret d'une tout autre manière, comme une histoire intime. Et quand je recherche des traces de sa vie, la plupart du temps en ne pouvant compter que sur moi-même car presque tout a disparu, il m'arrive plus d'une fois de me demander quelle est la nature de ce lien ambivalent qui nous lie à nos grands-parents. Est-ce l'absence de ce conflit générationnel que nous avons avec nos parents ? Dans le fossé béant entre eux et nous réside la lutte pour affirmer ce que nous imaginons être notre individualité, et la distance qui nous sépare dans le temps nous donne l'illusion qu'il se cache là une vérité plus profonde que dans ce que nous savons de nos propres parents. C'est une grande, une extraordinaire naïveté qui nous incite à vouloir savoir.

Curieusement, certains détails sur mon propre monde n'ont eux aussi libéré leur secret historique qu'après la lecture de ses mémoires : une montre en or éclatant en morceaux sur le carrelage ; une cigarette de forme oblongue que j'avais prise à quinze ans dans un étui en argent et fumée en cachette, et qui m'avait donné mal au cœur ; posée sur une des armoires abandonnées dans la serre délabrée où poussaient des vignes, une vieille écharpe rouge-brun arrosée de fiente de merles qui, égarés dans la serre, voletaient paniqués contre les carreaux jusqu'à ce qu'ils parviennent, à l'aveuglette, à s'échapper par le vasistas ouvert ; un petit coffret contenant un nécessaire de rasage ancien argenté, dont s'élevait l'odeur pénétrante de la pierre d'alun et d'un savon d'une autre époque ; un dépliant de Liverpool si souvent ouvert et refermé qu'il était déchiré aux pliures ; la boîte métallique rassemblant ses insignes honorifiques et ses décorations que j'ai retrouvée des années après sa mort seulement ; la douille de cuivre d'un projectile de gros calibre – l'*obus**, l'appelait-il – qui était posée sur le montant de l'escalier, qu'il prenait soin d'astiquer chaque semaine et que j'ai considérée toute mon enfance comme une sorte de vase rustique.

Peu à peu, le temps dévoilait pour moi le secret de mon grand-père – cette longue vie dont la plus grande partie avait été un prolongement, l'épilogue d'une enfance presque encore moyenâgeuse, les expériences atroces d'un homme jeune, une grande passion rencontrée et perdue après la guerre, l'histoire de sa résignation et de son endurance, de sa douloureuse abstinence, de son courage d'enfant, de ses combats intérieurs entre sa piété et son désir, des interminables prières qu'il marmonnait, agenouillé, son chapeau posé à côté de lui sur la chaise d'église, sa tête couronnée de blanc inclinée devant les innombrables saints et les bougies vacillantes dans la pénombre des maisons de Dieu – la conception de la vie passionnée d'un monde qui, de l'extérieur, paraissait ne rien offrir d'excitant.

*

J'erre dans les rues de ma ville natale et la vois à travers de tout autres yeux depuis que j'en suis parti il y a plus de dix ans. C'est une journée fraîche de printemps, il y a des nuages comme il aimait en dessiner. La vieille façade du marchand de vélos, où un jour j'ai reçu une bicyclette rouge, est encore là, mais les lettres se sont estompées. Les maisons bourgeoises se dressent, esseulées, le long d'une voie recouverte de bitume qui n'a plus grand-chose à voir avec le cadre de vie plaisant qu'elles étaient censées offrir lors de leur conception et de leur construction il y a plus d'un siècle. Il commence à pleuvioter, les voitures se traînent sur plusieurs files les unes derrière les autres sur l'avenue Heirnis, derrière laquelle devait se situer la ruelle obscure où il a passé ses premières années, entre une gare de triage et un canal. Aujourd'hui, cette avenue fait partie du périphérique ; à l'époque, c'était une élégante allée à l'ombre de grands arbres sous lesquels, l'été, les « demoiselles de la haute bourgeoisie », comme il les appelait respectueusement, observaient en gazouillant, dans l'encadrement des petites fenêtres de leurs calèches légères, les jeunes morveux gris de cendre qui venaient les admirer le dimanche après-midi. Par les matins d'hiver brumeux, il traversait cette avenue Heirnis en sabots, traînant un seau, comme un petit héros d'une histoire de Dickens : il allait mendier du charbon aux hommes noirs et luisants qui chargeaient les tenders des locomotives derrière la *gare de chemin de fer* de la Porte d'Anvers. Arrivé chez lui, il posait derrière le poêle de Louvain le seau lourd que sa mère serait heureuse de découvrir en rentrant fatiguée de son travail auprès d'une famille bourgeoise en ville, car ils ne souffriraient pas du froid ce soir-là et pourraient manger un repas chaud. Puis il partait aussitôt à l'école en sautillant et se faisait réprimander pour son retard. Ses sœurs se moquaient de ses difficultés en langues et en mathématiques. Le long de la voie ferrée, sur un talus couvert d'arbres à papillons et de sureaux, il avait planté un grain de maïs et était revenu chaque jour avec un petit récipient cabossé contenant de l'eau pour arroser la plante qui avait poussé, jusqu'à ce qu'il la retrouve cassée et arrachée – une scène qu'il décrit en faisant remarquer que « peu à peu notre famille se retrouva seule dans la ruelle ».

*

Je passe devant les quartiers d'habitations construits sans inspiration, où se situait autrefois le marché aux bestiaux gantois ; je porte en moi le souvenir de cet endroit sous forme d'une puissante sensation olfactive. Le vieux marché aux bestiaux était une halle abritée, ouverte sur les côtés, dans laquelle des colonnes métalliques disposées à intervalles réguliers servaient à attacher des taureaux qui trépignaient, les yeux injectés de sang et l'écume au museau, et tiraient sur leur chaîne. Du sang dilué dans de l'eau imprégnait la sciure piétinée sous les tables de découpe, et les poumons entassés les uns sur les autres s'élevaient en des montagnes informes, rose pâle, et paraissaient encore vivants dans leur matière visqueuse. Les cœurs extirpés au couteau étaient posés à côté des langues, les têtes étaient vendues au kilo, et les yeux qui vous regardaient depuis la coupelle de cuivre suspendue au *hunsel* – le nom donné par mon grand-père au crochet de la balance portative, une déformation du mot *unster*[1] – étaient fixes, comme si on était plongé dans de profondes réflexions, au-delà des frontières de la mort omniprésente, une mort plus proche de la

1. Balance romaine en néerlandais.

vie que tout ce que j'ai pu voir dans mon existence, moi qui n'ai jamais connu la guerre. Je suppose qu'il a parfois pensé, malgré lui et avec répugnance, à cet ancien marché aux bestiaux à la vue des massacres dont il a été témoin sur les rives de l'Yser, aux viscères expulsés, indiquant par là même qu'une frontière a été franchie – celle derrière laquelle la vie devrait être à l'abri des serres avides de la mort. Les marchands de bestiaux de l'époque, insouciants et joyeux, ne tenaient aucun compte de ce mélange de panique et de résignation qu'exprimaient les yeux des moutons attendant d'être abattus. C'était une époque tranquille dans une ville de province aux alentours de 1900, tout y avait sa place, le pauvre va-nu-pieds qu'il était flânait le long des tables et savait qu'on finirait, du moins s'il laissait transparaître dans ses yeux bleus d'enfant un peu de mélancolie, par jeter quelque chose dans sa direction : quelques centaines de grammes de boudin noir, un morceau de côte mal désossé qui pourrait donner du goût à la soupe, un peu de viande filandreuse pour un bouillon. Un jour qu'il regardait avec moi des reproductions et était tombé sur le célèbre bœuf écorché peint par Rembrandt, il avait dit : c'est si bien peint qu'on sent la puanteur du marché aux bestiaux.

Sa mère, Céline Andries, avait « eu le droit » d'étudier, écrit-il – ses parents étaient marchands de grains et de pommes de terre, comme plus tard la belle-famille de mon grand-père. Leur fille avait suivi un enseignement secondaire au pensionnat de jeunes filles de bonne famille, Piers de Raveschoot, qui au dix-neuvième siècle n'était accessible qu'à la classe privilégiée. Elle parlait le français et l'anglais, connaissait par cœur des poèmes de Prudens Van Duyse, avait lu *Le Lion des Flandres* de Hendrik Conscience, ce qui avait fait d'elle une « flamingante ». Après ses études, elle avait « servi », comme on le disait à l'époque, dans une famille noble du quartier Potter de Velde, de la commune anversoise d'Ekeren. Elle y avait appris à connaître le style de vie de la haute bourgeoisie et il émanait d'elle, depuis, une réserve distinguée. Ce devait être une femme dotée d'une force de caractère remarquable ; mon grand-père éprouvait à son égard une admiration inconditionnelle. Dans ses mémoires, il parle d'elle avec un mélange d'amour distant et d'affection intime.

Son père, Franciscus Martien, était un « peintre d'église », un jeune homme talentueux d'origine modeste que Céline avait rencontré en heurtant par mégarde son échelle, alors qu'elle entrait dans son église paroissiale, manquant de faire tomber l'humble peintre occupé à restaurer la quatrième station d'un chemin de croix. Avant que je ne lise les cahiers, l'histoire de leur rencontre avait toujours été un mystère pour moi, une histoire que mon grand-père éludait en riant, mais qu'il a consignée avec tendresse. Quand elle avait buté contre son échelle par inadvertance, un objet avait dû tomber de là-haut en l'effleurant – un pinceau, un couteau sur sa palette, un des outils suspendus à sa ceinture, son récit ne le précise pas. Le bruit de l'objet atteignant le sol de pierre avait résonné dans l'église déserte, la jeune femme avait levé les yeux et vu l'homme qui, surpris, avait failli perdre l'équilibre : l'échelle s'était légèrement écartée du mur et il avait dû projeter brusquement le torse en avant pour ne pas dégringoler. Un sourire était apparu sur le visage sévère de Céline, elle avait poursuivi son chemin et était allée s'asseoir pour prier devant les deux cierges allumés pour la Sainte Vierge, deux petites flammes dont elle dirait plus tard qu'elle avait eu l'impression de voir leurs âmes se consumer là, en silence, l'une à côté de l'autre. Un jeune homme sans le sou faisant la connaissance d'une jeune femme distinguée dans une église vide, tranquille – à leur époque, les jeunes gens se rencontraient rarement sans qu'un tiers soit présent. Il avait regardé en bas, vu la mantille de dentelle noire qui enveloppait les épaules hautes et droites, était descendu de son échelle et allé l'attendre, timide et gauche, près du portail. Elle était passée devant lui en le frôlant et lui avait lancé un bref regard, de ses yeux gris clair ironiques, comme si elle versait de l'eau froide et limpide dans son âme. Des yeux gris clair, mais des cheveux noirs, cela avait dû le frapper, lui qui était peintre ; ce n'est pas si fréquent, c'est un type de beauté particulier, disait toujours mon grand-père, des années plus tard, et il savait de quoi il parlait.

Franciscus fut bouleversé – pendant des semaines, il attendit l'apparition en noir, qui se faisait douloureusement attendre, et finit par être au désespoir, fiévreux et malade. Comme il ne venait plus travailler, le vicaire se rendit au bout de plusieurs jours chez ses parents pour les avertir que, si Franciscus ne revenait pas, il perdrait son emploi. Lorsque Céline finit par franchir de nouveau le porche de l'église, un jour de semaine ordinaire, où la plupart des gens n'ont pas le temps de se rendre à l'église, il sut qu'elle venait pour lui. D'après le récit qu'en a fait mon grand-père, j'ai conclu que, manifestement, cette affaire avait dû provoquer un éclat dans la famille de Céline, qui ne tolérait pas que leur fille ayant bénéficié d'une bonne éducation fasse des avances à un tel crève-la-faim ; mais l'âme de la fière jeune femme était de toute évidence conquise par ce peintre romantique dépenaillé, au visage maigre rappelant celui du Greco, aux mains osseuses couvertes de peinture et aux doigts fins hésitants, à la démarche juvénile, élancée presque. Sans en avoir conscience, cette famille de riches commerçants avait accompli ce qui ne cesse de se répéter au fil du temps : quand un paysan s'enrichit, il donne une éducation bourgeoise à ses enfants, et la culture qui y est associée, incitant ces derniers à se détourner de ses obsessions matérielles et à rechercher un bonheur plus noble. Elle s'était querellée chez elle pendant des mois avant d'obtenir l'autorisation de l'épouser. Pour parvenir à ses fins, elle avait menacé de partir, d'entrer au couvent, de s'enfuir n'importe où, elle s'était enfermée dans sa chambre, rendue insupportable et avait pensé secrètement : je le veux, mon peintre d'église aux yeux bleus, je le veux et je l'aurai. Voir disparaître sa jolie fille dans un couvent, c'en était trop, même pour un marchand de pommes de terre dévot. Ses parents finirent donc par céder ; la fière Céline, qui avait reçu une si bonne éducation, obtint son peintre miséreux.

Elle l'obtint, lui et tout le bastringue : la vie de misère, les problèmes d'argent, la santé vacillante de Franciscus, ses quintes de toux la nuit et ses crises d'asthme, l'humidité de leur pauvre masure, les pièces exiguës où ils passèrent leur existence, la faim, et les pleurnichements et beuglements incessants de cinq mômes nés coup sur coup. Et elle choyait son mari comme un sixième enfant. Mais enfin, mon peintre, disait-elle en secouant la tête quand elle voulait se moquer de lui gentiment. Il l'adorait, elle et ses cheveux brillants relevés en chignon, son cou, ses épaules droites, l'élégante petite bosse sur ses poignets, la forme parfaite de ses ongles, la lueur pâle et étrange qui émanait d'elle lorsqu'elle parlait.

⋆

La fière Céline, qui était tombée amoureuse de ce peintre d'église asthmatique et misérable et l'avait épousé, en était réduite à travailler dur et à tenter tant bien que mal de joindre les deux bouts. Elle était toujours vêtue de noir et portait, comme son mari et ses enfants, de simples sabots, car les élégantes bottines à talons hauts dont elle était chaussée auparavant et qu'elle avait gardées la distinguaient trop du reste de sa famille et des autres habitants de la ruelle ; elle les avait donc rangées quelque part au fond du vieux placard et mettait comme les autres des sabots de bois qui claquaient contre le sol. Pour compléter les revenus du foyer, elle réalisait toutes sortes de travaux. Pendant un certain temps, elle avait raccommodé des vêtements pour les familles aisées, mais elle dut arrêter quand sa vieille machine à coudre à pédale rendit l'âme, car ils n'avaient pas les moyens d'en acheter une autre. Elle rédigeait des lettres pour les voisins illettrés lorsqu'ils devaient répondre à une administration, écrire à un membre de leur famille ou adresser une requête à un avocat – des lettres qui à cette époque ne pouvaient être formulées qu'en français. Elle travaillait bénévolement chez les sœurs du couvent quand son mari devait s'absenter plusieurs semaines, afin de les mettre dans de bonnes dispositions pour qu'il ne perde pas son emploi ; elle élevait ses cinq enfants aussi dignement et convenablement que possible. Après mon grand-père, le deuxième de la lignée, arrivèrent très vite deux autres garçons et une fille. Pendant un moment, elle fit des ménages pour une famille francophone du centre-ville, et le peu d'argent qu'elle ramenait à la maison semblait lui filer entre les doigts. Le logement devint vite trop petit et, quand son mari asthmatique eut repris un peu de force au printemps, ils purent songer à trouver un endroit plus grand, là encore en mauvais état car ils ne pouvaient se permettre de payer un plus gros loyer. Franciscus travailla un temps dans un monastère, chez les Frères de la Charité, qui se montrèrent bien peu charitables en lui demandant de repeindre tout leur réfectoire pour un salaire de misère. La famille n'en restait pas moins pieuse et très pratiquante ; le curé venait souvent les voir, écoutait

Céline parler de son dur labeur et de ses efforts pour colmater les brèches, et il envoyait un ou deux jours plus tard quelques étudiants avec les restes de sa table bien garnie.

Franciscus remit en état du mieux qu'il put la vieille maison humide, remplaça le mastic effrité et les cadres cassés des fenêtres, consolida les poutres vermoulues et remplaça les marches pourries de l'escalier de la cave. Leur nouveau quartier à proximité de la rue d'Oostacker à Mont-Saint-Amand leur plaisait davantage, l'été ils apercevaient quelques champs au-dessus du muret de leur jardin, un peu plus loin sur un talus couvert de fleurs sauvages ils pouvaient faire brouter une chèvre, ce qui leur permettait au moins de donner régulièrement du lait aux enfants et de fabriquer eux-mêmes du fromage frais. Le soir, allongé sur son lit étroit dans la chambre d'enfants surpeuplée à l'étage, mon grand-père s'endormait paisiblement en entendant ses parents bavarder dans la vieille cuisine, tour à tour la voix de stentor de son père et les douces répliques de sa mère, le chant alterné d'un gros bourdon et d'une tourterelle. C'était un mariage, écrit-il, « fondé sur un amour profond et sincère et, lorsque ma mère caressait les joues amaigries de son mari qui toussait, elle lui disait parfois "mon beau vagabond", et ses yeux gris clair s'embuaient ».

⋆

Urbain Martien, à qui l'on avait donné le prénom du grand-père de sa mère, était un garçon que tout le monde trouvait attachant. Il était solidement bâti, il avait de longs cheveux bouclés, de grandes mains et des yeux bleus candides. Il suivait comme un canard sa mère à l'allure distinguée et l'amusait par ses inspirations absurdes, son envie irrésistible de câlins et ses pitreries, il dansait en sabots, circulait dans le lavoir avec sa petite tasse en étain et buvait en cachette l'eau savonneuse dans laquelle trempaient ses propres sous-vêtements sales. Six décennies plus tard, pendant les sorties du dimanche en voiture, toujours heureux comme un enfant malgré son âge avancé, il était capable de regarder fixement la trace parfaite laissée dans le ciel par un Boeing passant à haute altitude et de dire que c'était beau, tout ce qu'il voyait dans le monde. Sa joie de vivre avait poussé sur le terreau le plus sombre ; il en a suffisamment parlé dans ses mémoires. Urbain Martien, prédestiné à tout et à rien (car il avait de nombreux talents indéfinis, disait sa mère en riant), Urbain était un survivant coriace, quoique sensible et sentimental. À soixante-dix ans, par un dimanche matin ensoleillé de Pâques, il avait déclaré subitement, les larmes aux yeux, que l'intensité du bleu des iris barbus qui fleurissaient dans le jardin à l'arrière de la maison, associé au jaune vif de leur cœur, lui donnait des palpitations, et que c'était triste qu'un être humain doive mourir sans avoir compris comment tout cela pouvait voir le jour.

Quand on lui avait expliqué au catéchisme, alors qu'il n'était encore qu'un garçonnet de sept ans, qu'on ne pouvait pas voir Dieu, même quand il n'y avait pas de nuages, parce que Dieu était invisible, et qu'en plus, même par nuit claire, on ne pouvait pas apercevoir au-delà des étoiles le lieu où Il se trouvait, et que la foi ne pouvait pas être vérifiée non plus, sinon ce ne serait plus la foi, il avait soudain dit : oui mais dans ce cas, mon Père, vous pouvez aussi bien dire qu'il y a des millions d'hippocampes qui flottent dans le ciel, puisque de toute façon personne ne peut le voir. La bouche du prêtre ahuri s'était ouverte comme si une charnière avait sauté. Les hippocampes planant en toute quiétude dans l'espace sombre et infini entre les étoiles, parfois éloignés les uns des autres de plusieurs années-lumière, n'ont plus jamais quitté mon imagination et revenaient chaque fois y flotter, innombrables dans un silence sublime, dès qu'il était question de la preuve de l'existence de Dieu. Pourtant Urbain Martien était un homme croyant, et cela allait même plus loin, à certains égards il était devenu bigot, à son retour de la Grande Guerre. Deux fois par semaine, il se levait à cinq heures et demie pour assister à la première messe et, dans l'obscurité la plus profonde, ses bottines impeccablement lustrées, il se rendait à l'église à petits pas, qu'il gèle ou qu'il neige, même lorsque le curé lui-même y renonçait ; l'été, il s'asseyait dans la fraîcheur tranquille de l'église paroissiale, en égrenant son chapelet et en remuant légèrement les lèvres tandis qu'il marmonnait des prières latines. Il faisait brûler des cierges pour Notre-Dame des Sept Douleurs et allait chaque semaine à confesse, la tête basse, lui qui semblait trop honnête pour commettre la moindre peccadille.

*

Le monde dans lequel il avait grandi, avant 1900, était empli d'odeurs qui ont pour la plupart disparu : une tannerie dégageait sa puanteur persistante dans la brume légère de septembre, les tenders chargés de charbon brut allaient et venaient durant les sombres mois d'hiver, les effluves du crottin de cheval dans les rues pouvaient donner à un enfant encore ensommeillé, devant sa fenêtre entrebâillée aux premières heures du jour, l'illusion de séjourner à la campagne, comme les fragrances de foin, d'aromates et d'herbe encore présentes dans toute la ville ; l'odeur pénétrante de vieux bois et de jute humide était prédominante dans les magasins sombres où le sel, le sucre, la farine et les haricots se mesuraient encore par boisseaux et étaient déversés sans emballage dans les sacs et les récipients apportés par les clientes – *en vrac**, disait-on alors. Des courées fermées émanaient des senteurs de plants de choux de Bruxelles, de fumier de cheval raclé dans la rue et de feuilles de tabac en train de sécher. Il disait de sa grand-mère, née au début du dix-neuvième siècle, que son tablier noir – qu'il appelait *blouse* – sentait les tripes des jeunes lapins.

À un âge avancé, trônant au milieu d'un cercle de tantes et de cousins admiratifs qui l'écoutaient bouche bée, il pouvait se perdre pendant des heures dans les détails de cette vie durant la dernière décennie du dix-neuvième siècle, son enfance dans les vapeurs de soufre d'une industrie naissante, le souvenir des cris des colporteurs, le claquement de la fine porte en bois des toilettes publiques, derrière dans la ruelle, près d'un mur couvert de lierre qui sentait l'urine et l'ortie. La grisaille quotidienne de la première vague d'industrialisation avait profondément influencé sa pensée, même s'il avait commencé très tôt, en feuilletant les quelques livres de son père, à rêver de la palette de couleurs du Tintoret et de Van Dyck.

*

C'est le printemps 2012. Je passe quelques jours à Londres avec mon fils, non seulement pour lui montrer le modèle à l'origine de sa ville préférée, New York, mais aussi au nom du *male bonding*, ce lien qu'un père doit de temps à autre resserrer avec son fils de quinze ans pour surmonter tous les points litigieux de son éducation. Je ne veux pas l'assommer à coups de culture, nous flânons à Covent Garden, allons dîner chez Carluccio, boire des *pints of bitter* dans un pub à l'ancienne et parlons de nos désaccords d'un ton bon enfant, nous errons plus tard la nuit le long de la Southbank, sautons d'une ligne de métro à l'autre et passons un moment formidable.

Pourtant, j'ai envie de lui montrer le lendemain, à petite dose pour ne pas le dégoûter, quelques musées, car je sais que, même si son iPhone qui ne cesse d'émettre des signaux lumineux l'incite au scepticisme à l'égard de tout excès d'intellectualisme, il est sensible à la peinture. Il avait tout juste huit ans quand, à Venise, il s'était accroupi devant le portrait d'un jeune homme du seizième siècle et avait dit : papa, viens t'asseoir à côté de moi, c'est si beau. Nous voilà donc à flâner ensemble dans les vastes salles de la National Gallery sans que je cherche à lui imposer quoi que ce soit. Je m'arrange en revanche pour que nous nous retrouvions dans la salle 4, devant l'anamorphose spectaculaire d'Holbein, *Les Ambassadeurs*. Je lui explique qu'il serait possible, à l'aide d'un miroir conique, de faire apparaître un crâne parfaitement formé, mais il se demande ce qui a amené le peintre à représenter une telle déformation. Parce qu'on ne peut jamais regarder la mort droit dans les yeux, peut-être, lui dis-je, mais mon argument lui paraît peu convaincant. Ensuite, je lui montre *Les Quatre Éléments*, les célèbres scènes de marché du Flamand Joachim Beuckelaer, autrefois la fierté du musée des Beaux-Arts de Gand, et lui explique que, malgré les représentations religieuses à l'arrière-plan, d'ailleurs si petites qu'elles semblent presque sans importance, il s'agit en fait de scènes érotiques à peine dissimulées. Je lui indique les symboles consacrés de l'époque, les variations, les positions et les suggestions. Il m'accorde une attention un peu méditative : l'intellectualisme de son père en est-il arrivé au stade où il voit aussitôt des souteneurs dans les marchands ambulants, des prostituées dans les marchandes de poisson, des phallus dans les carottes et les poissons, des vagins dans les pots de beurre et les cosses entrouvertes ? Nous continuons de déambuler quand, soudain, elle apparaît, et je suis totalement pris au dépourvu, ma conscience reçoit le choc de plein fouet.

Elle est accrochée là, nue et intouchable : la *Vénus à son miroir* de Vélasquez, connue sous le nom de *Vénus* de Rokeby. Le tableau est plus grand que dans mon souvenir, du moins si je me rappelle bien la copie un peu plus petite que mon grand-père en avait fait ; je ne l'ai vue que furtivement, dans sa petite chambre à l'entresol. De plus, les cheveux de Vénus ont une teinte plus claire que sur sa copie – j'ignore pour quelle raison le soigneux copiste qu'était mon grand-père a peint les cheveux presque noirs. Je suis catapulté en arrière dans le temps – au jour de mon enfance où j'ai monté à toute vitesse les trois marches menant jusqu'à sa chambre, où il pleurait en silence, la reproduction de ce tableau dans les mains. Je reste longtemps immobile devant l'œuvre du maître, sous l'emprise du souvenir. Mon fils, qui manipule son iPhone un peu plus loin, me demande : « Tu viens ? C'est un peu gênant, un vieil homme qui reste planté devant une femme nue à la regarder fixement. » Je prends conscience que les véritables raisons de mon comportement exigent des explications un peu trop compliquées, j'acquiesce, je m'arrache du tableau dont j'aimerais étudier plus longuement les détails, lance un dernier regard en arrière. Il faut que j'examine de nouveau la copie chez mon père. Je me souviens de ce qu'il m'a toujours dit : ton grand-père a vu une seule fois sa propre femme nue, et c'était par accident ; alors qu'elle se lavait, un samedi après-midi, il est rentré plus tôt que prévu à la maison. Elle ne faisait sa toilette que lorsqu'elle avait réussi à l'éloigner du domicile. Elle l'a d'ailleurs traité de tous les noms ce jour-là, a pleuré et plus tard s'est plainte de son sans-gêne à la mère de son mari, ce dernier ayant dû lui présenter des excuses circonstanciées (sa belle-mère a peut-être, quant à elle, sagement évité de se prononcer). La nudité de la *Vénus* de Vélasquez, si naturelle et chaude, si désinvolte, le calme même, total, de ce corps alangui, princier – cela ne pouvait exister que dans la peinture, seulement et uniquement dans le réconfort de la peinture. Jamais je n'ai mieux compris cette amère consolation que par cette journée de printemps, en ce lieu, la National Gallery, et depuis, je me suis mis à réfléchir aux détails qui, dans une copie, peuvent ajouter quelque chose au tableau existant, je soupçonne que d'autres secrets se cachent dans ce que j'ai considéré de prime abord comme une simple copie maladroite. Je vois à nouveau devant moi le visage couvert de larmes, il y a si longtemps. Le soleil qui perce les nuages éclaire Trafalgar Square et fait perler les fontaines à travers un prisme de lumière se diffractant dans des teintes où apparaissent puis disparaissent la garance, le blanc de céruse et un soupçon de cobalt, je n'en suis pas sûr, il faudrait que je puisse le demander à mon grand-père. Hors d'atteinte, en haut de sa colonne nimbée de lumière, Nelson évoque un ange ténébreux ; sur les marches de Saint-Martin-in-the-Fields est assise une jeune fille qui joue une partita de Bach. Saint-Martin, bon sang, dis-je à mon fils, c'est une église qui célèbre le saint patron de mon grand-père, car après tout, son nom de famille était Martien. Tu ne t'en rends compte que maintenant, dit-il, en gardant les yeux rivés sur les danseurs de hip-hop qui pivotent par terre et roulent des mécaniques devant la National Gallery. Soudain, l'idée qu'ils ne se sont jamais connus me fait de la peine : mon ascendant et mon descendant. Je regarde mon fils, réprime l'envie de poser une main sur son épaule et lui demande : qu'est-ce qu'on fait ce soir ?

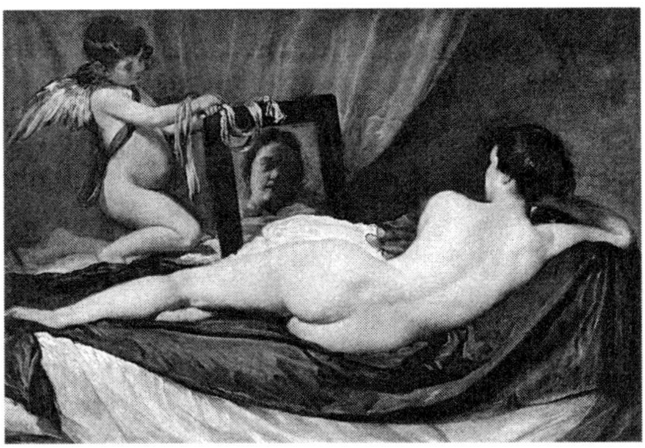

Tandis que, dans les profondeurs de la mer, nous sommes confortablement installés à bord de l'Eurostar qui nous ramène à vive allure à Bruxelles, et que je raconte à mon fils combien de temps durait la traversée dans ma jeunesse – avec le bateau de nuit d'Ostende à Douvres qui voguait poussivement sur les flots dans les trépidations des moteurs –, l'histoire de la traversée catastrophique de mon grand-père pendant la guerre, en 1915, me revient soudain à l'esprit. Blessé une deuxième fois sur le front de l'Yser, touché par une balle à la cuisse, juste en dessous de l'aine, il avait été évacué ; pour sa rééducation, il avait été envoyé dans la ville côtière de Dinard, dans le nord de la France.

Depuis la ville voisine de Saint-Malo, il avait fait la traversée, avec quelques compagnons en rééducation, vers Southampton, pour rendre visite au fils de son beau-père, mais à peine étaient-ils en haute mer qu'une tempête s'était levée, qui avait duré un jour et demi. Il était arrivé brisé, épuisé, en Angleterre, parla plus tard de cette expérience comme d'une des plus grandes épreuves qu'il avait dû affronter pendant la guerre. J'ai moi-même de vifs souvenirs du bateau de nuit, les poivrots bredouillant sur le pont, les bancs durs sur lesquels nous passions une partie de la nuit à être balancés d'un côté et de l'autre, les falaises de craie s'illuminant sous le soleil matinal, le soulagement que la nuit se soit passée sans tempête. Un voyage en Angleterre était à l'époque une traversée chargée de symboles ; on arrivait à Londres après un trajet d'une nuit entière et d'une demi-journée, ce qui d'ailleurs rendait le tout plus exotique. Je me souviens d'une chambre ensoleillée à Kensington Gardens, où j'ai logé autrefois. J'y lisais des poèmes du poète irlandais William Butler Yeats. Mon fils écoute mes histoires qu'il trouve nostalgiques, réfléchit un instant en silence, puis dit : c'est fou, avant, j'étais persuadé que le tunnel sous la Manche était en verre et qu'on pouvait voir des hippocampes nager au-dessus de sa tête, alors qu'en ce moment, je n'ai même pas l'impression de traverser la mer.

⋆

Mon grand-père m'a raconté à maintes reprises comment est né son amour pour la peinture, mais ce n'est qu'en lisant ses mémoires que j'ai compris à quel point cette passion était profondément gravée dans son âme depuis l'enfance. Il décrit en détail son père – assis sur un petit tabouret en bois, son pinceau et son bâton coiffé d'une boule d'ouate dans la main droite, sa palette couverte de touches de peinture soigneusement appliquées à côté de lui sur un petit escabeau, un œil à moitié fermé et le dos courbé – qui retouche les ongles des mains de l'ange de l'Annonciation dans la chapelle de Notre-Dame des Sept Douleurs. Son père doit ensuite rehausser les couleurs de la feuille estompée d'un palmier peint maladroitement dans la sixième station du chemin de croix. Il se penche en arrière pour juger du résultat, se tourne à moitié vers son fils et lui demande un pinceau à pointe fine pour parfaire un contour. Le plus souvent, il mélange la peinture lui-même, l'achat de tubes lui revient trop cher. Le coffret en poirier laissé ouvert contient des fragments de pigments, de la poudre de cobalt délétère et de terre de Sienne à l'odeur doucereuse, de sépia et de sinopia ; des flacons d'huile de lin fine, de térébenthine, d'alcool à brûler et de siccatif ; des couteaux fins et des palettes, de rares pinceaux anciens en poils d'écureuil ; des pinceaux ronds, des brosses plates en soies de porc, deux pinceaux fins de martre pour lesquels il a dû économiser longtemps ; des chiffons de toutes sortes d'étoffes allant des plus rugueuses aux plus douces ; des crayons, des fusains et des bitumes – les accessoires utilisés au fil des heures silencieuses et interminables qu'Urbain passe avec son père. Il est sagement assis sur une chaise d'église, pendant toute une après-midi, et voit bouger les mains de son père. Parfois, celui-ci doit effectuer, tout en haut d'une échelle, des acrobaties périlleuses – faire réapparaître, derrière les traces de fumée des bougies, un nuage sur lequel est assise la Vierge Marie et qui, quelque part au-dessus d'un autel latéral, est difficile à atteindre ; accentuer par une traînée de peinture d'un rouge brunâtre la cicatrice persistante d'un bubon pesteux sur la cuisse de saint Roch ; pourvoir d'œillets à lacets la chaussure ancienne de saint Crispin ; aviver le manteau émeraude écaillé de saint Éloi ; redonner leur clarté aux trois lys dans le sable du désert à côté des pieds de saint Égide à l'aide d'une fine couche de blanc de céruse, un produit hautement toxique.

En haut de l'échelle qui se termine en cône, il voit les jambes de son père, son pantalon loqueteux, ses chaussons usés, et il a l'impression qu'il est devenu un des figurants orientaux des fresques sur le mur. Il entend le doux balayage des brosses, par moments un peu plus énergique : le ciel toujours bleu de la foi, parfois immense, exige de grands coups de pinceau. À travers les vitraux, le soleil pénètre par faisceaux colorés projetant des taches de couleur sur les dalles de marbre noir. Dans les colonnes transparentes de lumière, il voit danser les particules de poussière. Son père lui demande un pinceau de la taille 5, Urbain plonge dans le coffret, déniche le pinceau, monte avec précaution jusqu'au milieu de l'échelle et tend la brosse à son père qui se penche dangereusement en avant. Il descend, là encore, avec précaution et va s'asseoir, les mains entre les genoux, sur la chaise dure de l'église. Franciscus se redresse avec difficulté, tousse un peu et frotte sa manche contre son menton, trempe le pinceau dans le bol métallique fixé à la ceinture de son pantalon et passe un peu de jaune clair sur un nuage terne dont descend l'ange de l'Annonciation. Ce sont des journées tranquilles, sans fin. Quand midi arrive, il partage avec son père les petits pains que sa mère leur a préparés. Du saindoux et du saucisson les jours fastes, du vieux fromage de chèvre dur à la fin du mois. Ils mâchent et avalent, boivent de l'eau dans la même gourde cabossée. L'église est fermée à clé, personne ne peut se joindre à eux. C'est le petit paradis d'Urbain. Les bruits de l'extérieur parviennent à peine jusqu'à lui. Quand la cloche sonne les heures, ils entendent le grincement du mécanisme pivotant en bois et les battements d'ailes des oiseaux qui s'envolent jusqu'au faîte de la charpente.

Chaussés de leurs sabots en bois de saule bon marché, les joyeux vagabonds qu'ils étaient rentraient chez eux en sautillant et en chantant des chansons absurdes tout le long du chemin. Les trembles, les peupliers blancs bordant la route recouverte de mâchefer agitaient leurs feuilles, et le père disait à son fils qu'elles ressemblaient à une multitude de petites danseuses, toutes ces feuilles voletant au vent. Étonné, mon grand-père levait les yeux et voyait les arbres, qui un instant auparavant formaient encore un tout, se décomposer en une quantité incalculable de silhouettes prodigieuses qui le saluaient d'un geste de la main, une scène où apparaissaient des tableaux inimaginables. Il restait interloqué, sentait sa main devenir chaude dans celle de son père.

★

Soixante ans plus tard, debout dans le cimetière, le chapeau sous le bras, les larmes aux yeux et les grains en bois de rose de son chapelet entre les doigts, il prie avec un certain acharnement pour sa femme défunte, Gabrielle Ghys. Sur la tombe, dans une sorte de petite chapelle, un vitrail représente le Saint-Esprit sous la forme d'une colombe blanche. La niche abrite une statue en marbre blanc de la Vierge Marie qui écarte les bras pour les pauvres diables et les pécheurs souhaitant venir jusqu'à elle. Il a dessiné lui-même cette statue et a demandé à un tailleur de pierre de la réaliser selon ses instructions. Il siffle que je dois arrêter de courir partout. Il vient de ratisser la terre devant la tombe en dessinant de belles lignes convergentes que, maladroitement, je piétine de nouveau. Le cimetière est pour moi un terrain de jeu. Sous le soleil chaud du mois de juin, je cours le long des glaïeuls et des lys, des premières roses et des parterres de violettes, sous les acacias et les jeunes frênes, je saute vers les taches de lumière que projettent les fines petites feuilles sur le mâchefer recouvrant les sentiers, je donne à l'ange de bronze au début de l'allée une tape sur le dos chaque fois que je passe devant, je vais m'allonger sur la pierre chauffée par le soleil d'une vieille tombe, jusqu'à ce que mon grand-père indigné vienne m'ordonner de me retirer tout de suite de là. Brusquement, avec l'ingénuité de mon âge, je lui demande où est la tombe de ses parents. Stupéfait, il me regarde de ses vieux yeux perçants, s'apprête à dire quelque chose, semble se retenir, retire une poussière de sa manche bleu roi, puis dit : allez, rentrons. Il faudra encore attendre cinquante ans pour que mon père me dévoile ce secret, quand il découvrira à son grand étonnement la vieille pierre tombale, cachée un jour par mon grand-père dans un lieu où il était quasi impossible de la trouver. Des années plus tard, lorsque je me rends sur la tombe familiale, elle est couverte d'une fine couche de neige et, dans la lumière éclatante de cette journée, la petite statue de Marie paraît presque transparente.

Ma chère Gabrielle,

Nous sommes en juin, c'est une belle journée, d'ici je vois passer les péniches. Je suis assis à la petite table sur laquelle j'ai peint plus tard des motifs imitant le bois, tu t'en souviens sûrement. Je suis allé sur ta tombe cet après-midi. Au début, il pleuviotait, comme si quelques gouttes, apportées par le vent, tombaient du ciel bleu. Aussitôt après, le soleil a percé, resplendissant, et le vitrail au fond de la petite chapelle a laissé filtrer de la lumière qui a éclairé ta pierre tombale et m'a rappelé les faisceaux colorés dans les églises de mon enfance. Les petits-enfants ont longé les allées, dépassé le grand ange en bronze au début de la rangée où tu es enterrée. Je les ai vus grimper sur la colline, en direction du Campo Santo. Ils n'y comprennent pas grand-chose, piaillent et jouent, sans rester un instant tranquilles. En rentrant, j'ai vu une martre morte étendue à côté d'une vieille tombe dont la pierre était enfoncée de travers dans la terre, et il m'a semblé que tout le chagrin que j'éprouve depuis ton trépas se concentrait dans cet animal raide mort, dont le pelage froid était taché de boue. Je me suis dit aussi : les pinceaux qu'on en fait sont extraordinaires. Je suis resté le militaire irréprochable que j'étais, Gabrielle, j'ai évité de laisser transparaître la moindre émotion devant Maria et les enfants.

À la maison, j'ai ouvert le tiroir où tout est resté intact : ton livre de messe, ton linge, tes bonnets de nuit. Ils resteront là, comme dans un modeste reliquaire. Notre mariage n'a pas été facile, et tu sais à quel point je me suis battu contre les démons au fond de moi. Le Seigneur nous a beaucoup donné, Gabrielle, moins que ce que nous voulions peut-être, mais tout de même : plus qu'assez pour ne pas avoir à nous plaindre.

⋆

Les leçons d'escrime qu'il m'a données, de huit à douze ans environ, se sont déroulées dans le couloir, juste derrière la porte d'entrée, invariablement de onze heures à midi le samedi, avec en arrière-plan l'odeur de la soupe préparée pendant ce temps-là dans la cuisine. Derrière nous, sur le montant en bois de l'escalier, trônait la douille bien astiquée du grand obus de la Première Guerre mondiale. Dans la vieille serre, mon grand-père avait fabriqué sur son tour, avec patience et dévouement, deux copies en bois de jolis fleurets, pourvus de fines poignées façonnées à partir de pièces de métal qu'il avait sciées et auxquelles il avait donné une forme d'une certaine élégance à l'aide d'un petit marteau – selon la technique du « forgeage à froid », avait-il dit avec une fierté contenue. Comme nous ne portions pas de masque, nous avions enfoncé à l'extrémité de nos fleurets des morceaux de liège, découpés dans des bouchons de bouteilles de vin. Debout devant moi, dans sa blouse gris clair, il joignait énergiquement les pieds et m'ordonnait d'en faire autant. « *Mise en garde** ! » criait-il, « Les pieds droits ! », « Redressez le dos ! », « Regardez droit devant vous ! Le fleuret levé ; *un** – *deux**. » Nous étions entièrement droits, raides comme des piquets et impeccables, comme l'exigeait l'école militaire où il avait suivi sa formation, pendant les années pittoresques de 1908 à 1912. « Un pas en avant, maintenant en arrière, attaque... c'est bon. *Tierce**... *Pronation** !... *Sixte** et *supination** ! Et *hop là** ! *Dessous** ! *Reculez** ! *Repos** !... *Mise en garde** ! » Je sautais partout comme une marionnette dans un film en habits d'époque, veillant anxieusement à ce que mes pieds ne soient tournés ni vers l'extérieur, ni vers l'intérieur ; maîtrisant la flexion du genou, mais toujours prêt à bondir en avant ou en arrière ; évitant les assauts adroits de mon grand-père tout en essayant, selon ma position, de tenir mon fleuret en bois en *sixte**, *quarte**, *octave** et *septime** – les quatre termes pour indiquer en haut à gauche ou à droite, et en bas à gauche ou à droite – prenant garde de ne pas recevoir un coup au poignet, car je devais manipuler le fleuret non pas en me servant de l'avant-bras, mais par un mouvement du poignet.

Cela continuait pendant une heure, parfois il me provoquait pour que j'attaque, mais au lieu de parer il m'évitait habilement, et comme j'avais foncé en avant comme un jeune veau, j'atterrissais brusquement contre le montant de l'escalier en bois, et il rattrapait adroitement la douille d'obus prête à tomber sur ma tête en disant : « Tu as encore beaucoup à apprendre. » Plus tard, j'ai retrouvé un des fleurets cassé dans la serre, dans le grand bac contenant de la terre où poussent les vieilles vignes qui ont à présent bientôt un siècle et ne donnent presque plus de raisins. Il se tenait sous ces vignes les matins d'été, cueillant à sa guise ici et là un grain de raisin et crachant la peau et les pépins par terre. Cela s'accompagnait d'un léger bruit, un petit souffle qui fait peut-être partie de mes souvenirs d'enfance les plus anciens, car il est aussi associé à une quiétude qui n'est pas de ce monde. Il évoque, en quelque sorte à la périphérie de cette scène, les reflets du soleil estival, la terre chaude, une douce odeur de phénol et d'huile de graissage.

★

Scènes de son enfance, 1900.

Avec ses vieux bas qui flottent, ses sabots trop grands, sa blouse grise, ses boucles en désordre qui lui donnent l'air d'une fille et ses yeux bleus naïfs, il attend sagement, à côté de la porte latérale de la cour du couvent, qu'une sœur apporte deux gamelles, l'une remplie à ras bord de soupe, l'autre contenant des petites tranches de viande. La poitrine gonflée par un sentiment de triomphe, il déambule au crépuscule le long des vitrines éclairées de la Porte d'Anvers, traverse la voie ferrée devant le grand bassin du port, longe la gare où un train se met en marche poussivement, parcourt les rues étroites entre l'avenue du Pays-de-Waes et la chaussée de Termonde – la rue de la Ruche, la rue du Chamois, la rue des Blanchisseurs, en direction du Grand Béguinage – et marche au-delà de la petite place plantée de hauts peupliers qui seraient abattus quelques années plus tard. Quelque part dans ce quartier, il y a une boutique de bonbons. Il pose les récipients à côté de lui pour souffler un peu et regarde les marchandises appétissantes exposées dans la vitrine mal éclairée.

Pastilles au sureau, pâtes de fruits, caramels de Catherine, boules à l'anis, bâtons et rouleaux de réglisse, bonbons acidulés et gommes sont présentés dans un alignement de bocaux en verre. Soudain, un homme se tient à côté de lui, le regarde, lui le mioche au visage crasseux, remarque les gamelles du couvent et jette quelques pièces dans la soupe. Tiens, morveux, t'as qu'à les récupérer et tu les auras, tes bonbons. Abasourdi, Urbain regarde l'homme s'éloigner, hésite un instant, retrousse sa manche, enfonce le bras dans la soupe grasse et tiède pour trouver les pièces à tâtons. Il les repêche, les met dans sa bouche pour les nettoyer avec sa langue, baisse sa manche au-dessus de son bras dont goutte la soupe graisseuse, se lèche les doigts et achète un peu de friandises. Il reprend le chemin de la maison en savourant bruyamment ses bonbons mais, juste avant d'arriver chez lui, il se tord la cheville en buttant contre le bord d'un trottoir, la soupe gicle de la gamelle qui tombe par terre, il aura beau raconter ce qui s'est passé, rien ne pourra convaincre sa mère qu'il n'a pas troqué sa soupe contre des sucreries. Privé de son repas du soir, puni dans sa chambre confinée, il passera son temps à ruminer en regardant un pigeon mâle sur les toits affaissés se frayer un chemin dans l'obscurité pour rejoindre sa femelle.

★

Deux fois par semaine, des jeunes qui venaient de terminer leurs études passaient les voir. Les Œuvres de Saint-Vincent, une institution ayant pour mission d'aider les pauvres, les envoyaient dans les quartiers populaires. Parfois, ils se contentaient d'échanger quelques mots, ils demandaient comment cela se passait pour les enfants à l'école, voulaient savoir s'il y avait des réclamations et, la plupart du temps, ils apportaient aussi un peu de nourriture. Un jour, ils s'étaient présentés, comme d'habitude, à l'improviste. Céline travaillait à l'époque comme femme de ménage dans le quartier, chez une Italienne qui l'appelait « Donna Cilla ». Urbain était seul à la maison avec ses petits frères et sœurs. Ils s'ennuyaient, les après-midi sans leurs parents leur semblaient longs, ils faisaient justement un concours pour savoir qui serait capable de croquer la plus grande bouchée dans sa tartine, mon grand-père était en train de gagner avec brio. Alors qu'il venait de prendre quatre grandes bouchées d'affilée et avait des joues aussi rondes que celles d'un castor, des jeunes de Saint-Vincent surgirent dans la cuisine, leur manteau gris foncé jeté sur leurs épaules telles des ailes pendantes. La bouche pleine, ses frères et sœurs détalèrent pour aller se réfugier dans la pénombre sous l'escalier, il se retrouva quant à lui pris de haut-le-cœur face à un tribunal bicéphale lui demandant de manière polie mais formelle si sa mère était à la maison. Ils penchaient au-dessus de lui leurs longs corps maigres, en agitant leurs têtes grimaçantes. Il vit le plus grand des deux dégager une rangée de dents jaunâtres irrégulières. Le grand morceau de pain dans sa bouche s'agglutina en une boule de pâte visqueuse contre son palais. Il ne pouvait ni mastiquer, car il avait la bouche trop pleine, ni avaler, sans même parler de cracher. Il eut le vertige. Il entendait ses frères et ses sœurs pouffer de rire et renifler sous l'escalier. Il fut pris d'une légère nausée. Il eut l'impression que les yeux lui sortaient de la tête ; les deux jeunes hommes le regardaient en haussant les sourcils.

Alors, mon garçon, tu as perdu ta langue ?

Il déglutit. Les larmes lui montaient aux yeux.

Il entendit le plus grand dire au deuxième : ce garçon n'est pas normal.

Une grande main osseuse et maladroite lui tapota l'épaule. Mon grand-père eut le sentiment que la main n'était rattachée à rien, qu'elle flottait simplement dans l'espace, devenait de plus en plus grande et allait lui saisir la gorge. Il secoua la tête, réprima ses larmes et sortit dans la cour, vomit le morceau de pâte, en même temps que le reste de soupe qu'il venait de manger. Il retourna dans la maison, toujours en hoquetant. Les deux jeunes étaient déjà repartis. Sur la table de la cuisine était posé un coupon rectangulaire sur lequel était tamponné à l'encre bleue : *Bon pour 1 pain.*

Il prit le coupon, le rangea dans sa blouse et courut dans la rue. La boulangerie où il pouvait aller chercher ce pain était à un quart d'heure de marche. Il n'avait pas pensé à s'habiller plus chaudement et grelottait. Ses sabots de bois claquaient fort à travers les rues. Quand il arriva à la boulangerie, elle était visiblement sur le point de fermer. Il courut à l'intérieur, brandit triomphalement le coupon devant le comptoir. Un pain pour ma mère, s'il vous plaît.

La boulangère examina le petit coupon, inspecta le garçon au visage devenu rouge et aux vêtements miteux, lui rendit le coupon et dit : cela ne va pas être possible. Je n'ai que quelques pains qui me restent et ils sont pour mes clients habituels.

Quand il se retrouva de nouveau dans la rue, il entendit la femme fermer la porte à clé derrière lui. Au loin retentit le sifflet à vapeur d'une locomotive, quelque part près de la Porte d'Anvers. Le bruit semblait avoir du mal à traverser l'air imprégné de bruine. Il leva les yeux et aperçut un vol d'oies sauvages survolant la ville grise en une majestueuse formation triangulaire. Le son immémorial de leur cri le calma un peu. La formation triangulaire semblait représenter une flèche pointant dans la direction du port, où une bande de lumière floue apparut au-dessus des toits et des arbres, une fente de lumière rasante qui s'élargissait lentement en bas de l'horizon et annonçait le début du crépuscule.

*

Maintenant seulement, en lisant ses mémoires, je parviens peu à peu à me faire une idée de sa jeunesse, ce qui suscite soudain en moi une multitude d'impressions, qui prennent un nouvel éclairage, acquièrent une signification, un sens, une couleur, une odeur. J'ai par exemple brusquement une vision de lui, quand il était âgé ; il veut aller se coucher. Il a retiré sa blouse, sa chemise et son maillot de corps, et je vois, pour la première et la seule fois de ma vie, son dos blanc et nu. Depuis ses épaules jusqu'au creux de son dos, sa peau est couverte de petits trous bleu foncé et de cicatrices. Il se retourne, me dit d'un ton sévère : allez, mon garçon, va-t'en. Je referme la porte. Le lendemain, je lui demande d'où viennent les cicatrices : de la guerre ?

De la fonderie, dit-il brièvement, j'avais quatorze ans quand j'ai commencé à y travailler.

*

Je lis qu'il avait du mal à suivre à l'école, car il était fréquemment absent. Il devait entre autres souvent aller chercher, le matin à la pharmacie des pauvres, les médicaments pour son père malade. Il apportait à la vieille pharmacie une lettre en latin écrite par le médecin et se joignait, sur le banc inconfortable, à la dizaine de personnes qui attendaient déjà que le pharmacien passe son impressionnante tête chauve par la trappe en bois et crie : le premier, s'il vous plaît ! Suivaient un tumulte et une dispute à propos de celui qui était arrivé le premier. Plusieurs personnes se levaient d'un bond et jouaient des coudes. La trappe était refermée avec un juron. Quand les esprits étaient calmés, le pharmacien la rouvrait et demandait aux personnes présentes de se comporter de manière civilisée. Alors on commençait à se rapprocher à mesure que d'autres partaient en marmonnant. En général, le garçon passait en dernier, rentrait à la fin de l'après-midi. Il rapportait du stramonium, la poudre toxique extraite de la pomme épineuse, et du salpêtre sur du papier : les remèdes douteux prescrits à l'époque aux asthmatiques. Son père était assis, haletant, à côté du poêle brûlant, la main appuyée sur la barre ; mon grand-père posait le paquet enveloppé d'un fin papier dans la main de son père, qui le laissait là un instant jusqu'à la prochaine quinte de toux.

★

Puis il décrit de nouveau l'église vide, les jours de semaine après l'école, où son père, debout sur un petit escabeau de bois, retouche le pied gauche de saint Pierre.

Donne-moi un peu de lapis-lazuli, mon garçon, je vais raviver ce pli du manteau de saint Pierre, et tu me donneras tout à l'heure un peu de cobalt pour l'ombre, là-bas, juste devant toi sur la palette. Ensuite son père accentue le blanc écaillé du lys à côté de la Vierge Marie, derrière l'autel. C'est encore l'Annonciation. La jeune femme au profil flamand – un petit menton, un front haut et pâle, un nez fin et des yeux bleus sereins – est éclairée par la lueur d'un nuage, une buée argentée et collante autour de son visage dévot. À côté d'elle, l'ange tient la tige du lys, il a des traits masculins, le teint mat, une ceinture dorée autour de la taille, ruban brillant qui s'élève derrière son dos en ondulant jusqu'à la sainte buée. Un texte illisible est inscrit sur la ceinture, dont se distinguent quelques lettres, des signes gothiques anciens qui doivent receler le secret divin. Parfois, il faut préparer un peu de plâtre, sur une planchette au rebord droit – se dépêcher de remuer à l'aide d'un racloir dont l'extrémité usée s'est affinée, pour obtenir une masse onctueuse, une bouillie qui doit être appliquée rapidement, de préférence d'un seul geste, régulier. Quelques minutes plus tard, la surface est lissée avec un morceau d'éponge enveloppé dans du tissu et, pendant le séchage, la retouche est effectuée en utilisant des pinceaux, un chiffon, l'extrémité d'un doigt ou le pouce, le tout en même temps, rapidement, avec concentration et en silence. Pour lui, l'atmosphère recueillie de ces heures est sacrée. Quand il fait froid, il souffle, à travers les faisceaux lumineux, des petits nuages de buée qui s'élèvent comme l'encens le dimanche pendant la messe. Sa foi est stimulée par l'enchantement des couleurs sur la vieille palette de son père, le privilège d'être seul avec lui, une fois que le grand portail de l'église est fermé derrière eux avec la lourde clé en fer ; le fredonnement de son père, là-haut sur l'escabeau, comme s'il faisait partie de la scène qu'il peint, un peu dans le ciel déjà, un ciel de plâtre et de peinture, d'odeurs anciennes, de froid et de vapeur, de lumière filtrée qui tombe d'en haut sur leurs bras et leurs épaules, comme s'ils s'érigeaient eux-mêmes en une scène biblique. C'est l'adoration de la peinture, une allégorie personnelle, une conspiration entre un père et son fils.

*

Si ces après-midi à l'église furent le paradis de sa jeunesse, l'enfer allait bientôt suivre. Après plusieurs vaines tentatives d'obtenir un travail en tant qu'apprenti, il commence à travailler avec son oncle Evarist, un « forgeron-tourneur sur fer-mécanicien ». Il est d'abord chargé de graisser les foreuses et les tours, et de trimballer les feuillards : des barres rondes et rectangulaires, de lourdes pièces de fonte, des profilés de cornières, des tôles difficiles à transporter. Au bout d'un mois, il peut accompagner le patron ou un compagnon de travail pour terminer des tâches ailleurs. Au bout de six mois, il reçoit 50 centimes par jour.

Il est témoin d'un épouvantable accident du travail : le fils du forgeron tombe tête la première dans le four brûlant. Il voit le forgeron, qui à ce moment-là était occupé à donner des coups de marteau en tournant le dos au four et ne s'était rendu compte de rien, retirer son fils des flammes en jurant, mais il est trop tard. Ce qu'ils aperçoivent est un visage détruit, une boule noircie par le feu, aux traits vaguement humains où bouillonne un liquide glaireux, mélangé à de la salive ensanglantée. Les yeux calcinés sont blancs comme ceux d'un poisson cuit ; la bouche est un trou noir où brillent les dents du haut à présent dégagées. Un jeune ouvrier entre, un seau dans les mains, et verse de l'eau sur la tête. Dans le sifflement et le gargouillement asphyxiants que produit l'eau qui s'infiltre en profondeur dans la peau brûlée, le jeune homme agonisant expulse un dernier gargarisme, tandis que son corps se tord et se convulse. À l'entrejambe de son pantalon apparaît soudain une tache sombre. Le père se précipite sur son fils, attire à lui la tête méconnaissable, saisit le corps par les épaules sans rien dire. Il reste assis, immobile, pendant plusieurs minutes, marmonnant sans cesse entre ses dents des « nom de Dieu » à peine audibles. Il ne lève pas les yeux, comme s'il voulait pénétrer de son regard les globes oculaires blancs. Les ouvriers et les apprentis observent la scène fixement.

Foutez-moi tous le camp d'ici ou je vais en tuer un, dit-il soudain sans lever la tête. Les uns après les autres, ils sortent lentement dehors, où un soleil rasant éclaire les écuries et les appentis arrosés par la pluie.

C'est le premier mort qu'a l'occasion de voir mon grand-père. Aucune assistance psychologique n'était prévue à l'époque ; il rentre chez lui et se tait pendant toute la soirée.

Il se rend les jours suivants chez le forgeron et trouve chaque fois porte close. Il n'ose pas demander où a lieu l'enterrement du fils. Il obtient des nouvelles en tombant par hasard sur un autre ouvrier devant le porche au petit jour : « L'ont jeté au fond d'un trou comme une bête, nom de Dieu, quelque part au bout de leur propriété, le curé est passé les voir, mais le forgeron l'a saisi à la gorge. » Comme la forge reste fermée plus d'un mois, les commandes prennent du retard. Quand le travail finit par reprendre, seuls deux ouvriers se présentent, et un apprenti : Urbain. Le travail redémarre sans entrain, plus rien ne va, un nombre croissant de commandes sont refusées, la forge est de plus en plus souvent déserte et les tours restent inutilisés. Le dernier véritable ouvrier présente sa démission. Urbain s'en va à son tour, quelques jours plus tard. Le forgeron ne lève même pas les yeux de son établi quand le garçon se dirige vers la sortie, en balbutiant une excuse, les épaules relevées, la démarche chancelante, un peu curieuse, comme s'il avait fait dans son pantalon.

*

Puis tout va très vite. Après quelques semaines de recherches et de tâtonnements, il se retrouve à la fonderie. Dur labeur, un garçon de treize ans à peine qui les premiers jours déambule, perdu, dans un vacarme assourdissant, parmi des hommes qui charrient de lourds morceaux de ferraille, dans la chaleur brûlante près des fourneaux, au milieu des cris et des jurons, des plaisanteries crues et des vapeurs toxiques qui attaquent les poumons. Certains hommes ont dans les yeux un pâle reflet à force de travailler dans la fournaise. D'autres ont comme un pied bot, parce qu'ils ont marché dans du fer fondu près du four. On dirait de bons démons, errant dans un monde souterrain, résignés et endurcis, taciturnes et obstinés. Les jeunes n'ont pas le droit de transporter les lourds paniers de ferraille sur les étroites passerelles, on poste donc Urbain devant la bouche du four, où il doit déployer des efforts surhumains pour maintenir en équilibre la grande cuve en bois quand elle se remplit du métal liquéfié qui s'écoule des rigoles d'argile. Les hommes viennent se placer autour de lui, munis de leurs longues cuillères en bois, qu'ils appuient contre la cuve ; mon grand-père doit basculer le lourd creuset avec précaution pour que chacun puisse emporter une quantité précise de métal vers les moules. La chaleur lui coupe le souffle, il a l'impression que ses yeux fondent dans leurs orbites. Quand l'écoulement diminue, le trou est rebouché à l'aide d'un tampon de terre pointu fixé au bout d'une perche. Le feu crépite, siffle, bouillonne sur les pourtours du trou. Parfois, le tampon est éjecté, une sorte de diable crache du feu loin aux alentours, éventails d'étincelles, coulée d'acier qui dessine une trace capricieuse sur le sol en terre battue, irruption volcanique miniature. Tous les hommes doivent alors se mobiliser pour jeter de grandes pelletées d'argile humide afin que le feu ne se propage pas dans le reste du bâtiment. Un jour, c'est l'accident : le trou de coulée trop érodé ne retient plus le tampon, la bassine posée à côté ne contient plus assez de terre humide, les hommes crient à Urbain de repousser la cuve basculante et de la maintenir droite, le temps qu'ils aillent chercher de la terre dans la cour. Bientôt le flot incandescent déborde du creuset, qu'il essaie de toutes ses forces de garder en équilibre ; on lui hurle que le creuset ne doit pas se renverser, il sent la chaleur l'engloutir, l'aveugler, le brûler vif, sa tête s'embrume et soudain, après ce qui ressemble au mugissement du vent à l'intérieur de ses oreilles, le silence est assourdissant. La coulée de feu jaillit de la cuve : ses mains semblent avoir disparu. Le métal en fusion cherche à se frayer un chemin autour de ses sabots, il les sent craquer sous la pression brûlante : il pense aux pieds bots, il ne peut plus bouger, tout s'agite derrière lui sans qu'il ne s'aperçoive plus de rien, la chaleur l'enveloppe comme une mère, elle le berce, l'endort, les jurons et les hurlements s'atténuent. Jusqu'à ce que des taches sombres apparaissent dans l'immense lumière céleste qui l'attire : de grandes pelletées de terre tout autour de lui et dans le trou, puis un tampon pointu fixé au bout d'une perche, le retour d'un semblant de conscience, sifflements, bouillonnements, nausée, de grandes mains qui se tendent vers lui et des voix qui l'appellent : viens, mon gars, viens vite. Mais il ne bouge pas ; la tête lui tourne, le mouchoir qui sort de sa poche de pantalon a pris feu et se consume, telle une fleur bleue et fragile, contre sa cuisse. Il voit les yeux tournés vers le ciel d'un saint que son père a peint sur une vieille fresque, dans le calme profond d'une église le dimanche ; il voudrait rester ici éternellement. Puis quelqu'un approche en marchant sur la bande de terre jetée au sol, le saisit par les épaules, le prend sous les aisselles, et tire. Ses sabots comprimés sont coincés dans le métal solidifié, un homme arrive avec un pied-de-biche pour les briser et libérer ses pieds. Il vit le tout comme dans un rêve et, lorsqu'on finit par le dégager de ses sabots cassés et l'emporter, il vomit le peu qu'il a mangé durant la journée. On l'allonge sous une bruine tiède dans la cour, où il reprend lentement ses esprits et regarde les nuages gris qui défilent.

À partir de ce jour-là, quelque chose a changé en moi, écrit-il.

J'imagine que sa mère s'en aperçoit, le soir même : il y a quelque chose dans sa démarche, dans son cou plus musclé, dans ses épaules raidies. Il est petit, solidement bâti, et le travail à la fonderie le rend peu bavard. Sur son dos commencent à apparaître des creux et des cicatrices, traces des étincelles projetées par les grandes flammes sur les ouvriers. Ce soir-là, sa mère aperçoit la résignation dans son regard ; pendant le repas du soir, il a les yeux dans le vague et n'entend pas ce que disent les autres enfants. Il n'a pas faim, dit-il ; il sort dans la cour, regarde par-dessus le muret et voit des religieuses, dans leurs jupes noires voletantes, passer en marmonnant, curieux oiseaux d'un autre monde. La porte de derrière grince, son père vient se tenir à ses côtés ; il a beaucoup maigri au cours de ces dernières semaines et sa fragile silhouette contraste avec celle du jeune et solide gaillard, dont il entoure les épaules en silence.

*

Je lis dans le journal qu'un jeune politicien gantois a conçu un nouveau projet de réaménagement urbain. La sortie d'autoroute, construite dans les années soixante, qui pénètre jusqu'au cœur de la ville et a coupé en deux le parc du Sud de si fière allure autrefois, va devoir être détruite et remplacée par un tunnel. Le parc du dix-neuvième siècle, de conception classique, que l'autoroute a privé de son âme, va devenir un « Central Park » local et annoncer avec éclat la nouvelle ère écologique. Cette bretelle de sortie a suscité d'emblée une controverse ; ses détracteurs la considéraient comme la preuve que la fière ville provinciale avait renoncé à sa dignité par appât du gain. Le long des beaux boulevards Frère-Orban et Gustave-Callier ont été construits des appartements pour les gens aisés, qui continuent cependant d'offrir une vue sur une sortie d'autoroute. Autrefois on apercevait, un peu perdu au milieu d'un modeste parterre, le buste du poète flamand Karel van de Woestijne, un peu plus loin dans le reste du parc, une statue équestre du roi Albert Ier, et à l'extrémité, où se dressait jadis une jolie gare, on voit une fontaine d'où jaillit de l'eau derrière un bâtiment moderne ; je me souviens de la couleur des bégonias au printemps, quand ce bâtiment n'existait pas encore. Ce jardin public a perdu beaucoup de son histoire – en particulier le parc zoologique du dix-neuvième siècle et l'ancienne gare du Sud, si gracieuse. Le vieux zoo avec ses bassins et ses parterres, sa buvette de style byzantin, a disparu quand mon grand-père avait quatorze ans. Sur ce qu'on appelait autrefois les *Muinkmeersen*[1], des « enclos » ont été aménagés pour les familles ouvrières. Le charmant petit parc du Muink, avec son pont en dos d'âne et ses rochers artificiels,

1. Littéralement, les prés de Muink.

situé dans un quartier auparavant résidentiel dont le calme a été perturbé, ces dix dernières années, par l'ouverture d'un cinéma multiplexe, constitue le seul vestige du vieux parc zoologique. J'imagine mon grand-père et son petit voisin passant à côté des cages des fauves à l'odeur pestilentielle et des éléphants fatigués de leurs éternels tours d'adresse, sous les regards des visiteurs amusés qui se laissaient charmer par un exotisme sans être encore bridés par la mauvaise conscience d'aujourd'hui.

La gare du Sud, à l'autre extrémité du parc, était la fierté de la ville à l'époque. Devant ce bâtiment aux allures de palais s'étendait une vaste place sur laquelle, à côté d'une fontaine au milieu d'un parterre de fleurs, se dressait la statue en bronze d'un gladiateur. Durant ses après-midi libres, le dimanche – le samedi on travaillait, la semaine de travail comptait six jours –, mon grand-père venait se promener là avec son voisin, glisser sur les perrons en pierre de taille, regarder depuis une plate-forme les trains arriver et partir, s'amuser à se faire asperger par les nuages de suie et de cendres jaillissant par spasmes des larges cheminées des locomotives. L'intérieur de la gare du Sud offrait un spectacle sensationnel : la partie centrale du vaste hall, surmonté d'une charpente en acier avec à son sommet une grande verrière dans le style de l'époque, était entièrement occupée par un imposant parterre où poussaient des palmiers, des azalées et toutes sortes d'arbustes ornementaux sous la coupole translucide. La grande place devant la gare, elle aussi claire et ouverte, rayonnait d'assurance. Le bâtiment fut détruit en 1930. Quand je sors aujourd'hui du parc de stationnement souterrain, je vois d'un côté la bibliothèque municipale et de l'autre un centre commercial, là où autrefois, en face de la gare, se dressait l'élégant Hôtel du Parc. Les jeunes générations n'ont même pas un sentiment de perte, l'évidence est un sous-produit de l'oubli. J'essaie d'imaginer le quartier il y a un siècle : une file de fiacres, les chevaux attendant patiemment, leur musette d'avoine attachée à leur cou ; les cochers forcément moustachus, buvant de la bière dans un pichet en grès à une taverne, l'odeur de fumier de cheval est omniprésente ; des voyageurs entrent et sortent sous l'imposant chapiteau de la façade, un orgue de Barbarie peut-être, et sur le casque du gladiateur en bronze s'est posé un pigeon. Personne ne se doute le moins du monde de ce qui va se produire à peine dix ans plus tard.

⋆

Quand on marche de cet endroit vers la ville haute, on arrive sur la place Saint-Pierre, où était régulièrement proposée à l'époque la dernière sensation : pour quelques centimes, on pouvait monter dans un panier d'osier sous un grand ballon, qui s'élevait dans les airs le long d'un ensemble de câbles, restait un moment en suspension pour permettre d'englober du regard les toits moyenâgeux de la vieille ville au loin, puis redescendait. De nouvelles extravagances, disaient les personnes âgées, l'orgueil précède la chute, mais les jeunes gens et les militaires de l'époque, avec leurs moustaches en guidon de vélo, trouvaient ce divertissement excitant. Mon grand-père mentionne avec fierté qu'un jour le ballon, secoué par un coup de vent, avait commencé à osciller, et qu'il avait eu l'occasion de serrer la main de l'aviateur belge Daniel Kinet, qui était déjà connu à l'époque et soutenait le projet. L'aviateur referait son apparition plus tard, à des moments inattendus.

Si le parc du Sud suivait une composition classique, géométrique, le parc de la Citadelle s'inspirait d'une philosophie romantique séduite par les paysages d'aspect naturel, dans le style de l'ancien jardin zoologique. Gand, consciente d'être historiquement tiraillée entre une approche urbaniste et un romantisme paysagé, l'exprimait dans ses espaces récréatifs.

La citadelle classique qui a donné son nom au parc a elle aussi disparu depuis longtemps, excepté sa porte d'entrée aux allures romaines, et fait place au parc que l'on connaît à présent – il s'agissait en fait de l'ancienne caserne, qui tombait déjà en ruine à l'époque, et dont persistent encore quelques traces sous forme de fondations –, mais les grottes romantiques en ciment derrière la cascade sont encore là, et j'imagine mon grand-père flânant ici quand il était un jeune homme, en sabots, ses cheveux raides dressés sur la tête, les mains dans les poches, et je les vois, lui et son camarade, faire ricocher des cailloux plats sur l'eau du bassin où cancanent les canards.

Je me souviens moi-même des dimanches après-midi où, donnant la main au quasi-septuagénaire qu'il était à l'époque, je passais sous la maxime latine de la porte d'entrée – *Nemo me impune lacessit*, « Personne ne me provoque impunément » – pour aller au musée, où il me faisait connaître les peintures qu'il admirait – sa préférée étant peut-être cette grande toile lumineuse du peintre Émile Claus, une scène d'hiver intitulée *Enfants jouant sur la glace*, qu'il a peinte en l'an 1891 : un tableau dominé par le jaune pâle et le blanc d'un étang entièrement gelé et recouvert d'une fine couche de neige, sur lequel trois garçons en sabots s'affairent avec leurs luges en bois toutes simples. Ils portent d'épais vêtements gris, un bonhomme de neige se dresse sur la rive, au loin semble partir à la dérive une rangée de saules étêtés, une petite ferme se distingue en contrebas. La peinture hurle un silence de glace : une fête de lumière et de visibilité qui procurait à mon grand-père une joie profonde qu'il savait me communiquer. Plus tard seulement, je m'aperçus qu'il me montrait un tableau de l'année de sa naissance – n'était-il pas né le 9 février 1891, par conséquent pendant ces longs mois d'hiver où Claus a peint cette toile ? Je demande les éphémérides de cette journée à l'Institut royal météorologique d'Uccle. Il s'avère que ce jour-là, il faisait froid, il y avait de la brume et il gelait un peu, j'imagine les traînées nuageuses à la confluence de la Lys et de l'Escaut, sa mère dans son lit après l'accouchement, l'odeur du poêle qui refuse de tirer du fait de la faible pression atmosphérique, le nouveau-né enveloppé dans des lainages, que la sage-femme pose dans le berceau primitif près du poêle, et le peintre Claus qui peint, en blanc coquille d'œuf et de manière expressive, un étang gelé non loin de là, où l'on aperçoit quelques garçons, des gars que mon grand-père a peut-être croisés, quand lui était enfant, et eux des jeunes hommes.

⋆

Devant moi sur mon bureau est posé un lourd galet gris d'une forme singulière. Il est allongé, mesure dix-sept centimètres de long, huit centimètres de large et un peu moins de quatre centimètres d'épaisseur. Aux extrémités, il est arrondi de façon parfaitement symétrique, le dessous et le dessus sont entièrement lisses ; des millénaires de roulement arbitraire sur le rivage ont parfaitement poli la pierre, comme si c'était le résultat de la main de l'homme ; on peut difficilement concevoir un exemple plus tangible des hasards de la perfection naturelle. Sur le dessus plat, mon grand-père a peint en rentrant de voyage une petite scène folklorique : un homme et une femme en vêtements sombres, avec à l'arrière-plan des collines qui apparaissent au loin, la mer, un petit bateau à voile enfantin. En dessous, il a écrit au pinceau en lettres majuscules noires tremblotantes : Rapallo.

Il m'a donné le galet à l'époque où je collectionnais les pierres – je devais avoir une douzaine d'années. Je ne me suis pas tout de suite intéressé à ce qui était représenté sur la pierre ; l'important était que mon grand-père y avait peint quelque chose, et ajouté un mot que je ne comprenais pas – j'ai vite oublié qu'il m'avait dit qu'il s'agissait d'une ville du nord de l'Italie.

Une quinzaine d'années après sa mort, à l'époque où j'essayais de lire les énigmatiques *Cantos* d'Ezra Pound et que j'étais en route pour Florence, je me suis arrêté avec ma femme dans la petite ville de Rapallo. Alors que nous marchions sur la plage de galets juste devant la vieille tour, j'ai trouvé – à vrai dire à mon étonnement, car on peut souvent faire preuve d'une incroyable cécité vis-à-vis de sa propre histoire – des galets de la même forme et du même format ; il l'avait donc tout simplement ramassé ici.

Il y a des moments dans la vie d'une personne où tout bouge à l'intérieur ; je me rappelle mon bras passé sur l'épaule de ma jeune et séduisante épouse, le sentiment d'apesanteur et de liberté ; le soleil, le vent, l'odeur d'algue et de sel ; l'impression soudaine d'être presque physiquement dans le corps de mon grand-père, à un endroit où il était venu, accompagné de sa fidèle et timide Gabrielle portant sa mantille noire. Ils étaient en route pour Rome, dans le cadre d'un pèlerinage organisé par une quelconque organisation catholique, et Rapallo avait été une brève escale, sans doute un lieu où on leur avait donné juste le temps de déjeuner et de faire une courte promenade. Il a dû ramasser le galet tandis que, vêtus de noir, ils déambulaient sur cette plage caillouteuse, et Gabrielle avait dû lui dire : « Mais

Urbain, c'est bien trop lourd pour ta valise, que fais-tu ! » Et lui, avec le léger entêtement qui le caractérisait, il l'avait gardé à la main, il était monté avec dans le car – ce devait être vers le milieu des années cinquante –, il avait trimballé jusque chez lui ce galet d'un kilo et demi, sorte de talisman d'un voyage dont il ne reste plus que des photos, sur lequel il a peint plus tard cette scène apparemment touristique. Curieusement, il n'avait pas du tout ressenti le besoin, en peignant le galet, de fixer une expérience concrète personnelle, mais avait peint un cliché folklorique sentimental, visiblement associé pour lui au bonheur de l'instant ; il est bien entendu possible que ce soit une scène qu'il ait bel et bien observée. Qui sait ! Peut-être que des gens se promenaient vraiment ce jour-là en costumes traditionnels, peut-être était-ce un jour de fête, impossible de s'en assurer.

Cette excursion à Rome a été le seul voyage qu'il ait fait à l'étranger au cours de sa longue vie, à l'exception de ses séjours de rééducation en Angleterre pendant la Première Guerre mondiale, et un voyage à Oslo, dont je ne sais malheureusement pas grand-chose, sauf qu'il affirmait souvent que les gens y parlaient un dialecte aux sonorités proches du gantois le plus populaire, même si on n'y comprenait rien, ce que j'ai vérifié en m'entretenant un jour avec l'écrivain Jostein Gaarder, et qui s'est révélé vrai par-dessus le marché. Le galet présentant la scène de Rapallo est par conséquent mon seul talisman concernant ses voyages, et les pierres se taisent, comme chacun sait, dans toutes les langues. Étant donné que ses mémoires ne vont que jusqu'à 1919, les deux tiers de sa vie se dissimulent dans ce silence.

*

Rapallo est une ville provinciale, mais ouverte sur la mer. Le philosophe Friedrich Nietzsche y a baguenaudé quand il a eu l'idée d'écrire une épopée non pas sur Empédocle (qu'il connaissait certainement par sa lecture du poète Friedrich Hölderlin), mais sur Zarathoustra. Le poète Ezra Pound, marqué lui aussi, comme mon grand-père, par ce que la Première Guerre mondiale avait provoqué, était venu vivre ici en 1924, époque où sa maîtresse, la violoniste américaine Olga Rudge, s'était retrouvée enceinte et avait laissé l'enfant chez une nourrice, une fermière germanophone. Pound, qui ne cessait de vagabonder, revenait toujours à Rapallo, il y écrivit ses *Cantos*, tout en fulminant à la radio italienne contre l'*usura*, les pratiques usurières des juifs, et en soutenant Mussolini. Par l'entremise d'Olga, il rencontra même personnellement le dictateur fasciste, et essaya de vendre ses idées sur l'économie usurière juive au *Duce* ; ce dernier lui aurait apparemment répondu, balayant ses propos d'un revers de main, que ses *Cantos* étaient tout à fait « *divertente* », une anecdote que, plus tard, Pound a lui-même intégrée avec une certaine ironie dans l'un de ses *Cantos*. Yeats écrivit sur l'astrologie à Rapallo ; Kokoschka y peignit une vue quasi impressionniste de la baie, et Joyce y vint en visite ; Elmore Leonard situa son roman policier *Pronto* à Rapallo.

Le 2 mai 1945, quatre jours après le lynchage public de Mussolini, tandis que son cadavre malmené était exposé à la vue de tous à côté de celui de sa maîtresse dans une station d'essence à Milan, des partisans vinrent chercher le poète fasciste chez lui dans ce Rapallo idyllique. Il glissa une édition de Confucius et un dictionnaire de chinois dans son sac et on l'emmena. Dans une interview quelques jours plus tard, il affirmera qu'Hitler avait été une Jeanne d'Arc et que le *Duce* était un dirigeant *who had lost his head – c'est le cas de le dire*★. Considéré comme un génie ayant sombré dans la folie, il fut enfermé dans une cage à fauves près de Pise. Avec l'âge, assagi et honteux des absurdités antisémites qu'il avait débitées, il dit, de retour à Rapallo, à Allen Ginsberg : *I was not a lunatic, I was a moron.* Je n'étais pas fou, j'étais idiot.

Dans les innombrables passages cryptiques des *Cantos* à propos de la mer, il est impossible de déterminer ceux où ce modeste Rapallo a joué un rôle. Mais il est certain que, là-bas, je me tenais à l'endroit où cet homme, avec les mêmes yeux bleus et le même caractère obstiné que mon grand-père, formera un instant une éclipse avec ce pèlerin dévot coiffé de son borsalino noir et transportant le lourd galet dans son sac. Ils n'ont pratiquement rien en commun et je pars du principe que mon grand-père, au fil de sa longue vie, n'a même jamais entendu prononcer le nom de Pound. Pourtant, ils ont quelque chose de semblable, difficile à jauger, une association passagère inspirée par la parenté la plus insaisissable, qui a suscité en moi la même impression que devant le portrait de Schopenhauer – une chose qui m'échappe définitivement et appartient à d'autres us et coutumes. Les gens de l'époque des grandes catastrophes en Europe, que pouvons-nous encore comprendre à leur sujet ? Je regarde à nouveau le galet, je passe l'extrémité du doigt sur les traits de pinceau appliqués avec délicatesse, et je prends conscience que rien ne ressurgit au fil du temps qui ne soit emmagasiné dans des objets muets, silencieux ; en fait, les pierres parlent. Je suis les traits du pinceau et touche ainsi le mouvement de ses doigts, sur un galet froid, inerte, comme j'ai touché autrefois son front à sa mort et pensé, effrayé : ai-je jamais senti quoi que ce soit de plus froid que ce front, comment se fait-il qu'il n'ouvre pas les yeux et qu'il ne me parle pas ?

★

Il y a aussi des objets qui ont disparu, mais hantent d'autant plus ma mémoire. À cet égard, le souvenir de la montre en or qu'il m'a offerte pour mes douze ans est sans doute le plus douloureux et le plus récurrent. Il avait descendu l'escalier et était entré, le visage rayonnant, dans le salon, et j'ai tout de suite su qu'il me réservait une surprise particulière. Ouvre la main, m'a-t-il dit, et il y a déposé avec précaution le bijou. Je l'ai remercié, j'ai levé les yeux vers lui, j'ai voulu le serrer dans mes bras, et l'ouvrage d'horlogerie a glissé de ma main et s'est fracassé sur le carrelage. J'ai revu défiler la scène maintes et maintes fois, et l'expression sur son visage, son désarroi, le juron proféré en serrant les dents, le hochement de tête, les yeux se fermant et la colère contenue avec laquelle il a ramassé les pièces éparpillées du mécanisme, les a rangées dans la poche de sa blouse puis est sorti dans le jardin pour y disparaître pendant plusieurs heures – la scène m'est souvent revenue à l'esprit pendant mes nuits d'insomnie, me donnant toujours envie de me taper sur la tête, ce que j'ai même fait parfois.

Maintenant que j'ai lu son premier cahier, celui où il a consigné ses souvenirs de jeunesse, et appris ce que représentait vraiment cette montre, il est clair qu'il m'était impossible de m'acquitter de la dette que j'ai contractée à ce moment-là envers lui.

La montre avait appartenu au grand-père de son père et, chaque fois qu'ils étaient dans une misère noire, il était chargé par son père et sa mère d'aller mettre en gage quelques objets de valeur, dans un lieu portant non sans un certain cynisme le nom de mont-de-piété – un établissement chrétien, mais aussi plutôt prospère au vu de son humble vocation. Le mont-de-piété existe encore ; ce vaste immeuble de style baroque, dont la construction a démarré en 1620, sur ordre des souverains dévots Albert et Isabelle, a ouvert en 1622, à une époque d'extrême pauvreté due aux guerres de religion. Le bâtiment à présent admirablement restauré, dont la façade porte encore l'inscription « Mons Pietatis », se situe rue d'Abraham, près du château des comtes de Flandre, de la cour du Prince, des quais de la Lys et de la ruelle appelée Petite Avenue de la Cour ; il abrite depuis 1930 les archives municipales. Ce bâtiment resplendissant possède une des façades baroques les plus anciennes de la ville ; il rappelle un *palazzo* italien. Pour cet enfant du peuple, se rendre à pied depuis la périphérie de la ville jusqu'au centre historique était une véritable expédition et je suppose qu'il trouvait le bâtiment intimidant. Un jour, son père lui avait remis à regret la fameuse montre et demandé de ne surtout pas la laisser tomber. Le bijou serré dans la main, il avait franchi le porche sous l'inscription « Mons Pietatis » et posé la montre sur une table derrière laquelle une sœur à l'air renfrogné lui avait glissé en échange une petite somme d'argent, et un reçu ; le garçon avait ramassé le tout et était rentré chez lui. Durant les années difficiles où son père tombait de plus en plus souvent malade, il apporta au mont-de-piété les quelques livres en français de sa mère, sa chaîne et son camée en ivoire serti d'argent, sur lequel était représentée une jeune fille coiffée d'une queue-de-cheval, la barrette dorée de la mère de sa mère, des couverts en argent, une nappe en dentelle de Bruges, que sa grand-mère avait fabriquée elle-même aux fuseaux vers le milieu du dix-neuvième siècle. Après des années, quand Franciscus, le père de mon grand-père, fut parvenu à mettre de côté un peu d'argent, il envoya son fils au mont-de-piété avec la même somme qu'ils avaient reçue en échange à l'époque – le « Mons Pietatis » prêtait aux pauvres sans exiger d'intérêt, ce qu'on pouvait aussi lire sur la façade – pour racheter la montre de son propre grand-père, en jurant qu'au moins, crénom de nom, ils ne lui avaient pas pris ça, et là-dessus, sa femme, qui pensait au collier de perles de sa mère donné en gage, dit : « Mais enfin, Franciscus, un chrétien ne jure pas. »

La montre revint, et après la mort prématurée de son père, Urbain la reçut des mains de sa mère affligée, qui ajouta qu'il devenait dès lors l'homme de la maison ; il la glissa dans sa poche et la garda sur lui comme un talisman pendant toute sa formation militaire, il la garda sur lui pendant les quatre années de guerre. Le fragile mécanisme avait résisté à l'enfer de Schiplaken, à l'horreur de Hautem-Sainte-Marguerite, il avait connu la retraite légendaire jusqu'aux environs de Jabbeke et d'Ostende, ainsi que les années épouvantables qui avaient suivi sur les bords de l'Yser, de Mannekensvere à Stuivekenskerke. La montre était dans sa poche quand, pendant la traversée vers Southampton, il avait cru mourir. Elle avait failli être touchée, à quelques centimètres près, tandis que, dans la boue de la plaine de l'Yser, il installait des barbelés et avait été blessé par balle à l'aine. Et elle avait trouvé une mort sans gloire dans mes mains stupides d'enfant, le jour de mes douze ans, qui restera, maintenant que j'ai lu ses mémoires, à jamais gravé dans mon esprit comme un jour où j'ai contracté envers lui une dette ineffaçable. Maintenant que je vérifie tout, il s'avère que cela s'est produit à peine deux mois avant qu'il ne commence à écrire ses mémoires. Juste avant, j'ai donc laissé glisser de mes mains son plus précieux souvenir.

Par une journée grise, j'ai pris ma voiture pour me rendre à Gand, avec la simple et seule idée de marcher sans but devant ce bâtiment, de me retourner, de repasser devant, de traverser la rue silencieuse et d'admirer la belle façade restaurée. Autrefois, elle était là en dépôt, autrefois il l'avait apportée à l'intérieur, voilà ce que je ne cesse de me répéter, et je l'ai cassée, un objet dont il avait hérité et qui déjà dans sa jeunesse était presque une antiquité. Qu'a-t-il bien pu faire des restes cassés ? Un homme passe à côté de moi avec un doberman pinscher haletant qui tire sur sa laisse, j'entends des pigeons roucouler. À présent, il est trop tard pour les regrets qui me submergent et face auxquels je suis impuissant.

Les dimanches après-midi de printemps, il m'emmenait sur la place d'Armes, la grande place où le marché aux fleurs était, à l'époque, d'une dimension plus modeste qu'aujourd'hui. Tiré à quatre épingles dans son costume bleu foncé, sa canne plantée devant lui, il allait se tenir au premier rang, le plus souvent près de la façade d'allure viennoise de la Bourse du commerce, à l'instant où la fanfare se mettait à jouer dans le kiosque à musique. Il connaissait tout le répertoire par cœur, sans jamais se tromper, et il m'est arrivé à plusieurs reprises de le voir chantonner ou hocher la tête en rythme quand se jouait une fois de plus une marche ou un air de *L'Arlésienne* de Bizet, avec ce son hésitant de certains cuivres, qui donnait l'impression que les hautboïstes, les clarinettistes, les buglistes et l'homme virant au rouge en soufflant dans son bombardon pour marquer le rythme devaient marcher sur un pont bringuebalant, très haut au-dessus du torrent d'une partition exigeante. Souvent, il me disait, en repartant satisfait à la fin du concert : j'ai chanté ici autrefois, dans le chœur que dirigeait Peter Benoit.

Benoit, le grand barde flamand, compositeur d'un oratorio sur l'Escaut ! Il a remporté le célèbre prix de Rome, le plus grand honneur pour un compositeur, il a été chef d'orchestre à Paris, dans ce qui était encore le Théâtre des Bouffes-Parisiens de Jacques Offenbach, et il a fondé le Théâtre lyrique néerlandais. Benoit, que mon grand-père appelait invariablement le Brahms flamand, est mort en 1901 ; mon grand-père a donc dû chanter, alors qu'il n'avait pas même dix ans, dans un chœur pour des festivités. Quelques recherches m'ont fourni des indications concrètes : le mariage en 1900 de la princesse Élisabeth, duchesse de Bavière, avec le prince Albert, à l'occasion duquel une visite cérémonieuse du fier Escaut avait été organisée et un grand chœur composite avait été constitué, auquel s'étaient joints différents chœurs d'enfants, après la sélection qui s'imposait. L'événement avait dû être de taille : l'orchestre impressionnant, installé sur la place d'Armes, devait satisfaire les préférences et les goûts musicaux, déjà connus de tous, de la jeune princesse qui plus tard devait prêter son nom à l'un des concours musicaux les plus prestigieux d'Europe, le Concours Reine Élisabeth, à propos duquel j'ai d'ailleurs entendu, il y a quelques années, un célèbre chef d'orchestre flamand demander au souverain : « *Sire**, vous ne voudriez pas avoir l'obligeance de nous débarrasser de ce cirque désuet ? » Le souverain, Albert II, homonyme et petit-fils du mari, mort tragiquement dans un accident, de notre reine musicale Élisabeth, avait alors cligné de l'œil avec bienveillance à l'intention de ses convives et rétorqué d'un ton jovial à l'impertinent chef d'orchestre : « Vous êtes vraiment espiègle ! »

Le spectacle donné par le grand compositeur flamand sur la place d'Armes à Gand en l'an 1900 a en tout cas produit une impression durable sur mon grand-père : Benoit était parvenu à affirmer son autorité sur le chœur d'enfants qu'il avait dirigé en haussant avec indignation un de ses sourcils à l'épaisseur légendaire. Le célèbre tableau du peintre Jan Van Beers le Jeune, une magnifique étude de caractère, donne une idée de ces sourcils impressionnants et des poches prononcées sous les yeux de ce grand compositeur fatigué. Une certaine ressemblance est indéniable avec la tête massive que l'on connaît de Brahms âgé, sauf que Benoit a l'air bien plus brahmsien que Brahms lui-même, pour ainsi dire. Plus tard, j'ai régulièrement écouté le concerto pour piano de Benoit, effectivement plutôt brahmsien, et je n'ai pas pu m'empêcher d'avoir à ce moment-là une vision de mon grand-père, assis le dimanche à côté de la radio, les yeux fermés et un doigt levé, sifflant doucement la mélodie dans ses moindres détails, un exercice qui n'est pas simple en soi, étant donné la lenteur du tempo. D'ailleurs son sifflotement s'envolait parfois dans les aigus aux moments où la musique plongeait dans les profondeurs, mais il en va tout simplement ainsi des grands élans de l'âme.

*

Après la place d'Armes, nous allions, tout près du château des Comtes datant du Moyen Âge, à la Veneziana, un vieux glacier qui faisait aussi restaurant, un établissement agréable et désuet où il m'offrait systématiquement une glace au melon. La Veneziana était un concept. Des poètes venaient pour y boire un café et échanger des ragots, se vanter de leurs maîtresses clandestines dans les maisons de maître empreintes de nostalgie le long de la Coupure, lire le journal ou se plaindre du mauvais temps. J'y voyais régulièrement Louis De Meester, vieux compositeur gantois qui était plutôt de l'école moderne de Schönberg, mais qui savait par ailleurs prendre une expression tout aussi impressionnante que Peter Benoit ; il trônait encore dans les lieux, assis dignement à côté de sa femme beaucoup plus jeune, qui selon la rumeur avait été elle-même serveuse chez ce glacier accueillant. La Veneziana, un concept à Gand pour des générations de dégustateurs de glaces, a malheureusement disparu en 2006, et j'ai toujours eu l'impression que la fin s'était annoncée quand le *patron**, Nikki Zangrando, avait décidé de rénover la décoration intérieure, en faisant retirer le lambris marron et en adoptant, à la place du mobilier attendrissant des années trente, un style plus moderne sans âme. Cet homme, qui certes n'était pas à proprement parler d'origine vénitienne mais venait tout de même de la Vénétie, plus exactement des environs de Cortina d'Ampezzo, avait manifestement mésestimé le pouvoir de la tradition qu'il avait lui-même introduite dans cette ville provinciale flamande, et son impulsion de céder à la tendance rénovatrice de l'époque s'est avérée fatale pour un établissement qui restera toujours associé pour moi au goût du melon – un fruit que l'on ne voyait, en ce temps-là, que dans les milieux aisés, si bien que je confiai un jour à mon grand-père que je ne savais même pas à quoi ressemblait un melon ; il m'entraîna alors au marché aux légumes non loin de là et acheta aussitôt deux cavaillons à l'odeur sucrée, ce qui avait fait dire à Gabrielle, quand il était rentré à la maison : « Tu es devenu complètement fou, Urbain, comment peut-on avoir idée de manger des choses pareilles ? »

⋆

Mon grand-père exprimait son amour de la musique le plus souvent par un certain vague à l'âme. Les cuivres aériens dans *L'Arlésienne*, la suite lyrique de Bizet, la mélodie mélancolique du *Rosamunde* de Schubert, le célèbre chœur des esclaves du *Nabucco* de Verdi produisaient tous le même effet : ses yeux bleus se remplissaient de larmes. En revanche, il éprouvait du dégoût et de la colère en entendant Wagner et faisait ainsi sans le savoir le même choix que le grand philosophe au marteau : Nietzsche écrivit en effet à la fin de sa vie qu'il préférait la légèreté méridionale, la *Bejahung*[1] de la vie et de l'amour chez Bizet, aux fumeries d'opium teutonnes des ténèbres mystiques de Wagner.

1. « Affirmation », en allemand dans le texte.

Offenbach rendait mon grand-père joyeux, et quand il entendait des marches militaires, il se ranimait. Il connaissait par cœur la *Pastorale* de Beethoven, surtout le mouvement où le coucou lance son appel dans la fraîche forêt viennoise ; j'ai déjà expliqué les détails malodorants que les récits de mon grand-père m'avaient amené à concevoir dans mon imagination d'enfant. Mais le prélude de *L'Arlésienne*, la suite de Bizet, était ce qu'il aimait par-dessus tout : ce morceau, qui associe, à si peu d'intervalle, le tempo communicatif de la marche des rois, puis l'air mélancolique joué par les cuivres, suivi d'une tournure mélodique dramatique, et même tragique, était sans doute l'expression la plus parfaite de sa personnalité. Il disait aussi parfois : ah, la lumière du Sud, tu n'as pas idée !, sans ajouter un mot. Qui sait ? Peut-être pensait-il à la plage de Rapallo. Quant à la parenté évidente entre cette Arlésienne, qui provoque la mort de son admirateur, et Carmen, la femme fatale redoutée de l'opéra éponyme de Bizet – qui appelle l'amour un oiseau rebelle et met son amant devant ce choix : si tu ne m'aimes pas, prends garde à toi, mais si tu m'aimes, fais tout aussi attention –, elle était passée sous silence, car il était bon de faire preuve de modestie à cette époque, dans les foyers flamands. D'ailleurs, quel autre choix avait mon grand-père ? La passion qui l'avait rongé toute sa vie lui avait échappé en l'effleurant au passage et l'avait profondément marqué. Il le sentait intuitivement dans la sombre tournure de ce prélude inoubliable, qui en soi a toute la force d'un opéra à part entière.

*

Les lieux ne sont pas qu'un espace, ils sont aussi associés à une époque. Je regarde la ville différemment depuis que je porte en moi ses souvenirs. Mes pensées ne cessent de vagabonder autour de la place d'Armes, que je connais moi aussi depuis mon enfance comme un lieu festif, un lieu lié aux dimanches matin, à l'odeur des fleurs coupées qu'achetaient mes parents, à la fanfare désuète dans le kiosque à musique parfaitement restauré. Mais à présent, je cherche dans le langage fermé des façades l'endroit où a dû se dresser l'immeuble dans lequel mon grand-père a passé quelques mois à travailler comme apprenti chez le tailleur bruxellois Tombuy et sonnait à la porte de M. Carpentier, « revendeur de vêtements ». L'immeuble se situait, d'après la description de mon grand-père, « à côté du Club des Nobles, l'institution littéraire de renom, là-bas, sur la place d'Armes ». Voilà qui est facile à trouver : le Club des Nobles, cercle relativement fermé à vocation littéraire et philosophique, est situé depuis 1802 dans un bâtiment connu sous le nom d'hôtel Falligan, une construction rococo qui, joliment restaurée dans une teinte rappelant le « jaune Marie-Thérèse » habsbourgeois, trône encore sur la grande place de la ville ; de part et d'autre de la façade, on voit Apollon et Diane, un couple familier : Apollon est à droite, il représente les arts, Diane est à gauche, elle représente la chasse – l'art et la chasse, deux occupations dans lesquelles, de tout temps, les nobles ont aimé s'illustrer, d'autant qu'elles étaient un signe de distinction. Lors d'une restauration en 1883, les statues ont été cependant « toilettées », m'apprend un site Internet, et à la suite de cette opération, curieusement, Apollon s'est retrouvé avec l'arc de Diane, et Diane a dû pour sa part apprendre à jouer de la harpe. Cet échange contraint de leurs fonctions est, pour le moins, curieux et témoigne sans aucun doute d'un élargissement de l'horizon des noblaillons cultivés de la ville à l'époque. Aujourd'hui encore est installée dans cet immeuble la société littéraire Falligan, d'orientation francophone, un des derniers vestiges de la bourgeoisie gantoise de langue française, quasi disparue, un monde nostalgique assez fermé qu'a évoqué, entre autres, l'écrivaine Suzanne Lilar dans *Une enfance gantoise*. Elle est aussi l'auteur de *La Confession anonyme*, une nouvelle qu'André Delvaux a adaptée en 1983 de manière saisissante pour en faire un film sombre et passionné, *Benvenuta*, avec l'inoubliable et sensuelle Fanny Ardant dans le rôle principal et une musique magnifique d'un compositeur d'une grande sensibilité, Frédéric Devreese ; le beau site du tournage est d'ailleurs une des bâtisses qui parlent le plus à l'imagination le long de la Coupure, une grande maison mystérieuse entourée d'un jardin dont j'aurais volontiers fait l'acquisition si j'en avais eu les moyens.

L'immeuble du « revendeur de vêtements » sur la place d'Armes est moins facile à retrouver ; était-il à gauche ou à droite du Club des Nobles ? À gauche, je suis face à une boutique qui me fait ostensiblement savoir en lettres vert fluo que je peux bel et bien entrer, mais également ressortir aussitôt en étant doté d'une connexion Internet. Le rez-de-chaussée a été saboté, avec le mauvais goût qui semble propre à tous les commerçants du monde, par des sortes de plaques de marbre noir bon marché. Mais les quatre étages, qui ont chacun une belle loggia, sont le digne reflet d'une maison bourgeoise quasi palatiale du dix-neuvième siècle. À droite s'élève un gigantesque bâtiment détenu désormais par une banque. L'immeuble, dont la façade présente sur sa largeur plus de dix fenêtres, est si grand qu'il n'était peut-être pas destiné à être un logement, même avant-guerre, une époque où l'étalage éhonté de sa fortune personnelle à la vue de la populace passant devant était pourtant considéré comme un signe de grande sensibilité morale. Je mise par conséquent sur le bâtiment de gauche, imagine la beauté et l'élégance, quelques années après 1900, du rez-de-chaussée à présent d'une épouvantable laideur et visualise le petit morveux de treize ans qui, pour dix centimes par jour, devait courir à droite et à gauche, avec ses sabots de bois et ses bas en accordéon, en transportant de lourdes piles de vêtements tout juste confectionnés, et sonnait ici chez M. Carpentier. Un des employés de la maison ouvre, disons qu'il s'agit d'une femme, elle prend la lourde livraison, le remercie en français avec un accent gantois, et referme la porte – peut-être lui glisse-t-on un ou deux centimes supplémentaires, je n'en sais rien. Le garçon repart en courant chez le tailleur, dont l'adresse s'est perdue, où l'exigeante maîtresse de maison lui demande aussitôt de fendre du bois, d'allumer le poêle et d'apporter du charbon, puis retourne en courant à l'atelier de couture, où on lui passe un savon parce qu'il est parti trop longtemps et a les mains sales. Le tailleur l'envoie d'un ton bourru chercher à l'école le fils de cette famille bourgeoise. Au bout d'un certain temps, il est chargé chaque jour de cette tâche et doit porter le cartable rempli de livres du jeune monsieur en prenant garde de rester deux pas derrière lui, pour éviter de recevoir un coup de canne que ce garçon de douze ans manie déjà avec une suffisance proustienne.

Il n'a pas consigné l'anecdote qui suit, mais j'ai entendu raconter à maintes reprises que sa mère était venue le chercher au bout de deux mois à l'atelier de couture. Soudain, elle surgit au milieu de la pièce, à la consternation et la gêne d'Urbain, qui en prend suffisamment pour son grade, estime-t-il, pour ne pas devoir être confronté de surcroît au caractère inflexible de sa mère. Mais non, elle n'accorde pas même un regard au tailleur qui l'observe par-dessus son lorgnon. Elle fixe droit dans les yeux son fils qui, assis en tailleur sur une grande table de coupe, essaie de coudre des boutons sur un morceau d'étoffe inutilisé, et dit : « Viens, mon garçon, c'est terminé ici, rentrons à la maison. » Là-dessus, le tailleur, qui continue d'examiner par-dessus son lorgnon la fière femme du peuple en sabots comme s'il avait découvert un cafard par terre, dit d'un air hautain : « *Madame, voulez-vous avoir la politesse**... » Elle l'interrompt et lui dit : « *Monsieur Tombuy**, vous pouvez fourrer les dix centimes par jour là où vous pourrez les garder bien au chaud, *avec politesse** », et, à grands pas, suivie de son fils ahuri qu'elle traîne par la main, elle quitte l'atelier et claque la porte derrière elle.

Il avait pour sa mère une grande admiration, qui transparaissait dans toutes ses histoires. Il évoquait toujours son attitude fière, sa maîtrise, ses cheveux noirs rassemblés en un chignon imposant, le fait qu'on s'écartait sur son passage, le regard de ses yeux gris clair, qu'elle lançait en silence à tous les prétentieux, jusqu'à ce qu'ils battent en retraite, gênés. Ce jour-là, il marche à côté d'elle, le cœur battant à tout rompre, fort du sentiment de liberté reconquise. Il a pour sa part un caractère plus docile, jamais il ne se départira de son humilité vis-à-vis des classes sociales supérieures. Tout dans sa vie a été le reflet d'un sentiment d'humiliation et de doute vis-à-vis de lui-même, qui souvent entrait douloureusement en conflit avec la fierté qu'il avait héritée d'elle. Jusqu'à un âge avancé, quand le médecin venait pour une visite, il astiquait une heure auparavant la tirette de la grande sonnette de la maison, la poignée de la porte d'entrée, la vieille douille d'obus sur le montant de l'escalier, afin que tous les cuivres à l'intérieur et à l'extérieur de la maison reflètent la lumière pour accueillir joyeusement Monsieur le Docteur, devant lequel, pour le moindre examen, il se mettait au garde-à-vous comme s'il avait face à lui le médecin revêche des armées qui, en 1908, le déclarerait apte à suivre un enseignement à l'école militaire.

★

Il ne s'est jamais remis du traumatisme qu'il a subi quand, un soir, alors qu'il avait une dizaine d'années, il fut réveillé par des coups tambourinés sur leur mince porte d'entrée, le cri de sa mère, des voix animées dans la maison. Il sort en crapahutant de son lit, descend les marches sur la pointe des pieds et, là, dans la cuisine, sous la pâle lumière de la lampe, son père est assis, ou plutôt affalé sur une chaise, « la tête couverte de sang et de blessures », comme il disait toujours en racontant cette histoire, de sorte que, dès mon plus jeune âge, j'associais cette scène au célèbre choral de Bach à propos du Seigneur Jésus martyrisé. Un des hommes tient un torchon mouillé et essaie de tamponner avec précaution un sourcil fendu qui saigne abondamment ; un autre parle à Franciscus pour l'encourager tandis qu'il extrait une dent cassée coincée entre ses lèvres en sang ; la tête de son père tombe sur sa poitrine, sa mère la soutient. Quand l'enfant se précipite dans la cuisine en criant « papa ! papa ! », un des hommes saisit le jeune garçon se débattant et lui ordonne de retourner se coucher ; mais sa mère, qui soutient encore la tête de son mari sans cesse sur le point de perdre connaissance, dit qu'il peut rester, puisqu'en fin de compte, il a vu ce qui se passait. Personne ne répond à ses questions inquiètes, on est trop occupé à apporter des soins à son père malmené, qui est transporté vers son fauteuil en osier et reçoit un peu à boire. Du sang a ruisselé dans son cou, son nez est gonflé et du sang coule aussi sur ses lèvres fendues, il y en a même sur son gilet en velours marron, et du sang colle également à ses cheveux.

Du sang partout, son père, son ami au cœur tendre, le héros des fresques de l'église ! Mon grand-père entend comme à travers un brouillard des bribes de ce qui se passe, mais il doit attendre que sa mère dise qu'elle peut à présent se débrouiller seule, que les hommes repartent chez eux en assurant qu'ils reviendront le lendemain pour voir comment va Franciscus, que son père retrouve peu à peu ses esprits et qu'un bandage soit enroulé autour de sa tête, pour parvenir lentement à retrouver son calme et apprendre ce qui est arrivé.

Son père était allé ce jour-là avec quelques vieux amis à ce que l'on appelait le « marché aux pots » à Schellebelle et au retour – comme ils avaient fait tout le chemin à pied, ils n'arrivèrent en ville qu'à la tombée de la nuit – ils s'étaient rendus dans leur ancien quartier, le long du boulevard de l'Heirnis, pour boire encore une pinte. Ce n'était pas dans les habitudes de son père, mais bon, c'était un jour de fête, au début de l'été, et il pouvait bien boire une petite bière, il n'en mourrait pas. Dans le bistro, ils avaient sûrement commencé à chanter des chansons et soudain, un prétendu « serveur » avait surgi devant leur table et leur avait demandé de fermer leur sale gueule. Là-dessus, il avait balayé de la table la pinte d'un des hommes de leur groupe. Il n'aurait pas dû : c'était la pinte du gigantesque Louis Van den Broecke. Ce dernier s'était levé de toute sa hauteur, avait agrippé le serveur par la gorge et lui avait demandé ce qui n'allait pas. Le serveur s'était écrié : « Je n'ai pas d'ordre à recevoir de ta part, t'es qu'un sale cul-bénit. » Il avait essayé de le frapper, mais avant de pouvoir lever le bras, il avait reçu un coup qui l'avait fait tomber contre le comptoir. Puis il était sorti dans la rue en titubant et en jurant, Louis avait demandé une autre pinte et les choses en étaient restées là. Quand les amis avaient quitté le café une demi-heure plus tard, il faisait nuit. Devant le fossé aux Joncs, ils avaient été attaqués par cinq hommes, avec à leur tête le serveur. Celui-ci avait agressé Louis par-derrière. Louis avait agrippé l'homme et l'avait balancé comme un pantin dans le fossé aux Joncs. Quand l'homme était parvenu à s'en extraire et avait foncé sur lui avec un couteau, Louis lui avait flanqué une beigne. Entre-temps, les autres s'étaient emparés de Franciscus, ils étaient assis à deux sur sa poitrine et le rouaient de coups. Le géant s'était rué sur eux, les avait rossés, avait ramassé le chapeau du serveur, l'avait posé comme un trophée sur sa tête et, avec les deux autres qui s'étaient enfuis à toutes jambes et étaient prudemment revenus, il avait traîné Franciscus à moitié conscient jusque chez lui. Une fois rentré, Louis s'était aperçu qu'un nom était mentionné à l'intérieur du chapeau, il s'était avéré appartenir à un éminent socialiste. L'homme avait été condamné à un an de prison avec sursis par le juge de paix – ce qui n'avait pas arrangé les relations déjà tendues entre catholiques et socialistes.

Pour des gens comme mon arrière-grand-père, le socialisme n'était que menace, violence, agitation et angoisse. Depuis des années, la ville était en proie à des troubles sociaux – certains soirs les « rouges », que mon grand-père décrivait avec aversion et horreur, sillonnaient les quartiers ouvriers. Des chants retentissaient, des cris s'élevaient, les gendarmes à cheval chargeaient. Des bagarres éclataient, un gendarme fut traîné de son cheval et brutalisé. Fuyant en sabots les manifestants, mon grand-père rentrait en haletant chez lui et refermait la porte. « Nous étions confrontés à une rébellion de la populace », a-t-il consigné avec colère dans son cahier.

Des soldats démobilisés furent à nouveau appelés sous les drapeaux pour briser la grande grève de La Louvière et de Charleroi et réprimer « au sabre clair » les révoltes populaires qui y étaient associées. On parlait de la grande catastrophe au charbonnage du Hornu en Wallonie, des conditions inhumaines dans lesquelles les mineurs y effectuaient leur travail, des pêcheurs noyés à Ostende, des enfants épuisés dont les doigts étaient arrachés sous les grandes machines à carder dans les usines de textile lorsqu'ils ramassaient les bouts de fils de lin, des métallurgistes mutilés, des estropiés qui dépérissaient sans travail, des innombrables autres calamités auxquelles les travailleurs étaient exposés à l'époque.

Mais les manifestations dans les rues étaient étrangères à ces gens-là, qui les avaient en horreur et se repliaient dans leur petite vie silencieuse.

À Gand même, les tensions entre les socialistes et les gendarmes dégénèrent en de sanglantes confrontations. Les esprits s'échauffent ; des morts surviennent dans les deux camps. Les longues soirées d'été, ils entendent les *voix excitées des tribuns rouges dans les courées où il n'y avait pas de voie de passage et où s'introduisait la mauvaise graine pour exprimer sa haine contre tous ceux qui avaient une situation un tant soit peu plus avantageuse que la leur.*

Parfois, des exaltés rugissent qu'il faut aller chercher l'argent là où il est, et qu'ils s'adresseront directement aux riches, et pourquoi pas maintenant. Mon grand-père, à dix ans, en a le cœur serré tant il a peur : bientôt, tous ces beaux messieurs-dames vont se fâcher et son père et sa mère n'auront plus de travail. Ainsi, le dogme catholique de l'époque donne déjà le ton dans leur famille : les rouges sont des envieux vulgaires, qui ne connaissent plus leur place en ce monde, ils boivent comme des trous, fanfaronnent et font du tapage au lieu de s'occuper de leur travail. Les premières manifestations semblent uniquement destinées à inspirer une peur encore plus grande aux petits travailleurs affolés : chaque cortège *était précédé de deux rangées de douze armoires à glace chacune, qui nettoyaient les larges rues jusqu'aux trottoirs. Une famille qui tenait à sa tranquillité n'avait plus qu'à s'enfermer chez elle.*

L'Église aussi prend la parole, pour saboter le plus vite possible toute tentative d'entente : les querelles encouragent les appareils de propagande dans les deux camps, les grondements proférés du haut de la chaire valent ceux entendus dans les rues. Le dimanche, le prêtre Vandermaelen parle des rebelles impies qui veulent de nouveau tuer et jeter aux lions les chrétiens, les croyants respectables, comme au temps des Romains. Mon grand-père avait beau être lui-même issu du peuple et, d'une certaine manière, il en est resté fier toute sa vie, il ne parlait qu'avec horreur de la « clique des rouges », un ennemi dangereux qu'il accusait de ne pas savoir ce qu'était la civilisation, de n'avoir ni foi ni loi, d'être privé de tout sentiment de justice. Il détestait leur langage grossier, leurs blasphèmes, le fait qu'ils n'utilisent pas plus de trois cents mots en tout et pour tout dans leur vie, qu'ils pourrissent l'atmosphère dans les chantiers par leurs querelles et leurs insultes, qu'ils boivent leur paye dès qu'ils la touchent, dans les bistros, au lieu de la rapporter loyalement à la maison comme le faisait son père et de donner l'argent à leur famille : *Eux qui criaient : « À bas les despotes », ils se sont révélés bestiaux, éprouvant un malin plaisir à voir souffrir les autres sans jamais s'en lasser.*

Il allait falloir désigner des conseillers municipaux, des députés et des ministres dans leurs rangs, note-t-il avec amertume dans ses mémoires, mais ces nouveaux élus du peuple étaient à peine capables d'écrire et devaient ensuite se faire aider par le genre de personnes qu'ils avaient auparavant maudites. Le schisme au sein de la population active, orchestré par l'Église, s'accentuait, se ranimait, quand de tels événements se produisaient, mais tout ce que voyait mon grand-père enfant, c'était son père au lit avec la tête gonflée et bandée. Et son jeune cœur se durcissait contre ceux qu'il qualifierait plus tard d'ennemis de l'ordre et de la justice.

Dans les années cinquante, ce traumatisme tourne pendant un certain temps à la paranoïa. Il ne cesse de parler de microphones que les socialistes ont placés dans sa maison pour le mettre sur écoute, et quand il raconte à tous ceux qui veulent bien l'entendre qu'on lui a demandé d'être ministre du Parti populaire chrétien, mais que les rouges surveillent ses conversations dans sa propre maison, son médecin traitant décide qu'il est temps d'intervenir. Il est interné au centre psychiatrique de Sleidinge et soumis à cinq séances d'électrochocs. Il rentre chez lui brisé, ne parle à personne pendant des semaines, pleure dans la serre sous les petits raisins verts. De temps à autre, cela refait surface, il frappe des poings sur la table, fulmine contre le *kroelkesvolk*[1] des faubourgs – dont il est lui-même issu au demeurant –, traite ses semblables prolétaires de *klepsjies* et de poivrots, si bien que, pour avoir la paix, on préfère ne pas laisser traîner de journaux dans son voisinage et, si possible, on évite d'écouter les nouvelles à la radio.

En 1951, les frictions suscitées par la question royale et, plus tard dans les années soixante, l'écoute quotidienne des nouvelles à la télévision, ne cessent de rouvrir chez lui de vieilles blessures. Les divergences entre socialistes et catholiques semblent alors aussi se recouper avec celles entre Wallons et Flamands, ce qui lui rappelle les humiliations subies à l'école militaire. Il entend que les communistes russes ont détruit partout de vieilles icônes dans les églises, arraché les yeux des saints, que des prêtres ont été assassinés. Il a chaque fois l'impression qu'on veut tuer encore une fois son père défunt, oui, qu'on irait même jusqu'à détruire ses fresques si on en avait l'occasion ; un sacrilège, ni plus ni moins. Son esprit s'enflamme une deuxième fois, il perd pied et doit être interné de nouveau et subir une fois de plus des séances d'électrochocs.

1. Ce terme en italique et celui qui suit sont propres au grand-père ; le premier a le sens de « racaille », « bas peuple », le deuxième a le sens de « porteur de casquette ».

À propos des années qui ont suivi la Seconde Guerre mondiale, il n'a pas laissé de témoignages directs, car il gardait le silence sur tout ce qui avait vraiment de l'importance ; il n'y a par conséquent que des pièces de puzzle apocryphes, toutes sortes de récits et de souvenirs racontés par des tantes, des cousins, mes parents. Il ressentait encore la vive douleur qu'avaient provoquée en lui toutes ces expériences le jour où il m'a dit d'un ton tranchant, alors que j'étais séduit par les idées de gauche à l'université, que j'étais en train de jeter tout ce que mes parents avaient fait pour moi. Je brisais pour la deuxième fois devant ses yeux un souvenir qui lui était précieux.

Ce n'est pas un hasard, me suis-je dit plus tard, qu'il soit né l'année de la parution de la célèbre encyclique papale *Rerum Novarum* – un pamphlet du pape Léon XIII prônant un catholicisme qui prenait brusquement, à l'époque, une orientation sociale, après des années de soutien à la noblesse et à l'aristocratie, l'Église s'efforçant ainsi d'enrayer la montée en puissance des syndicats socialistes, entre autres en reprenant à son compte les revendications socialistes auxquelles elle ajoutait ces règles rigoureuses de moralité et d'obéissance qui mettaient justement tant de distance entre mon grand-père et ses compagnons d'infortune non croyants.

★

Dans l'arrière-cuisine, il se tient devant la petite armoire blanc laqué contenant le nécessaire de rasage de son père. Il essaie pour la première fois de raser le duvet sur ses joues. Il regarde dans le petit miroir grêlé, et ce qu'il voit est un gars solide, trapu, aux cheveux épais dressés sur la tête, aux yeux bleu vif et, à travers le duvet blond sur ses mâchoires, ici et là un bouton de belle taille. Il tient la longue lame de rasoir, qu'il a commencé par aiguiser soigneusement, comme le lui a montré son père, sur une lanière de cuir qu'il a auparavant accrochée, pour la tendre, à la poignée de la porte en faisant une boucle. Il va bientôt avoir quinze ans, mais restera de petite stature. Jusqu'à ses vieux jours, il affirmera que s'il n'a pas totalement achevé sa croissance, c'est qu'on lui a fait porter, à quatorze ans, des poids bien trop lourds à la fonderie. Il prend le blaireau, le trempe dans le grand bol d'eau tiède, et se frotte la joue droite. Il racle maladroitement sa peau, tenant la lame dans sa grosse main aux ongles cernés de noir. C'est comme si un animal inconnu éveillait quelque chose en lui, quelque chose qui sommeille encore et entrouvre les yeux, perturbé dans une léthargie enfantine, un rêve qui, encore indolent et chaud, comme un premier souffle de vent estival en mai, parcourt tout son corps tremblant, là dans cette froide arrière-cuisine, une chaleur qui se déploie de sa bouche à ses oreilles et le blesse, le coupe, alors il prend conscience de la vulnérabilité de son propre corps. Il se sent devenir chaud et dur, là, dans son pantalon. Il frotte le savon de sa joue, tamponne la peau brûlante avec la pierre d'alun d'un blanc bleuté qui est posée sur le séchoir rugueux en bois, se savonne l'autre joue, tend la peau à l'aide de la main gauche comme il a vu son père le faire. À ce moment-là, une joue encore recouverte de mousse, il voit dans le miroir le visage de sa mère derrière lui. Elle observe son fils en retenant sa respiration, avec dans ses yeux pâles une sorte de lumière, elle s'aperçoit qu'il l'a vue dans le miroir. Leurs regards se croisent. Le rasoir devant le visage, il la regarde fixement. Il voit l'expression dans les yeux de sa mère s'adoucir, suggérer un rire sans le moindre mouvement, seul son regard a changé, comme une brève apparition de lumière à travers la fine couche de nuages, quelque chose de fugitif qui s'est volatilisé avant qu'il ait bien pu l'observer. Elle s'est retirée et a fermé doucement la porte.

*

Dans la maison voisine, une jeune femme meurt. Elle est malade depuis des mois, se plaint d'une douleur dans le dos, dans le ventre. Elle a quatre enfants, qui ont un aspect négligé. Son mari, un homme bourru du nom d'Henri, menuisier de son état, s'enivre et ne rentre à la maison que tard le soir. La jeune femme, Emilie, a trente-cinq ans. Décharnée et pâle, elle est dans sa cuisine ; elle frappe contre les fines cloisons pour demander de l'aide ; elle hurle de douleur et demande à mourir. Céline prend le nouveau-né de ses genoux, une fillette née prématurément qui s'appelle Helena. Elle donne elle-même le sein à l'enfant, car elle nourrit encore sa propre petite dernière, Melanie. Pendant des années, l'allaitement n'était pas l'exception, il permettait de faire l'économie d'une bouche à nourrir. Les semaines suivantes, la voisine dépérit rapidement. Quand Céline lui apporte à manger, elle vomit la nourriture presque aussitôt ; elle crie de douleur dès que quelqu'un cherche à apporter des soins à l'excroissance sur son bas-ventre. Elle est peut-être morte d'une tumeur intestinale qui n'a pas été détectée, d'après ce que j'ai pu déduire du récit de mon grand-père ; à sa mort, la protubérance sur son ventre est noire.

Le mari, Henri, amène les autres enfants chez Céline, sans savoir ce qu'il doit en faire. Cela a dû représenter pour elle une lourde charge supplémentaire : ses cinq enfants à elle, plus les quatre bambins des voisins. Au bout de quelques semaines, elle est d'ailleurs épuisée. Ne supportant plus de voir sa femme s'étioler, Franciscus se rend chez Henri qui, abruti par l'alcool, est affalé dans son fauteuil – les maisons n'ont pas de seuils et les portes ne sont jamais fermées à clé –, et il l'exhorte à placer ses enfants dans une des nombreuses institutions caritatives que compte la ville. Henri le fait à contrecœur et finit par déménager lui-même au bout d'un certain temps. Il emmène son fils aîné avec lui, la fille aînée vient chez Céline deux jours par semaine pour raccommoder des vêtements, ce qui permet de gagner à nouveau un peu d'argent. Mon grand-père obtient ainsi quatre frères et sœurs d'adoption, ce qui signifie que ses pauvres parents ont, pendant les vacances, neuf enfants à nourrir. Il n'a jamais dit grand-chose à leur sujet, sauf que l'aîné, qui s'appelait Joris, a réussi plus tard à faire des études secondaires grâce à l'appui financier d'une quelconque organisation chrétienne, ce dont il était secrètement un peu jaloux. Joris est devenu un garçon un peu geignard, éternellement amoureux de filles auxquelles il n'osait pas parler, rigide et tatillon, toujours à chicaner à propos d'une chose ou d'une autre, mais parfois, à de rares occasions, il leur arrivait encore de marcher ensemble le long de la gare du Sud et de se souvenir des jours paradisiaques d'autrefois, quand ils passaient les dimanches après-midi à flâner dans la ville paisible. Ils se verront une dernière fois dans un Londres tiraillé et exalté, en mars 1915. L'un, mon grand-père, revient de son premier séjour de rééducation en tant que héros de guerre ; l'autre, le fils de son beau-père qui a fait des études et qu'il admire, essaie après la mort de sa femme anémique d'échapper à la guerre et meurt bêtement dans les environs de Londres.

« C'était mon ami, cet élève érudit », écrit le vieil Urbain dans sa belle écriture tremblante, « celui avec qui je pouvais toujours m'enthousiasmer, comme autrefois, qu'il soit malade ou en pleine santé, il était mon espoir d'une vie meilleure. »

⋆

Dans la petite chapelle du pensionnat de jeunes filles des Sœurs de Saint-Vincent, Franciscus a passé des mois debout sur des échafaudages qu'il avait lui-même construits. Il a enduit les murs, peint les ornements des piliers d'une couche dorée, fine et soigneusement appliquée, il a restauré de vieilles scènes bibliques et en a même ajouté quelques-unes. Il a reçu l'autorisation de consulter les livres de la bibliothèque de l'école contenant des gravures et des illustrations sur lesquelles étaient représentés des personnages bibliques. Il a réalisé des esquisses sur papier, des croquis de mains dans toutes les positions possibles. Il dessine aussi d'innombrables têtes – des têtes inclinées, qui écoutent ou regardent, des visages qui fixent un enfant, un serpent mort ou un hérétique dans les flammes, des visages qui doivent être fermés et pensifs. Il apprend à reconnaître les grands peintres à l'expression qu'ils donnent aux yeux, et il s'efforce de reproduire le mieux possible cet effet : comment dessiner un regard intelligent ? Quelles lignes doit-on tracer pour cela ? Il travaille souvent avec un morceau de fusain qu'il tient serré dans une pincette métallique ; à l'autre extrémité de la pincette est enfoncé un minuscule morceau de gomme, avec lequel il dessine les parties plus claires en frottant les surfaces tracées. Regarde, dit-il à son fils, je peux dessiner en effaçant – c'est la technique de la gomme que mon grand-père m'enseignera plus tard quand nous dessinerons ensemble dans les parcs et les jardins.

Franciscus a acheté tout le matériel nécessaire, il a envoyé un garçon de courses qu'on lui a attribué chercher un coûteux pigment. Il a dosé, essayé, tamisé, mélangé, dilué et affiné jusqu'à obtenir le mélange adapté. Il a fait quelques essais en appliquant des traits sur un certain nombre de planchettes sciées sur mesure et compare, pèse le pour et le contre, recommence. Il a neigé, gelé, dégelé, plu, venté, un temps plus doux est revenu et, pendant tout ce temps-là, Franciscus a escaladé ses échafaudages, jour après jour, il a réalisé, allongé sur le dos, un plafond, un tourbillon de nuages et de vêtements flottant au vent, de serpentins et de visages flous, une épiphanie divine lui rappelant une musique céleste, musique des sphères, musique de son imagination, musique de ses grosses mains gelées, crispées, musique de lignes, de crissements, de balayages, de surfaces, de plis, de faisceaux de lumière et de cheveux, musique d'animaux fabuleux, debout ou couchés autour de l'événement : un chiot au museau marron clair, qui lève les yeux vers un saint ; un cerf aux ramures fines, fragiles, qui s'enfuit en passant devant un mûrier – il ne semble pas même toucher le sol, on dirait une transsubstantiation en cette licorne divine que lui inspire une magnifique superstition. Musique du temps, musique de couleurs et de nuances, musique sans son, à l'exception du bourdonnement lointain de la ville frémissant autour de la chapelle silencieuse, où il est seul avec ses pensées et ses rêves. Pendant des semaines, il est rentré le dos raide à force de se pencher en arrière pour peindre, pendant des jours la peinture a ruisselé dans sa barbe et y a formé de douloureux amalgames, parfois elle est tombée dans sa bouche, l'obligeant à cracher le liquide au goût amer – ce qui lui a d'ailleurs donné l'idée de diluer la peinture avec sa salive, l'effet produit ici et là étant vraiment magnifique, en particulier sur le manteau bleu ciel de la Sainte Vierge, il faut bien le dire, on a envie de le lui retirer des épaules pour le mettre sur celles de sa propre femme.

Il a finalement achevé le travail au bout de plusieurs mois et l'a montré avec une fière humilité à l'abbesse revêche, qui pour l'occasion a fait aussi venir un abbé d'un monastère voisin. Ils contrôlent le travail, ont l'air satisfaits, mais essaient de ne pas trop le montrer : il ne faut pas laisser les gens simples se mettre des idées en tête en leur faisant des compliments, sinon c'en est fini de leur dévouement. Les « petites bonnes sœurs de Saint-Vincent » sont un peu moins réservées. Les yeux tournés vers le ciel, la tête penchée en arrière comme la sainte Thérèse en extase du Bernin, elles se tiennent à côté de Franciscus, peintre d'église maladroit, et l'intimident en lui roucoulant des compliments et en roulant les yeux. Les institutions chrétiennes de la ville entendent parler de la réussite de cet humble peintre capable de réaliser de tels prodiges. Il est convoqué par le révérend père, directeur de l'Institution des sourds-muets, et reçoit bientôt une nouvelle mission.

Franciscus, j'ai une bonne nouvelle pour vous.

Oui, mon père.

Vous allez pouvoir partir pendant un an à Liverpool, c'est une grosse commande, pour une institution.

Où est-ce, s'il vous plaît, mon père.

En Angleterre, Frans, vous allez pouvoir le constater vous-même.

Mais, mon père, je ne peux tout de même pas laisser ma femme et mes enfants.

Vous serez bien payé, Frans, et vous pourrez envoyer plus d'argent par mois à votre famille que vous en gagnez ici en six mois. Vous avez huit jours pour réfléchir, parlez-en à votre femme. Vous serez accompagné d'un menuisier spécialisé et d'un interprète. Allez, il est midi, vous allez rentrer tôt chez vous pour une fois et retrouver votre famille.

Oui, mon père. *Dankuwelmerci*, mon père.

Quand il apparaît soudain à midi et demi dans la cuisine, Céline manque de mourir de peur : que se passe-t-il ? Que fais-tu ici à cette heure ? Il est arrivé quelque chose aux enfants ?

Il la prend dans ses bras, l'apaise, lui raconte ce qu'on lui a dit.

Tu as perdu la tête, Frans, là-bas il n'y a que du brouillard et de l'air vicié par les usines, cela ne va pas te convenir, avec ton asthme.

Non, rassure-toi, le directeur a parlé d'un grand domaine, un parc où je peux me promener, je vais faire de courtes journées, je ne travaillerai pas plus de huit heures. Là-bas je vais me requinquer, tu vas voir.

Céline a pâli, sa lèvre inférieure tremble. Elle ne sait pas comment réagir ; elle tourne les talons, redresse le dos, se dirige à l'autre bout de la cuisine, se baisse, prend une pelletée de charbon, saisit le crochet pour soulever le couvercle du poêle et jette le charbon dans l'ouverture fumante. Un nuage de fines étincelles s'envole vers son visage, ses yeux sont mi-clos. Elle a quelque chose d'une diablesse, se dit soudain Frans, une belle diablesse attirante, avec cette lueur incandescente dans ses yeux pâles. Et il a un peu peur de ce qui va arriver.

Tout va bien se passer, Frans, tout va bien se passer.

Le sujet n'est plus abordé ce soir-là.

Les semaines suivantes, jour après jour, Céline reste assise devant sa machine à coudre. Elle fabrique trois pantalons de travail, trois vestes dans une toile grossière gris foncé, un costume pour les jours de la semaine, un costume pour le dimanche. Elle va acheter avec lui un samedi une grande malle, dans une boutique du quartier près de la place Saint-Jacques.

Tu me resteras fidèle, Frans ?

Ma petite folle. Viens ici.

Il la prend dans ses bras, lui caresse le dos, en pleine rue, où les gens peuvent les voir et sont sans aucun doute scandalisés.

La semaine suivante, ils ont chaque jour une visite à rendre à la famille de l'un ou de l'autre. Les questions idiotes et les quolibets fusent. Il échange un regard résigné avec Céline. Ils semblent avoir établi, ces dernières semaines, une tout autre relation, plus intense et en même temps plus vulnérable, mais qui leur fait aussi bondir le cœur quand leurs regards se croisent. Le soir, ils se blottissent l'un contre l'autre, ils se taisent. Il lui caresse les cheveux dans le noir, sent sa joue humide. Même au lit, elle garde le dos droit, se dit-il, si cela continue elle va se briser comme du bois sec. Il la caresse de nouveau. Il faut s'arrêter là, Frans, dit-elle, je ne veux pas attendre un autre petit pendant que tu es en Angleterre. Ils restent ainsi allongés sur le dos l'un à côté de l'autre, tous deux emplis de désir, à fixer l'obscurité, écoutant la respiration régulière de l'autre, se contenant jusqu'à ce que le matin arrive. Pendant la journée, elle reste les mains sur ses genoux, sans entendre les conversations autour d'elle. Elle s'imagine seule dans le grand lit, elle en frissonne déjà, mentalement elle voit le crépuscule froid, cruel, mauvais, elle se tourne sur le côté et ferme fort les yeux.

L'avant-dernier jour, elle lui offre un cadeau : un rasoir à main, du savon à raser, une lanière en cuir, un morceau d'alun et un sac en tissu pour son humble nécessaire de toilette.

Mais *allez**, Céline, tu n'aurais pas dû faire ça, voyons.

Ne le perds pas, Frans, tu sais que je suis superstitieuse.

*

Mon grand-père supporte mal le départ de son père ; il se rappelle comme si c'était hier le jour des adieux, cet « homme vulnérable, d'une tendre nature » assis en face de sa mère dans la voiture à cheval sombre, bringuebalante, où ne filtrait à travers une fente qu'un peu de lumière projetant sur les visages du couple silencieux un éclairage intime, indistinct, comme dans un tableau de Georges de La Tour. Il pleut à Zeebruges, il ne pleure pas, sa mère non plus, mais il a le sentiment d'une perte définitive. En haut d'un accotement, à l'abri d'un auvent où la pluie leur fouette encore plus le visage, sous les nuages de fumées et de cendres de la locomotive, ils prennent congé de lui et voient la silhouette courbée hisser son sac dans le train. Pendant le long trajet du retour, tandis qu'ils sont secoués sur des routes pavées interminables, sa mère pose la main sur son bras et lui dit : c'est toi maintenant l'homme de la maison, mon grand.

« Une fissure profonde a marqué notre famille », écrit-il. Le lent tic-tac sans fin du coucou que son père avait un jour reçu d'un cousin éloigné et dont il tirait soigneusement les poids de cuivre chaque soir remplit leurs journées, fait avancer le temps qu'il leur reste à attendre, rythme les matins pénibles où sa mère attend une lettre et où le postier ne ralentit pas le pas devant leur porte. Quand c'est le cas, en revanche, elle se lève d'un bond, ramasse la lettre par terre et se retire dans la pièce sombre à l'avant de la maison, éclairée seulement par une lampe à huile, et s'assoit pour lire seule tandis que les enfants partent à l'école. Son cœur bat dans sa gorge. Une mèche de cheveux défaite tombe devant son visage ; elle lit les pattes de mouche maladroites de son mari : *J'ai une longue soirée devant moi, et je suis terriblement seul ici. J'ai beaucoup de mal à trouver mes mots, tu me pardonneras. Je t'écris ma lettre d'abord au crayon, puis je la recopie, la deuxième fois je trouve de meilleures tournures pour te dire où j'en suis ici. Je commence par me laver soigneusement et m'habiller, comme si j'avais une importante visite à faire, et j'enfile ce beau veston que tu m'as cousu. Je ne suis pas loin de la chapelle que je dois peindre. Elle est froide et dépouillée, mais j'espère en faire un lieu inspirant. Quand il fait mauvais, je vais y réciter un Notre-Père pour toi. Tous les soirs je me couche à neuf heures et demie et je pense à toi. À l'ouest, je vois la mer grise toujours pareille, au loin. Que Dieu te bénisse et te garde, Céline, ainsi que nos enfants.*

★

Il se rapproche toujours plus de sa mère. Il y a ce souvenir d'un orage un été, qui subsiste comme l'image de leur vie ensemble. Alors que les petits sont couchés, il parle à sa mère, dans la courée, des « bouis-bouis » où se rendent ses camarades de la fonderie après le travail et elle lui demande, pour le taquiner, si lui aussi regarde déjà les filles, quand soudain, sans qu'ils le voient venir, un éclair traverse la chaude pénombre, suivi quelques secondes plus tard d'un coup de tonnerre assourdissant, juste au moment où il lui jure ses grands dieux qu'il ne s'y intéresse pas, parce qu'elle est la seule qu'il a plaisir à voir, de sorte que son aveu sentimental se perd dans le brusque tumulte. Dans l'allée derrière la maison, des ramiers quittent les cimes des peupliers blancs secoués par le vent et volettent vers le bas. Tandis qu'ils courent à l'intérieur, une pluie diluvienne s'abat sur le toit, la courée, la rue, leur monde fermé qui s'éclaire d'une lueur irréelle. Sur le palier, juste au moment où Céline s'apprête à apaiser les petits réveillés en sursaut par le bruit, une fenêtre s'ouvre brutalement sous la pression du vent, le cadre la heurte en plein visage pendant que la pluie entre à flots dans la maison. Elle chancelle, se ressaisit, l'eau se déverse à torrents dans l'escalier. Il voit à la lumière des éclairs du sang sur son front, ils s'appuient ensemble contre la fenêtre, la fermeture est cassée. Il lui demande de maintenir la fenêtre fermée, face au vent qui hurle et aux trombes d'eau qui heurtent les carreaux, descend les escaliers à toute vitesse pour chercher dans le bois à brûler une cale qu'il pourrait enfoncer dans la rainure. Il remonte l'escalier quatre à quatre, tape sur le morceau de bois pour l'introduire dans la rainure, entend mugir et beugler au-dessus du toit, car des tuiles se sont détachées, qui branlent toute la nuit. Trempés jusqu'aux os, ils sont là, ensemble, dans leur maison fragile. Céline prend son fils dans ses bras.

Le septuagénaire écrit : *Tandis qu'elle me serrait contre sa poitrine, ma jolie mère, je fus envahi par une grande émotion et mon cœur se mit à battre très fort ; mon père me manquait terriblement, je vis le sang sur le front de ma mère, je l'essuyai et me mis à pleurer ; il n'y a rien de plus impressionnant pour un garçon que de voir soudain en sa mère solide une fillette blessée. Ma mère a ri doucement et m'a dit : tu es aussi sensible que ton père, toi, ce n'est qu'une égratignure, grand dadais, et elle m'a frotté la tête à travers mes cheveux mouillés. Et maintenant que j'écris ce souvenir, je ne peux m'empêcher de pleurer de nouveau en pensant à ma mère sous les éclairs bleus de la nuit, telle qu'elle se tenait un instant immobile devant moi comme un beau portrait ancien.*

Et moi-même, en lisant ce passage, je me rappelle soudain qu'il me disait : j'ai essayé à plusieurs reprises de peindre ma mère de mémoire, mais je n'y suis jamais parvenu, je n'arrivais pas à reproduire son expression avec assez de ressemblance. La dernière fois j'ai réduit le portrait en miettes et j'ai jeté la toile dans le poêle de Louvain. Il a en revanche peint au moins cinq fois *La Vierge à la chaise* de Raphaël, et le regard de l'enfant cherchant une protection dans les bras de sa mère devenait chaque fois plus vague.

★

Quelque temps auparavant, il était allé rendre visite, avec un ami de la fonderie, au cousin le plus âgé du garçon. Il travaillait dans la vieille fabrique de gélatine.

Il faut que tu viennes voir ça, lui avait dit le cousin, tu ne l'oublieras jamais.

Les voilà donc partis à l'occasion d'une après-midi libre. C'était au mois bleu et doré d'octobre, les feuilles des châtaigniers le long de la vieille drève étaient tellement immobiles dans l'air tiède que le monde lui-même semblait retenir sa respiration pour que les vivants puissent se pénétrer de la beauté fugitive de la journée, dans ses moindres détails, eux qui avaient des yeux, un nez et des sens pour en faire l'expérience. Mon grand-père, toujours aux anges dès qu'il pouvait passer une après-midi libre avec un ami, faisait des bonds insensés, chantait une chanson à propos d'une pie et d'un étourneau, qui rimaient avec fille et jouvenceau, dansait le long du fossé recouvert d'herbe aux goutteux et de persil sauvage en fleur, et c'est ainsi qu'ils arrivèrent, après un dernier sprint pour voir qui arriverait le premier, près du grand portail rouillé de l'usine, devant la guérite du gardien qui les observait, derrière une petite vitre poussiéreuse, et leur demanda ce qu'ils voulaient.

Nous venons voir Alfons, dit l'ami, c'est mon *kozze*[1].

Vous avez des bonnes chaussures ?

Mon grand-père, ne se doutant de rien, prit un de ses sabots et le tint devant la vitre. L'homme grogna des sons incompréhensibles et fit un signe de tête en direction du bâtiment sombre. À ce moment-là, le portail rouillé s'ouvrit et une immense charrette sortit. Les roues en bois cerclées de fer roulèrent sur les pavés dans un fracas assourdissant. Le cheval de labour brabançon qui tirait la charrette se dirigeant droit sur eux, ils firent un bond de côté. De l'écume floconnait autour du mors, l'animal donnait pour avancer

1. « Cousin », en flamand.

de brusques coups avec sa grosse tête triste où, entre les œillères de cuir, des yeux étincelaient d'une lueur jaune frénétique. Les garçons se faufilèrent à l'intérieur. Le portail aux gonds massifs grinça tandis qu'un gaillard en veste de cuir sans manches le refermait. Il les regarda impassible, leur fit signe de s'en aller.

Ils ne virent le grand tas dans la cour intérieure que lorsqu'ils se retournèrent, et ils se figèrent. Jetées en un amas pyramidal, des têtes d'animaux de toutes sortes et de toutes tailles gisaient au milieu du terrain crasseux. Des têtes de chevaux, de vaches, de moutons et de porcs y luisaient dans une masse suintante qui venait d'être déversée de la charrette. Une nuée de grosses mouches bourdonnait tout autour, si près et furieusement qu'on eût dit qu'un nuage bleu scintillant enveloppait les têtes en vrombissant : des têtes aux grands yeux exténués, des yeux sanglants, rouge grenat, fixant le vide, des yeux enfoncés, des regards morts, des pupilles aveugles où grouillaient des asticots. Mais il n'y avait pas que ces yeux, il y avait aussi ces masses que formaient les gueules, les museaux, les groins d'où gouttait de la glaire marron ; les langues saillantes, les narines pleines de sang, les cornes cassées et les gros morceaux informes. Aussitôt s'éleva vers eux une puanteur qui leur coupa le souffle. Un homme approcha. Il portait une veste grise couverte d'éclaboussures, des gants épais prolongés par des manches qui lui montaient jusqu'aux coudes. Il saisit quelques têtes au hasard par les cornes, les oreilles ou le museau, enfonça ses doigts dans un cou tranché à la hache pour avoir une prise, farfouilla dans une orbite vide. Il jeta une dizaine de têtes sur une longue brouette en bois dont ruisselait un jus sanguinolent, puis poussa la brouette jusqu'à un porche ouvert du bâtiment en brique où il entra. Les garçons restèrent figés sur place à regarder le tas de plusieurs mètres d'où glissaient lentement les têtes. Ils eurent l'impression de sentir que l'oxygène, cette substance limpide dont ils n'avaient pas même conscience auparavant, était chassé de leurs vaisseaux sanguins, de leurs poumons, de leurs yeux et de leur cœur, par un fluide épais, asphyxiant, qui resterait en eux pour toujours.

Sans un mot, ils avancèrent tant bien que mal sur les pavés souillés en direction du hall de la fabrique, d'où s'élevaient un ensemble confus de voix, de frottements de lames métalliques, et surtout de chocs répétés, comme ceux de corps à l'intérieur de grandes bassines, mais aussi, dans l'obscurité au-delà du vacarme, des grondements et des tremblements sonores quelque part au fond du hall. Quand leurs yeux s'habituèrent à la pénombre, ils aperçurent des dizaines d'hommes alignés devant de longues tables, sur lesquelles étaient triées les têtes des différents animaux. Les têtes de chevaux avec les têtes de chevaux, les moutons avec les moutons, les porcs avec les porcs, ce n'étaient qu'impacts et roulements sourds de ces masses osseuses qui à force d'être projetées et heurtées semblaient vomir toujours plus de liquide lorsque, à la fin d'une longue enfilade, elles étaient fendues en trois morceaux par de robustes gaillards munis de grands hachoirs. Les blouses des fendeurs, éclaboussées de souillures, semblaient faites d'une sorte de pierre liquéfiée. Ils jetaient les morceaux de têtes dans de grandes bassines posées sur des feux, entretenues en dessous, à l'entresol, par des hommes pelletant du charbon. Leurs visages s'éclairaient à la lueur jaune du feu qui brûlait dans les fosses.

Les jeunes garçons ne prirent conscience qu'à ce moment-là du mouvement, du glissement, du flot incessant autour de leurs pieds. Des myriades d'asticots blancs tombés des têtes rampaient en couche épaisse sur le sol. Ils regardèrent leurs sabots ouverts, puis les hautes bottes des hommes. Horrifiés, ils tapèrent des pieds, constatèrent qu'ils ne faisaient que créer une bouillie encore plus grasse, se mirent à clopiner, n'osèrent plus faire un pas de plus. Un homme qui d'une main triait les têtes et, dans son autre main crasseuse, tenait un casse-croûte qu'il mangeait sans sourciller, les vit plantés là et leur fit signe de partir. Juste devant eux surgit de nouveau l'homme à la brouette, qui les frôla en passant d'un pas traînant. Il jeta son chargement à leurs pieds. Une tête de taureau noir roula contre un pied de table. Aussitôt des asticots blancs rampèrent dessus, tels une armée implacable issue d'un autre monde, envoyée sur place pour tout recouvrir et engloutir jusqu'à ce qu'il ne reste plus rien. C'était une éclipse en plein jour, une substance sombre d'où l'on pressait l'infini, du déchet transformé en déchet, la mort en bouillie.

Alors que les jeunes garçons s'apprêtaient à sortir, ils furent retenus par le cousin, qui donna une tape sur l'épaule d'Urbain et rugit : « Ça vaut le déplacement, non ? »

Pris de haut-le-cœur en sentant l'odeur rance de la main qui avait touché sa chemise, Urbain fit oui de la tête, mouton béat qui ne bêle plus et qui est prêt à tout, pourvu que cela cesse. Mais cela ne cessait pas. Le cousin les entraîna au fond du hall, où le bruit de roues broyeuses et le balancement de haut en bas de gigantesques courroies de transmission en cuir couvrirent soudain les chocs dans les bassines et les coups secs et rythmiques des hachoirs. Ici, on versait la bouillie cuite dans des bacs, où le magma bouillonnant, aspiré dans un trou, disparaissait en gargouillant et en tourbillonnant. Ce qui ressortait de l'autre côté par un bec verseur sale et rouillé, leur criait le cousin à l'oreille, était la base de la gélatine. Elle était transvasée dans des tonneaux de cinquante litres chacun, qui étaient ensuite fermés à l'aide d'un couvercle rond vissé par des hommes portant de grands gants en cuir.

Le cousin, apparemment le chef d'équipe du vaste hall, indiqua par un grand mouvement circulaire du bras une cour où quelques brins d'herbe poussaient entre les pierres et où des peaux étaient prêtes à être tannées dans un autre hall plus loin. Une grande charrette à cheval chargée de tonneaux passa à grand bruit. Ce délicieux produit va maintenant être livré dans une usine de transformation, leur dit-il, où on filtre cette saleté et on lui retire son odeur. De là, ça part aux quatre coins du pays pour faire de tout et n'importe quoi. On en met dans les crèmes de luxe pour ces dames, elles se les frottent sur le nez et sur leurs petites joues, fit-il en ricanant, vous en avez dans votre flacon de *gomme arabique**, et il y en a dans les bonbons que vous sucez avec délectation comme si ça vous tombait du ciel, vous en avez dans la confiture que vous prépare votre mère, vous en tartinez sur votre pain et vous n'en savez rien. Vous êtes remplis de tout ce qui pisse et suinte de ces têtes-là, mes petits gars, vous êtes remplis de cette saloperie mais vous ne le savez pas, parce qu'on peut retirer l'odeur et filtrer et désinfecter la pourriture jusqu'à ce que vous ne sachiez plus que c'est la mort que vous sucez avec vos petites bouches réjouies, c'est cette saloperie que ces belles dames du monde s'étalent sur leur poitrine délicate – des bulles de salive sortaient de sa bouche –, tout cela c'est du pareil au même, mais les gens ne le savent pas et ça vaut mieux d'ailleurs, sinon le monde arrêterait de tourner. Il se mit à rire en dégageant ses dents jaunes et en hoquetant, tout en regardant d'un air compatissant les garçons interloqués, et dans son regard il y avait une lueur diabolique, qui rappela à mon grand-père la bêtise insensée de la chèvre dans leur petite courée.

C'est ce rire insensé, débile, qu'il reverrait plus tard, dans des circonstances à l'époque encore inconcevables, quand il songerait en transpirant dans la boue glaciale, entre sommeil et état de veille, aux choses qu'il avait vues ce jour-là : la crasse du monde, voilà ce qu'il absorbait à son corps défendant.

Et tout le persil sauvage et toute l'herbe aux goutteux, toutes les plantes qui les saluaient en ondulant sur leur passage comme une foule d'anges égarés leur criant que le monde n'était pas si mal en point, tout ce qui bruissait, remuait et vivait en cette fin d'été dans les talus où la tourterelle faisait entendre sa complainte monotone du haut d'un peuplier argenté frémissant doucement, les derniers vulcains et les petits renards, une fauvette dans un poirier – ils semblaient ne pas l'entendre, ne pas le voir, comme s'ils étaient privés de toute sensation. Ils marchèrent en silence, côte à côte, et ne se firent un signe de tête que pour se dire au revoir, là où se séparaient leurs chemins et où se dressaient de guingois, sous le soleil tardif, les premières maisons de la ville, chauffées par une lumière oblique et jaune de début de soirée, comme si quelqu'un avait posé une grande lampe sur le monde pour éclairer un secret que finalement personne ne voulait découvrir.

⋆

Une chose continue d'occuper ses pensées, les jours suivants. Le spectacle des têtes d'animaux dans la cour crasseuse. Dans son souvenir, la douce lumière de l'après-midi brille sur ce tas de laideur à couper le souffle, et ce qu'il voit sont des couleurs, des teintes, les transitions les plus subtiles entre la lumière et l'ombre, les gris et le rouge, le sépia et le bleu nuit, le rouge foncé devenu presque noir, le jaune délicat, presque blanc, d'un morceau de pelage près d'un museau mort. Il se rappelle un des vieux livres que feuilletait son père, en particulier un certain tableau qui l'avait marqué quand il était enfant : une carcasse de taureau, peinte par le célèbre Rembrandt. Ce tableau représentait une chose dont on ne pouvait dire qu'elle était belle en soi, mais qui était transmuée en un spectacle puissant et beau. Cette contradiction le ronge, au plus profond de son être. Il prend lentement conscience, tandis qu'il fixe la bouche mugissante du four à la fonderie et que les projections dansent autour de lui comme des lucioles, que le choc provoqué par sa répugnance face au tas apocalyptique de viande pourrissante remplie de regards morts a éveillé quelque chose qui l'attire, qui le fait souffrir, qui ouvre en lui un nouvel espace – que pour la première fois est né en lui un désir qui semble le dépasser. C'est le désir de dessiner et de peindre, et dès l'instant où il s'en rend compte, juste au moment où il serre une fois de plus entre ses mains une de ces lourdes cuillères remplies de fer en fusion, il a l'impression de sentir ses genoux fléchir. Sa soudaine prise de conscience l'assaille avec une force intense, empreinte d'une certaine culpabilité. Cette prise de conscience, c'est la constatation qu'il veut faire ce que fait son père, associée à la douleur fulgurante, cuisante, qu'il éprouve parce que son père lui manque, parce qu'il aurait envie là, tout de suite, maintenant, de laisser tomber par terre la cuillère de feu rougeoyant, de partir à toutes jambes dans un lieu silencieux et clair, où l'atmosphère lui rappelle celle des églises et des chapelles où il est resté assis à côté de son père, pendant tant de journées de son enfance, et où son père retouchait la main d'un ange, tandis que la lumière pénétrait à travers les vitraux en formant un faisceau coloré et qu'il régnait un tel silence que les minuscules coups de brosse appliqués sur le mur remplissaient tout l'espace. Elle jaillit en lui comme un sanglot, comme un choc douloureux, électrique, qui vient du plus profond de lui-même, là où son subconscient a pris le temps de mûrir avant de se révéler au grand jour, dans le vacarme infernal, les martèlements et les cris, les objets traînés et lancés, les crépitements et les cliquètements – il rêve d'un silence céleste, là, au milieu de l'espace sombre de cet atelier de braises rempli d'ombres qui triment.

Et il pleure. Il sanglote en serrant ses mains qui lui font mal autour du satané manche en bois de cette maudite cuillère pleine de feu et essaie de se concentrer, de bien se tenir, de faire ce qu'il a à faire ; mais le temps d'un éclair, il sait qu'il ne veut plus faire ce qu'il doit faire, qu'il veut être comme son père absent. Je veux dessiner et peindre, entend-il marteler en lui, je veux dessiner, je veux apprendre à dessiner, et il lutte contre la force obscure qui le secoue et le purifie. Et le restant de la journée, tandis qu'il trie le fer, mange ses casse-croûte ou emprunte les passages difficiles sur lesquels les hommes de la fonderie, comme des ânes et des moutons dociles, trottinent et se traînent toute la sainte journée de douze heures, il ne parvient plus à prononcer un mot.

Tu es malade, Urbain ?

Il fait non de la tête.

Ils le laissent tranquille.

Mais quand il rentre chez lui, très tard encore une fois, car un client exigeant a tenu coûte que coûte à se faire livrer les profils qu'il a commandés le jour même et qui sont terminés, sa démarche paraît chancelante. Ses sabots sont fendillés par la chaleur et une écharde le lance dans le creux du pied droit. Il arrive à la maison et reste muet. Il va dans sa chambre, se glisse en silence dans son lit. Il pense à son père et laisse ses larmes couler.

*

Bien que son père n'ait cessé de le lui déconseiller, il commence en 1906 à suivre le soir, après les heures pénibles passées à la fonderie, des cours de dessin dans l'établissement Saint-Luc, où le *Frère Professeur de Dessin** lui apprend à tirer interminablement « des traits, encore et toujours des traits », ce qui finit par le rebuter et le décourager ; ce n'est pas ce dont il rêvait. Avec un certain sentiment de culpabilité, il se souvient de l'interdiction de son père : « Fais ce que tu veux dans la vie, mais pour l'amour de Dieu, ne te lance pas dans le dessin ou la peinture, regarde ce que je suis devenu ; on ne vit pas à Florence au seizième siècle ici, ne l'oublie pas. » Mais le souvenir des heures passées dans les églises avec son père, qui lui manque de plus en plus, fait pencher la balance. Le voilà donc les mois suivants, deux fois par semaine, courbé au-dessus de sa feuille de dessin, la tête cramoisie et un crayon de graphite taillé au canif entre ses grandes mains pataudes. Premiers exercices : des traits horizontaux. Des traits penchés à droite. Des traits penchés à gauche. Des traits verticaux. Des traits qui se croisent. Des traits à différentes distances. Et quand cela commence à bien se passer, les mêmes exercices au fusain.

Recommencez, Urbain !*

Des traits, des traits, des traits. Il voit des traits par les fenêtres, des traits dans les nuages, des traits dans les yeux de ses camarades, des traits dans ses rêves.

Il s'endort sur sa feuille et rêve d'une mer de fonte, dont les vagues déferlent en produisant une écume incandescente sur une plage noire infinie. À la fin des cours, il voit à peine les autres garçons partir d'un pas traînant en bavardant, pour aller prendre un verre quelque part. Il rentre chez lui et voit des traits, il déteste les traits, son travail prend du retard, ces dernières semaines il a déjà endommagé deux fois un moule et s'est fait passer un savon par le contremaître. Au bout d'un certain temps, il manque régulièrement ses cours et, quand il finit par y retourner, se fait encore passer un savon, cette fois par le *Frère Professeur**. Il essaie de surmonter sa déception, rumine dans son lit tandis qu'il entend en bas les trépidations de la machine à coudre de sa mère, qui doit faire entrer plus d'argent pour payer ses cours : est-ce que tout cela en vaut vraiment la peine ? Pour une succession interminable de traits absurdes ? Comment parvenir un jour à restaurer la main d'un ange, s'il doit dessiner jusqu'à la fin des temps des traits sur une feuille de papier de mauvaise qualité ? Il endure avec résignation le rictus avisé du contremaître quand il vient lui annoncer qu'il est de nouveau disponible pour travailler plus tard le soir. Il conserve cependant un ami qu'il s'est fait au cours du soir : un garçon qui, après un accident en utilisant une machine textile, a dû se faire amputer le bras droit, mais n'a pas son pareil pour dessiner de la main gauche. Ces traits, il en faisait quelque chose : des compositions entières, des variantes rythmiques, des variations sur la longueur, l'épaisseur et l'intensité, des traits du plus pâle au plus foncé, des légions de traits parlant un langage inaudible mais d'autant plus visible, couche après couche, comme s'il voyait des espaces entiers, des dimensions et des perspectives infinies. Cela devenait des hordes et des armées, des foules en marche. Cela devenait des bâtiments qui n'existaient que dans l'esprit de ce jeune manchot, des poteaux le long de routes, des alignements sans fin de fenêtres de casernes vues de côté, une ville futuriste, des constructions spatiales oniriques, un niveau après l'autre, un monde perspectiviste où l'on s'égarait, tandis que pour sa part, il n'était pas allé plus loin que des traits horizontaux. Le garçon fut donc admis, à la fin du semestre, dans la classe supérieure : celle des carrés, des cubes, des rectangles, des quadrillages, et ensuite des volumes. Là encore, il faisait de ces exercices idiots des merveilles, des entrepôts remplis de boîtes secrètes qu'on avait envie d'entrouvrir pour y dénicher le secret de cette façon de dessiner – des carrés et encore des carrés, des chambres et des salles ouvertes miniatures, des niches, des carrés concaves et convexes, comment faisait-il, le garçon semblait mû par une sorte de vision, par des variations musicales pour fusain et imagination, le haut du corps en légère torsion comme si, à tout moment, il était prêt à plonger dans les profondeurs secrètes du monde qu'il était en train de dessiner. Le moignon de l'autre côté de son corps, ce moignon futile sous cette manche fermée par une épingle à nourrice, remuait doucement, accompagnait le mouvement, décrivant des sortes de petits cercles, de façon entièrement autonome, animé par une force étrange, et semblait, d'une autre manière, mystérieusement, apporter aux traits virtuoses dessinés par l'autre main un sens et une intensité. Mon grand-père avait pu constater la médiocrité de ses propres exercices, en comparaison, et sans doute son admiration pour le garçon expliquait-elle en partie son propre découragement. Mais en tout état de cause, il avait été frappé par cette frénésie, le fait que le garçon, même sans le *Cher Frère**, aurait sans doute imaginé ces constructions, car elles ne correspondaient même pas à ce qui lui était demandé, elles étaient la production directe de sa main, un monde sans cause ni raison, une chose qui était là, tout simplement.

Les vendredis soir, il flânait parfois sur la place du Marché du Vendredi et passait devant la vitrine d'Offenbaum, la vieille boutique de fournitures de dessin et de peinture La Plume d'or, aujourd'hui encore au même endroit. Brosses en martre, compas et crayons, coffrets et pinceaux, toile de lin, blocs de papier à dessin étaient présentés sous un éclairage tamisé, et mon grand-père regardait, contrit, les mains dans les poches, toutes ces belles choses, le rêve qui l'avait recraché.

Un jour, le jeune manchot surgit à côté de lui.

Dis, Urbain, pourquoi tu ne viens plus ?

Il hausse les épaules, garde le silence et fixe la vitrine.

Le garçon insiste : viens avec moi, tu devrais t'y remettre.

Il fait non de la tête avec obstination.

Mais dès que le manchot virtuose est parti, il prend une profonde inspiration, rassemble son courage, franchit le seuil de la boutique et achète sur son maigre argent de poche – il cédait presque l'intégralité de sa paie à sa famille – un *bloc de dessin** et quelques crayons neufs.

La semaine suivante, il entre d'un pas nonchalant dans l'élégante librairie au coin de la rue des Foulons et de la rue des Champs, où des livres d'art sont exposés en vitrine. Il feuillette plusieurs ouvrages, lance de temps à autre des regards craintifs autour de lui, absorbe les illustrations, s'en imprègne le cerveau, observe les mains et les yeux des envoûtants Van Dyck, les chevelures, les turbans, les vêtements ondoyants, les épaules musclées, les serpents s'accouplant chez Tiepolo, les yeux humblement baissés d'une jeune fille chez Jordaens, l'étrange expression d'un personnage qui assiste à une scène dans un tableau de Piero della Francesca, les fines arcades palladiennes de villas en arrière-plan des fresques, les paons majestueux et les pintades dans les basses-cours allégoriques chez D'Hondecoeter, les couleurs et les formes qui dansent devant les yeux de son âme troublée.

Le propriétaire de la boutique de l'époque, Adolphe Hoste, connu de toute la ville, apparaît soudain à côté de lui, le toise des pieds à la tête, voit les vêtements sales, sent l'odeur pénétrante de fer et de graisse brute qui flotte autour de lui, remarque les sabots de bois sur le beau parquet de sa boutique et dit : vous comptez rester encore longtemps à tripoter mes précieux ouvrages ? Si vous n'avez pas l'intention d'acheter, monsieur, vous êtes prié de déguerpir.

Humilié, il sort, jure entre ses dents, se sent soudain la force de dessiner, comme ça, de mémoire, esquisses, gravures, tableaux et fresques, attendez un peu tous autant que vous êtes, vous allez voir ce que vous allez voir. Il rentre chez lui, sort le bloc de dessin du tiroir, s'assoit à la table de la cuisine, essaie, pendant que les autres enfants jouent à chat ou se retranchent derrière ses jambes sous la table, de dessiner un visage biblique, un dieu du tonnerre, un patriarche, quelqu'un qui puisse conjurer le sort. Le résultat est un horrible gribouillage, une tronche difforme, grotesque, une chimère païenne qui ressemble à la tête brutalisée d'un taureau mort. Il jette la précieuse feuille, salie de traits confus, dans les flammes du poêle de Louvain ronflant.

Tout l'hiver, quand il a encore de l'énergie après le dîner, il dessine. D'abord il essaie de dessiner sa main gauche posée sur la table. Cela devient une patte affreusement déformée, la serre d'un griffon ou autre animal de ce genre, et il s'amuse à la déformer encore plus jusqu'à ce qu'il fasse apparaître une gigantesque et redoutable serre, qu'il montre aux enfants : regardez, un monstre ! Leurs petits cris ressemblent à un encouragement. Il dessine la soupière. Elle se transforme en une masse penchée grotesque, faite de traits ineptes au fusain. Deux oignons évoquent des boulets de charbon. Bon, dans ce cas, il va dessiner des boulets de charbon issus de son imagination, tout un tas, ce n'est pas facile d'ailleurs. Il doit maintenant faire attention à ce que certains d'entre eux ne se mettent pas à ressembler à des oignons. Peu à peu, une pomme commence à ressembler à une pomme. Reproduire un crayon à dessin posé sur la table, pourquoi ne pas essayer, dessiner une ombre légère tout du long, voilà une application concrète de l'exercice des traits. Lentement, petit à petit, il surmonte ses humiliations intimes et prend plaisir à ce qu'il fait. Il a même plaisir à échouer, parce que l'échec l'amène sur une autre voie. Et avec ce changement constant de formes, avec ces métamorphoses évolutives, ces anamorphoses et variations sur des formes apparentées, s'ouvre pour lui durant les longs mois d'hiver un monde, quelque chose qu'il a désormais hâte de retrouver dès la pause du déjeuner, tandis qu'il engloutit ses sandwichs avec un café tiède et s'efforce de ne pas écouter les salves de rire et les vantardises sur les mains glissées sous les jupes de femmes, les trous dans les portes des cabinets, les serveuses excitées dans les arrière-cuisines, la belle croupe des juments près de l'auberge et autres jolis propos.

Il s'assoit devant le miroir et essaie de dessiner sa propre tête. Ce qui lui sourit sur la feuille, au bout d'une heure entière à cafouiller, effacer, recommencer, tenter de saisir les contours, est tellement affreux qu'il ne peut s'empêcher de rire. Sa mère vient regarder par-dessus son épaule, il retire brusquement la feuille de sa vue.

*Allez**, laisse-moi regarder pour une fois, gros bêta.

Non, maman, s'il te plaît, arrête.

Il pense au garçon manchot, au monde onirique des traits et des carrés.

Il range ses feuilles couvertes de griffonnages au fond d'un tiroir du vieux placard dans sa chambre, sous les maillots de corps et les chaussettes. Il recommence le lendemain. Encore et encore, tout l'hiver. Le printemps arrive, les autres partent se promener, nager, aux premières belles journées de printemps, ils vont faire du bateau avec les filles sur la Lys, mais lui reste dessiner, seul à la maison, alors que tout le monde est dehors, tandis que la brise chasse les nuages blancs et qu'un air doux enchante la ville. Il dessine, fait des progrès et, assis là, entièrement seul, il sent parfois en lui une puissance, une grande et profonde force qui lui donne soudain le sentiment d'être *quelqu'un*, quelqu'un capable de ce que d'autres ne peuvent pas faire. C'est comme si, après des mois, il avait soudain atteint péniblement le sommet d'une montagne. Mais bien sûr que non, imbécile, dit une autre voix en lui, ce n'est pas un sommet, loin de là, tu es seulement en chemin, c'est un petit rebord sur une paroi rocheuse, un rebord où tu peux souffler un peu, regarder vers le bas et te dire : nous sommes au moins arrivés jusque-là. Cette pensée le remplit d'une fierté secrète. Mais quand il regarde vers le haut, autrement dit quand il pense aux reproductions dans la librairie où on l'a flanqué à la porte, il sait que la route qui l'attend est longue et abrupte. Et cela ne lui fait pas peur non plus. Il se rend compte à quel point il a hâte de revoir son père pour lui montrer quelques croquis. Car, de toute évidence, sa mère lui a déjà révélé depuis longtemps dans ses lettres ce qu'il fabrique ici en cachette. Il veut voir son père, revoir son père ici. Il sombre dans un profond sommeil sans rêve.

*

Nos virées à la librairie Herckenrath, chez le successeur d'Adolphe Hoste, tenaient du rituel solennel. Jamais mon grand-père n'astiquait ses bottines noires avec autant de ferveur que lorsque nous allions « chez Herckenrath ». Jamais il n'entrait où que ce soit avec autant de distinction et de dignité. Au fond de la boutique, M. Herckenrath, qui pouvait se prévaloir d'avoir été un ami du célèbre poète Karel van de Woestijne, replaçait avec précaution sur leurs étagères les livres que des clients avaient sortis. Sous le regard bienveillant de la maîtresse des lieux, mon grand-père feuilletait quelques ouvrages avec une certaine vénération silencieuse, s'arrêtait devant les dos brillants des volumes et reniflait discrètement quand il apercevait un titre qui l'attirait. Il ne repartait jamais les mains vides. Un peu las par raffinement, le regard de la commerçante francophone se promenait avec un mélange de sympathie et de compassion sur son borsalino, sa canne, son complet bleu nuit, sa lavallière d'artiste un peu voyante. Caressant d'une main distraite joliment baguée la couverture d'un roman de Suzanne Lilar sur la petite pile à côté de sa caisse, elle attendait qu'il eût déroulé ses billets de banque et lui en tendît deux. Elle enveloppait son livre dans le ravissant papier d'emballage de sa belle librairie aristocratique, le lui remettait avec un sourire parcimonieux en émettant un *au revoir, monsieur** à peine audible, en témoignage de sa bonne volonté, elle qui était prête à le considérer comme une personne à part entière, bien qu'il parlât un flamand suranné et exagérément soigné. Il lui prenait des mains le livre sur les peintres de l'École de Fontainebleau, s'inclinait légèrement, me donnait la main et me disait : viens, mon garçon, nous allons manger une *crème à la glace** à la Veneziana.

Je me suis moi-même rendu à la librairie Herckenrath bien des fois, j'y ai acheté de coûteux recueils imprimés sur papier bible de la Pléiade, mes premiers livres de philosophie, quelques volumes précieux de reproductions de tableaux, une monographie sur le Tintoret. On y trouvait peu de livres en néerlandais et ceux présentés dans un coin de la vitrine semblaient escamotés plutôt qu'exposés. Il y a même eu à un moment un exemplaire de mon premier livre, égaré entre un guide touristique et un ouvrage sur les voyages dans l'espace, et j'ai ressenti une profonde mélancolie en pensant au malheureux sans-le-sou en sabots qui était venu fouiner dans les livres et que l'on avait mis à la porte, et qui plus tard était si souvent revenu en petit seigneur. Mon premier livre parut six mois après sa mort. Mon grand-père était loin de se douter que moi aussi je publierais un ouvrage. En face, dans la boutique d'allure viennoise du boulanger juif Bloch, les femmes de la bonne société prenaient un café servi dans une petite cafetière en argent et accompagné d'un croissant beurré, tandis qu'elles lisaient un livre acheté chez Herckenrath, le papier d'emballage soigneusement plié en quatre à côté de leur main baguée. Elles étaient tellement chics qu'elles affectaient une pointe d'accent français en parlant le flamand.

*

Par une douce journée sans un souffle de vent, son père rentre de Liverpool.

Ils vont tous l'attendre à la gare du Sud. Mon grand-père était encore capable de décrire précisément ce moment, des décennies plus tard, comme si une vieille scène de film se déroulait devant ses yeux : le train ralentit avec un puissant sifflement et des grondements de roues sous la verrière de la gare, et s'immobilise en crissant dans un voile de fumée et de vapeurs. Ils attendent sur le quai parmi une foule qui se presse et, avant qu'ils n'aient eu vraiment le temps de le guetter, son père et son assistant moustachu, Bracke, approchent en agitant la main. Céline se précipite vers lui, la petite Melanie accrochée à ses jupes la suivant en trébuchant, elle se jette au cou de son mari avec tant de fougue que la petite tombe par terre. Franciscus regarde son plus jeune enfant, qui semble à peine le reconnaître. Il sort des bonbons de la poche de son manteau. Dans la calèche sur le chemin de la maison, les époux se regardent, intimidés. Le cocher fait claquer son fouet. Le fracas des roues cerclées de fer sur les pavés, le bruit des sabots des chevaux rendent toute conversation impossible. Quand ils entrent dans leur rue, ils voient une foule de voisins rassemblés devant leur maison. Certains applaudissent. Mais quand Franciscus descend de voiture, pâle et fatigué, soutenu par sa femme, un silence se fait. Ici et là, quelqu'un lui serre rapidement les doigts ou pose une main sur son épaule quand il passe. Céline les remercie d'un signe de tête, le cocher transporte la lourde malle dans le couloir, Céline lui glisse quelques pièces dans la main. Ils entrent dans leur humble demeure et ferment la porte. À l'intérieur, une tante et un oncle ont décoré le salon avec des guirlandes qu'ils ont confectionnées eux-mêmes, une grande marmite de soupe fumante est posée sur le poêle. Franciscus regarde longuement, silencieusement, autour de lui, comme s'il était surpris de tout retrouver tel qu'en son souvenir : la pelouse clairsemée dans la grande cour, la cabane de la chèvre, le canari sautillant et le pinson dans la cage toute simple. Il entend à peine les questions des membres de sa famille, se tourne vers eux avec étonnement, prend la petite Melanie sur son bras. L'enfant est mal à l'aise ; elle pose timidement sa petite main sur la joue que son père n'a pas pu raser. L'aînée, Clarisse, un peu jalouse, fait des caprices, Jules et Emile pouffent de rire, Urbain est impressionné et se tait. Céline ne sait pas quoi faire. Puis tous deux se tombent à nouveau dans les bras. Embarrassés, les enfants voient leur père caresser les cheveux de leur mère et l'embrasser dans le cou. Puis il finit par se détacher, va au bout du couloir, retire la ceinture autour de la grande malle, donne aux garçons un ballon de football en cuir, aux filles une sorte d'assiette sur laquelle il y a des crochets et des numéros, avec un anneau que l'on doit jeter sur les crochets, et aux plus jeunes un curieux petit cheval de bois qui comporte des trous – le cheval de Troie qu'a fabriqué Bracke, dit-il. Il retire la queue du cheval, montre comment ils doivent essayer, les yeux fermés, d'enfoncer la queue dans le bon trou. Stupéfaits, les enfants regardent fixement. Puis il sort une petite boîte et la donne à Céline. Avec le peu d'argent qu'il a, il lui a acheté un camée et une chaînette. Elle tient le camée devant sa poitrine en se regardant dans la glace.

Mais tu es fou. Viens donc ici.

Quand il s'installe dans le fauteuil en osier où il avait l'habitude de s'asseoir auparavant, les fillettes se chamaillent autour de lui pour monter sur ses genoux. Il frotte son menton mal rasé contre leur joue, et elles se débattent et pouffent de rire dans le creux de son bras.

Clarisse va détacher la chèvre et la fait entrer.

Leur père tapote l'animal sur le dos, frotte les jointures de sa main entre ses cornes.

Elle a vieilli, notre Bet, dit-il. Puis il regarde à nouveau dehors fixement.

Et tu as vu notre aîné ? dit Céline. C'est lui qui a le plus souffert de ton absence, il est resté loyalement à mes côtés pendant tout ce temps, il a délaissé ses amis pour m'aider à m'occuper de la maison. Et il a appris quelque chose, tu ne vas pas en revenir !

*Allez**, Urbain, dit-elle, montre tes dessins.

Mon grand-père devient blême, secoue la tête, voit le regard interrogateur de son père, va chercher ses dessins en soupirant. Franciscus lui prend la pile de feuilles des mains et les examine une à une. Des autoportraits, des études de mains. Des esquisses dans lesquelles il a travaillé le mouvement : une jambe pliée, un corps tronqué, un morceau d'étoffe flottant au vent, des arbres biscornus, un ange avec une trompette. Maladroites parfois, mais ici et là assurées et expressives.

Soudain une chose se produit que mon grand-père n'aurait jamais pu prévoir : son père éclate en sanglots, pose les feuilles sur la table et le serre si fort qu'il en a le souffle coupé. Il l'écarte de lui pour le regarder, s'apprête à lui parler, recommence à pleurer, tente à nouveau de s'exprimer, mais ne parvient à émettre que des bribes de phrases incompréhensibles.

Allons, Frans, voyons, dit Céline, assieds-toi.

Il presse les mains de son fils, s'assoit et le regarde en silence.

Excuse-moi, finit-il par dire. Tu ne peux pas imaginer ce que cela me fait d'être de retour. Tout est si familier et pourtant si différent.

Il regarde à nouveau par la fenêtre, semble se plonger dans ses pensées.

Il tousse – un son rauque, râpeux. Céline lui tend un bol de soupe ; elle sent ses mains froides.

Tu as si froid, Frans.

Je sais, c'est affreux, depuis des mois. J'ai l'impression d'être transi jusqu'aux os.

Quelque part dans la rue, ils entendent l'homme qui joue de la vielle. Il est toujours en vie ? demande Franciscus. Les pigeons sur le toit peu élevé de l'arrière-cuisine battent des ailes, le mâle fait ses approches en roucoulant. Céline tend à Franciscus un petit verre d'alcool.

Tiens, bois un coup, cela te réchauffera à l'intérieur.

Il boit d'un seul trait en renversant la tête en arrière, s'étrangle, tousse. Céline lui tapote le dos avec le plat de la main.

Tu en veux encore un petit ?

Il acquiesce, trempe ses lèvres dans le verre à nouveau rempli. On entend un sifflement, un raclement, quand il respire.

Puis il se lève, comme si une idée lui était soudain venue à l'esprit, il veut continuer de défaire sa valise. Mais Céline lui dit de se reposer d'abord, s'il veut être en état d'aller le lendemain chez le *Frère économe** pour lui demander s'il a du travail. Franciscus commence par protester, voit sa femme se débrouiller pour faire sortir les enfants en leur disant : allez jouer dehors une petite heure, votre père est fatigué. Elle dénoue son tablier noir et dit : hop, tu files là-haut, et ses yeux s'illuminent. Elle l'entraîne par la main, et il la suit, presque docilement, dans l'escalier.

Mon grand-père écrit : *C'est ainsi que mon cher père réintégra notre vie, et je remarquai, tandis qu'il montait l'escalier le dos voûté derrière ma mère remplie de joie, que ses cheveux s'étaient clairsemés ; avec son visage anguleux et ses cernes foncés sous les yeux, il était vieux pour un homme de trente-sept ans. Dans le bonheur que j'avais de le revoir s'était insinuée une angoisse, une angoisse qui ne devait plus me quitter.*

★

Il part flâner en ville. C'est le printemps de 1907. Quelques mois plus tard, il aura dix-sept ans. Les rues du centre de Gand sont silencieuses ; les gens vivent leurs existences anonymes, calmes, pleines de petits soucis. Aux États-Unis, on parle de la *Great Panic*, la grande crise bancaire qui a éclaté après la manipulation des actions de United Copper. Pierpont et Rockefeller injectent des capitaux dans les banques en faillite. Un krach boursier est évité de justesse. En Égypte, lord Carnarvon obtient l'autorisation de réaliser des fouilles à Thèbes. Aux Pays-Bas, l'empereur allemand Guillaume II arrive dans un navire de guerre. Il promet à la reine Wilhelmine que l'Allemagne, en cas de conflit armé, respectera la neutralité néerlandaise. Mais qui parle de guerre ? Le ménestrel italien chante dans une ruelle *Vissi d'arte, Vissi d'amore* : je vis pour l'art, je vis pour l'amour, jamais je n'ai fait de mal à un être vivant. Urbain jette deux pièces de nickel dans la petite boîte suspendue à une ceinture de cuir sous sa carriole.

Le soir, écrit-il, il se rendait au chevet de son père pour le protéger par un signe de croix en prononçant le mot magique : *Gotsedewaddu* – reliquat dans leur langage quotidien de ce qui avait été autrefois une phrase entière, *God zegene en beware u*, Dieu vous bénisse et vous garde, des mots que l'on prononçait en traçant avec le pouce un signe de croix sur le front – une formule usée, une chose absurde, incompréhensible pour le monde extérieur, un code secret qui apaisait le cœur quand il y avait de l'orage la nuit. *Gotsedewaddu* a accompagné les innombrables soirées de ma propre enfance, comme un galet forme le vestige poli de ce qui était autrefois un rocher aux contours irréguliers dans la mer, et se retrouve au bout de plusieurs millénaires sur une table de nuit, laissé là quand le malade s'est endormi, malade de ses souvenirs où sans cesse, irrésistiblement, il s'égare la nuit.

Le craquement étouffé, régulier, du lit parental, à travers le mur peu épais, est une lointaine musique des sphères, qui le berce jusqu'à ce qu'il s'endorme, sans pensées et sans rêves.

*

Tout à l'ouest de la ville, une fois encore dans une quelconque Fondation des Frères de la Charité, Frans est embauché pour un travail susceptible de durer deux années entières. Dans des remises et des entrepôts, il doit passer une couche de peinture sur les boiseries à nu et remplacer les vitres cassées d'innombrables fenêtres anciennes. Régulièrement en proie à de violentes crises d'asthme, Frans redoute ce travail. Souvent, pendant des heures, il extrait les morceaux de verre brisé des vieux cadres, en haut de grandes échelles branlantes, en plein courant d'air dans les embrasures des fenêtres ouvertes, il retire le vieux mastic avec un couteau émoussé, découpe de nouvelles fenêtres et les pose. Parfois, en cherchant à attraper un outil, il perd l'équilibre et, par réflexe, cherche à prendre appui et se coupe en s'agrippant aux rebords d'où saillent des fragments de verre. Il doit de surcroît constamment interrompre son travail, car les frères viennent faire appel à lui pour toutes sortes d'autres corvées. Ainsi, le travail dans ces remises glaciales traîne en longueur.

Il compte les jours, car il est censé, une fois cette tâche achevée, restaurer, et compléter par des « peintures d'ornement », une fresque dans le grand réfectoire des frères : une immense fresque endommagée par l'humidité, datant du dix-huitième siècle. Un tel projet lui convient parfaitement. Il le commence, en l'intercalant entre ses travaux rudimentaires, et instaure ainsi un rythme changeant qui lui permet chaque fois de reprendre son souffle pendant quelques jours. Le soir, assis derrière le poêle dans la cuisine, il esquisse des personnages complémentaires, en s'inspirant de gravures qu'il a trouvées dans la bibliothèque des frères. L'immense fresque représente le Christ jeune homme ; en arrière-plan, un bâtiment à l'aspect quelque peu oriental, dans un jardin où sont suspendues aux arbres et aux buissons de festives couronnes de feuillage. Des filles et des garçons, chargés de paniers de fruits et de légumes, approchent. À une longue table au premier plan sont assis des paysans pauvrement vêtus à qui l'on sert des mets et des boissons. Le Christ est au tout premier plan. D'un geste de la main, il salue les vieillards miséreux et les enfants. En dessous de cette scène, Franciscus peint, dans un ruban amarante légèrement ondulé et bordé d'un liseré doré, le texte de Luc 14, 21 et 23, le passage où le riche seigneur, dont les amis ne sont pas venus, s'adresse à son domestique : « Va à l'instant par les rues et les ruelles de la ville et reviens ici accompagné des mendiants, des difformes, des aveugles et des paralytiques. Va par les routes et les sentiers et oblige-les à venir ici, car ma maison doit être pleine. »

⋆

Sur Internet, je cherche toutes les adresses de monastères et d'institutions des Frères de la Charité, trouve des lieux à Gentbrugge, à Oostakker, à Gand, découvre une institution du nom de Saint-François, mais elle est à Mortsel. Nulle part un monastère qui se situe ou se serait situé dans l'ouest de la ville et où il aurait pu travailler. Mon grand-père s'est-il trompé ? J'appelle plusieurs monastères et institutions. Personne n'a jamais vu une telle fresque dans le réfectoire, les murs ont été repeints avant la Seconde Guerre mondiale, ou bien encore des travaux de construction ont eu lieu, il est évidemment possible qu'une peinture de ce genre ait existé un siècle plus tôt, mais bon, on peut difficilement se mettre à gratter les murs pour moi, si je veux bien comprendre ce qu'ils essaient de me dire, n'est-ce pas, et non, rien n'a été conservé dans les livres ou les archives à ce sujet, ils sont tous vraiment désolés et maintenant ils sont pressés, merci pour votre compréhension, au revoir.

⋆

Une fresque est une peinture qui doit être réalisée sur des murs fraîchement plâtrés. Les couleurs sont apposées sur la matière humide et sèchent en même temps que le plâtre. Tout l'art est de bien évaluer de quoi auront l'air les couleurs quand elles auront séché, car lorsqu'elles sont mouillées les teintes sont plus foncées, l'humidité rend le bleu et le rouge plus vifs et intenses, le jaune et le vert plus mats. Imaginez que l'une des jeunes filles qui approchent, à l'arrière-plan de la grande scène que Franciscus est en train de restaurer, ait une jambe rongée par l'humidité. Le mur doit d'abord être enduit d'un plâtre extrêmement dilué, jusqu'à ce que la tache sombre d'humidité disparaisse, ou du moins s'estompe le plus possible, sans que se crée une différence de relief. La matière qui vient d'être ajoutée ne doit pas présenter de stries non plus, ce qui est particulièrement traître, car parfois on ne s'en aperçoit que sous un éclairage oblique et on doit dans ce cas pratiquer des retouches à l'aide d'un papier d'émeri très fin. Puis il faut réaliser un raccord sur la jambe, mais pas dans la teinte apparente sur la fresque ; plusieurs mélanges doivent être essayés sur des planches enduites de plâtre et soigneusement numérotées. Ces essais doivent sécher, ce qui peut prendre plus d'une semaine, quand le temps est humide. On ne peut juger de la ressemblance du résultat qu'une fois que le travail est déjà sec. En cas d'échec, il faut refaire des essais sur la planchette suivante. C'est ainsi que le réfectoire fut bientôt rempli de dizaines de petites planches d'essais, toutes de teintes différentes. Mon arrière-grand-père répara ainsi avec précaution une jambe manquante, les plis gris-bleu d'un vêtement blanc, une pomme plus ou moins jaune sur une des coupes, un peu d'herbe dans l'ombre. Chaque fois, une planchette devait être soigneusement examinée et tenue à côté de la surface à compléter. Quand la lumière du soir pénétrait dans le réfectoire et inondait le mur exposé à l'est d'une lueur rouge perfide, il ne pouvait travailler qu'en collant de vieux journaux sur les hautes fenêtres, mais cet éclairage était tout aussi perfide : le matin, quand la lumière contenait davantage de teintes bleues, certaines tentatives ne semblaient pas totalement réussies, car elles aboutissaient tout de même à des nuances différentes. Il ne restait plus qu'à ajouter le plus subtilement possible un peu de peinture diluée ou, si la teinte était en définitive trop foncée, à passer une très légère couche de blanc, copieusement délayée, qu'il fallait ensuite pour une bonne part essuyer à l'aide d'un fin morceau d'éponge, quelques jours avant que le plâtre ne soit définitivement sec, afin d'éviter que le blanc ne domine. Un seul coup de pinceau de trop et il n'y avait plus qu'à tout recommencer.

Ainsi s'écoulaient les semaines à restaurer quelques personnages sur un seul mur, sans pouvoir se référer au moindre exemple ou à la moindre gravure. Mais les frères étaient enthousiastes, ils apportaient de temps à autre un bol de soupe chaude à Frans et le couvraient d'éloges. Il ne savait alors pas très bien quelle attitude adopter.

⋆

Dans ses souvenirs, mon grand-père écrit soixante ans plus tard : *Je suis vieux à présent, et je pense avoir mon mot à dire sur la peinture, j'ai peint toute ma vie. Eh bien, le document est devant moi, un dessin colorié des fresques restaurées, sur lequel sont indiqués ses ajouts. Mon admiration pour mon père mort bien trop tôt en est confortée, et j'ai le cœur serré quand je vois la tendresse avec laquelle il a redonné de la couleur à la main d'un paysan, car de son point de vue, chaque être humain, même le plus simple, méritait une attention équivalente. Et il me manque, maintenant que je m'achemine moi-même peu à peu vers la fin de ma vie, encore plus qu'il m'a manqué toute ma vie.*

Et je me demande, je me demande depuis longtemps, s'il a volontairement passé sous silence le fait que son père lui ait demandé un jour de poser pour le jeune Christ dont il avait dû restaurer une épaule et le cou. Plus tard, j'ai interrogé à ce sujet ma vieille et véhémente tante Melanie, elle qui a atteint l'âge de cent trois ans et se souvenait vaguement de détails de l'époque, là-bas, dans son vaste appartement sur le boulevard Frère-Orban près du parc du Sud où, digne et consciente, elle trônait en tant que dernier témoin d'une époque à jamais perdue. Non, elle ne savait pas très bien non plus où se situait le monastère, elle était bien trop jeune quand son père était mort, elle ne l'avait jamais entendu parler d'un croquis colorié de la fresque, mais son frère lui en avait parlé. Tout en écoutant ma tante Melanie, qui tenait élégamment sa tasse d'une main desséchée arborant un joli brillant, je me figurais mon grand-père, le petit fondeur, un drap usé passé autour de ses solides épaules, posant en Christ dans le réfectoire glacial durant les années paisibles avant la Grande Guerre, son père debout devant lui, le croquant en silence, et cette scène née de mon imagination paraît se transformer en souvenir, le peintre qui peint un peintre, une expérience qu'il me semble avoir vraiment vécue et que je peux évoquer, ici, maintenant, alors que je vieillis et que les morts tendent à s'animer sur une fresque ineffaçable, une allégorie qu'aucun être vivant ne pourra jamais faire réapparaître ou apercevoir, mais qui est gravée en moi.

*Dans le ciel il y a une danse**, me dit mon énergique tante Melanie, la plus jeune de la fratrie, la petite dernière, et elle rit de son rire de jeune fille d'une centaine d'années.

★

Puis la santé de mon père bien-aimé se détériore rapidement. Je reste éveillé la nuit. À côté de moi, dans mon lit, j'entends et je sens la respiration régulière de mon frère aîné, Emile. Dans le coin le plus éloigné de mon lit, derrière le paravent dépliant, mes deux sœurs Clarisse et Melanie dorment dans l'alcôve. Le petit lit de Jules est juste à côté de la porte. Fatigué nerveusement, je ne parviens pas à trouver le sommeil : des images de la fonderie me hantent l'esprit. Le lampadaire dans la rue projette sa lumière oblique blafarde à côté de la tête de mon lit. La fenêtre dessine dans l'obscurité de la nuit une croix noire sur le mur blanchi à la chaux. Les vapeurs de la petite lampe à huile remplissent la pièce. Dans le couloir dehors, j'entends encore des claquements de sabots et, à la toux d'un passant, j'essaie de deviner s'il s'agit d'un homme ou bien d'une femme, d'une personne jeune ou d'un âge avancé. Au pied de mon lit, mon matelas est déchiré, la paille coupée court du garnissage se dresse comme des tuyaux de pipe entre mes orteils. La fonderie est un peu plus loin dans la rue. Les lourdes portes sont fermées la nuit. À côté, en face des courées, il y a le café De Muyshond, que fréquentent des filles aux mœurs légères. J'entends vaguement de la musique, quelqu'un chante en même temps dans la rue : « Tic-tac, se plaint l'aile du moulin… qui imperturbable, tourne et tourne sans relâche… » Au bout d'un certain temps, j'entends mon père, qui a du mal à respirer, se hisser péniblement en haut de l'escalier, juste après ma mère entrera encore dans la chambre, pour encore border doucement les petits et faire au-dessus d'eux un signe de croix, éteindre la lampe à huile sur le rebord de la cheminée. Puis j'écouterai les hurlements du chien de berger dans la niche au fond de la cour de la fonderie, le sifflement lointain d'un train, le crissement des roues métalliques de la lourde locomotive qui penche en prenant le grand virage en direction du port. Mais j'écoute avant tout la respiration plaintive, haletante, de mon père. Je l'entends parfaitement, car la porte de la chambre à coucher de mes parents est toujours entrebâillée pour laisser entrer l'air frais indispensable. Alors je me mets à prier, parfois pendant une heure, à supplier Dieu de protéger mon père, de veiller au salut de son âme et de le guérir si possible. J'égrène un Notre-Père et je marmonne, parfois le visage mouillé de larmes. Doux Seigneur, sauvez mon père s'il vous plaît, s'il vous plaît, Notre-Père qui êtes aux cieux, que Votre nom soit sanctifié… Je plonge dans une sorte de torpeur, et quand je m'éveille, j'entends ma mère, en bas dans la cuisine, secouer les cendres de la grille du poêle, ranimer le feu à l'aide du soufflet, pour vite préparer du lait chaud pour son mari. Une tasse de lait chaud à la main, elle remonte l'escalier, je l'entends parler à mon père : tiens, bois, cela te fera du bien à la gorge. Et repose-toi encore un peu, tout va s'arranger. Quand je me lève à mon tour, je jette un rapide coup d'œil en passant devant la chambre de mes parents. Mon père dort paisiblement, allongé sur le côté. Il n'est plus recouvert par les vieilles couvertures, qui ont glissé. J'entre sur la pointe des pieds, réarrange les couvertures avec soin, borde mon père et me faufile en bas. Ma mère me regarde d'un air si encourageant que je me sens débarrassé de tout le poids qui pèse sur moi. Je la serre dans mes bras, vais me laver le visage à la pompe, bois une tasse de chicorée, enfile mon bleu de travail, jette par-dessus mon épaule mon sac à dos qui contient déjà les sandwiches que ma mère m'a préparés, glisse près de la porte d'entrée mes pieds dans mes sabots, sors dans la rue matinale. C'est la fin janvier, les fêtes sont passées, ce sera bientôt la période du carnaval, pendant une semaine les gens se promènent masqués dans les rues en hurlant, des rognures de papier sur les trottoirs s'envolent, ternes et maculées, comme un dernier tourbillon de neige. Le café De Muyshond est bondé, envahi par une foule ivre, festoyant. Au bout de notre rue, deux gendarmes à cheval, l'épée au ceinturon, surveillent la meute en liesse.

Les jours suivants, la ville est d'un calme inhabituel. On dirait que tout le monde est resté à l'intérieur pour panser ses plaies.

Les premières journées clémentes s'annoncent. Un soupçon de printemps, dans le ciel bleu des nuages blancs filent au-dessus des usines grises. De l'espoir s'insinue dans les ruelles et dans les rues. Les habitants du quartier ressortent leurs récipients de savon noir pour nettoyer leurs pièces empoussiérées par des mois de chauffage au poêle, les fenêtres sont grandes ouvertes partout. On prépare les pots de peinture et les seaux de chaux, on blanchit les murs des courées de la ville pour les protéger de la vermine et on applique souvent en bas une bande de goudron noir et brillant. Les odeurs sont familières, l'atmosphère est plus enjouée et des nuées de moineaux piailleurs vont et viennent dans les haies en bourgeons. Du crottin de cheval, qu'il suffit de ramasser dans la rue, est épandu sur la terre noire, pauvre, des courées. Dans ce monde simple, porteur d'espoir, l'angoisse que m'inspire l'état de mon père est si pesante, si paralysante, que j'aimerais en parler aux arbres et aux buissons. Sa méchante toux persiste depuis trois jours à présent. Pendant la journée, il grelotte derrière le poêle brûlant, la nuit dans son lit, il halète, son dos douloureux soutenu par trois oreillers. Une ligne bleue se dessine sur ses gencives, signe d'un empoisonnement au plomb, à force de travailler sans cesse avec de la céruse – ce qui accentue peut-être sa difficulté à respirer. Le médecin vient l'examiner tous les jours, la famille et les voisins prennent des nouvelles auprès de ma mère. Les voisines chuchotent devant la porte d'entrée. Ma mère courageuse referme la porte brutalement. À la maison règne une odeur écœurante, l'odeur de la maladie. Sur le mur blanchi à la chaux à côté du lit où mon père est allongé, ses toux violentes ont projeté des dizaines de traces de sang. Il n'a pas bu les bols de bouillon et de thé posés à côté de son lit. Il n'a pas touché aux biscottes devenues molles à présent, ni aux fruits. Le Prieur et le Frère économe du monastère viennent lui rendre visite : tu faisais du si bon travail, Frans, nous espérons te revoir vite parmi nous, tes planchettes sont déjà bien sèches. Mon père halète encore plus fort, s'efforçant chaque fois de faire comprendre qu'il sait dans quel état il est : yoaa... yoaa... yoaa... Toute la sainte journée, jusqu'à ce que tout le monde soit au comble de l'exaspération. Ma mère est assise derrière le fauteuil en osier sur lequel il passe l'après-midi à gémir. Elle a posé ses mains sur le dossier. Son regard s'égare dans la cour, vers les cimes des arbres qui se balancent dans le ciel gris, terne. Les branches couvertes de bourgeons sont agitées par les averses d'avril comme des bras nus levés vers le ciel. Ma mère a les yeux cerclés de rouge, mais pas une plainte ne s'échappe de ses lèvres. Le Prieur et l'Économe sont impressionnés. Nous allons faire de notre mieux, madame Céline, et beaucoup prier pour votre mari, car nous nous sommes attachés à lui. Ma mère hausse les épaules.

La nuit suivante, je reste éveillé avec ma mère pour venir en aide à notre père. Son épuisement aboutit fatalement à une pneumonie. Au début du vingtième siècle, il n'existait pas de remède qui aurait pu alléger ses souffrances : pas d'antibiotiques, pas de pénicilline. En l'an 1908, il y avait sur la table de chevet des pulmonaires au dernier stade de leur maladie du stramonium, du camphre, de l'éther et des comprimés de goudron. Ma mère lui donne à tout hasard encore un verre de lait sucré pour qu'il reprenne des forces et l'oblige à en boire au moins un peu, ce qu'il ne fait qu'à grand-peine, recrachant aussitôt la moitié en toussant. Le sucre provoque une irritation dans sa gorge, le lait lui fait produire encore plus de glaires suffocantes, mais nous n'en avons pas encore conscience en ce temps-là. Sa respiration s'est transformée en un halètement épuisant, son torse tout entier se tord et s'étire à la moindre bouffée d'air. Comme son sang manque d'oxygène, son cœur bat plus de cent vingt fois par minute, vingt heures par jour. Il a la bouche desséchée, les lèvres fendues. Ses yeux semblent sortir de leurs orbites chaque fois qu'il manque d'air, parfois durant trente secondes. Il maigrit à vue d'œil ; il a les joues creuses et son nez est aussi fin que celui d'une momie. Il se redresse dans son lit : Urbain… va… chercher un bâton… un bâton lisse… pour me l'enfoncer dans la gorge… Ma mère se met à hurler : Frans, je t'en supplie, tu vas nous rendre fous à lier !

Je ne l'ai jamais vue dans cet état. Furieuse, impuissante, elle s'arrache les cheveux, tord son tablier comme un chiffon, donne des coups de pied contre le chevet du lit ou se met à trépigner sur le plancher, ses pieds dans ses bas noirs. Au petit jour, le prêtre se présente à la porte, avec les saintes huiles. C'est là que quelque chose se brise chez ma mère. Elle laisse monter le prêtre. Elle tombe à genoux en priant au chevet du lit tandis que l'ecclésiastique énonce sa prière et que notre père fébrile n'a presque pas conscience de ce qui se passe. Les lampes à huile répandent des vapeurs noires, de la fumée reste suspendue dans la chambre fermée, étouffante. Devant la porte d'entrée, les voisines « caquettent et cancanent », comme le dit ma mère en réprimant son agacement. Une heure plus tard, le médecin arrive dans son petit cabriolet. Il ordonne une hospitalisation immédiate. Le personnel de l'hôpital n'arrive qu'en fin d'après-midi : trois religieuses et deux hommes de peine hissent mon père sur un brancard de bois. Ma mère l'emmitoufle, dans deux manteaux, celui de son mari et le sien. Voilà, mon homme, pour que tu n'attrapes pas encore plus froid. Il relève la lèvre supérieure, s'efforçant par un pâle rictus d'afficher un sourire. Il nous regarde et dit dans un souffle à sa femme : au revoir, ma douce. Je vais... vite... Le reste se perd dans une quinte de toux qui lui fait vomir des glaires.

Le brancard est glissé péniblement sur la plate-forme à l'arrière de la voiture à cheval. Ma mère et moi, nous allons nous asseoir sur la banquette. Mon père me prend la main, il bredouille quelques mots que le bruit de ferraille des roues et les claquements des sabots m'empêchent de comprendre. Je fais oui de la tête, mon père me serre les doigts.

Une fois qu'il est pris en charge, que les fiches sont remplies et ses vêtements remis, ma mère et moi rentrons sans un mot. Elle m'entraîne à la chapelle de Notre-Dame des Sept Douleurs. Elle y allume quelques bougies, s'effondre à genoux, se plonge dans des prières qui semblent durer des siècles. Elle finit par tomber en avant et rester ainsi allongée. Assis à côté d'elle, j'ai la main posée sur son dos. Je lève les yeux et vois à travers les vitraux qu'il commence à faire nuit. J'entends des enfants jouer sur la petite place devant la chapelle. Les bougies devant la statue de la Vierge se consument, totalement immobiles, si bien qu'elles semblent gelées. Sous la statue est inscrit un texte peint maladroitement : vous qui tremblez, venez à Dieu car Il guérit*. *Ma mère ne se lève que lorsqu'il fait noir. Viens, dit-elle. Nous marchons d'un pas décidé vers la maison, où les petits se sont déjà glissés dans leur lit sans manger. Je reste encore longtemps assis au bord du lit près de ma mère. Nous nous taisons. Le lendemain matin, avant neuf heures, nous sommes déjà devant le porche de l'hôpital à attendre. Les sœurs, un peu timides, vont et viennent dans le long couloir, haut de plafond. Elles posent les vêtements apportés la veille sur une table derrière laquelle est assis un médecin.* Chère Dame*, *dit-il, vous ne devez pas avoir peur, c'est la volonté de Notre Seigneur. Votre* *mari avait une phtisie galopante, comme on dit. Il s'est endormi à trois heures ce matin. Soyez courageuse et prenez soin de votre progéniture, c'est ce que Notre Seigneur attend de vous. Il glisse vers elle le chapelet de son époux, son porte-monnaie. Ses sous-vêtements sont rassemblés dans un balluchon. Ma mère devient rouge vif, puis toute blême. Elle prend le balluchon, balbutie un «* merci, docteur* *» et sort en chancelant.*

J'essaie de la soutenir dans la rue, mais elle s'effondre entre mes bras comme une poupée de chiffon. Je l'aide à marcher jusqu'à un petit banc près d'un parterre de fleurs, où des crocus et des narcisses, disposés en rangées jaunes et bleues, affichent une floraison éclatante. Comme si le choc ne l'atteignait que maintenant, elle se met à sangloter, à sangloter si fort que je me dis qu'elle va s'étouffer. Elle donne un coup de sabot dans les fleurs. Je ne veux pas, je ne veux pas, je ne veux pas, hurle-t-elle. J'essaie de l'apaiser, mais ne fais qu'aggraver la situation. Son corps est agité de soubresauts et de secousses comme si le diable avait pris possession d'elle. Je la maintiens par les épaules. Cela dure plus d'un quart d'heure, puis elle semble si épuisée qu'elle est contrainte de s'arrêter. Elle me regarde, ses yeux gris clair paraissent s'égarer dans sa tête. Veuve à trente-huit ans, dit-elle, je ne peux pas le supporter, je ne veux pas. Elle plonge à nouveau, émettant des sanglots rauques et des gémissements. Ses cheveux, qu'elle avait ramassés avec tant de soin en un chignon ce matin, se sont défaits ; elle a l'air un peu hagard. Je suis décontenancé ; je ne parviens pas à répandre de larmes ; j'ai l'impression d'avoir une boule dans la poitrine, un corps étranger solide qui n'était pas là avant et qui paraît si immuable qu'il m'inflige une douleur extrême. Voilà Rosa, la tante à qui l'on avait demandé de venir s'occuper de la maisonnée. Elle comprend aussitôt ce qui a dû se passer. Elle aide ma mère en pleurs à se relever, l'entraîne. Ma mère avance en titubant à côté d'elle comme une marionnette, sous les arbres de la Coupure. Régulièrement, elle s'immobilise et se remet à pleurer, elle s'effondre à plusieurs reprises. Un homme se précipite vers elle pour l'aider à se relever ; elle lui griffe la main au sang et lui hurle de s'en aller. Je bredouille des insanités : que les médecins se sont trompés, que notre père n'est mort qu'en apparence, que je vais tout de suite aller voir et que… Ma mère me pousse brutalement : tais-toi, Urbain, s'il te plaît, ferme ton caquet pour une fois, au nom du ciel.

Nous taire, c'est ce que nous ferons pendant des semaines ; on ne parle pas dans la maison, craignant la folie de notre mère, qui s'est à présent entièrement isolée de tout et de tout le monde. Le matin, elle lave ses enfants sans un mot ; elle pose devant eux leur lait sans un mot, et leur bouillie d'avoine et leur lait ribot le soir. Elle laisse Rosa faire la vaisselle, elle se glisse dans son lit avant ses enfants et dort jusqu'au lendemain matin. Elle ne fait pas de croix sur leur front avant qu'ils ne s'endorment, on dirait un automate, un esprit, une apparition fantomatique qui ressemble vaguement à notre mère, mais à qui on ne peut pas parler. À une occasion, elle s'assoit à table et se met soudain à glapir comme un chien en regardant devant elle : mon Frans, mon pauvre chéri. Elle se recroqueville en tremblant violemment. Elle vomit son repas à côté de sa chaise. Nous, les enfants, nous assistons à la scène, inquiets ; Melanie se met à pleurer. J'aide ma mère à monter dans sa chambre. Le vent printanier vient frapper des coups étouffés contre les vitres. J'écoute le curieux craquement de la vieille maison, comme si la charpente bougeait durant cette longue nuit insupportable. Aux premières lueurs du jour, un merle siffle sur le toit, il semble aspirer l'air, tout l'air du monde, l'air dont notre père ne parvenait plus à s'emplir.

Au bout de trois jours, après l'enterrement pour les pauvres, je retourne à la fonderie. Personne ne me pose de questions, mais les hommes me ménagent, ils me prennent des mains les pièces les plus lourdes. En rentrant le soir, je trouve ma mère endormie dans le fauteuil en osier de son mari. Elle a ses longs cheveux noirs défaits, en éventail capricieux autour de son visage pâle comme une parque. La chèvre s'est introduite dans la cuisine ; le sol est couvert de morceaux de pain et de légumes grignotés. Mes frères et sœurs ne sont pas là. J'attache la corde, sans trop serrer, autour du cou de la chèvre et je l'entraîne à l'extérieur. Devant le café De Muyshond, je décide d'entrer : le patron du café a-t-il envie d'acheter notre chèvre ? Le patron ne mégote pas, il dit qu'il est d'accord. Il farfouille dans sa caisse. Je reçois trente francs pour la vieille Bet, ce qui est trop, mais cet argent indispensable va se révéler juste le complément nécessaire pour nous en sortir financièrement durant les premières semaines. Quand je rentre à la maison et que je donne l'argent à ma mère, elle le regarde comme si, à première vue, elle ne sait pas de quoi il s'agit.

Merci*, *Urbain.*

Elle monte l'escalier, entre dans sa chambre, ferme la porte. Une demi-heure plus tard, elle redescend. Je suis assis, les mains entre les genoux, et je regarde fixement dehors. Tiens, dit-elle. Elle me donne la montre en or de mon père, la montre à gousset que j'étais allé chercher au Mont-de-Piété. Prends-en soin, Urbain, c'est le seul souvenir de famille qui nous reste. Elle disparaît de nouveau en haut, ne se montre plus jusqu'au lendemain.

*

Après avoir tapé les pages qui précèdent, je n'ai pas pu trouver le sommeil, une fois couché, et j'ai vu durant la nuit leur époque, leur monde disparu, leurs silhouettes surgir devant moi, par une matinée enneigée du nouvel an, les voilà qui entrent, les cinq enfants de Céline et Franciscus, des personnes déjà âgées dans mon enfance : ma tante Clarisse, ses cheveux blancs ondulés relevés en un chignon, elle tremble, sa canne noire brillante à la main, à côté d'elle son Fons qui fume la pipe et fait éternellement des plaisanteries, ce personnage bruyant qui déboule régulièrement dans notre cuisine sans s'annoncer, des pinces à vélo à l'ancienne autour des jambes de son pantalon et une odeur douceâtre de tabac à pipe flottant autour de lui, ses cheveux gris-roux hérissés sur sa tête anguleuse ; l'oncle Jules, le frère cadet anémique de mon grand-père, marié à tante Léontine, une femme plantureuse qui, à longueur de journée, boit du genièvre dans de minuscules verres de cristal, réagissant à tout ce qu'elle voit en posant sa grosse main sur son imposante poitrine recouverte de dentelles et se contentant de dire : mon Dieu, mon Dieu (« mondieumondieu ») ; l'oncle Emile, l'aîné des deux frères de mon grand-père, un homme dont je me souviens uniquement dans un fauteuil poussiéreux, en proie à un Parkinson ; je le vois toujours en train de frotter une allumette, espérant qu'il parviendra à rallumer son bout de cigare, mais sa main tremble, parcourue par des vagues lentes, et éteint chaque fois l'allumette en la secouant, jusqu'à ce que mon grand-père, plus vieux que lui mais bien plus alerte, se lève, frotte l'allumette à sa place, puis laisse Emile, qui déjà manque de souffle, tirer sur son cigare pour l'allumer en expulsant rythmiquement des petits nuages de fumée, ce qui donne l'impression qu'il aspire momentanément la petite flamme à l'intérieur puis lui redonne vie par des petites bouffées de fumée ; enfin, la petite dernière de la famille, ma tante Anie, avec un seul *n*, comme se fait appeler l'élégante Melanie à un âge avancé, à côté de son mari exagérément parfumé, l'oncle Odilon, qui est coiffeur et dont on dit à voix basse qu'il a les mains baladeuses, et qui a les cheveux noirs ondulés, bien qu'il approche des quatre-vingts ans. Enfin, l'homme autour duquel tout tourne, le fils aîné, mon grand-père, à côté de sa silencieuse et souriante Gabrielle, chez qui se réunit traditionnellement le matin du nouvel an toute la famille. Ils font irruption l'un après l'autre, ils commencent par taper des pieds et essuyer leurs lourdes chaussures sur le paillasson, ils le piétinent, ils frottent et crient à ma mère qu'ils vont faire de sa belle maison proprette une porcherie. Ils apportent l'odeur de la neige et de l'air glacial, l'odeur de manteaux d'hiver sombres en loden, en vison ou en astrakan imprégnés de naphtaline, l'odeur de lavande et de savon de Marseille. Leurs sombres silhouettes sont plus grandes que nature car, plus tard, involontairement, nous agrandissons l'image que nous nous faisons des adultes de notre enfance à mesure que nous-mêmes nous grandissons, de sorte qu'ils ressemblent toujours à de vieilles divinités disparues qui continuent d'être perchées au-dessus de nous. Les plaisanteries fusent, on s'assoit en soupirant et en prenant appui, « on ne rajeunit pas, hein, Urbain ? », on évoque des souvenirs, on ressort de vieilles histoires, souvent accompagnées par des salves de rire qui s'interrompent brusquement, laissant l'assemblée d'humeur songeuse, après quelques derniers ricochets comme : « Eh oui, on n'a pas toujours son mot à dire dans la vie… » Ici et là un soupir, avant que Fons ne lance à ma mère que, de nos jours, elle préfère se garder son élixir pour elle, là-dessus on remplit à nouveau les verres, on fait passer encore une fois les madeleines et les boudoirs, Fons sort une blague douteuse pour remettre de l'ambiance, et ma tante Clarisse dit en hochant la tête : tu es un vrai cochon, Fons, tandis que les autres rient sous cape, que mon grand-père marque sa réprobation en regardant dehors, et que moi je ne comprends pas de quoi ils parlent. Aujourd'hui, j'aimerais entendre de nouveau leurs histoires en prêtant attention aux moindres détails car, à l'époque, je voyais sans voir et j'entendais sans entendre, moi le coupable qui, enfant, passait inaperçu dans la pièce et allait quelques années plus tard détruire la montre de leur père défunt. Bientôt, sous le *lanterneau**, comme ils appelaient cette ouverture ménagée dans le toit dans laquelle étaient enchâssés des vitraux colorés, la pièce s'emplit de fumée de cigare et de pipe. La bouteille d'Élixir d'Anvers ne tarde pas à se vider, à la demande de Léontine on pose du genièvre sur la table, « c'est même plus efficace que l'élixir contre la colique du cheval », dit Jules, et il ricane. Ma mère court de-ci de-là en proposant des bouchées sucrées et salées, *zoetjes en zoutjes*, disait-elle, on parle des enfants et des petits-enfants, de toutes les personnes mortes l'année précédente, et de la difficulté à y croire, on demande qui s'est déjà procuré un de ces appareils modernes, *nen televee*, comme disait Jules avec condescendance à propos de la télévision, on évoque son inutilité ou son extraordinaire intérêt et son coût élevé, et les problèmes associés à l'obsolescence du système de radiodiffusion de la ville, Melanie faisant remarquer avec coquetterie qu'elle n'achète que le haut de gamme car, en définitive, le bas de gamme finit toujours par revenir cher, et Jules s'écrie : notre petite Melanie est aussi affectée que notre défunte mère, là-dessus mon grand-père rouspète : notre mère n'était pas du tout affectée, qu'est-ce que tu vas chercher là !

Clarisse a atteint, bredouillante et tremblotante, l'âge de cent six ans, aussi saine d'esprit et calme qu'elle l'avait toujours été ; Melanie cent trois ans, mélancolique et élégante jusqu'à son dernier jour ; mon grand-père, énergique et sentimental, quatre-vingt-dix ans ; Jules et Emile sont morts à soixante-dix ans passés. Ils étaient tous des survivants, des personnes résistantes, endurcies par la pauvreté durant leur jeunesse et la rigueur des années de guerre, chrétiens jusqu'au tréfonds de l'âme, mais faisaient aussi preuve de pragmatisme, de sang-froid et d'ironie face aux circonstances concrètes de leur existence. Leur mesure du temps était aussi simple qu'efficace : il comptait en fonction de ce qui s'était passé « avant la Grande Guerre » ou « des années après la Grande Guerre ». On ne parlait pas beaucoup de la Seconde Guerre mondiale, que pouvait-on en dire d'ailleurs, ils avaient eu faim, mangé du pain à base de chiffons et d'épluchures de pommes de terre ; des anguilles de l'épaisseur d'un bras avaient nagé dans l'Escaut ; les Allemands, *den Duits*, étaient toujours restés polis quand ils les croisaient lors d'un contrôle inattendu, il n'y avait pas à dire, ah si, un peu plus loin, dans les environs, on avait bombardé la mine de sel, mais cela tenait du fait divers.

Ils restent assis, se taisent, soupirent, rient, toussent, avalent, prennent tout compte fait encore une petite gorgée, disent : oui oui, mon vieux, c'est quelque chose, la vie. Je les vois devant moi, les mains posées sur leurs genoux, les unes noueuses avec les pourtours des ongles sales, les autres fines ou pâles. Mais je ne peux pas les dessiner comme mon grand-père en était capable. Une curieuse lumière surnaturelle éclaire leurs sombres silhouettes, la lumière tenace de ce qui ne reviendra plus. Disparus, consumés, ici et là une pierre tombale s'enfonçant de travers dans le sol, leurs maisons rénovées ou démolies, les adresses devenues vagues, les rues où ils vivaient, transformées à en devenir méconnaissables, la montre arrêtée, les rouages cassés, et je farfouille dans les pièces du mécanisme ramassées, sachant que je ne pourrai plus jamais la faire fonctionner, tictaquer, vivre, comme un siècle auparavant.

★

Il faut six mois à Céline pour redresser le dos et paraître revenir à la vie. Cela s'est sans doute produit à la fin de l'été, par une journée du début du mois d'août. Elle avait laissé filer les mois d'été – une vague notion du temps qui s'écoulait, de la lumière qui changeait, des nuits chaudes hantées par des rêves confus, des réveils en sursaut, en nage, et de cette sensation de se remplir du poison du chagrin et du deuil. Elle avait maigri, ce qui lui donnait d'une certaine manière l'air encore plus digne. Quelques cheveux blancs apportaient des touches claires aux reflets dans son chignon, elle en acquérait, là encore, plus d'allure, et un peu d'endurance et de détermination. Quand elle passait devant le portemanteau dans le couloir, elle frottait systématiquement, avec les jointures de sa main, le manteau d'hiver de son mari défunt, qui était resté suspendu là tout ce temps. Dans le ciel au-dessus des champs, derrière la maison, elle avait assisté à un combat : une corneille s'attaquait à une pie, les oiseaux faisaient un bruit infernal, se mettaient parfois à se tournoyer autour, se séparaient en virevoltant, fonçaient l'un sur l'autre au mépris de la mort et essayaient de s'atteindre en vol en donnant des coups de bec. Elle les avait regardés décrire des cercles. Elle avait trouvé beau et puissant ce spectacle, et quelque chose dans son corps avait ressenti en quelque sorte une pureté nouvelle. Comme si un filet d'eau fraîche et limpide coulait dans son corps endormi et fermé. Elle avait regardé autour d'elle, poussé un profond soupir et eu l'impression de se réveiller d'une anesthésie de plusieurs mois. La maison était en désordre et sale, les fenêtres étaient ternes et poussiéreuses. Elle en eut peur. Elle avait eu l'impression pendant tout ce temps d'être restée aussi consciencieuse que d'habitude. Où étaient les enfants ? Étaient-ils encore en train de jouer dans la rue ? Où passaient-ils leurs journées ? Elle fut bien obligée d'admettre qu'elle n'en savait rien. Ils mangeaient régulièrement chez les voisins, tardaient à rentrer le soir après l'école, si bien qu'elle devait aller de porte en porte à l'heure du coucher pour tous les réunir à la maison. Elle trouva soudain cette situation humiliante et insupportable. Ils avaient vécu des maigres revenus de son fils aîné, et les dernières réserves étaient épuisées depuis longtemps. Urbain ne mangeait pas à la maison non plus, elle ne savait même pas où il était.

Elle regarda encore autour d'elle avec étonnement. Et encore le ciel indolent du mois d'août. Les oiseaux avaient disparu. Quelques nuages bas passèrent au-dessus du toit, promettant de la pluie. Elle en avait soudain envie, de marcher dehors sous la pluie estivale. Elle se rendit dans la cour, les premières gouttes se mirent à tomber. Elle leva le visage et pleura en silence. Elle en fut soulagée, elle put mieux respirer, de la place se fit en elle. Elle eut l'impression de faire corps avec l'air autour d'elle. Elle avala, laissa la pluie couler de ses joues dans son cou, l'effet fut salutaire, comme un baume sur une plaie. La blessure dans son âme, la brûlure qu'il fallait refroidir. Il se mit soudain à pleuvoir à torrents. Elle ouvrit les mains et les leva, les paumes tournées vers le ciel. Un coup de tonnerre au loin gronda et traversa la voûte céleste. Ses épais cheveux noirs étaient trempés. Elle frissonna en ressentant une sensation de bien-être – une sensation qu'elle n'avait pas éprouvée depuis longtemps. Quand l'averse fut terminée, elle rentra. Ses vêtements sentaient mauvais. Elle se rendit dans sa chambre, retira tout et enfila d'autres vêtements.

C'est à ce moment-là qu'elle redressa le dos.

Elle rangea la maison. La cage à oiseaux était vide – où étaient passés le pinson et le canari ? Elle ne s'était pas aperçue que sa fille aînée, Clarisse, les avait trouvés morts un jour et les avait jetés sans rien dire à la poubelle. Elle ne s'était même pas aperçue que, depuis un mois, le manteau d'hiver de son mari n'était plus suspendu dans le couloir, mais dans son armoire en haut. Elle le voyait seulement maintenant. Elle pensait pourtant l'avoir caressé ce matin encore. Comment tout cela s'était-il produit ? Elle ne se souvenait de rien, elle était vide, mais pour la première fois aussi plus légère, plus vive.

Le lendemain matin, elle était à neuf heures devant le portail des Frères de la Charité à Oostakker. Elle fut admise à l'intérieur. Elle demanda au prieur s'ils avaient du travail pour elle. Ils en avaient. Elle pouvait confectionner des vêtements pour l'hospice psychiatrique, associé à la congrégation. Le jour même, elle se rendit à pied jusqu'à l'hospice du docteur Joseph Guislain, près du nouveau canal, le Nieuwevaart, et reçut des commandes de vêtements. Parfois ces commandes étaient étranges : il fallait par exemple coudre ensemble des manches bien trop longues. Dans les grandes arrière-cuisines furent installées deux machines à coudre et l'hospice lui en prêta une. Elle acheta l'autre à tempérament. Dès que les plus jeunes enfants étaient à l'école – Emile, quant à lui, travaillait déjà comme aide à la fonderie avec Urbain – Léonie, la fille aînée de l'ancienne voisine morte jeune, venait l'aider pour une bouchée de pain, et le cliquetis et le ronronnement des machines commençaient. Léonie racontait toute la journée des histoires idiotes et des ragots ; Céline ne réagissait pas beaucoup, mais cela lui permettait visiblement de se détendre, de se changer les idées, et leur activité marchait de mieux en mieux. Les paiements se faisaient à temps et le travail était bien payé. Les finances semblèrent s'améliorer un peu.

Un jour, après avoir livré une fois de plus un lot de cinq vêtements, Céline, accompagnée de Léonie qui ne cesse de jacasser, va acheter des chaussures dans la rue Longue de la Monnaie. Sa première paire de jolies chaussures depuis sa jeunesse – il lui faut une heure pour se décider, alors qu'il n'y a que quatre modèles qui lui vont. Elle trouve en vérité cette extravagance ridicule, mais elle est transportée par la joie insensée qu'elle ressent. Elle choisit des bottines à lacets d'un noir mat.

J'ai l'impression d'être une dame de la haute, dit-elle en riant, une lueur d'ironie apparaissant dans ses yeux pâles, pour la première fois depuis longtemps.

⋆

Régulièrement se présentent à la porte des hommes qui manifestent leur empressement à vouloir bavarder avec elle à propos de la vie, n'est-ce pas, madame Céline. Ce sont des messieurs d'un certain statut, ce sont de modestes employés de bureau, ce sont de simples ouvriers, de toute évidence, partout en ville, des veufs ont entendu parler de la mort de son mari. Vous êtes encore une si belle femme et si seule vraiment, ce n'est pas bien pour un beau morceau de femme comme vous, si énergique, je me suis dit que j'allais un jour…

Je vais bien, ne vous donnez pas cette peine, réplique-t-elle en tendant à l'homme le manteau qu'il a tout juste suspendu à une chaise. Parfois, il en vient un devant la porte, la casquette à la main, pour faire aussitôt, avec maladresse, en tremblant et le feu aux joues, sa demande en mariage. Tantôt elle est amusée, tantôt elle est émue, ou encore éclate de rire. Le plus souvent, elle est agacée et leur claque la porte au nez. Certains s'en vont les épaules basses, d'autres demandent un temps de réflexion, à de rares occasions elle a droit à une remarque fielleuse. Même Monsieur le Docteur vient un jour lui rendre visite, il passait par là, et à ses sourires en coin et ses remarques suggérant qu'il est mauvais pour la santé qu'une femme n'ait pas de rapports réguliers avec un homme, elle sait à quoi s'en tenir. Monsieur le Docteur, dit-elle, avez-vous oublié votre serment d'Hippocrate ou dois-je avoir une petite discussion en tête à tête avec votre dame ? L'homme décampe sans demander son reste.

Elle se rend seule au cimetière, elle y tient. Parfois elle reste des heures sur place.

Maman, que fais-tu là-bas pendant si longtemps, il fait nuit quand tu rentres à la maison.

Je parle avec ton père, Urbain, je lui dis ce que j'ai sur le cœur.

Est-ce que tu lui parles aussi de tous tes soupirants qui se présentent à la porte ?

Oui, dit-elle et elle rit, je lui dis tout.

La semaine suivante, elle emporte un pot de peinture noire pour ajouter quelques touches sur la croix en fer de la tombe misérable. Elle met longtemps, pendant tout ce temps elle pense au corps de son Frans bien-aimé qui n'est qu'à un mètre d'elle. De quoi a-t-il l'air à présent... Cette pensée lui donne le vertige. Elle a envie de gratter la terre avec ses ongles. Un sommeil éternel, se dit-elle, un sommeil éternel, bon sang, bon sang, il est si près de moi. Elle grince si fort des dents qu'elle manque de les casser. Puis elle prend une profonde inspiration, la sombre tentation de dégager le cercueil l'a épuisée. Elle ferme les yeux, laisse le vertige passer et continue de peindre patiemment. Mon pauvre peintre, marmonne-t-elle, dire que je dois maintenant peindre ta croix, non mais regarde-moi faire.

Quand elle a terminé, elle lève les yeux. Elle aperçoit soudain tous les regards des portraits délavés sur les tombes. Elle a l'impression de sentir posés sur elle les innombrables yeux des innombrables morts. « Dire que la mort en pouvait faucher un si grand nombre » – elle se souvient de ce vers, mais elle ne sait plus où elle l'a lu. Elle tremble. Il n'y a plus personne en vue. Est-elle restée ici si longtemps ? C'est déjà le crépuscule. Elle va devoir se dépêcher pour arriver à la sortie du cimetière avant que le gardien ne ferme les grilles. Elle est encore accroupie, elle veut se relever, le vent se lève, elle entend un frémissement brusque derrière elle, cela vient de loin et approche à grande vitesse entre les tombes. Oh mon Dieu, c'est le diable, pense-t-elle ; Frans, aide-moi, le diable vient me chercher, qu'ai-je fait pour mériter ça. Elle frissonne, elle se lève, son corps entier est pris de tremblements. Un grand papier gris s'envole et vient se plaquer sur son dos, elle pousse un cri, le papier glisse et s'éloigne, comme une grande main, une main répugnante qui prend des libertés en lui frôlant le bras gauche. Puis il s'envole plus loin entre les tombes et reste accroché, tel un animal informe, à un buisson. Elle sent les battements violents de son cœur dans ses tempes. Bouleversée, elle se dirige en toute hâte vers la sortie. L'homme la laisse passer en marmonnant : « Bien le bonsoir, madame » et en refermant brutalement, avec un grincement, la grille derrière elle.

Depuis ce jour-là, elle se rend au cimetière accompagnée de son fils aîné.

Tu dois me protéger de l'esprit malin, dit-elle en riant. Imagine qu'il vienne me chercher, tu feras quoi dans ce cas ? Elle rit de nouveau, mais il voit une lueur d'angoisse dans son regard pâle, insondable.

« Ma mère, écrit mon grand-père âgé dans ses mémoires, fut chassée comme un papillon rare, désirable. »

Pendant des mois, elle ferme la porte d'entrée à clé, même durant la journée.

⋆

Cela s'est passé sans doute peu de temps après que le père de Léonie a commencé à venir lui-même chercher sa fille. Un jour, il lui demande de rentrer à la maison avant lui, reste maladroit et lourdaud dans la cuisine, se tord les mains et demande Céline en mariage. Elle éclate de rire et lui répond qu'il ne faut pas y songer. Il insiste et fait valoir qu'il gagne bien sa vie, qu'elle pourrait avoir besoin d'un peu d'aide, que lui qui est veuf et seul, et elle qui est veuve… elle l'interrompt et lui dit qu'il ne peut en être question. Mais Henri revient ; au bout d'un certain temps, elle lui interdit de venir chercher sa fille lorsqu'il a fini son travail. La situation en reste là un moment, puis des lettres commencent à arriver, que Léonie lui remet chaque fois avec un petit rire gêné. De courtes lettres écrites avec maladresse, des billets censés être flatteurs, rédigés dans un style formel risible et bourrés de fautes, qu'est-il allé se mettre dans la tête, elle jette les lettres dans le seau à charbon, voit Léonie se mordre la lèvre inférieure. Six mois plus tard, après des dizaines de lettres de plus en plus cassantes et remplies de reproches, le revoilà, le chapeau à la main et rougissant. Il lui fait une proposition accompagnée d'un ultimatum : elle a un mois pour réfléchir, sinon sa fille ne viendra plus travailler ici. Léonie, quand on lui demande son avis, élude toutes les questions, mais finit par marmonner que ce serait peut-être beau, que Céline devienne sa maman, et elle est envahie par l'émotion.

La veuve fière redresse le dos de cette manière qui la caractérise, se tait pendant trois semaines, puis dit : bon, s'il le faut.

Mon grand-père est consterné, indigné, abasourdi, ahuri. Dans ses mémoires, il fulmine contre le lourdaud qui entrait dans leur maison, cassait des verres, faisait tomber sa fourchette, ne comprenait rien à la musique, et encore moins à la peinture et à la beauté en général, ne prononçait pas le moindre mot à table, engloutissait sa nourriture puis s'asseyait dans le fauteuil en osier de son cher père défunt et « laissait échapper des vents » – une profanation aux proportions vertigineuses. Sa mère devient brusquement une énigme, un sphinx, un livre fermé à ses yeux, il ne peut pas imaginer qu'il y ait quoi que ce soit entre ces deux-là. Cette impression persiste jusqu'à ce que, six mois plus tard, il entende par hasard une conversation un dimanche matin. Ils viennent de rentrer de la messe. Sa mère porte ses vêtements du dimanche et, dans son chignon noir luisant, elle a piqué une fleur blanche. Elle a tout juste quarante ans, elle rayonne, dans la force de l'âge. Il entend Henri lui chuchoter : viens un peu ici, laisse-toi aller pour une fois, Céline, cela va finir par m'achever. Elle lui dit : tu as eu ton mariage, pour les enfants, comme tu l'as toi-même demandé, Henri, et la condition que j'ai posée était claire. Tu ne me touches pas. Si cela ne te convient pas, tu n'as qu'à retourner vivre tout seul dans ton taudis et remettre tes enfants dans une institution. Et mon grand-père l'entend répondre : un jour je vais te détruire. Il voit rouge, se précipite dans la chambre à coucher et aperçoit sa mère qui, le regard moqueur, lui fait un clin d'œil. Henri se détourne avec un air de chien battu, disparaît, passe le reste de la journée au café.

⋆

C'est ainsi que cet empoté d'Henri de Pauw est devenu le second mari distant, à son corps défendant, de ma fière arrière-grand-mère et qu'il s'est lui aussi retrouvé sur la pierre tombale que mon grand-père est allé chercher au cimetière sans doute dans les années cinquante. Céline est morte en 1931, la concession pour la tombe durait peut-être vingt-cinq ans et, au lieu de la renouveler, il a emporté la pierre et l'a enfouie sous sa maison. Si ces calculs sont justes, cela a dû se produire en 1956, quand j'avais cinq ans. D'après mon père, il est allé chercher la pierre au cimetière de Gentbrugge avec une brouette, un modèle vieillot en bois qui avait un bac à rebords obliques et de longs bras, un véhicule peu pratique et très lourd dans lequel j'ai promené plus tard ma sœur cadette. Le cimetière était à peu près en face de sa maison à l'époque, mais de l'autre côté de l'eau. Il a donc dû partir dans la direction opposée pour rejoindre le pont qui enjambe l'Escaut, pousser l'objet encombrant sur le pont en dos d'âne, prendre cette fois vraiment la direction du cimetière, derrière l'église de Gentbrugge, en marchant encore un kilomètre avant d'y arriver, puis une fois là-bas, soulever la lourde pierre, la hisser dans la brouette, retourner vers le pont et le retraverser pour rentrer à la maison, soit un parcours, avec une brouette difficilement maniable, une roue en bois refusant de coopérer, qui au total représentait environ quatre kilomètres, dont la moitié en transportant une lourde charge. Sans compter qu'à chaque creux dans le chemin, le marbre risquait de se briser, car une plaque de marbre, quand on ne peut pas l'allonger, est aussi fragile qu'un biscuit ; finalement, l'expédition a dû lui prendre une demi-journée.

Quand je me le représente, trimballant dans sa brouette le long des rives de l'Escaut la pierre tombale de sa mère défunte, selon lui injustement profanée par le nom d'un beau-père qu'il n'avait jamais accepté, je pense à une histoire qu'il me racontait très souvent, en fait chaque fois qu'il écoutait la suite de *Peer Gynt* composée par Edvard Grieg, autrement dit régulièrement. C'était un de ses morceaux favoris, il chantait toujours en même temps. Écoute, disait-il, là c'est Peer Gynt qui transporte sa mère défunte dans une brouette vers le ciel : pompompom pompom pompom… pompompom, pompompom… Il marche en cadence, transporte sa petite mère qui est morte maintenant par-delà les montagnes et les nuages jusqu'au ciel, Peer Gynt emmène sa petite mère au ciel ! Et il accompagnait la musique en faisant de grands gestes comme un chef d'orchestre amateur. Des années plus tard, j'ai moi-même acheté la suite, surtout par nostalgie, sur un disque vinyle dont la pochette présentait un tableau naïf de montagnes et de nuages. En lisant le texte sur la pochette, j'ai été surpris de constater que ce quatrième mouvement qui déclenchait les pompompom de mon grand-père s'appelait « Dans l'antre du roi de la montagne ». J'ai recherché la scène où Gynt emporte au ciel sa petite mère Åse et je n'ai compris qu'à ce moment-là que Peer Gynt fait tout autre chose. Dans le drame du même nom d'Henrik Ibsen, il se contente de raconter à sa mère mourante l'histoire de la fête chez le roi de la montagne et lui fait croire, dans les derniers rêves auxquels elle peut s'accrocher, qu'il l'emmène sur une luge, le long des fjords et des sapins, là-bas, dans le château de Soria-Moria, et non dans le paradis chrétien – même si saint Pierre se tient devant l'entrée et si, à son dernier instant, Åse voit une vague apparition de Dieu. Je reste un peu perplexe, le disque entre les mains. Pour quelle raison, dans quelles circonstances, mon grand-père avait-il inventé sa version ? C'est seulement lorsque mon père m'a dévoilé comment il avait rapporté la pierre tombale de sa mère à la maison que j'ai commencé à comprendre que cette déformation peut-être involontaire de l'histoire de Peer Gynt ainsi que l'expédition coupable de mon grand-père dissimulaient un drame dont je ne pouvais que supposer l'ampleur : son amour jaloux pour sa mère inaccessible. L'esprit malin, dont sa mère avait redouté qu'il ne vienne la chercher, le jour où, telle une main diabolique, un grand morceau de papier sombre s'était plaqué contre son dos, avait pris la forme, dans l'imagination de mon grand-père, de la main douteuse d'Henri, qui avait tenté en vain de toucher sa mère. Mais Céline avait-elle voulu dire ce jour-là une chose qu'il ne pouvait concevoir à l'époque ? Pourquoi avait-elle été si bouleversée et parlé de main du diable ? Se sentait-elle déjà coupable, Henri était-il déjà dans sa vie si peu de temps après la mort de son père ? C'était impensable, impossible.

Un abîme après l'autre s'ouvre dans cette spirale descendante de questions. Tandis que je me promène par une belle journée d'octobre dans le cimetière de Gentbrugge, en quête de noms de membres de la famille disparus, et me demande où la tombe de mon arrière-grand-mère a bien pu se situer, je découvre après une longue recherche la pierre tombale d'un Napoléon de Pauw, mais oui, un avocat et conciliateur gantois qui était connu autrefois, et soudain tous mes souvenirs mélancoliques explosent en un grand éclat de rire. De l'autre côté de la rivière, entre les cimes agitées, je vois se dresser la maison où vit encore paisiblement le seul témoin qui reste : mon père. Autour de la vieille maison, sous de hautes grues qui tanguent, sont creusées des tranchées de fondation boueuses : un quartier d'habitation entièrement nouveau va voir le jour. Si cette maison, la maison romantique de mon enfance, ne se démarquait pas autant par son isolement, comme la maisonnette d'Åse, au beau milieu de ces grands chantiers, j'aurais du mal à reconnaître les environs. Des oies sauvages, quelques cygnes patauds dans la boue polluée de la rive, des poules d'eau nerveuses dans la vase noire, saturée de pétrole. Nature défigurée, souvenirs. Pompompom, pompompom. En fredonnant, je m'éloigne du vieux cimetière. Mais dans le crépuscule, tandis que je me laisse submerger par l'adagio de « La mort d'Åse », cette musique funèbre inégalable pour une mère défunte, je vois dans mon imagination les vieilles ombres vaciller, gigantesques, au-dessus de moi, tels des reflets sur les parois d'une grotte, agrandis de manière capricieuse par un feu que je ne connais pas.

*

Des années plus tard seulement, je me suis rappelé que mon grand-père m'avait à une occasion attiré dehors pour observer la constellation de la Grande Ourse. Regarde là-bas, avait-il dit avec la joyeuse excitation qui pouvait s'emparer de lui à de tels instants, tu vois cette grosse brouette ? C'est la Grande Ourse. J'avais d'abord regardé bêtement l'extrémité de son doigt, tachée de peinture à l'huile bleu nuit, puis j'ai vu dans le ciel doux d'une nuit au début du mois de septembre le grand parallélogramme glisser dans le silence de la voûte céleste. Cette constellation, affirmait-il, ne représentait pas une casserole, comme le prétendaient beaucoup de gens, elle ressemblait plutôt à une brouette, un de ces vieux modèles oubliés aux rebords inclinés qui donnent au bac l'aspect d'un berceau archaïque, une brouette en guise de berceau, et on voit aussi les longs bras en bois dans les étoiles qui prolongent la constellation, c'est la brouette avec laquelle Peer Gynt a transporté sa mère au ciel.

Plus tard, j'ai compris que ces vieilles brouettes n'avaient pas de bras fixés au-dessus du bac, comme dans la constellation. Ils étaient situés en dessous du contenant pour en supporter le poids, une application logique du principe du levier. Nous n'allons pas faire l'enfant : si cette constellation ressemble à quoi que ce soit, c'est bien à un chariot de supermarché. On pouvait évidemment chicaner, levier ou pas levier, mais le souvenir, lui, n'en était pas moins vivace. Associer la constellation à la Grande Ourse me paraissait encore moins acceptable que de l'associer à une casserole. Alors pourquoi pas la brouette. Voilà comment on devient un mauvais poète, me suis-je dit plus tard : quand on a été obligé, parce qu'on ne peut pas creuser un souvenir, de faire dans sa tête un fatras de casseroles, d'ours, de chariots de supermarché, de mères mortes, de luges, de Peer Gynt et de brouettes. Et dans mon souvenir, je continuais de regarder le doigt tendu de mon grand-père, chaque nuit où brillaient des étoiles silencieuses.

⋆

Dans le coin à gauche de la courée, à côté de la vieille fenêtre, passe le tuyau en zinc de descente des eaux de pluie s'écoulant du toit peu élevé. Ce tuyau se termine au-dessus du niveau du sol, à hauteur d'homme. En dessous est installé un grand tonneau qui recueille les eaux de pluie. Le plus souvent, le tonneau est à moitié rempli, car notre mère y puise de l'eau le vendredi, le jour où elle fait la lessive, une occupation qui prend une journée entière. Si le temps est gris et bruineux, l'eau se déverse dans le tonneau par petits filets intermittents, ou plutôt une enfilade de grosses gouttes, certaines étant plus lourdes que d'autres. Ploc… ploc… plic plic… ploc… floc…

Mon imagination me joue des tours. J'entends des sons de piano, cela vient de ce tonneau magique à moitié plein où l'eau noire brille quand un quartier de lune se faufile à travers les nuages, comme s'il était plus profond que la plus profonde des citernes. Je vois des billes qui roulent de haut en bas d'un escalier de marbre dans le couloir d'un monastère haut et lumineux, c'est l'été et mon père me sourit… Pendants de cristal, longues guirlandes de perles suspendues à un lustre qui en s'entrechoquant, animées par une brise estivale, teintent, tintinnabulent, telles des larmes de verre lors d'un bal masqué*… *Pourtant non… c'est l'eau du tonneau, de la musique à mes oreilles, comme des notes qui dansent sur une portée… ploc… plouf… plic plic plic… plonss… ploup… ploc…*

Je fais tout pour ne pas entendre les cris et la dispute dans la cuisine.

★

Je sors sous son vieux sous-main une carte couverte de traces de doigts et la regarde fixement.

Urbain Joseph Emile Martien.

Soldat du Deuxième régiment de ligne, âge : dix-sept ans et neuf mois.

Première Compagnie – Premier Bataillon.

Matricule / numéro : 55238

Élève de l'École de régiment de Courtrai-Kortrijk.

Fait à Gand, mercredi onze novembre 1908.

★

Il ne précise pas s'il s'est inscrit à l'école militaire de Courtrai pour échapper aux tensions à la maison. En revanche, il écrit que le travail à la fonderie lui était devenu trop pesant. Il est aussi question d'un nouvel apprenti qui fait des avances à la fille du fondeur, ce qui semble lui ôter soudain toute possibilité honnête d'avancement dans l'atelier. Il est en proie, durant cette période d'incertitudes, à ses premières crises de suffocation, « un héritage de mon père qui continue de vivre en moi ». Quelques semaines auparavant, un prêtre de la paroisse sonde ses intentions : n'a-t-il pas le sentiment d'être appelé par le Seigneur ? Car, ajoute le prêtre sans ambages, pour un garçon comme toi, sans diplôme ni argent, il n'y a que deux voies pour se libérer de l'esclavage : soldat ou prêtre. Cela n'a rien d'une noble vocation, mais ressemble plutôt à une forme de calcul qui ne lui est pas encore venu à l'esprit aussi clairement. Bon, soldat ou prêtre alors. Il participe, sur l'instigation du père Van Acker S.J., un traqueur d'âmes, à une sorte de retraite d'une semaine chez les jésuites, il y a une vision de son père, debout sous un minuscule mûrier vert en fleur dans le jardin du cloître. Il dort mal dans la chambre du monastère, entend résonner dans sa tête pendant des heures « soldat ou prêtre » et finit par trancher à son retour à la maison, après des journées de prières, de prêches et de chants. Ce sera l'école militaire, où il restera au total quatre ans. Quatre ans durant lesquels il est bien habillé, bien chaussé, bien nourri, n'a pas à trimballer et à trimer, mais suit l'entraînement de sergents renfrognés, exécute impeccablement des missions absurdes, se fait remarquer par sa rigueur, sa fiabilité et sa discipline, entre en contact pour la première fois de sa vie avec des jeunes gens de la classe sociale supérieure – des jeunes gens qui, avec leur désinvolture et leur aisance, leur accent français, leur liberté financière et leur arrogante amabilité, lui font à nouveau ressentir ce profond manque d'assurance qu'il avait éprouvé dans la librairie d'Adolphe Hoste. Ses chefs reconnaissent vite en lui les prédispositions d'un vrai militaire, d'une personne qui, par rapport aux autres, est capable de s'acquitter de ses tâches de façon plus efficace, stricte, convaincante, modeste et en même temps assurée. Ils le soumettent par conséquent à une plus forte pression. Parfois, il est puni pour une éclaboussure de boue sur son pantalon ou ses bottes, alors que les autres s'en tirent à bon compte. Il n'en éprouve pas d'amertume. Au cachot, une cabane dans la cour intérieure, sous un vieux tilleul, il chante les chansons de son enfance dont il se souvient. Le lendemain, inentamé, il se tient au garde-à-vous devant le commandant alcoolique aux yeux injectés de sang.

*Très bien, Martien, allez, retournez au service**.

*Merci, mon commandant. Mon nom se prononce Martine, pas Martien, en flamand c'est l'équivalent de Martin, à vos ordres, mon commandant**.

*Ta gueule**, Martien, nom de Dieu !

*

Ainsi prit fin la première partie de ma vie, écrit le vieil Urbain Martien, assis confortablement dans sa petite chambre à l'entresol, devant la fenêtre entourée de vigne vierge orientée vers l'est d'où il aperçoit les péniches qui passent lentement sur le Bas-Escaut. Il l'écrit au printemps de 1968. Il vient de boire un café avec sa fille. Ses petits-enfants sont partis à l'école après les ergotages et le vacarme habituels. La maison est silencieuse. Il grignote un spéculoos. À la radio, il est question des émeutes à Paris. Il l'entend à peine. Quelque part dans le jardin luxuriant des voisins, une mésange charbonnière chante un air monotone. Le temps est calme, il y a quelques petits nuages. Il a le vague à l'âme ces jours-ci. Il pense à sa Gabrielle disparue. Il aimerait tout lui raconter de nouveau.

Tu sais ? À propos de la guerre, Gabrielle.

Je sais, Urbain, mon ami, tu me l'as raconté au moins vingt fois.

Puis il se tait. Il prend ses pinceaux, effleure les touffes outremer, terre de Sienne brûlée, alizarine et jaune de Naples pour essuyer la pellicule qui est apparue tout autour pendant la nuit. Il va se tenir devant sa toile et apporte un peu de couleur aux feuilles délicates d'un orme, près d'un petit château en ruine pas encore terminé.

Je sais, Gabrielle, ma chérie, cela fait si longtemps déjà.

Il reste assis dans sa chambre ce jour-là. Il se revoit monter la Kattenberg à Gand pour aller passer sa visite médicale à l'armée, accompagné d'un jeune homme dans le même cas que lui. Il ne parvient pas à se souvenir de son nom, comment s'appelait-il déjà ? Était-ce Albert, Adalbert ou Robert ? Bébert, ça oui, mais il ne se rappelle rien de plus.

*

Il devient un as de l'escrime, des tirs réussis sur une cible à trois cents mètres de distance (un officier qu'il a vexé se montre soupçonneux et fait vérifier le fusil de cette recrue qui lui paraît bien trop expérimentée). Il apprend le français à ses dépens, humilié par ses supérieurs et impressionné par les jeunes bourgeois arrogants, mais déteste la balourdise et la grossièreté des nombreux péquenots flamands, qui traînent le soir dans les bistros, pincent les fesses des filles et couvrent leur lit de vomi. Il se lie d'amitié avec un Wallon, un jeune homme simple qu'il verra crever d'une mort atroce dans la boue, au front, six ans plus tard. Et il obéit – même quand le commandant enivré rugit un *Silence* ! alors que personne n'a rien fait. Mais ce *Silence** – le mot lui-même – est très différent sur le papier, mon grand-père fait une faute d'orthographe, il écrit : Cilense. Le mot sur la page me saute aux yeux. Comment a-t-il pu faire une telle faute ? Une idée absurde me vient à l'esprit : c'est une déformation de silence et du nom qui continue de le poursuivre : Céline, le nom de sa mère. *Silence**, Céline – Cilense.

Je regarde fixement ce mot étrange, comme si une lumière éclairait le puits obscur de l'âme de mon grand-père. Un aperçu de solitude, de nostalgie réprimée, du cri lancé à sa mère, étouffé dans ce si joli mot inexistant, Cilense. Je le vois assis à sa petite table, il grignote son spéculoos. Il écrit et se tait. Je saurai me taire et me montrer courageux, mère, moi qui ai résisté avec toi à cette nuit d'orage estival et étais l'homme de la maison, quand la pluie perlait sur nos cheveux et que j'étais, le temps d'un instant, le seul être que tu aimais, ton héros de Trifouillis-les-Oies comme tu aimais m'appeler. Moi, qui à présent vais devenir un homme, contraint et forcé, loin de tout ce que je connais. Silence, Cilense. Il se fit un silence, écrit l'humble chroniqueur, pendant lequel je n'osai ni tousser ni me moucher, sur la poitrine du commandant les décorations tintaient avec un bruit de fer-blanc.

⋆

Au bout de quatre ans d'entraînement à l'humilité, d'obéissance infaillible aux tourments infligés par un ivrogne braillard, Bellière, d'interminables exercices dans la boue et le sable, d'innombrables nuits de courbatures, d'épuisement et d'insomnie dans une salle glaciale, sa formation militaire est terminée. Il est devenu robuste, fier et silencieux. Il est démobilisé, remet son fusil et son uniforme au dépôt de Termonde. Il retourne chez lui, reçoit quelques mois plus tard une convocation pour exercer les fonctions de douanier dans la région frontalière au-dessus de Zelzate. Sa mère jette la lettre dans le poêle de Louvain : s'il pense qu'il doit aller risquer sa vie la nuit parmi des voleurs de bétail armés, et mettre en jeu sa santé en passant des nuits d'affilée allongé sous la pluie dans un sac de couchage entre les fossés qui traversent les polders, inutile de compter sur elle. Il n'a pas été démobilisé pour aller gaspiller si vite sa liberté. Mon grand-père acquiesce et se tait.

Quelques semaines plus tard, il se présente aux chemins de fer, où il est pris comme métallurgiste dans les ateliers de Gentbrugge. C'est une année à l'abri, une année de régularité et de tranquillité. Il apprend à mieux s'entendre avec son beau-père. Parfois, ils se promènent ensemble le long de la rive de l'Escaut et parviennent à se comprendre à demi-mot. Il a presque vingt-deux ans à présent, il est temps qu'il se mette en quête d'une jolie jeune femme bien élevée pour l'épouser, estime sa mère. Régulièrement, il flâne dans la ville sens dessus dessous qui se prépare à l'Exposition universelle, *Le Grand Expo international** censé accorder à Gand sa place sur la carte du monde. Il est question de désaccords dans l'organisation et la sous-traitance. Très vite, la bourgeoisie francophone prend l'initiative, d'autant que les Allemands aussi envisagent d'investir dans le projet, ce qui en revanche encourage les citoyens flamingants, en pleine ascension, à jouer la carte allemande, car ils se savent soutenus par leur peuple frère germanique qui pourrait les aider à garantir leurs droits face à la suprématie francophone dans leur propre ville. Ainsi, les intérêts allemands et français s'opposent déjà, à la veille de l'Exposition universelle gantoise – dans la cacophonie des expositions universelles de la première décennie du vingtième siècle, un des multiples signes alarmants de ce qui s'annonçait. Il est impossible de discerner qui voyait déjà, dans ces querelles gantoises de l'époque, un symbole, et non un simple reflet de la guerre franco-allemande quarante ans plus tôt et des frictions du passé. Les Français finissent par avoir le dessus, grâce aux pressions exercées par la bourgeoisie gantoise francophone. Les Allemands se retirent de l'organisation, l'affaire devient intégralement francophone, la gestion désordonnée et l'organisation chaotique. Au fond, personne n'a besoin d'une énième exposition en dehors de la ville elle-même, qui a ses ambitions. Les citoyens flamingants grognent, déclarent que l'ennemi est désormais au sein même de la population – la grande bourgeoisie, avec son arrogance francophone, constitue à présent un élément « éloigné du peuple » au cœur même de la société. Les premières fissures apparaissent, alors que le projet aurait dû au contraire afficher l'unité de la ville. D'innombrables constructions en plâtre sont érigées pour montrer à la population la gloire à la fois du nouveau monde et de l'ancien, dans toute leur diversité. La rhétorique coloniale et l'exotisme kitsch à l'avenant vivent leurs derniers instants. Un groupe de Sénégalais est catapulté dans un village reconstitué, dont le porche d'entrée ressemble plutôt à celui d'une citadelle allemande. Le séjour des Sénégalais fait courir des rumeurs indignées sur « certaines filles gantoises » qui couleraient des regards aguicheurs à ces « nègres bien bâtis » que l'on peut venir admirer dans le parc de la Citadelle. Après l'exposition, quand certains d'entre eux expriment le souhait de rester à Gand, ils sont aussitôt embarqués pour l'Afrique. Une délégation d'Indiens igorot est venue des Philippines. Le grand écrivain gantois Cyriel Buysse les qualifie, avec beaucoup d'empathie, de croisement entre des singes et des Mongols. Ces Indiens indigents sont eux aussi logés dans un édifice très flamand, d'aspect moyenâgeux. Après l'exposition, qui a lieu d'avril à novembre, on voit certains d'entre eux mendier dans les rues ; un jeune Indien ne survit pas aux rigueurs du climat, auxquelles il n'est pas préparé, et à sa nostalgie pour la jungle d'où il vient, comme le rapportent avidement les journaux. Il s'appelle Timicheg. En 2011, près d'un siècle après sa mort et après quelques tiraillements au sein de conseils, commissions et forums sur Internet, la ville de Gand donnera le nom de cette malheureuse victime du kitsch colonial de l'Exposition universelle à un tunnel sous la voie ferrée près de la gare Saint-Pierre. Une délégation philippine est d'ailleurs présente à l'inauguration et exprime son humble reconnaissance au bourgmestre et à un bonze des chemins de fer.

★

Durant les mois d'été de 1913, Urbain flâne, les mains dans les poches de son pantalon du dimanche, parmi la foule, et lorgne les jeunes femmes gantoises de bonne famille auxquelles il n'ose pas adresser la parole. Il est profondément croyant et introverti. De temps en temps, il va s'asseoir sur un banc, un petit carnet de croquis à la main, et dessine ce qu'il voit. Dans l'héritage qu'il a laissé, j'ai découvert des esquisses pour un petit tableau dont je garde un souvenir très précis : le portrait d'un Noir, le visage posé et sillonné de rides comme un Christ séculier, le regard sombre tourné vers le bas. A-t-il peint une des victimes exotiques de l'Exposition universelle, quelqu'un qu'il avait rencontré en ville ? À ma connaissance, la petite peinture a toujours été accrochée dans sa chambre à l'entresol, juste au-dessus de la porte, l'endroit où normalement un crucifix aurait dû être suspendu – lors d'une récente visite à mon père, j'ai vu qu'elle avait disparu et effectivement été remplacée par une petite croix en bois. Où était passé le petit tableau ? Mon père ne le savait pas non plus, mais dans ma mémoire, le portrait mélancolique restera toujours accroché là. Je n'ai jamais pu élucider le symbolisme de cette tête exotique et je n'ai jamais interrogé mon grand-père à ce sujet, car je me rends compte seulement maintenant, en écrivant, qu'il a dû y avoir autre chose, peut-être une rencontre ou une discussion avec une de ces personnes exposées sans vergogne – mais il passait sous silence tant de choses auxquelles il devait penser durant ces dimanches après-midi tranquilles où le programme lyrique à la radio berçait les autres membres de la famille dans une somnolence oublieuse.

★

Il fête la Saint-Sylvestre de 1913 en famille. Il enchaîne les anecdotes sur l'armée, en les amplifiant ; ses jeunes frères et sœurs l'écoutent avec admiration. Joris, le fils de son beau-père, devenu un employé de bureau anémique se contentant de son sort, épouse au printemps une jeune femme qui lui semble « pieuse et enjouée », et ils ont beau faire, une grossesse ne vient pas. Urbain s'inscrit à nouveau pour des cours du soir de dessin et obtient, cette fois, de meilleurs résultats. Au bout de trois mois, on lui permet déjà de dessiner des modèles vivants : des hommes jeunes, drapés d'un ample tissu, posant tels des statues grecques, appuyés contre des souches noueuses en plâtre poussiéreux. Le *Frère Professeur*★ lui enseigne qu'il faut penser aux muscles sous la peau en dessinant des membres, que Léonard de Vinci a conçu pour le corps humain des proportions universelles, et qu'en dessinant des anges, on doit tout de même essayer d'être un peu crédible, autrement dit : il faut réfléchir à la manière dont les ailes sont fixées aux omoplates, pour dessiner les muscles en conséquence. Si l'on parvient à voler, ce n'est pas par hasard ; l'anatomie ne se résume pas au corps, ajoute-t-il de manière énigmatique.

⋆

Un jeune cousin de Céline meurt soudainement. C'est en juillet 1914. Électricien de son métier, il a été touché en travaillant dans sa cabine par un câble à haute tension et tué sur le coup. Il n'y a pas de transport en commun qui relie leur lieu de résidence à la municipalité d'Evergem, où on doit l'enterrer. Céline demande à son fils aîné de représenter la famille. Il parcourt donc seul à pied une distance de plus de dix kilomètres. Il prend le bac pour traverser le canal de Gand à Terneuse. Peu de personnes sont présentes à la modeste cérémonie ; il rentre aussitôt après avoir assisté à la messe et présenté ses condoléances. Le temps est radieux. Il traverse de nouveau le canal, puis parcourt la plaine sablonneuse de Port-Arthur. Il passe devant le monument funéraire en l'honneur du capitaine-aviateur Daniel Kinet, qui un jour s'est écrasé là avec son biplan. Il s'en souvient bien, même si cela fait quatre ans déjà. Il était allé, comme le lui avait demandé Kinet après une balade en ballon au-dessus de la place Saint-Pierre, au salon de l'aviation annoncé depuis longtemps et organisé près du port, une manifestation devant symboliser une ère nouvelle, l'esprit d'entreprise dont la ville faisait preuve, l'espoir d'un avenir spectaculaire durant le siècle à venir. Ce matin-là, en route pour la plaine de Port-Arthur, il s'était rendu dans le lieu de pèlerinage de Notre-Dame de Lourdes à Oostakker pour y passer quelques instants, et au moment où il joignait les mains devant la grotte de Marie, le biplan avait survolé l'endroit à toute allure, à moins de cent mètres au-dessus du sol : Kinet effectuait déjà les vols d'essai pour le spectacle aérien devant agrémenter la foire de Gand ce jour-là. Le véritable vol, prévu à neuf heures et demie, se ferait en direction d'Ostende, le long du canal Gand-Bruges-Ostende. Kinet était censé atterrir pour les festivités sur la plage, juste devant la famille royale qui l'y attendrait. Vers neuf heures et demie, en ce 10 juillet 1910, Urbain scrutait le ciel parmi la foule dispersée, quand l'appareil Farman avait décollé sous un tonnerre d'applaudissements et des cris d'encouragement. Soudain, l'avion avait amorcé un virage, puis basculé brusquement, et s'était écrasé quelques instants plus tard contre un arbre. Le choc fut considérable, l'appareil s'enfonça dans la cime, l'arbre se fendit, des branches voltigèrent, une volée de moineaux s'éparpilla. Dans le silence irréel du moment, quelques personnes accoururent. La collision ne laissa presque rien d'entier de l'appareil. Kinet, gravement blessé, fut extrait de l'épave. Après les premiers soins sur place, on le transporta dans une clinique sur le boulevard du Château. Il reprit conscience, put même parler, subit une opération le lendemain pour réparer son péritoine déchiré et son rein endommagé, mais finit par mourir le 15 juillet d'un arrêt cardiaque, sans doute dû au stress postopératoire. Mon grand-père, venu se poster à l'entrée de l'hôpital avec une grappe de raisins dans un panier, n'eut pas le droit d'approcher du célèbre patient. Il écrivit une lettre maladroite à Kinet pour lui souhaiter un prompt rétablissement et apprit quelques jours plus tard sa mort dans le journal. D'une manière ou d'une autre, cette nouvelle le toucha profondément. Kinet était devenu pour lui un modèle, pour son courage et parce qu'il savait, comme disait mon grand-père, « prendre sur soi ».

À présent, quatre ans plus tard, cette fois encore en ce mois estival de juillet, il s'arrête un instant devant le bloc de pierre massif et son inscription, le monument érigé dans la grande plaine près du port en mémoire de l'aviateur. Il fait le salut militaire. Tout autour volettent des papillons, dans un des peupliers élancés sur la droite siffle une grive. Un peu plus loin, le paysage est bouleversé ; la deuxième grande darse du port est en cours de construction. À l'écart du sentier isolé qu'il emprunte à travers les bosquets et les buissons épars se dressent des hangars abritant de grandes machines modernes. Sur l'un des hangars, il lit *Entreprises de béton armé**. C'était un produit nouveau, écrit-il dans ses mémoires, dont nous n'avions encore jamais entendu parler (cela n'allait pas tarder : c'est justement parce que le béton des forts de Liège n'était pas armé de barres d'acier qu'ils n'avaient aucune chance de résister aux obus et aux tirs de mortier allemands). Le chemin est désert ; il entend le chant monotone d'un pouillot véloce quelque part dans les bosquets. Il est à peine à un kilomètre du sanctuaire de Notre-Dame de Lourdes à Oostakker. C'est un peu plus loin que la portée d'un fusil, se dit-il : environ sept cents mètres à l'époque. Le soleil continue de descendre, le sentier à travers la campagne et le paysage désert autour de lui ont emmagasiné la chaleur de la journée. Le sentier est longé à gauche par une légère surélévation, une sorte de digue ou de rive. Il remarque que de jeunes pousses d'herbe percent à travers le sable fin, un signe de l'humidité du sol à cet endroit.

Soudain, il aperçoit un tas de vêtements, bleus et blancs. Les couleurs de la Vierge, se dit-il. Intrigué, il fait quelques pas dans cette direction, grimpe sur la digue peu élevée et voit une mare sableuse. Aussitôt, il a ce qu'il appelle dans son journal « le plus grand choc de son adolescence ».

Surprise, une jeune fille d'environ dix-huit ans émerge de la mare. L'eau lui arrive à peine aux genoux. Il est perplexe : c'est la première fois qu'il voit une jeune fille nue. Semblant presque s'excuser, elle le regarde un peu comme si elle attendait de lui une réaction. Il a devant lui l'inconcevable, une silhouette qui lui ouvre un tout autre monde, un monde dont il s'était scrupuleusement barré l'accès, par piété et parce que cette piété est associée à la nécessité de refouler. La jeune fille, debout dans la lumière du soir, paraît attendre, mais n'a pas l'air effrayée. Il ne sait, pour sa part, quelle attitude adopter. Il doit admettre, écrit-il, qu'il était bouleversé, assailli par toutes sortes de pensées. M'avait-elle vu arriver ? Pourquoi n'était-elle pas restée dans l'eau ? Pourquoi ses vêtements étaient-ils posés à des dizaines de mètres de la rive, à la vue de tous ceux qui passaient sur la digue ? Ou avait-elle ce qu'il appelle des intentions « inconvenantes » ? Ne courait-elle pas le risque qu'un ouvrier rentrant chez lui se rue sur elle ? Il n'y a pas de buisson ou de souche dans les environs ; dans ce lieu abandonné, en cette chaude fin d'après-midi, elle n'est protégée que par la mare en contrebas. Il se met à transpirer, à présent la jeune fille le regarde presque en souriant. Il balbutie des excuses, sent son col lui serrer le cou, fait signe qu'il n'y a pas de problème, se retourne, regarde à nouveau la jeune fille. Pendant tout ce temps, elle reste immobile, se contente de poser lentement son bras gauche sur sa poitrine. Il voit la petite touffe blond foncé en bas de son ventre, le creux ombragé de son nombril, la rondeur de ses jeunes seins qui reste visible sous son bras, les épaules droites et les cheveux flottant doucement au-dessus – alors qu'il ne connaît le tout que de tableaux datant de plusieurs siècles, qui ne sont d'ailleurs que des illustrations vues dans des livres indistincts. Et voilà qu'il a devant lui cette femme nue, éclatante, qui respire ! En un éclair, il comprend ce qu'il peut avoir d'invraisemblablement ingénu. Il veut lui demander si elle n'a pas peur qu'on lui fasse du mal. Il ne trouve pas ses mots, fait signe au bout d'une minute interminable qu'il s'en va, escalade de nouveau la digue à toute vitesse, est pris de vertige. Après cinquante mètres, il se retourne pour regarder. Elle est visiblement sortie de l'eau ; il voit sa tête au-dessus de la digue, la jeune fille le suit du regard « comme un écureuil curieux derrière un arbre ». Il poursuit son chemin à la hâte, son cœur lui bat dans la gorge. Cette journée indolente, les buissons et la plaine isolée lui paraissent soudain irréels.

Bouleversé, il se retrouve au sanctuaire, passe devant les ex-voto en porcelaine qui tintent jusque devant la grotte, voit la statue de la Vierge Marie, sent sa poitrine le lancer, fouille dans la poche de son pantalon pour saisir son chapelet et marmonne une prière pour retrouver le calme dans sa tête. Je suis un militaire, se dit-il, je suis un militaire, j'ai vu une vierge, une jeune fille, Ô Mère de Dieu, non pas votre effigie, mais une femme comme celles que peignent Giorgione et le Titien, j'ai vu une jeune fille nue vivante, elle m'est apparue en toute simplicité, elle avait des vêtements blancs et bleus, Vierge Marie, que m'avez-Vous fait ? Il sent des battements si forts dans sa tête qu'une fois qu'il a regagné sa chambre chez lui, quelques heures plus tard, il doute encore de l'avoir vue réellement : était-ce une hallucination, due à la chaleur, à la solitude, au rituel funéraire du début de l'après-midi, au regard en coin d'une de ses lointaines cousines aux cheveux blond foncé, vêtue de noir et priant dévotement sur une chaise cannée de l'autre côté de la nef centrale de l'église ? Était-ce une fourberie du diable ? Il essaie de la dessiner de mémoire, en est encore plus bouleversé, déchire le papier et éprouve le besoin de prier en égrenant cinq fois son chapelet avant de parvenir à calmer un tant soit peu le bas de son corps qui se rebelle. Je dois faire preuve de piété, je dois faire preuve de piété, je ne sais pas pourquoi, mais il le faut, il le faut.

Le mois précédent, le jeune Serbe Gavrilo Princip avait abattu à Sarajevo l'archiduc habsbourgeois François-Ferdinand, et ainsi conduit à la destruction le monde tel que le connaissait mon grand-père, mais celui-ci n'avait pas la tête à lire les journaux. Il préférait regarder les Vierges Marie légèrement rougissantes de Raphaël et de Botticelli et se faisait des marques douloureuses dans les paumes des mains à force de les serrer.

⋆

On est en janvier 2012. J'ai passé quelques heures au cimetière de Vorst à Alsemberg, au sud de Bruxelles, car en effectuant mes recherches, j'en ai conclu que je découvrirais sûrement là-bas la tombe laissée à l'abandon de Daniel Kinet, le héros qui s'était écrasé à l'endroit où mon grand-père avait, pour la première fois de sa vie – et peut-être la dernière –, vu une jeune fille nue, à peine quelques mois avant le début de la Grande Guerre. Icare et Aphrodite, me suis-je dit, c'est trop beau pour être vrai. J'ai donc pris ma voiture pour me rendre au cimetière qui se trouvait par hasard proche de l'endroit où j'avais passé mon temps à écrire. Comment Kinet, Wallon originaire de Jumet et hôte apprécié à Gand, avait-il fini ici, dans un cimetière délaissé au sud de Bruxelles ? Il n'y avait personne à qui je pouvais le demander.

C'est une journée d'hiver lumineuse. Le vent mugit à travers les hêtres plantés derrière le mur du cimetière, qui scintillent dans le froid, les sentiers sont couverts de branches emportées par le vent et ravinés de flaques boueuses, il y a eu un violent orage la veille. Un arbre est tombé sur quelques vieilles pierres tombales : certaines dalles funéraires sont fendues, les flaques brillent dans les tombes ouvertes. Le ciel paraît même nettoyé, purifié. Les vieilles pierres tombales se sont affaissées les unes contre les autres et enfoncées dans le sol, leurs inscriptions sont devenues illisibles, des traces de mousse pétrifiées et blanchies recouvrent les lettres. Des gerbes de fleurs en plastique gisent dans la boue, le vent les a rassemblées en les soufflant contre une chapelle mortuaire ; trois croix en bois brisées, enchevêtrées sur le sol, ne peuvent se distinguer des débris que par les noms fendus au milieu. Les sentiers en pente présentent de profonds sillons, creusés par la violence de la tempête. Ici et là, l'accès à certaines allées de gravier a été barré par des rubans de plastique rouge et blanc. Le cimetière a une étonnante structure. La partie la plus ancienne, où sont érigés les mausolées, est entourée d'un mur, les tombes des soldats, un peu plus loin, sont disposées en demi-cercles ; certaines étendues d'herbe ouvertes semblent n'avoir aucune utilité. Parfois, au bord, il y a une pierre tombale, sans aucune indication. Plus loin encore, une rangée de cyprès délimite un parterre où sont entassés quelques outils abandonnés et des chrysanthèmes fanés. Rien ici ne semble vraiment affligé, tout évoque une fugacité indifférente, paisible. Passant devant des tombes sur lesquelles sont gravés des noms comme Corleone, Schiavoni et Devlamynck, enjambant Mrazek Marasco et Doudou pour rejoindre Jeunehomme, Tobiansky-d'Altoff, Perceval et Culot, je fais péniblement le tour, à trois reprises, de la nécropole boueuse sans retrouver la simple pierre grise de la tombe de Kinet. Peut-être fait-elle partie des dizaines de pierres plus petites qui à présent sont enfouies sous d'épaisses couches de lierre et dont l'existence ne se devine que par une légère bosse dans la prolifération de verdure. Je ne peux interroger personne car le petit bureau est fermé ; une vieille femme à qui je m'adresse est tellement sourde qu'elle ne me comprend même pas quand je crie dans son oreille poilue. Des mois plus tard, au cours d'une énième visite, je finirai par retrouver la tombe : on peut y voir des ailes d'ange, sans corps.

Le même jour, je me rends en voiture dans le port de Gand pour retrouver le monument à Daniel Kinet et, éventuellement, la mare où l'épiphanie d'avant-guerre de mon grand-père, aux confins de l'ancien monde, a eu tout juste le temps de se produire ; il faut que je puisse encore effleurer cette idylle. Je me retrouve coincé dans les embouteillages sur le périphérique de Gand, prends lentement la direction des grands silos à grains dans la zone industrielle, entre des camions qui crachent des nuages de fumée. Le temps est à présent couvert et froid. Mon GPS connaît la rue Daniel-

Kinet. Il me dirige vers un *no man's land* au milieu d'une zone portuaire désolée, vers de vagues terrains industriels, entrepôts, grillages, une gigantesque montagne de ferraille le long de la rue Farman – du nom du constructeur d'avions français, Henri Farman, qui a conçu le biplan de Kinet. Après avoir cherché un peu, je trouve le monument à l'endroit où Kinet s'est écrasé. La stèle commémorative se dresse, esseulée, le long du Singel, où des dizaines de camions jaunes et rouges sont garés à la queue leu leu. Juste derrière le monument s'élève un gigantesque poteau électrique. Il réduit à des proportions insignifiantes la pierre d'un mètre de haut taillée grossièrement. Une jeune femme aux cheveux bouclés roux foncé, portant un blouson de cuir et un jean, prend des photos dans le vent glacial ; en dehors de nous deux, il n'y a pas âme qui vive. La femme monte dans sa voiture, s'éloigne. Nous n'avons pas échangé un mot, mais nous nous sommes regardés avec une certaine curiosité. Qui peut bien être cette autre personne qui vient comme ça, un jour de semaine, en ces lieux désolés ? D'ailleurs, qui parcourt encore ici cent mètres à pied, dans un monde qui n'est plus à échelle humaine ? Je regarde autour de moi : il n'y a que des espaces à l'abandon, sans nom, comme en ont laissé partout dans le monde les grandes industries. Dommages collatéraux urbains. La mare bucolique où mon grand-père a dû voir son apparition idyllique est profondément enfouie sous le béton armé des silos à grains. Peut-être ne s'agissait-il que d'une petite irrégularité dans le paysage d'autrefois, qui a été négligemment retournée par les bulldozers, il y a des décennies, lors de l'agrandissement du port.

À nouveau coincé dans les embouteillages, à l'heure de pointe, je me dirige à présent vers le lieu de pèlerinage de Notre-Dame de Lourdes à Oostakker. Là-bas, je replonge moi-même dans mes souvenirs d'enfance : l'Hôtel de Lourdes d'un exotisme démodé, la sombre basilique aux fines colonnes orientales le long de la nef centrale, partout des inscriptions en l'honneur de Marie, les plaques sur lesquelles des noms sont inscrits, les nombreux ex-voto à l'adresse de cette jeune femme palestinienne qui, il y a deux mille ans, s'est trouvée enceinte sans être entachée de semence humaine et a engendré de ce fait un dieu-homme. J'achète un dépliant contenant des prières à Notre-Dame des Sept Douleurs, la favorite de mon grand-père. Il n'y a personne en vue. Dehors, le crépuscule hivernal est tombé, il souffle un vent glacial. Je me dirige vers la grotte, qui est bien plus près de la basilique que dans mon souvenir. Mais je reconnais, tel qu'il s'est fixé depuis tant d'années dans ma mémoire, le tintement tremblotant des innombrables ex-voto en porcelaine qui sont suspendus aux grilles et se balancent en se heurtant légèrement, formant des alignements infinis le long de l'allée de gravier sur le parcours que suivent les pèlerins, une fragile musique d'autrefois qui m'assaille avec la force de ce que l'on oublie. Devant la grotte avec l'effigie de la Vierge Marie, il y a une statue de Bernadette Soubirous. Elle aussi est vêtue de blanc et de bleu. La petite mystique est un peu penchée en arrière, priant, les mains jointes et levées vers l'apparition dans l'imitation de la grotte, la Vierge Marie elle-même entourée d'une multitude de petites ampoules, des ampoules qui n'étaient sûrement pas déjà là en 1914. C'est ici qu'il a dû prier, en sueur, à la fin de cette chaude après-midi. Mentalement, j'essaie de faire à pied le chemin qu'il a parcouru depuis la mare, la jeune fille nue aux vêtements bleus et blancs, jusqu'ici, mais c'est impossible : le périphérique, les bâtiments, les terrains de la zone industrielle, les grillages, les rues, le chemin de fer, tout passe à travers, comme si une *songline*, une piste chantée ancienne, avait été interrompue par la force et l'insouciance brutales de la technique moderne qui, partout, a bouleversé les souvenirs.

Le parcours des pèlerins passe devant sept grottes plus petites où sont représentées des scènes pieuses. Mes doigts sont transis, je resserre le col de mon manteau autour de mon cou pour ne pas prendre froid. Dans la boutique déserte à l'éclairage jaunâtre qui vend des objets religieux, j'achète un ex-voto à quinze euros. Je choisis un texte neutre, « Avec mes remerciements ». Fini la porcelaine qui tinte, c'est de la céramique bon marché, peut-être fabriquée dans un pays du tiers monde par des petits enfants profondément croyants dans de rudes circonstances. La femme d'une cinquantaine d'années aux cheveux blond foncé me demande si je souhaite un crochet pour suspendre la plaque au grillage. Je dis que non. Elle me donne tout de même un crochet. Je glisse la plaque emballée dans la poche de mon manteau, quitte le terrain désert. Une poule anglaise furieuse me suit pendant tout ce temps-là pour m'avertir de ne pas envisager ne serait-ce que de montrer du doigt les trois petits poussins qui la suivent en clopinant. Je m'attarde encore un peu et regarde autour de moi. Jamais je n'ai autant pris conscience de la fugacité de la vie humaine. Je ne sais rien de la jeune fille qui lui a offert ce souvenir, teinté de mysticisme, d'une apparition miraculeuse, ni son nom, ni son origine, ni son aspect, sauf qu'il a indiqué, bouleversé, avoir vu sa silhouette sortir de l'eau – elle est devenue la simple apparition d'une forme humaine, si anonyme qu'elle pourrait être l'image qu'on a envoyée dans l'espace pour donner une idée à d'autres habitants de l'univers de l'aspect d'un être humain et de ce à quoi ils doivent s'attendre s'ils atterrissent sur cette planète. C'est la dernière image d'un vieux monde idyllique, qui quelques jours plus tard allait définitivement prendre fin. L'autoradio me piaille les nouvelles du jour aux oreilles, mais le silence couvre le tout tandis que je conduis, je n'ai jamais conduit plus sereinement, libéré de tout et de tout le monde, comme si, revenant de quelque chose de très frais et inconcevable, j'étais réconcilié avec le fait que tout disparaît. Dans la basilique, j'ai lu un livre de psaumes, que j'ai glissé discrètement dans ma poche.

J'ai fait couler pour vous
L'eau de la grotte.
Vous m'avez donné à boire
Du fiel et du vinaigre.
Dieu sacré et immortel,
Ayez pitié de nous.

II

1914-1918

1

Pourquoi est-ce que j'entends cet orgue toute la nuit dans ma tête ?

Des oies sauvages passent dans le ciel, de plus en plus nombreuses. Les premières sont apparues juste avant l'aube, durant ces instants glacials qui précèdent le lever du jour. Elles ont survolé les champs en cacardant, leurs ailes s'éclairant à la lueur des premiers rayons du soleil naissant. Je tremble tellement que je sens mes os craquer. Au loin, la lumière se déploie en un fragile éventail de différents gris, et de rose, avec une pointe d'orange. Au-dessus de la campagne plane ce léger blanc de la brume qui se dissipe.

C'est le 5 août 1914. Il y a quatre jours, vers quatre heures du matin, on a frappé brutalement à la porte de notre maison. Un membre du conseil communal et un agent de police ; la voix douce, affolée, de ma mère ; me voilà qui descends l'escalier et la vois debout dans l'encadrement de la porte, les cheveux en désordre et vêtue de sa robe de chambre dans laquelle elle s'est enveloppée à la hâte. J'avais dix minutes pour me présenter devant la porte en « uniforme complet », comme l'a dit l'agent. Quelqu'un allait accompagner tous les jeunes gens du quartier vers la place, près d'ici, où nous devions nous rassembler. Je ne dis rien ; ma mère ne dit rien. Elle me prend dans ses bras, elle me serre longtemps contre elle, je perçois son haleine de dormeuse, l'odeur de sa peau. Elle me lâche. Elle a son regard pâle, insondable.

Je me glisse sans me laver dans mes vêtements et passe un peigne dans mes cheveux. Je suis Urbain Joseph Emile Martien, caporal, vingt-trois ans. J'ai reçu quatre ans de formation à l'école militaire. Je sais ce que je dois faire, je peux obéir sans sourciller, je peux rester des heures immobile sous la pluie et dans le froid.

Les oies, toujours plus nombreuses, filent au-dessus des terres, elles poussent leurs cris au petit jour, et le bruit d'orgue dans ma tête ne s'arrête pas. Là-bas au loin, derrière une grande ferme basse, j'aperçois des vanneaux au-dessus des champs ; ils semblent tournoyer tels des lambeaux de papier dans le vent, sauf qu'il n'y a pas de vent, pas une feuille ne bouge. Le froid matinal monte du sol. Quelque part à côté de moi, j'entends claquer des dents. De vagues effluves de bouses de vache pénètrent dans mes narines, mêlés à l'odeur aigre et glaciale des champs de betteraves couverts de rosée. Nos officiers nous ont assuré que nous serions rentrés chez nous avant l'hiver. Ma garnison doit aider à surveiller les frontières. Ce sont les seules informations qu'on nous a communiquées.

Le jour de la mobilisation, nous marchâmes en rang jusqu'au bout de la rue, une dizaine de jeunes voisins les uns derrière les autres. Le sentiment dominant était une sorte d'étonnement ricaneur et nous fûmes en proie à une grande excitation. Sous l'immense verrière de la gare du Sud, s'étaient amassés des hommes jeunes, innombrables, venus à pied. La confusion était totale, les gens criaient et discutaient comme s'ils prenaient tout juste conscience de ce qui se passait. Tandis que j'attendais avec les jeunes de ma rue, ma tante Rosa surgit, semblant flotter parmi la foule. Elle apportait un petit baluchon de bas et de mouchoirs, et une gourde de café tiède. Ses yeux étaient cerclés de rouge. C'est parce que j'ai couru dans le froid du matin, a-t-elle dit. Une file interminable de wagons se succédait le long du quai, les sifflements des locomotives, l'odeur de charbon et de suie, le grouillement d'une multitude de jeunes gens à la recherche de leur unité – j'ai vécu ces derniers instants avant le départ sans être suffisamment conscient de ce qui se passait, tout est allé si vite. Je vis un jeune gars pleurer à côté de son père. Je vis une musette ouverte par terre au bout du quai, quelques petits pains en avaient roulé, aussitôt réduits en purée sous des pieds pressés. Je vis une poule, je vis au loin une poule blanche qui traversait les voies, tout simplement, poursuivie par un coq rouge-brun. Les compartiments étaient pleins à craquer, avec les sacs et les paquets. Nous étions serrés comme des sardines. Le train démarra lentement, nous nous arrêtions sans cesse. Bientôt, il fit une chaleur oppressante ; on ne pouvait pas ouvrir les fenêtres, autrement la fumée et la suie de la locomotive seraient entrées, portées par le vent.

Vers midi, nous arrivâmes à Termonde. Dans une cohue de militaires se hurlant des instructions, nous fûmes divisés arbitrairement en groupes de douze. Tout le monde se bousculait pour tenter de rester au moins avec quelques connaissances.

Plus tard dans la journée, des écuries, des greniers et des remises furent réquisitionnés partout. Je me retrouvai avec quelques jeunes du quartier dans le grenier d'un boucher. Les tuiles laissaient filtrer les rayons du soleil, il a fait beau et chaud au mois d'août cette année-là. On entendait sans interruption le son des clairons, les ordres donnés à tue-tête, le klaxon des camions se frayant un chemin à travers le chaos qui lentement s'organisait. Nous allâmes nous allonger en silence sur des bottes de paille, jetées précipitamment à l'intérieur de notre abri.

La journée se passa à attendre. Vers le soir, nous fûmes ravitaillés aux différentes adresses, nous eûmes tous droit à un peu de pain et de lait, trop peu pour douze hommes. Le boucher demanda à sa fille adolescente montée en graine de nous cuire quatre saucisses et nous fit apporter des tripes cuisinées. Nous engloutîmes le tout en silence, nous nous tournâmes sur le côté et nous nous endormîmes avant même la tombée de la nuit.

Trois jours s'écoulèrent sans que rien ne se passe. Le quatrième jour, juste avant midi, on sonna un *grand rassemblement** de tout le régiment. De longues enfilades de nouveaux sacs à dos nous attendaient, un fusil, des balles et un paquet de biscottes posés sur chacun d'eux. Les officiers qui surveillaient les opérations hurlaient des ordres.

En avant par quatre ! Portez… arme !*

Nous partîmes vers sept heures le lendemain matin, de bonne humeur parce qu'au moins, nous avancions. Aucun de nous ne pouvait se douter que la petite ville paisible que nous venions de quitter serait réduite à l'état de cendres un mois plus tard par les Allemands. Dans nos rangs, nous ne perçûmes un bourdonnement qu'après des heures de marche : nous nous dirigions sur Liège, on disait que « l'ennemi » s'était rassemblé autour des forts de Boncelles, Flémalle, Hollogne, Lantin, Chaudfontaine et d'autres bâtiments fortifiés non loin de la ville. Les Allemands avaient l'intention de s'infiltrer dans cette ceinture de forts ; parmi nous, certains se mirent à rire, affirmant que c'était impossible. D'autres disaient que les Allemands s'étaient déjà infiltrés ; si tel était le cas, nous devions faire face au premier assaut. Nos officiers rabrouaient tous ceux qui posaient des questions pour en savoir plus.

Nous marchâmes toute la journée, jusqu'à ce que les ampoules sur nos talons se déchirent et que le liquide chaud se répande dans nos chaussettes rugueuses. Bande de blancs-becs, vous n'êtes que des chiffes molles, voilà ce que c'est que de rester trop longtemps chez sa mère. Nous passâmes par Londerzeel et Steenokkerzeel. Dans cette commune, nous pûmes nous reposer une demi-heure et emplir nos gourdes en puisant de l'eau dans un ruisseau. Nous rejoignîmes Oud-Heverlee puis traversâmes Louvain. L'avenue de la gare était déserte, nos pas résonnaient si fort contre les façades que nous nous sentions puissants. En fin d'après-midi, nous nous arrêtâmes de nouveau, en sueur, le visage très rouge, le col défait, nous débarrassant, d'un coup de pied et en grimaçant de douleur, de nos bottes pour un petit quart d'heure, ce qui fit enfler nos pieds et entraîna une douleur encore plus vive quand il fallut renfiler les bottes.

Au crépuscule, après une marche épuisante de près de quatre-vingts kilomètres, nous arrivâmes à Hakendover, un hameau juste après Tirlemont. L'air était si pur et calme que les arbres semblaient prisonniers, maintenus au chaud sous une cloche de verre. Des hirondelles tournoyaient dans le ciel, des moustiques dansaient au-dessus des canaux. Je ne pensais plus à rien. Nous étions cantonnés dans une grande ferme. Des vaches se promenaient librement dans la cour intérieure près des étables. Nous demandâmes du lait à la fermière ; elle secoua la tête, en grognant que la distribution de lait n'était prévue que pour le lendemain. L'un après l'autre, nous grimpâmes à une échelle branlante jusqu'au grenier à foin qu'on nous avait attribué pour dormir. Faim de loup. Confusion et discussions en français entre les officiers dans la cour intérieure. Le ravitaillement était resté bloqué quelque part, impossible de savoir où. Un soldat wallon eut le culot de sortir sa tête par un volet et de crier : *Armée bête*!* Il fut aussitôt mis à l'écart, nous l'entendîmes un peu plus tard crier et pleurer dans une des étables.

Notre commandant fit une tentative polie une heure plus tard : *Mon capitaine, vous n'avez rien pour mes garçons ? Ils crèvent de faim*.*

*Taisez-vous, Facherol**, dit l'officier. Il cracha dans le sable.

La nuit, nous fîmes glisser l'échelle branlante vers le bas pour descendre de notre grenier, nous faufiler dehors, piller les vergers dans l'obscurité, nous gaver de fruits et retourner, épuisés, dans le grenier à foin, où nous entendîmes les rats remuer autour de nous, les loirs entre les tuiles. Le vrombissement monotone d'un moustique près de mon oreille.

*

Mais à présent, nous sommes ici depuis des jours, derrière un champ de blé qui nous obstrue la vue. À heures régulières, nous devons effectuer des exercices de terrain, qui semblent surtout conçus pour nous occuper et nous fatiguer. Le long des voies principales, nous avons dû systématiquement abattre des arbres. Ils gisent pêle-mêle sur les routes pour empêcher une attaque surprise, même si, à vrai dire, nous n'y croyons pas. Dans la fraîcheur paisible de ce matin d'été, les paysans fauchent le blé dans leurs champs, au rythme lent de leurs coups de faux ils approchent, parfois très près, puis s'éloignent de nouveau – frémissement solitaire des innombrables brins qui tombent le long du tranchant de la lame de la faux, interrompu uniquement par la toux d'une vache dans un pré, l'aboiement d'un chien au loin. Dans le ciel chaud ont réapparu des hirondelles virevoltantes, il me semble apercevoir une alouette qui s'élève dans les airs. Tout là-haut, le bleu, le bleu immaculé qui me rappelle les fresques de mon père défunt. Rien ne laisse supposer ce que nous entendons sans cesse : c'est la guerre. Il n'y a que la paix d'un mois d'août radieux, le mois des récoltes, des poires jaunes et des guêpes, des mouches plus lentes et des matins frais, la danse paisible des taches de lumière dans les feuillages.

Tandis qu'étendu au soleil je somnole et rêvasse, ce que l'on appelle un *porte-parole** vient se poster devant le commandant. Il lui chuchote quelque chose à l'oreille, et on me montre du doigt.

Martien !

Surpris, je me lève d'un bond, me mets au garde-à-vous.

*Oui, mon commandant, mon nom se prononce Martine en flamand, comme Martin en français, pas Martien**.

*Martien, taisez-vous, idiot** *!*

Nouveaux marmonnements et regards dans ma direction.

Puis, m'examinant d'un air un peu hostile, le commandant dit lentement : *Madame votre maman est venue vous dire bonjour, Martien**.

Il tapote sa botte avec son fouet et me décoche un sourire faux.

Je me rends dans la cour intérieure et je la vois : ma mère. Élancée et fière comme toujours, ses cheveux noirs et luisants rassemblés en chignon, vêtue de ses plus beaux vêtements noirs et chaussée de ses souliers noirs éculés. À son bras, un panier.

On nous conduit derrière une haie, à l'abri des regards des autres soldats.

Assieds-toi, Urbain, dit-elle. Nous avons un quart d'heure.

Elle me serre dans ses bras, me regarde longuement. Elle sourit.

J'ai franchi toutes les garnisons, dit-elle, personne ne m'a retenue. J'ai demandé à parler au lieutenant. Et comme tu vois, me voilà.

Elle me fait un grand sourire.

Comment ! Tu veux dire que tu as parcouru cette centaine de…

Bien sûr que non, mon garçon. J'ai passé la nuit à Grimbergen.

Mais maman, c'est ton anniversaire aujourd'hui…

Elle acquiesce en riant, sort du lait et des cakes.

Tandis qu'elle m'observe, rayonnante, j'engloutis le tout.

Je lance la bouteille de lait vide dans le canal. Nous restons assis en silence, l'un à côté de l'autre.

Au bout d'un quart d'heure, le commandant revient, susurre quelque chose à ma mère, dit que le temps est écoulé. Quant à moi, il me fait savoir en rugissant que je dois rejoindre mon groupe. Il décoche un sourire faux, cette fois à ma mère.

*Désolé, Madame**.

Ma mère se lève, me fait une croix sur le front.

Godsedewaddu, Urbain.

Elle me tend un panier recouvert d'un mouchoir, passe devant le commandant sans même le juger digne d'un regard et disparaît derrière la rangée d'arbres, tandis que je traverse la cour intérieure dans l'autre sens. Dans le panier, je trouve une pile de tartines, une petite pile de sous-vêtements, quelques chemises fraîchement repassées et une minuscule statue de Bernadette Soubirous. Je range la statuette dans la poche de mon pantalon ; elle y restera jusqu'au jour où elle sera transpercée, en même temps que mon fémur.

Tout le restant de la journée, je n'ai pas le moral. On est le 9 août, un dimanche, le soleil brille, c'est l'anniversaire de ma mère. Je retourne vers les étables, à l'autre extrémité du domaine, et là je vois tout le monde fixer le ciel avec effroi. À l'est, un zeppelin flotte lentement, gigantesque et irréel telle une chimère, à travers ce bleu très pâle de l'après-midi ; un peu plus tard, il glisse majestueusement devant le soleil, projetant son ombre sur nos visages tournés vers le haut. Mon cœur se fige : ce poisson onirique est plus grand, plus impressionnant, menaçant, que les combats que je m'étais représentés. Les officiers ordonnent le rassemblement à grands cris. Nous agrippons nos fusils et nos besaces, nous entendons un son de tonnerre dans le lointain, des explosions, des bruits d'impacts, un vacarme diffus gronde et grogne à travers le ciel, progresse comme un laminoir au-dessus de nous, nous prend aux viscères, fait trembler les murs. Au loin, l'apparition surnaturelle qui nous a frappés de stupeur s'éloigne en silence de notre champ de vision ; des panaches de fumée noire s'élèvent à l'est, nous entendons d'énormes détonations, les oiseaux tombent du ciel en virevoltant, comme touchés en plein vol, les bestiaux piétinent d'angoisse et tirent sur leurs chaînes dans les granges, pour la première fois, nous sommes saisis de peur, d'épouvante.

Une heure plus tard, un messager arrive hors d'haleine et s'écroule épuisé dans la cour. Il vient annoncer que les forts de Liège sont tombés, il apporte des nouvelles d'incendies et de meurtres de civils innocents. Apparemment, le bruit court déjà partout que des exécutions arbitraires ont lieu en guise de représailles. Nous reprenons notre marche, parcourons trente kilomètres vers l'est.

En réalité, le général von Emmich a déjà lancé depuis quatre jours son assaut contre les forts autour de Liège ; il a tenté d'assiéger les forts depuis le nord et le sud, entre autres en perçant un passage entre le fort de Boncelles et l'Ourthe. Comme nous sommes à l'ouest de la ville, nous n'avons rien remarqué. Apparemment, la troisième division a été attaquée près du fort d'Évegnée. Entre-temps, un vacarme encore jamais entendu retentit dans le ciel avec la régularité d'une horloge, le sol tremble sous nos pieds, nous avons l'impression d'être de simples feuilles ballottées par le vent. Il y a de quoi faire dans son froc. Bien plus tard seulement, j'ai compris que nous avions été parmi les premiers à entendre le bruit de la fameuse Grosse Bertha. Ce gigantesque canon, associé aux attaques aériennes – un phénomène entièrement nouveau, qui réduira les forts bien gardés à d'absurdes plaies ouvertes –, allait anéantir en quelques jours à Liège la résistance belge jugée invulnérable. Le fort de Loncin est mis hors de combat par un tir de plein fouet sur la poudrière. Le béton n'était pas encore armé, ce qui fut fatal aux vieux mastodontes, derniers vestiges d'une époque candide. Je ne peux m'empêcher de songer aux hangars de

Port-Arthur, le jour, qui paraît si lointain à présent, où j'ai vu la jeune fille dans l'eau : *Béton armé**.

*

Nous sommes maintenant en ordre de bataille, baïonnette au fusil. Les officiers rugissent des ordres en français. Quand ils ont fini de rugir à s'en casser la voix, nos commandants traduisent leurs ordres. On nous ordonne de revenir sur nos pas, en direction de l'ouest. En chemin, nous apprenons que presque tous les forts sont tombés et que toute résistance est devenue vaine. Les Allemands utilisent des mortiers lourds d'un calibre de 420 millimètres dont nous ignorions totalement l'existence. Leurs tirs ont ouvert des brèches dans tous les forts liégeois ; ces citadelles désuètes peuvent tout au plus résister à un calibre de 210 millimètres.

L'ennemi approche, hurle mon commandant, montrez votre héroïsme.

J'ai le cœur qui bat fort dans ma gorge. Je suis pris d'une terrible nausée.

Des poules mouillées, voilà ce que nous sommes, des poules mouillées, dit Rudy le bigleux de la rue Lossy, nous devrions marcher vers l'est pour venir en aide à la troisième division, bordel !

Personne ne répond ; quelle monotonie, cette marche vers l'ouest sur les routes de campagne désertes, ce mois d'août sec, ce mois d'août las, lent. Près de Waremme, une femme nous croise en gesticulant et en criant quelque chose que nous ne comprenons pas. Derrière nous, nous voyons les panaches de fumée noire devenir plus petits.

À la tombée de la nuit, nous arrivons à Tirlemont. Des

bâtiments sont réquisitionnés, nous allons nous allonger sur les dalles froides dans les couloirs vides d'une école. Je sors de mon sac à dos les tartines de ma mère, partage ce que j'ai avec les gars qui m'ont été confiés. Personne ne dit plus un mot ; bientôt, le ronflement de soldats épuisés se fait entendre.

Les jours suivants, je remarque un changement dans l'attitude de mes supérieurs. Les officiers m'observent plus attentivement, les commandants me parlent avec plus d'égards, ils m'annoncent à présent de temps en temps ce qu'ils ont l'intention de faire, me demandent quels sont les hommes avec lesquels je préférerais collaborer pour former un groupe de tireurs d'élite. Je sais que l'explication ne vient pas seulement de la formation militaire que j'ai suivie pendant quatre ans, ni vraiment de l'autorité que je sais exercer sur mes hommes, mais que cela vient surtout de l'impression qu'a produite ma mère, digne et assurée, sur les militaires.

*

Le 15 août, nous sommes juste au-dessus de Tirlemont, à Hautem-Sainte-Marguerite. À l'approche du soir, je reçois l'ordre de choisir un groupe de huit hommes, avec lesquels je dois monter la garde sur l'aile gauche la plus éloignée du régiment, qui forme un front à l'est. Quelque part sur la route de Vissenaken à Tirlemont, nous dressons contre le grand mur d'une maison une tente par laquelle tout le monde est obligé de passer. Nous contrôlons plus ou moins les identités, mais surtout les apparences et les comportements – tout le monde peut être soupçonné d'espionnage, nous a-t-on fait remarquer avec insistance. Les Allemands ont promis des primes aux transfuges, on parle ici et là de haute trahison. Quelques traîtres à la patrie ont déjà été exécutés.

Ce jour-là, celui de l'Assomption de la Vierge Marie, une messe est organisée en plein air. Je vois des civils en fuite agenouillés qui pleurent, d'autres regardent fixement le tabernacle improvisé dans le champ. L'aumônier essaie de prononcer des paroles réconfortantes, des formules incantatoires qui sont emportées par le vent estival. Nous voyons aussi ce jour-là les premiers blessés arriver en chancelant. Un jeune homme vomit du sang sous un arbre.

Comme le terrain est légèrement vallonné, nous apercevons en contrebas dans la campagne l'artillerie disposée en rangs. Des soldats vont et viennent.

Les jours suivants se passent dans la confusion et l'attente. Des nouvelles bouleversantes nous arrivent de Halen, il est question de représailles contre de simples civils, qui sont soupçonnés arbitrairement de résistance et que l'on abat d'une balle dans la nuque dans les rues, les granges, les caves et les maisons. Les premiers soldats blessés sont évacués, un hôpital de campagne est aménagé. Un médecin commence à pratiquer des amputations, en utilisant des instruments chirurgicaux bien trop primitifs, sur des hommes jeunes que l'on amène ivres morts. Ce paisible mois d'août se remplit en quelques jours de cris et de hurlements. On entend dans la direction de Halen le grondement des tirs de mortier, une odeur de viande brûlée se répand sur le terrain qui se couvre de rosée le soir. Le 17 août, nous apprenons la destruction du fort de Loncin deux jours plus tôt. Nous dormons à peine et basculons dans une sorte de transe fiévreuse. Beaucoup de soldats reçoivent l'ordre de marcher en direction de Tirlemont. Nous ne voyons personne revenir.

⋆

Le 18 août, en début d'après-midi, le sol se mit soudain à trembler. Rudy le bigleux, de la rue Lossy, posa son oreille contre le sol, se leva d'un bond et s'écria : ils arrivent ! Ils arrivent ! Nous saisîmes nos fusils, aperçûmes au loin une pluie de bombes incendiaires s'abattant sur la ville de Tirlemont. Soudain, nous fûmes littéralement submergés par une foule poussant des hurlements et des gémissements, qui criait : « Sauvez-nous ! Sauvez-nous ! » et renversa dans sa panique notre poste de contrôle. Une infirmière vêtue de noir leur courait après en criant : *Couchez-vous ! Couchez-vous** *!* Mais comme la plupart des gens ne comprenaient pas le français, ils couraient sans se retourner – vers leur mort.

La progression des troupes allemandes avait tout d'une attaque éclair. En moins d'une heure, nous vîmes surgir devant nous un mur de métal, de fumée et de feu des fusils ; l'ennemi avait une supériorité numérique écrasante et approchait dans un grondement sourd qui paraissait annoncer le Jugement dernier. Pris de panique, les avant-postes revenaient en courant, fous d'angoisse, et nous tombaient dans les bras en nous criant de déguerpir. Quelques-uns furent arrêtés et emmenés par un lieutenant ; nous savions qu'ils seraient sévèrement punis pour désertion.

Nous vîmes dans la plaine en contrebas trois de nos canons voler en éclats d'un seul coup ; les morceaux atterrirent jusque dans nos rangs. Un des jeunes hommes de mon groupe se mit soudain à tourner en rond comme un possédé, en hurlant et en pleurant : son bras gauche avait été arraché par une projection de métal. L'adjudant-major arriva en catastrophe à mon poste pour m'ordonner de rassembler mes hommes et d'avancer afin de rejoindre le chef du 22e régiment de ligne, à trois ou quatre kilomètres de là. C'est du suicide ! s'écria un des gars. Il fut sorti du rang et roué de coups par terre. Nous partîmes, longeant des haies et des canaux, nous cachant de temps à autre derrière une rangée d'arbres, nous projetant parfois sur le sol car les obus tombaient de plus en plus près de nous. Au bout d'un kilomètre et demi, tandis que nous nous dirigions sur Grimde, l'enfer commença réellement. Des soldats à la tête entourée de bandages ensanglantés gisaient le long de la route en appelant au secours ; un jeune homme dont la jambe avait été arrachée par un tir hurlait qu'il se vidait de tout son sang. Personne n'avait le temps de se retourner pour s'occuper de lui.

Les attaques semblaient à présent venir des deux côtés et nous cerner. Nous poursuivîmes notre chemin en courant. Un fantassin vint à notre rencontre, nous cria que nous étions fous : tu tiens vraiment à mourir ? Regarde derrière toi, cria-t-il. Sur mes huit hommes, il n'y en avait plus que trois qui me suivaient. Nous poursuivîmes notre route, courbés, je savais où se trouvait le poste des officiers et je courus vers une ferme au loin. Derrière un mur à moitié détruit, des blessés dans des brouettes gémissaient, tout comme des civils en fuite affolés, des mères et leurs enfants. Derrière moi, mon copain Rudy lança : tiens bon, Urbain, nous y sommes presque.

Quelques centaines de mètres après la ferme, nous décidâmes de nous cacher derrière une rangée de peupliers. Un curieux bruissement se fit entendre, comme une sorte de coup de vent, qui fit tomber quatre arbres, ils s'effondrèrent pêle-mêle sur la route dans un craquement ; parmi les trois hommes qui me restaient, un fut tué sur le coup. Un officier du 22e régiment était posté avec un petit peloton derrière un remblai de terre que les bombes avaient érigé en explosant. Il rampa dans ma direction. Je l'informai que j'avais reçu l'ordre de le rejoindre avec mes huit tireurs d'élite entraînés et que nous n'étions plus que trois ; que je pensais que c'était de la folie. Il me regarda un instant et me dit : c'est d'ailleurs inutile. Il n'y a plus rien à sauver ici.

Aux alentours, il pleuvait des obus et des bombes incendiaires ; nos tympans semblaient sur le point d'éclater, partout des maisons et des arbres étaient en feu, la fumée se déplaçait vers nous, suffocante et plongeant tout dans la pénombre en plein jour.

Nous restâmes allongés jusque tard dans l'après-midi ; les environs se transformèrent très vite en une sorte de désert, un paysage primitif où, en quelques heures, toute trace de civilisation avait été anéantie par les explosions. À l'approche du soir, quand une lueur rouge embrasa le ciel et se diffusa au-dessus de Tirlemont, de Grimde et de Hautem-Sainte-Marguerite, nous prîmes le chemin du retour, plus en nous faufilant qu'en marchant. C'était la débandade, des sortes d'insectes humains, hurlant, reniflant, vomissant, pleurant, brisés, à moitié morts, battaient en retraite dans l'obscurité croissante, longeant des trous d'où s'élevait encore la fumée de la poudre.

Je devais faire mon rapport à l'officier qui nous avait envoyés en éclaireurs – l'adjudant-major Dugniolle, un homme sévère qui, du haut de son élégant cheval gris pommelé, nous adressa la parole, évidemment en français, puis aboya en s'adressant à moi : *Martien, traduis** *!*

*À vos ordres, mon commandant. Mon nom en flamand se prononce Martine, comme Martin en français, mon commandant**.

*Martien, je dis, tais-toi, merde***!*

Il nous fallut du temps, jusqu'au lendemain matin, pour rejoindre l'arrière. L'ennemi avait avancé rapidement en nous encerclant, nous étions parvenus à nous échapper de ces tenailles par miracle. Je discutai à voix basse avec l'officier : je lui dis que nous avions beaucoup à apprendre de cet ennemi. Des moyens techniques que nous n'avions pas, et même n'avions jamais vus, un énorme stock de bombes incendiaires, auquel s'ajoutaient des troupes qui progressaient rapidement, en tirant continuellement, avec des mitrailleuses, ce qui nous était totalement inconnu, des mortiers de gros calibre, une stratégie d'encerclement ultrarapide, le creusement de profondes tranchées permettant de rassembler de nombreux prisonniers de guerre, la terreur psychologique et la démoralisation provoquées sciemment par leurs troupes en semant partout la confusion, en exécutant au hasard des civils et des prisonniers de guerre et en surgissant simultanément de toute part. L'officier acquiesça, me dit que je devais le suivre au lever du jour. Nous repassâmes par Vissenaken en nous traînant, épuisés, et plus loin, près de Boutersem, nous nous couchâmes pour dormir quelques heures sur la terre encore chaude, parmi d'autres soldats allongés ici et là, derrière des meulettes de foin.

Quand nous voulûmes faire notre rapport à l'adjudant-major Dugniolle, un peu après six heures, on nous apprit qu'il avait été tué, avec son ordonnance Denoëlle.

Je demandai bêtement s'il y avait eu encore beaucoup de morts.

*Tu as encore des bêtises à dire, Martien** ?*

*Je m'excuse, mon commandant**.

Dans la confusion, des discussions eurent lieu pour savoir ce que nous pouvions faire. Nos troupes avaient été décimées dès le premier contact avec l'ennemi et il ne nous restait pour toute option que d'effectuer des petites attaques surprises sur les flancs de l'armée ennemie, dans l'espoir de la démoraliser et de donner l'illusion que notre armée était inentamée. C'est ce que nous fîmes pendant une semaine avec un certain succès : ici et là, nous portions des coups sensibles aux lignes allemandes, mais l'ennemi en devenait rusé, vigilant et hargneux. Régulièrement, des civils étaient tués par vengeance aveugle. Nous apprîmes à ne plus faire confiance à personne, littéralement : les Allemands envoyaient des espions vêtus des uniformes de nos gars qui avaient été tués. Ils parlaient mal le français aux Flamands et mal le néerlandais aux francophones, espérant ainsi nous induire en erreur et nous soutirer des informations. Quand un soldat abattit d'une balle un de ces espions et que les autres virent l'uniforme belge, la panique se propagea un moment dans les rangs. Nos officiers nous engueulaient plusieurs fois par jour, nous disaient que la défaite de Hautem-Sainte-Marguerite était due à notre naïveté. Quand nous voulions répondre que nous avions fait de notre mieux, ils nous hurlaient de la fermer.

Parfois, nous devions marcher pendant une quinzaine de kilomètres au moins, à une allure effrénée, en définitive pour inciter l'ennemi, qui était préparé à toute éventualité, à nous prendre en embuscade, ce qui coûtait chaque fois la vie à beaucoup de soldats et suscitait toujours plus de grogne.

Au bout d'une semaine, nous étions épuisés, sous-nourris, démoralisés. Nous nous faisions systématiquement repousser vers l'arrière : au-delà d'Aarschot, de Werchter, de Haacht, de Boortmeerbeek.

Là-bas, nous pûmes nous reposer quelques jours et être

enfin copieusement ravitaillés. Quelques gars furent pris de terribles diarrhées et vomissements : ils avaient bu de l'eau dans des fossés où gisaient des cadavres.

Ma besace était raidie par la boue et la crasse ; près d'une ferme abandonnée, nous rinçâmes nos affaires. Je découvris mon matériel de dessin, que j'avais presque oublié, un fusain et un crayon ; les quelques feuilles que j'avais apportées de la maison étaient couvertes de taches de boue. La gorge serrée, je m'assis contre un tronc d'arbre et dessinai le paysage ravagé, les ruines, les cratères formés par les bombes, les corps, les souches d'arbres pulvérisées, le cheval mort que je vis suspendu à un orme brisé, tout droit, la tête ensanglantée à moitié arrachée, horriblement tordue, formant un contraste saisissant avec, dans l'arrière-plan, le ciel frais du matin, les pattes entremêlées comme des branches dans les restes de l'arbre. Sous la panse déchirée, puante, remplie de mouches, quelques planches d'une charrette fracassée étaient encore accrochées à une corde. Je pensai au bruit paisible, apaisant, que produisaient les mains de mon père, lorsqu'elles frottaient le papier, faisaient des croquis dans le calme d'une lointaine après-midi, et mes yeux se remplirent de larmes, de larmes si brûlantes, bon sang, que je chiffonnai le papier et jetai la boule loin de moi en jurant.

Eh bien, ça va, Martien ?*

Le même jour, le roi donna l'ordre de retirer les troupes belges autour des forts d'Anvers, mais nous restions pour l'instant stationnés au voisinage de Boortmeerbeek. Nous apprîmes par des civils en fuite affolés que les Allemands s'étaient de nouveau livrés à des représailles contre la population d'Aarschot sous forme d'exécutions sommaires. Ils réunissaient toute la population d'un village pris au hasard, demandaient aux hommes tremblants de se mettre en rangs, annonçaient que le degré de résistance était estimé à un tiers, tiraient une balle dans la nuque d'un homme sur trois et obligeaient femmes et enfants à traîner les corps des maris pour les enterrer. Les femmes qui n'arrivaient plus à se maîtriser étaient frappées à mort avec la crosse d'un fusil tandis que leurs enfants s'agrippaient à leurs jupes. En Wallonie, les cruautés étaient apparemment bien pires : un homme avait conservé comme preuve une casquette qui dégageait une puanteur à donner des haut-le-cœur et à laquelle était collée la cervelle éclatée de son frère. Parmi les troupes belges, les pertes étaient si catastrophiques que nous ne prenions conscience de leur ampleur que peu à peu. Les deux grands régiments avaient perdu tant de soldats qu'on avait regroupé ceux qui restaient en une entité qui n'était pas plus grande qu'un seul régiment dans des circonstances normales. Cela ne fit que confirmer nos soupçons ; l'armée rassemblée là-bas avait été réduite de moitié en une semaine.

Quelques jours plus tard, durant la dernière semaine de cet horrible mois d'août, suivit le cauchemar de Schiplaken.

2

Aujourd'hui encore, on peut difficilement concevoir la désolation du paysage que je traversais avec mes huit nouveaux compagnons du troisième bataillon du deuxième régiment de ligne. Au voisinage de Boortmeerbeek, à une distance d'un kilomètre et demi, les deux gendarmes qui nous accompagnaient nous quittèrent : l'un vint m'annoncer en ricanant qu'il s'était foulé la cheville, l'autre admit tout simplement qu'il avait peur, parce qu'un cavalier à cheval était une cible plus facile qu'un fantassin. J'évitai de gaspiller mes paroles et leur fis signe de la main qu'ils pouvaient faire ce qu'ils voulaient. Nous poursuivîmes notre route prudemment. Je devais sans cesse exhorter mes hommes à changer de direction, comme des lièvres à découvert. Près de l'avant-garde, des éclaireurs allemands avaient été signalés. Mes pensées se bousculaient et je devais prendre à toute allure des décisions dont dépendait notre vie. Nous traversâmes la chaussée de Louvain, obliquâmes vers Kampenhout. À toutes sortes d'objets abandonnés, je pouvais constater que nos troupes étaient passées par là, mais avaient marché dans la mauvaise direction. Partout régnaient la confusion et la panique. Dans le bois de Schiplaken, où j'aurais aimé dessiner, tant les buissons et les arbres étaient beaux en cette saison estivale, nous longeâmes une mare au bord de laquelle, sur le sable jaune, le manteau bleu d'un lancier avait été abandonné. De loin, je crus d'abord voir un soldat, avec son arme en joue. Instinctivement, je visai avec mon fusil ; mais c'était simplement une manche du vêtement qui était tendue. Je me souvins du petit tas de vêtements bleus et blancs près de l'eau à Port-Arthur, à peine un mois plus tôt. Cela semblait remonter à une éternité, appartenir à un monde que nous avions perdu ici en quelques jours.

Nous nous enfonçâmes dans le bois protecteur. Le soir tombait, le crépuscule rendait notre progression plus pénible ; nous n'allions pas parvenir à atteindre Kampenhout. Partout étaient éparpillées sur le sol des sortes de billes de plomb, traces de mitraille qui provenaient d'obus brisants et indiquaient qu'on s'était battu dans ce bois. De temps à autre, un obus tombait à moins de cent mètres de nous. Le sol tremblait ; nous voyions la terre gicler, des arbres tomber dans un craquement, parfois nous entendions des cris au loin. Nous nous faufilâmes à travers l'obscurité croissante. Le bruit produit par les tirs des fusils s'amplifia et sembla se rapprocher. Nous nous arrêtâmes à l'endroit qui avait été convenu. La roulotte bâchée de notre régiment était arrivée sur place, Dieu seul savait comment. J'ordonnai aux hommes de rassembler leurs fusils en faisceaux et postai deux sentinelles face à l'est. Je fis mon rapport. Quelques officiers arrivaient en silence, en tenant leur cheval par la bride. Tout le monde reçut du pain et du fromage pour le repas. Un instant plus tard arriva encore une unité. À mon étonnement, je reconnus parmi les hommes mon cousin René, le deuxième fils de mon oncle Evarist, dont j'avais vu mourir le premier fils dans les flammes du four. René était pâle et épuisé. Nous n'eûmes pas le temps de parler. Les officiers reçurent pour dormir des ballots de paille distribués depuis la roulotte, quant à nous, les fantassins, nous allions dormir par terre. Nous ne devions nous éclairer sous aucun prétexte ; nous avions pour toute lumière un fanal suspendu sous la roulotte, qui projetait une faible lueur sur l'étendard de notre régiment, jeté sans malice au sol, parmi les baïonnettes. Je ne parvenais pas à trouver le sommeil. Je voyais les soldats assoupis dont le visage, éclairé par cette douce lumière, semblait cuivré, une teinte chaude comme celle que l'on peut voir sur les tableaux de Goya ; le côté de leurs visages endormis, plongé dans l'obscurité, paraissait aussi noir que la face d'un nègre. Je sortis mon carnet à dessin de mon sac à dos et fis quelques croquis rapides, ce qui me calma un peu. Plus tard, après la guerre, j'ai peint à la peinture à l'huile la tête d'un de ces garçons et j'en ai fait un visage du Christ.

Le sommeil dut me surprendre aussitôt après, car je sursautai en entendant une puissante détonation. Juste à côté de la roulotte, une bombe avait formé un cratère, les baïonnettes étaient éparpillées. Quelques instruments de musique détruits avaient été projetés du véhicule. Le petit lion doré de notre étendard avait été arraché. Nous nous assurâmes que personne n'était blessé et nous recouchâmes ; la mousse était douce et froide. Comme on entendait continuellement un bruissement, un de nos officiers décida vers minuit de faire monter la garde à quelques soldats dans les cimes des arbres. Nous ne pûmes dormir beaucoup plus longtemps. À deux heures du matin, nous commençâmes à lever le camp en faisant le moins de bruit possible. Le régiment affluait à présent de toutes parts ; les soldats se rassemblaient en silence par vagues entières, avançant en produisant un léger frémissement à travers le bois. Au loin, à la lisière du bois, nous aperçûmes une ferme en feu. Les grandes flammes jaunes formaient un feu d'artifice d'étincelles qui se dispersaient en éventail haut dans le ciel.

Deux fronts furent constitués : l'un en direction de Louvain et l'autre en direction de Bruxelles. Un instant plus tard, un éclaireur constata que nous nous étions approchés à moins de trois cents mètres d'une position allemande. Notre régiment commença à creuser fiévreusement des trous pour se couvrir. De temps à autre, des balles volaient à travers la pénombre matinale. Les pelles se heurtaient aux racines des arbres, le travail avançait lentement et nous fîmes trop de bruit. La tension monta, tout le monde poursuivait son travail avec acharnement. La terre rejetée sur le sol servit à ériger des barricades. Près de la ferme, nous vîmes des soldats allemands errer comme des silhouettes diaboliques autour du brasier. Theo Carlier, un garçon que je connaissais encore de la fonderie, mit aussitôt en joue, mais un officier se précipita sur lui en sifflant de rage et lui abaissa le bras, cet abruti ne comprenait-il pas que si les Allemands se promenaient là-bas à découvert, c'était pour servir d'appâts, dans l'espoir que les Belges trahissent leur position en tirant ? Dans l'obscurité, sur la route voisine, nous vîmes passer quelques ambulances allemandes. Sinon, le silence était à présent total. Il pleuvait, la puanteur de cendres encore chaudes flotta jusqu'à nous. Nos trous n'étaient pas assez profonds, nous étions mal installés, assis sur nos jambes repliées en travers dans la terre mouillée, et nous attendions les ordres.

Au bout d'une heure, j'en eus assez de m'ennuyer à ne rien faire. Je me faufilai vers un lieutenant pour lui demander si je pouvais partir en éclaireur ; à une centaine de mètres de là, un gros hêtre, renversé par un obus, était couché sur le sol. L'officier acquiesça et chuchota : attention, si tu commets la moindre erreur, nous sommes tous morts. Theo Carlier m'accompagna. Nous rampâmes jusqu'au tronc d'arbre, en nous appuyant sur nos coudes, le fusil en joue. Allongé derrière le tronc, nous aperçûmes à notre grande frayeur deux fentes de mitrailleuses camouflées dans la position allemande. Nous comptâmes jusqu'à trois et tirâmes trois balles dans chaque fente. Le silence se prolongea longtemps, mais quand je levai la tête au-dessus du tronc, l'enfer se déchaîna. On tirait en oblique à côté de nous pour tenter de nous déloger de notre abri. Nous étions pris au piège. Les balles sifflaient autour de nous, s'enfonçaient dans le tronc, des éclats de bois filaient près de nos oreilles. Il ne nous restait plus qu'à nous lever d'un bond et à courir pour sauver notre vie, en sautant d'un arbre à l'autre entre les balles. Nous nous laissâmes tomber dans le trou le plus proche. L'eau avait considérablement monté à cause de la pluie ; la plupart des soldats étaient à présent dans la boue jusqu'aux genoux. Les Allemands continuaient de tirer de manière systématique ; d'abord quelques balles pour déclencher une réaction, puis dès qu'une tête bougeait, ils mitraillaient.

Nous restâmes ainsi toute une journée à attendre. Les officiers nous enjoignaient sans cesse de faire preuve de calme et de discernement. Il n'y avait pas de ravitaillement, nous avions l'estomac tiraillé par la faim. Nous puisâmes de l'eau sale dans les trous pour boire tout de même un peu. Quand la nuit tomba de nouveau, quelques soldats vinrent distribuer des balles dans les trous, d'autres firent circuler des paquets de biscottes mouillées. Nous nous aperçûmes que nous étions pris au piège comme des rats, nous étions cernés. Le bois, qui aurait dû nous abriter, se révélait être un guet-apens.

Au petit matin, le feu reprit des deux côtés, mais plus loin nous entendions des tirs d'artillerie bien plus lourds. Vers midi, plusieurs de nos gars gisaient, morts, à côté du trou dont ils avaient voulu sortir. Un jeune qui avait tenté de prendre sa baïonnette derrière la roulotte était étendu, les yeux ouverts, à la vue de tous. Une balle avait traversé sa bouche ouverte, l'arrière de son crâne avait éclaté. Le sang coulait dans la mousse humide.

Le soir revint sans que la situation n'ait changé. Les officiers étaient pâles comme des morts et, en proie à une grande agitation, ils chuchotaient entre eux en français. Je rampai dans leur direction, demandai de nouveau à partir en éclaireur. Ils me le déconseillèrent, ils craignaient que des guets-apens ne soient prévus partout, le filet s'était resserré sur nous. La nuit s'écoulait avec, dans le lointain, les détonations des fusils, le grondement des tirs de mortier, les roulements de tonnerre au-dessus du bois, les pigeons s'envolant à l'aveuglette à travers les branches dans l'obscurité, le pâle reflet du feu au loin, le tacatacatac des mitrailleuses. La deuxième partie de la nuit, tout devint silencieux ; quelque part une chouette hulula dans le bois. Un croissant de lune se glissa entre les nuages et projeta une clarté mortellement dangereuse sur les dormeurs.

À l'aube du troisième jour, une brume matinale flottait au-dessus des champs et des prés entourant le bois ; les Allemands semblaient s'être retirés. Dans le lointain, vaguement, nous vîmes l'église et les maisons d'Elewijt se faire attaquer et incendier. Dans les profondeurs du bois, on sonna le rassemblement. Partout des hommes se levèrent avec difficulté, comme des golems s'extrayant de l'argile, ils trébuchaient sur les corps de leurs camarades morts. Grelottants, engourdis, raidis par le mal de dos, et nos uniformes encroûtés de boue, nous devions nous appuyer sur nos fusils et avions du mal à former des rangs. Apparemment, l'encerclement avait été brisé ; quant à savoir comment, c'était pour nous un mystère. De toute évidence, les Allemands avaient d'autres préoccupations que notre régiment de deuxième ligne. Nous quittâmes le bois prudemment, en rangs par cinq et par bataillon. Dans le village, nous vîmes les ruines des maisons grésillant sous la pluie, les animaux et les gens victimes des tirs de mortier, l'église, consacrée seulement sept années auparavant par le cardinal Mercier, dévastée par les flammes. C'est tout ce que nous aperçûmes de l'horrible bataille de Schiplaken, qui allait entrer dans tous les livres d'histoire.

⋆

Nous poursuivîmes notre chemin sans entrain, dans nos uniformes humides, puants. Le long de la route, des femmes vinrent nous apporter du pain, un pichet de lait, parfois un morceau de jambon. Elles citaient des noms, s'enquéraient du sort de leurs fils. Entre les villages, la nature était d'une beauté éblouissante. Au loin, des nuages estivaux passaient au-dessus du blé ondulant, des petits bosquets dans les prés donnaient de l'ombrage au bétail qui broutait, les hirondelles et les alouettes se livraient à des acrobaties dans le ciel, ici et là des épinoches brillaient dans des ruisseaux limpides, des enfilades de saules taillés en têtard balançaient leurs cimes dans la brise chaude. Je ne pus m'empêcher de penser aux peintres paysagistes hollandais du dix-septième siècle, au calme de leurs tableaux, aux cimes des arbres comme en avait peint le peintre anglais Constable, parsemées de points de lumière et d'ombre, à la paix de la vie qui y était représentée. Notre garnison stationna temporairement au-delà de Malines, à Wavre-Sainte-Catherine. Nous fûmes ravitaillés et reçûmes de nouvelles munitions. Je passais mes journées à faire des croquis, à dessiner. Comme je n'avais plus de crayon, je taillais des morceaux de charbon de bois que je retirais des feux qui s'éteignaient et m'en servais pour dessiner. J'y arrivais même mieux qu'avec du graphite ; je traçais des lignes plus pleines et appliquais les hachures des ombres avec beaucoup de nuances. Plusieurs soldats me demandèrent de faire leur portrait pour qu'ils puissent l'envoyer à leur bien-aimée. Mais comme je n'avais rien pour fixer le charbon, les dessins s'estompaient rapidement. Certains s'en débarrassaient ; je retrouvais sur le bas-côté mes portraits à moitié effacés.

Nous apprîmes que les Allemands avaient jeté leur dévolu sur Bruxelles et, après avoir passé une semaine au voisinage de Malines, nous repartîmes vers le sud, en direction de Vilvoorde. Nous avions, entre-temps, entendu suffisamment d'histoires sur la véritable ampleur de la catastrophe à Schiplaken pour nous sentir aussi combatifs que furieux. Sous un tonnerre de grenades et d'obus de gros calibres, nous approchâmes des rives de la Senne près d'Eppegem. Les Allemands s'étaient enfoncés dans les terres de l'autre côté et surveillaient le pont avec des mitrailleuses. Tandis que nous installions nos propres mitrailleuses, notre capitaine, Maréchal, fut lui-même abattu par une balle dans l'estomac. Un soldat qui voulut lui venir en aide fut aveuglé par un éclat de ferraille. Nous laissâmes le capitaine mort, en compagnie du soldat gémissant, nous nous aplatîmes dans l'herbe en jurant, tentâmes de nous approcher en rampant. Le pont devait être reconquis le plus vite possible et, au besoin, détruit pour barrer la route à l'ennemi. Les Allemands tiraient leurs salves mortelles à un mètre au-dessus du sol, à intervalles irréguliers pour nous empêcher d'avancer. Nous voyions les balles ricocher sur la balustrade métallique en projetant des étincelles, la terre giclait autour de nous. Devant nous s'ouvrait un large pâturage sur lequel gisaient des cadavres de chevaux. Leurs ventres étaient déchiquetés et, picorant dans le magma qui coulait de leurs entrailles gonflées, des corneilles sursautaient chaque fois que des salves claquaient dans leur direction. La Senne était très sinueuse à cet endroit, et nous espérions pouvoir approcher sans être vus, à l'abri des méandres de la digue dépouillée. Les Allemands s'en aperçurent aussitôt ; les balles recommencèrent à nous siffler près des oreilles. Par dizaines, nous plongeâmes derrière la berge. Quelques gars tentèrent de repérer d'où venaient les tirs ; dès l'instant où ils laissèrent leur tête dépasser, ils furent touchés, leurs corps furent projetés en l'air par les coups mortels et retombèrent sur le sol avec un bruit sourd. Nous rampâmes au-dessus d'eux, en essayant de rester le plus près possible du sol, j'entendais sans cesse des nom-de-dieu, nom-de-dieu, nom-de-dieu, entre les salves. Il n'y avait pas moyen de s'en sortir. Un gars de dix-huit ans sanglotait dans l'herbe. Je lui dis sèchement de la fermer, de se tenir tranquille et d'attendre. J'ordonnai aux hommes près de moi de faire feu, en levant au-dessus de leur tête leur fusil pour qu'il dépasse de la berge, et d'espacer leurs tirs en comptant chaque fois jusqu'à dix, l'homme tout à gauche de l'alignement et celui tout à droite, ainsi que ceux du milieu tirant en même temps, relayés par les soldats à côté des gars à chaque bout et de ceux au centre, suivis à nouveau par les hommes à chaque extrémité et au milieu ; le commandant fit un signe de tête approbateur et demanda qu'on transmette cet ordre aux rangs plus loin. Cette tactique produisit manifestement l'effet souhaité, en faisant croire que nous étions nombreux, car à notre stupéfaction nous vîmes soudain sortir des bois derrière les prés une vingtaine d'Allemands, les mains sur la tête, qui avancèrent en criant : *Nicht schiessen !* Dans leurs uniformes gris, avec leurs casques à pointe brillants tant redoutés, ils se dirigeaient lentement vers nous, comme dans un rêve, menaçants et sombres, alors même qu'ils se rendaient. C'étaient les premiers Allemands que nous voyions de si près. Nous en restâmes bouche bée. Faire des prisonniers de guerre, nous emparer de leurs mitrailleuses supérieures, nous n'en revenions pas de l'aubaine. La première ligne de notre régiment se leva et vint à leur rencontre. Aussitôt, la première ligne d'Allemands s'aplatit et les mitrailleuses se déchaînèrent dans les bois derrière eux. Une dizaine de gars furent fauchés ; les autres s'aplatirent très vite dans l'herbe. Comme ils tiraient à trente centimètres au-dessus du sol, mais aussi en diagonale, nous savions qu'il y avait au moins une mitrailleuse installée plus en hauteur. Même moi, je ne pus m'empêcher de jurer, écumant de rage devant ce coup bas et les morts tout autour. Une balle traversa la gamelle sur mon dos, j'entendis cliqueter ma cuillère et ma fourchette. En suivant la ligne de tir, j'eus au bout de quelques minutes dans mon viseur la mitrailleuse perchée en haut d'un arbre. Je rampai jusqu'à un des cadavres de cheval, qui dégageait une odeur putride, et, caché derrière, je pris mon temps pour épauler ; je n'aurais pas droit à un deuxième coup. J'avais des haut-le-cœur tant les relents étaient infects, je dus attendre de maîtriser mon envie de vomir, visai longtemps le visage vaguement visible entre les feuilles et tirai. Je vis l'Allemand basculer en arrière, la mitrailleuse tomber. Je criai : Feu ! Feu ! Feu ! Tous les soldats dans le pré déchargèrent en même temps une bonne partie de leurs munitions. Il y eut une confusion dans les bois, on entendait des branches craquer, des appels retentir, nous eûmes l'impression qu'ils se retiraient. Le commandant demanda que quelques hommes partent en reconnaissance en longeant la rivière pour voir ce qui se passait de l'autre côté ; nous eûmes de nouveau l'espoir de nous être dégagés de l'étau. Personne ne se proposa. Il demanda de nouveau. Moi je me disais : il ne faut pas que ce soient toujours les mêmes, un autre pourrait s'en charger pour une fois, j'en ai assez. Mais il y eut, sans surprise, un silence de mort. Le commandant jura, répéta sa question. Je finis par lever la main, avec un geste de mépris pour mes camarades.

Très bien, Martien. Faites attention, caporal.*

À vos ordres, mon commandant.*

Amer et maudissant mes camarades, je rampai le long de la berge qui descendait abruptement vers la Senne, sans la moindre protection, en m'agrippant aux mottes d'herbe pour ne pas rouler dans l'eau. Le crépuscule s'annonçait. À chaque bruit de ramiers prenant leur envol, au plongeon d'un rat d'eau, mon cœur se figeait d'effroi. Un ressort avait lâché dès l'instant où les Allemands qui prétendaient se rendre s'étaient aplatis dans l'herbe, ces putains de salauds. J'avais envie de tuer, de tuer à la baïonnette, mon cœur battait fort dans ma gorge. Soudain, j'entendis un bruissement derrière moi. Je ne pouvais même pas me retourner dans la position où j'étais et j'étais certain que ma dernière heure avait sonné. Jusqu'à ce que j'entende la voix de Rudy le bigleux, de la rue Lossy : hé, petit Martin, c'est moi, continue de ramper tranquillement, je te couvre avec mon fusil, et quand tu auras avancé de cent mètres, tu te retournes et tu me couvres, et ainsi de suite. Alors, au péril de notre vie, et après avoir éliminé toute tête allemande qui osait dépasser de la berge sur l'autre rive, nous avons rejoint au bout d'une heure les troupes du génie qui, loin du lieu où nos hommes étaient embusqués, construisaient un pont provisoire. Ils étouffaient le bruit de leurs marteaux en les enveloppant dans des chiffons qui se déchiraient à chaque coup. Nous avions laissé notre besace et notre paquetage dans l'herbe ; je posai mon fusil de côté et me glissai vers les troupes du génie pour les informer de la position des Allemands. La nuit étant tombée, Rudy le bigleux se faufila seul vers ceux qui étaient restés en arrière pour leur indiquer la position du pont provisoire. Une demi-heure plus tard, les hommes arrivèrent en rampant dans la direction que nous leur avions indiquée, une centaine au total, un long serpent se déplaçant lentement dans l'herbe. Ils finirent par tous traverser le pont, en sécurité. Personne ne prit la peine de me saluer, personne ne prononça un mot de remerciement, personne n'avait ramassé mon fusil. En jurant, je rampai sur quelques centaines de mètres dans l'herbe de la berge pour retourner le chercher. Je rejoignis les derniers rangs avec une demi-heure de retard.

Cette nuit-là, juste au début du mois de septembre, il gela. Les pans de mon manteau trempé de boue étaient rigides comme des planches et je tremblais, je claquais des dents tellement fort que je crus qu'elles allaient se briser dans ma bouche.

Nous mangeâmes une sorte de gruau froid qu'on nous servit dans nos gamelles sales et cabossées. Comme la mienne fuyait, je dus tenir en dessous ma main, qui fut complètement souillée par cette substance peu ragoûtante.

Eppegem, c'était chiant, mais j'ai pas regretté le déplacement, dit Carlier, en me donnant une tape dans le dos.

Laisse-moi tranquille, ai-je répliqué sèchement, et quand Carlier dit : ouille, ouille, ouille, je partis m'asseoir une dizaine de mètres plus loin et lui tournai le dos. À l'approche de l'aube glaciale, à la fin de la nuit, au moment où tout être vivant tremble à même le sol nu couvert de rosée, je rêvai de ma mère. Elle était devant la tombe ouverte de mon père, il pleuvait à verse, elle avait un grand morceau de papier sombre plaqué sur le dos, elle posait les pinceaux de mon père à côté de son cercueil dans un trou béant à l'intérieur duquel l'eau montait, et elle pleurait – ma mère qui ne pleurait jamais. J'étais derrière elle et tirais à la mitrailleuse sur les tombes du cimetière, en jurant, moi qui n'avais jamais juré. Je me réveillai en sursaut et fus pris de nausée. Je vomis le gruau acide dans l'herbe.

⋆

Nous étions épuisés, découragés, et on nous accorda quelques jours de repos. Sous une pluie légère, transpirant vers midi et frissonnant à la tombée de la nuit, nous marchions vers quelque village que la population avait été contrainte d'abandonner, nous avait-on signalé. Dans la lumière jaune sulfureuse du soir, nous arrivâmes dans un hameau désert. La petite maison communale fut occupée par les officiers et le lieutenant ; nous fûmes logés par groupes de huit soldats plus un sergent dans des maisons dispersées. Moi-même, Carlier, Rudy le bigleux, Antoine Derdeyn, Daman et Boone, Vinus De Bleser, mon cousin René et un gars de la région de Vilvoorde, nous pouvions apparemment loger dans une petite ferme à une centaine de mètres du village. Les malheureux habitants avaient dû être chassés sans s'y attendre par les Allemands, qui de toute évidence étaient repartis aussitôt. Les vaches paissaient dans l'herbe derrière le potager, les chèvres et les lapins se promenaient dans leur enclos comme si de rien n'était. La petite maison sentait la paille humide et le feu de bois. Sur le manteau de la cheminée en bois tout simple étaient posés des portraits qui semblaient nous regarder comme pour nous réprimander : des paysans aux têtes carrés, leurs grosses mains posées sur leurs cuisses, leurs regards sans expression. Nous avons retiré notre lourd ceinturon, je donnai l'ordre de ranger les besaces dans la soupente et d'aligner les fusils soigneusement contre le mur du petit couloir.

Je me rendis dans la cave pour voir si nous pouvions nous y abriter en cas de bombardements. À mon grand étonnement, il y avait là au moins une centaine de kilos de pommes de terre ; et une cuve contenant de la viande de porc saumurée dans du saindoux. Je vis disposés, en longs alignements sur des étagères, des bocaux de légumes et de fruits, et plus loin encore cinq pots de grès ouverts dont le contenu était recouvert d'une couche de sel. Derdeyn se tenait derrière moi. Ha ha, des paysans qui faisaient leurs réserves, dit-il en ricanant. Il trouva un pichet de genièvre, s'en empara et lança : moi j'ai envie de chier par terre ici et de me soûler la gueule. Il appuya sa main sur son entrejambe en grimaçant. Avant d'avoir le temps de m'en rendre compte, je lui flanquai un coup. Il tomba contre les étagères de bocaux en verre, le pichet éclata par terre. Il saignait du nez ; je dus me retenir pour ne pas continuer à le rosser.

Retourne là-haut et vérifie s'il y a de quoi mettre la table pour neuf personnes, ai-je aboyé. Il grimpa l'escalier en chancelant et, quand je fus de nouveau remonté, j'eus tout juste le temps de le voir retourner les portraits des paysans avec leurs visages vers le mur de la cheminée.

Vinus revint du jardin, il demanda à Derdeyn s'il était d'accord pour que nous abattions les lapins pour les cuisiner, avant que les Allemands ne reviennent les bouffer. T'as qu'à demander à Urbain, dit Derdeyn, c'est lui le chef. Mes yeux croisèrent son regard soumis, fuyant, faux.

Très bien, dis-je, nous allons préparer du lapin avec des pommes de terre pour ce soir, et il y a suffisamment de fruits qui sont tombés dans le jardin pour faire de la compote de pommes. Le gars de Vilvoorde dit qu'une tante à lui vivait dans le coin et demanda de pouvoir passer la nuit là-bas ; il apporterait du pain pour le petit déjeuner. Je lui en donnai l'autorisation et lui ordonnai de se présenter le lendemain matin avant huit heures. Daman et Derdeyn étaient dehors à scruter le ciel pour voir d'où provenaient les cliquetis qui s'amplifiaient. Soudain, un roulement de tonnerre assourdissant avança tel un écran sur le village et les pâturages. Les murs en tremblaient. Aussitôt après, nous entendîmes deux gros impacts, le premier toucha la nef de l'église du village, le deuxième un champ, un troisième survint un peu plus tard, juste à côté de la parcelle où nous nous trouvions. Les fenêtres de la pièce à l'avant tintèrent et volèrent en éclats ; quelques rangées de tuiles glissèrent et se fracassèrent sur les dalles devant la maison.

Il y eut un instant de silence. Puis nous entendîmes : il y a une cave à vin ici ! Un des obus avait touché une maison bourgeoise ; l'ouverture béante au niveau de la rue dégageait la vue sur de nombreuses bouteilles de grande valeur logées dans des niches de pierre. Daman et Derdeyn se précipitèrent. Un lieutenant fut plus rapide qu'eux et leur barra l'accès. En français, il rugit qu'il y avait une bouteille pour chaque soldat, et que celui qui serait surpris avec deux bouteilles serait puni.

Daman et Derdeyn revinrent avec leurs bouteilles, Vinus, Boone et Rudy le bigleux partirent chercher les leurs. Cela suffit pour neuf personnes, ai-je dit à Carlier qui épluchait des pommes de terre près de la porte à l'arrière et haussa les épaules. Un peu plus tard, nous entendîmes le lieutenant vociférer. Geert le marchand ambulant de poissons et Peutie le voleur de chiens furent rossés et tombèrent par terre, les bouteilles dissimulées sous leurs manteaux se brisèrent et colorèrent leurs uniformes en violet. Segers le bossu s'était introduit dans la petite boulangerie du village et ressortait à présent en portant triomphalement un plateau en osier couvert de tartelettes et de pains. Il les tenait bien au-dessus de sa tête et criait que chacun pouvait se servir, mais sans traîner pour choisir. Il finit par trébucher et tomber avec son plateau sur les pavés. Tout le monde se jeta sur ce qui restait, et cela riait, se lançait des bourrades, jurait et chahutait. Les commandants décidèrent de laisser faire.

Vers dix heures du soir ce jour-là, les cheminées fumaient paisiblement dans le village occupé, loin de tout bruit de guerre, dans les rues se répandait une odeur de viande mijotée, nous mangeâmes du lapin à la sauce brune. Le vin coulait à flot, ici et là nous entendions chanter. Nous avons chanté nous aussi, nous avons trinqué, nous nous sommes empiffrés et nous avons ri, comme si nous étions à une fête de village.

Après le repas, assis dehors sur un tabouret juste derrière les étables, je ressentais une certaine tranquillité pour la première fois depuis longtemps. Le ciel était clair, Vénus perçait en bas de l'horizon au-dessus du verger, la Grande

Ourse poussait lentement sa vieille brouette à travers le ciel nocturne, l'herbe sentait la fraîcheur et me faisait un peu tourner la tête. Mes pensées vagabondèrent vers la maison où ma mère vivait seule à présent avec mes deux sœurs. Mes deux autres frères étaient encore trop jeunes pour être mobilisés, je ne savais même pas où ils étaient. Je vis mon père défunt assis, penché au-dessus du poêle de Louvain, les ongles cernés de noir de ses mains fines, ses sourcils clairs. J'étais justement en train de me dire que j'aurais pu dessiner son visage de mémoire quand, quelques instants plus tard, l'enfer se déchaîna. Une attaque à la mitrailleuse depuis un petit avion survolant le village à basse altitude s'accompagna d'un déferlement d'Allemands en groupes qui tiraient tout autour d'eux. Nous n'avions encore jamais rien vu de tel. Il pleuvait des balles de tous côtés. Daman, qui fumait près de la porte d'entrée, fut tué sur-le-champ, il gisait dans le couloir, une mare de sang s'étalait sur le carrelage, son cou semblait être réduit en lambeaux et sa tête ne paraissait tenir à son corps que par quelques fibres. Nous entendions aussi des tirs de mortier. Un obus atteignit les étables dont je venais de m'éloigner en courant et j'entendis le bétail meugler et émettre des râles plaintifs. Je me précipitai dans la maison. Les hommes s'étaient enfuis dans la cave, leurs fusils étaient entassés pêle-mêle dans le couloir. Je les ramassai tous à la hâte, les jetai en bas de l'escalier et criai aux hommes de remonter tout de suite. Partout nous entendions des appels et des cris dans la nuit ; au centre du village une fumée orange s'élevait au-dessus des toits bas, une nouvelle explosion mit le feu à ce qui restait de l'église, on entendait des hurlements d'agonie et d'angoisse, des nuées d'étourneaux se mirent soudain à voler au ras de nos têtes, quelque part un puits avait été endommagé, de la boue avait éclaboussé les façades et les portes, à ce moment-là il n'y avait déjà plus de fenêtres nulle part. Je demandai à mes hommes de se faufiler l'un après l'autre derrière la ferme pour approcher du centre du village, je fus le dernier à leur emboîter le pas. Nous aperçûmes devant nous, à une certaine distance, une vingtaine d'Allemands qui se détachaient comme des ombres à la lueur des incendies, nous courûmes à travers les jardinets et bifurquâmes vers la place de l'église, où nous pûmes les repérer dans notre lunette de tir. Ils étaient sur le point d'attaquer la maison communale, où les officiers et le lieutenant s'étaient retranchés. Je bondis en avant, fis signe à mes hommes que tout le monde devait tirer en même temps. Notre salve toucha les Allemands dans le dos, ils tombèrent avant d'avoir eu le temps de s'étonner. Deux d'entre eux parvinrent à se retourner, Vinus poussa un cri de douleur et tomba, nous fîmes tous feu de nouveau, les derniers Allemands s'écrasèrent contre les pavés. Le chaos infernal prit fin. Soudain, on n'entendit plus que l'envol des ramiers et les crépitements des flammes. Quelque part au loin, un chien hurla comme un loup. La Voie lactée scintillait, sans fin, dans ce trou noir où tournait sur elle-même cette planète imbécile. Nous nous glissâmes le long des façades, le fusil en joue et baïonnette en avant, craignant une embuscade, mais plus rien ne survint. Un officier regarda par une fenêtre au dernier étage de la maison communale. À côté de lui, je vis le soldat mitrailleur qui l'accompagnait toujours. Je leur fis un grand geste de la main et leur dis que l'endroit était sûr.

Ici et là, nous entendions les gémissements des blessés.

Les officiers sortirent un à un du bâtiment, les gars sortaient eux aussi des maisons à présent, certains encore ivres et hébétés. Nous avions perdu une vingtaine d'hommes. L'officier jura entre ses dents, déploya de chaque côté de la rue principale plusieurs sentinelles en ordre dispersé, fit poster des deux côtés un mitrailleur à un premier étage.

Les autres vont aller dormir maintenant, dit-il, demain un autre jour nous attend.

À moi, il dit : Martien, je ferai en sorte que tu montes en grade pour ce que tu as fait.

Je fis le salut militaire et repartis avec mes hommes.

Pleurant et implorant la mort, Boone était allongé devant la porte de notre propre logement. Son uniforme était déchiré à la poitrine, ses entrailles gonflées se voyaient à travers les boutons brillants de son manteau. Il avait le visage couvert de son propre vomi. Je l'essuyai avec mon mouchoir sale. Je poussai un juron, parce que le pichet de genièvre s'était cassé un peu plus tôt dans la cave, par la bêtise de Derdeyn. Boone n'eut pas à en baver encore longtemps. Du sang épais et sombre jaillit soudain de son nez et de sa bouche, il gargouillait et glougloutait, ses yeux se mirent à rouler dans leurs orbites, un instant après, il perdit connaissance et quelques minutes plus tard il était mort. Je fermai ses yeux et demandai aux hommes de creuser un trou dans l'arrière-cour. Nous allongeâmes Boone et Daman l'un à côté de l'autre, nous les recouvrîmes d'une couche de paille avant de reboucher le trou avec de la terre. Theo Carlier fabriqua une croix primitive à l'aide de quelques planches et grava au couteau leurs noms dans le bois. La nuit était avancée, les feuilles, l'herbe et les branches étaient couvertes de rosée. Le monde était silencieux et incompréhensible. La lune croissante se leva, brillante, intemporelle et grosse comme dans un rêve, comme un morceau de fromage jaune derrière une rangée de peupliers frémissants. Je me mis à prier Notre-Dame des Sept Douleurs, je lui demandai pourquoi elle avait détourné son visage de notre monde. Je respirais à pleins poumons l'odeur de la terre de cette nuit d'automne, où flottaient les derniers relents de poudre. Nous entrâmes dans la maison, je dormis dans la cave sur un peu de paille. Rudy, Carlier et Derdeyn s'installèrent par terre. L'un après l'autre, nous sombrâmes dans un sommeil insondable, un sommeil qui ressemblait à la lente extinction d'une lumière, une grande lumière lointaine qui, quelques heures plus tard déjà, s'infiltra de nouveau par le soupirail de la cave, tandis que les oiseaux sifflaient sans retenue dans les vieux pommiers et qu'un coq chantait sur le tas de fumier à côté de la grange bombardée.

*

Nous avons trait les deux vaches qui se promenaient librement avant qu'elles ne s'en aillent plus loin, j'avais sorti du sac à dos de Boone sa gourde que j'avais remplie à ras bord. J'avais pris la gamelle intacte de Daman, maintenant qu'il était mort. Nous partîmes ainsi, la tête lourde du vin de la veille, en marchant comme on nous l'ordonnait de nouveau vers l'ouest, en direction de Humbeek. Au bout de quelques kilomètres, les bouchons de plusieurs gourdes se mirent à sauter : certains soldats les avaient remplies du vin qu'il leur restait, mais avec les secousses et la chaleur croissante, le liquide avait fermenté. Il gicla, décrivant un cercle au-dessus de leur col et de leurs cheveux, et coula dans leur cou et sur leurs manteaux. Pour le plus grand divertissement des autres, ces hommes poursuivirent leur marche en jurant, dans leur uniforme couvert de taches violettes et imprégné d'une odeur aigre d'alcool.

L'après-midi, une bruine commença à tomber. Le moral des soldats, mal remis du vin de la veille, baissait à vue d'œil. Nous dérapions sur l'argile grasse des routes de campagne et les pavés inégaux, très glissants, des rues pilonnées. Soudain, des religieuses infirmières sortirent d'une école de garçons en partie détruite et accoururent à notre rencontre. Apprenant que nous allions passer, elles avaient préparé de la soupe en quantité. Elles distribuèrent aussi des boîtes de sardines et de viande de bœuf. Les officiers rugirent que nous n'avions pas de temps à perdre. Tout le monde bourra sa besace et poursuivit son chemin en maugréant. À présent, la pluie, glaciale, pénible, nous fouettait le visage. Quelque part derrière une butte de sable, nous découvrîmes des traces de combats antérieurs. Les maisons vides avaient été privées de leurs volets et de leurs portes, qui étaient posés en travers de fossés et de trous. Au-delà s'étendaient des tranchées abandonnées, en partie couvertes par des planches et de la ferraille. Sur le fond boueux, nous aperçûmes des empreintes de pas, des traces de glissades et des rigoles creusées à la hâte. La compagnie précédente avait dû partir de là tout au plus une heure et demie auparavant. Nous reçûmes l'ordre de transporter toutes les planches, les portes et les volets et de nous en servir pour creuser une tranchée quelques centaines de mètres plus loin. L'intérêt de nous épuiser à trimballer ces matériaux nous échappait totalement, jusqu'à ce que nous remarquions dans les fourrés, à quelques centaines de mètres de là, une grande agitation. Tout le monde reçut l'ordre de se baisser en un éclair et d'effectuer le travail en rampant. Les trous peu profonds furent creusés davantage à grand-peine, en position couchée. La sueur et la pluie nous ruisselaient dans le cou et dans le dos. Comme je m'en étais bien sorti sur les rives de la Senne, je fus à nouveau chargé de ramper pour aller en reconnaissance jusqu'au prochain fossé au-delà des prés. J'avais rencontré à l'école militaire à Courtrai le lieutenant qui donnait les ordres à présent, Laurens De Meester ; il avait de l'estime pour moi, et me le faisait sentir sans grands détours et avec peu de mots en me confiant ce genre de missions.

Avec Carlier et Derdeyn, j'inspectai furtivement les environs du campement des Allemands jusqu'à cinq heures passées. Je fis un croquis pour rendre compte avec le plus de précision possible de l'emplacement de leurs tranchées, j'utilisai pour cela mes dernières feuilles de dessin tachées.

À la tombée de la nuit, je dus repartir en reconnaissance ; les officiers trouvaient le calme suspect, étant donné l'agitation dont nous nous étions aperçus. Dans le brouillard glacial du soir, la boue s'épaississait, formant des crans solides, irréguliers, qui rendaient difficile de se déplacer discrètement. Alors que nous approchions de la périphérie du village, à gauche du petit bois, un gigantesque cheval noir surgit de nulle part, galopant dans notre direction. Il passa devant nous en nous frôlant et, quand il nous aperçut, il s'élança dans le pré sur notre gauche en s'ébrouant bruyamment, fit une grande ruade et perdit ainsi le contenu des sacoches suspendues à la selle. D'après son harnachement, le cheval appartenait de toute évidence aux troupes ennemies. L'animal disparut comme il était venu. Nous entendîmes s'éloigner les claquements sourds de ses sabots sur la terre dans les prés. Aussitôt, je m'approchai prudemment, trouvai dans l'herbe un cahier contenant des cartes topographiques, ainsi qu'un compas, des jumelles, un carnet de notes. Alors que, protégés par l'obscurité, nous étions en train de rejoindre nos positions, nous entendîmes soudain le cheval approcher.

Quand nous nous retournâmes, nous vîmes briller dans ses grands yeux bruns une lueur vive dans la pénombre de la nuit. L'animal nous suivait docilement au pas, comme s'il reconnaissait en nous ses maîtres. Carlier, qui savait s'y prendre avec les chevaux car ses parents avaient une ferme, prit l'animal par la bride. Le cheval commença par tirer violemment en s'ébrouant et en remuant sa tête farouche, il piétina la boue avec ses pattes arrière, puis se laissa guider. Nous arrivâmes ainsi à notre tranchée, suscitant une grande curiosité chez le lieutenant, qui voulut aussitôt tout examiner de près. Les hommes regardaient, consommant sans entrain à la cuillère ce que les religieuses près de l'école des garçons leur avaient donné dans l'après-midi.

Des trouées sombres apparurent dans le ciel terne ; les étoiles brillaient à travers, la température baissa rapidement. La terre dégageait des vapeurs glaciales, on se serait cru sur une planète inconnue faite d'humus froid, et nous, petits, insignifiants et grelottants, nous étions collés dessus comme des mouches à de la mélasse. Cette nuit-là, je rêvai du fils du forgeron et de ses yeux blancs brûlés dans le four ; il me parlait, mais je ne parvenais pas à le comprendre. Je ne cessais de lui répéter *peupacomprendre*, il crachait des bulles de salive dans ma direction, elles me brûlaient le visage comme du fer incandescent. Quand je me réveillai, je compris que c'étaient des gouttes de pluie. Dans la brume aigre du matin, de mauvaise humeur et tremblant, je tirai ma capote au-dessus de ma tête.

⋆

Le dimanche matin, pas une église ne fit sonner ses cloches dans les terres environnantes, les corneilles volaient par nuées au-dessus des peupliers brisés et des maisons effondrées de l'autre côté. On nous distribua deux biscottes de l'armée et une grande tasse de café brûlant. Je pris avidement la tasse chaude, voulus boire, mais me brûlai les lèvres : je reculai la tête précipitamment, m'apprêtais à souffler sur le café, quand à très peu d'intervalle, deux balles filèrent entre ma bouche et la tasse en direction de la porte de la grange, où un sergent versait le café. Les balles l'atteignirent au cou et à la gorge, il mourut sur le coup, heurta la porte de la grange et s'effondra comme un pantin. Tous les hommes poussèrent des cris et sautèrent dans les tranchées, agrippant leur fusil. Le lieutenant De Meester hurlait des ordres. Il m'ordonna de courir, accompagné de vingt-quatre hommes, à deux cents mètres vers la droite, pour me poster là-bas en sentinelle et tirer sur tout ce qui bougeait. Nous nous glissâmes comme des anguilles à travers l'herbe, nous arrivâmes dans un champ de pommes de terre – une aubaine car les buttes de terre nous offraient un abri. Quand nous nous redressâmes prudemment, nous ne vîmes que des champs déserts et, à quelques centaines de mètres, une ferme basse isolée. Mais en regardant à l'aide des jumelles allemandes que De Meester m'avait confiées, je vis les mottes d'herbe trembler et se déplacer, un pré en marche, silencieux et traître. Ce régiment ennemi devait nous avoir suivis depuis hier, certainement avec l'intention de nous surprendre et de nous exterminer.

Soudain, nous vîmes la lucarne sur le toit de la ferme étinceler sous le soleil levant. Ils installent une mitrailleuse là-bas, ai-je chuchoté à mes hommes. J'ordonnai à tous les vingt-quatre de tirer en même temps vers la fenêtre à la fin de mon compte à rebours. Une salve partit, comme d'un seul fusil. Dans mes jumelles, j'aperçus six, sept hommes qui s'enfuyaient de la maisonnette en toute hâte. Aussitôt, des coups de feu furent tirés au hasard à travers le feuillage qui recouvrait le champ de pommes de terre, mais nous étions à l'abri derrière la butte. Je vis le pré se glisser davantage dans notre direction, onduler, remuer et serpenter. Mon cœur se figea. Nous avions gaspillé beaucoup de munitions, ne disposions plus que d'une dizaine de balles. Nous étions de plus isolés de notre régiment principal. Je fis tirer des salves en forme d'éventail, à ras du sol, une balle en même temps par les vingt-quatre hommes. La confusion se répandit dans le pré vivant ; pendant un moment, il n'y eut plus de riposte. Soudain, nous vîmes des projectiles nous survoler et s'écraser quelques centaines de mètres derrière nous. Les Allemands croyaient que des renforts suivaient pour appuyer nos troupes et essayaient de leur couper le passage. Pour la première fois, j'éprouvais l'angoisse de la mort. À côté de moi, je la sentais distinctement, le jeune soldat avait fait dans son froc. Il tremblait de tout son corps et avait posé son fusil à côté de lui. Caporal, a-t-il dit, est-ce que je peux…

Ferme-la, ai-je dit, nous avons pour l'instant d'autres soucis que ton pantalon.

Il y eut à nouveau un moment de silence. Il était presque neuf heures. Je supposai que l'ennemi n'allait pas se hasarder dans le champ de pommes de terre à présent. Nous pouvions respirer de nouveau. Je fis un signe de tête encourageant à l'intention du jeune soldat paniqué. Soudain, un officier allemand sauta devant moi à moins de dix mètres et dirigea son pistolet sur moi, juste au moment où je voulais regarder au-dessus du feuillage. Il tira deux fois. Je me jetai au sol et de la terre m'éclaboussa le visage. Je me redressai aussitôt et tirai plus vite que lui ; il se fit surprendre, bascula en arrière et ne bougea plus.

Il ne nous restait plus que cinq balles chacun et nous étions totalement pris au piège. Une centaine de mètres derrière nous, des obus d'artillerie et de mortier labouraient la campagne. Devant nous, un nombre inconnu d'Allemands étaient prêts à nous massacrer, nous qui étions à peine vingt-quatre. Je regardai le visage des gars. Tendus, ils scrutaient le feuillage, prêts à voir surgir à tout instant un casque à pointe juste devant leur nez. Nous avions trop peu de munitions pour tirer à l'aveuglette à travers le feuillage, afin d'intimider l'ennemi.

Il me vint soudain à l'esprit que le lieutenant avait promis de nous faire signe, sabre au clair, pour nous indiquer quand nous pourrions rebrousser chemin en rampant sans danger. Mais de la colline du Moulin, où ils étaient restés cachés près de la grange, il ne venait aucun bruit et aucun signe. Il ne nous restait plus qu'à rentrer à nos risques et périls, me suis-je dit, et je donnai l'ordre au soldat le plus éloigné à gauche de bondir et de rentrer en courant. Au bout de trois bonds, il fut abattu. Quand le silence se fut prolongé pendant un long moment, je donnai à nouveau l'ordre au soldat tout devant de sauter et de retourner en arrière le plus vite possible. Au bout de dix mètres, il trébucha, criblé de balles tirées à ras de la surface du champ de pommes de terre. Je sentis la haine brûler en moi comme une aigreur d'estomac que l'on sent monter, une bile amère qui surgissait dans mon corps et me donnait une énergie meurtrière, insensée, qui me faisait tourner la tête. Il me restait encore deux balles. J'arrangeai mon sac à dos pour qu'il pende sur mon côté droit et me serve de protection, je bondis, courus pour sauver ma peau jusqu'à la lisière du champ voisin. Je sentais les balles siffler autour de moi. Le col de mon manteau se déchira, une strie brûlante me marqua le cou. Aussitôt après, les bretelles de mon sac à dos furent transpercées de balles, je trébuchai, tombai sur mon propre fusil et atterris bêtement juste devant un champ de betteraves, la tête dans la terre. Mon fusil était à trois pas derrière moi. Mon cœur battait à tout rompre. Je rampai en arrière sur le dos, tirai prudemment mon fusil par la bandoulière pour le rapprocher. Les hommes regardaient, paralysés de peur. Je leur fis signe de me lancer leurs munitions. Dix balles tombèrent autour de moi sur le sol meuble, avec précaution je m'approchai de chacune d'elles à plat ventre. Quand je les eus toutes ramassées, je les essuyai soigneusement, chargeai mon fusil, tirai en frôlant le sol dès que quelque chose bougeait. Au bout de trois coups, le silence persista pendant plusieurs minutes. Je toussai fort et plongeai derrière la butte de terre. On tira aussitôt dans ma direction, je répliquai instantanément. Une ombre bondit en criant et tomba à la renverse. Puis tout fut silencieux. Je fis signe à mes hommes de se glisser un par un dans ma direction. Au bout de cent mètres, nous rampâmes à quatre pattes, et au bout de cent mètres encore, nous nous levâmes d'un bond et commençâmes à courir pour sauver notre vie, mais plus rien ne bougeait.

Nous nous arrêtâmes devant la grange pour reprendre notre souffle. Personne ne disait mot. Des soldats arrivaient de toutes parts, certains blessés, un bandage rouge foncé autour du bras, de la poitrine ou de la jambe – un bandage qu'ils avaient fabriqué en déchirant des lanières de tissu dans leur linge de corps. D'autres avançaient péniblement, couverts de boue, pour rejoindre notre campement, tels des zombies et des morts-vivants, les yeux brillants dans leurs visages noirs. Ici et là, non loin de nous, nous entendions des râles et des geignements dans le champ, nous ne savions pas où et nous n'osions plus nous éloigner du mur protecteur. Le cheval allemand avait déjà été abattu, quelques soldats l'avaient dépecé à l'aide de leurs baïonnettes et avaient empilé de grands morceaux de viande sur la porte d'une étable. On ne pouvait pas faire de feu pour cuire la viande ; une odeur de sang écœurante s'en dégageait. Le soir, nous allâmes chercher, en errant dans l'obscurité totale, mes deux gars morts. Les ambulanciers partirent à la recherche des blessés qui gémissaient dans le champ. Mon cousin René était mort, à pas même une centaine de mètres de l'endroit où nous avions nous-mêmes combattu. Je ne pus le voir ; les ambulanciers l'avaient déjà emmené. On m'assura qu'il n'avait pas souffert et qu'il était « mort au champ d'honneur », la formule trompeuse que nous entendions partout pour toutes les morts atroces autour de nous. Quelqu'un s'était approprié ses chaussures – les chaussures de mon cousin René, ce gars pâlichon, fanfaron, qui avait rêvé de devenir cordonnier. Comment annoncer au vieux forgeron, Evarist, qu'il avait aussi perdu son deuxième fils ?

Nous partîmes et marchâmes jusqu'à Zaventem. Je m'agenouillai longtemps dans l'église, devant l'autel latéral où il y a le tableau de mon saint patron. Nous reçûmes une ration supplémentaire de la part du lieutenant, qui nous félicita pour notre courage et notre sang-froid. Quant à moi, il me donna une tape cordiale sur l'épaule.

*Tu as fait ce que tu pouvais, Martien, ne t'en fais pas trop**.

Quand je me couchai ce soir-là, je pleurai comme un enfant, en serrant mon chapelet dans mon poing. Je priai, en proie à un profond désarroi, pour surmonter le hurlement à tue-tête qui s'était élevé comme une tempête dans ma tête prise de vertige, et c'était comme si ma prière se perdait aussitôt dans ce vacarme intérieur insupportable. Puis, au bout d'une heure de prière compulsive, j'entendis soudain à nouveau cet orgue lointain, bourdonnant, et je m'endormis.

3

La bataille de l'Yser, octobre 1914

Nous qui étions une armée mobile, continuellement impliquée dans l'action militaire, forte de 120 000 hommes, nous fûmes décimés, réduits à une horde désordonnée qui se débrouillait avec les moyens du bord, avait des dizaines de fois échappé de justesse à la mort, était insensible aux ulcères, aux ampoules, aux infections et aux blessures que nous nous faisions avec l'équipement rudimentaire que nous trimballions à travers les champs de boue et les villages déserts. L'âme et le corps fatigués, munis de fusils qui tiraient encore, mais sans précision car les bouches à feu étaient usées, nous reçûmes la première semaine d'octobre l'ordre de marcher à vive allure vers les digues assiégées dans le sud-ouest de la Flandre. Au bout de trois jours nous parvînmes à Jabbeke, poursuivîmes notre route le lendemain jusqu'à Ostende et fûmes divisés à Middelkerke. Nous pûmes occuper des maisons vides, nous nous précipitâmes sur le café chaud et les tartines, nous nous endormîmes sur la fine couche de paille éparpillée sur le plancher. Quelques heures plus tard, nous fûmes réveillés par les clairons et les tambours du bataillon. Pour requinquer un tant soit peu notre groupe épuisé, hagard, on nous distribua une grande tasse de café et des biscuits secs, que nous eûmes du mal à avaler dans un silence entrecoupé de soupirs. Aussitôt après, nous reçûmes l'ordre de reprendre notre marche, là encore à vive allure, sans savoir où nous allions. Un messager annonça que Gand était tombé ; l'angoisse me saisit en pensant à ma mère. On entendait maugréer que Middelkerke était un piège : le dos à la mer, nous ne pouvions échapper à la progression des troupes allemandes. Les officiers mugirent que nous devions fermer notre grande gueule et continuer d'avancer.

J'avais les pieds en lambeaux ; du sang coagulait dans mes chaussettes rêches, qui frottaient contre mes blessures et les rouvraient sans cesse. À chaque pas, la douleur me faisait boiter. J'entendais dire que nous allions bientôt être relayés par des troupes anglaises et françaises. Mais qu'est-ce que nous en savions ! Clopinant comme une horde de misérables, nos shakos depuis longtemps jetés, déchiquetés par les balles ou piétinés, remplacés par des calots de la police, des casquettes ou des chapeaux volés, dont dépassaient des cheveux en broussaille, aux pieds des bottes trouvées dans une ferme, des chaussures d'un Allemand tué, au dos des besaces fabriquées à l'aide de haillons noués ensemble, une troupe couverte de gadoue de pauvres types hébétés qui s'acheminaient en grognant et en gémissant vers l'impensable, nous nous traînions sous des nuages bas, sur des routes couvertes d'une boue amenée par la pluie qui fouettait les terres.

Un peu après midi, nous attendîmes à Ichtegem les ordres de l'état-major général. Après avoir passé plus d'une heure à peser le pour et le contre, nos chefs décidèrent de nous faire

faire demi-tour. Les protestations furent telles que les officiers brandirent leurs sabres et hurlèrent si fort pour calmer la horde d'ombres décharnées que leurs voix s'enrouèrent. On jurait, on tapait du pied, certains se jetèrent dans l'herbe, ôtèrent leurs chaussures de leurs pieds blessés et crièrent qu'ils ne bougeraient plus de là. Plusieurs Wallons commencèrent à bêler comme des moutons : *Armée bête, armée bête**. Les officiers étaient visiblement désemparés. Je fis un pas en avant, ulcéré parce que je venais d'apprendre que ma mère et ma jeune sœur Clarisse étaient venues à Jabbeke la veille, et qu'on n'avait pas permis que j'aille les saluer. Je dis au lieutenant De Meester que les hommes avaient d'abord besoin de se reposer quelques heures. Ce repos ne nous fut pas accordé, des ordres étaient arrivés. Je dis que, dans ce cas, mieux valait nous les transmettre, pour que nous comprenions au moins la signification de tout cela.

Martien, dit De Meester, tu devrais savoir rester à ta place.

Furieux, rassemblant notre courage, nous longeâmes Mannekensvere avec notre régiment pour ensuite franchir le seul pont qui permettait d'atteindre l'autre rive de l'Yser, où l'on finit par nous donner l'ordre de nous arrêter dans la boucle que forme le fleuve à Tervate. En chemin, les officiers nous avaient tout de même permis de nous reposer à plusieurs reprises. Près d'un ruisseau, nous pûmes rincer nos chaussettes sales ensanglantées et laisser nos pieds se balancer dans l'eau froide pendant plusieurs minutes. Nous échangeâmes du talc et des pansements. Enfin, nous nous affalâmes, épuisés, sur les rives de l'Yser.

Au-dessus de l'eau, qui s'écoulait sans une ride, on entendait l'écho du doux appel des ramiers le soir. Dans la boue meuble, je vis les empreintes récentes laissées par les chaussures d'une femme et des pieds d'enfant. Pourtant la campagne semblait totalement déserte. On voyait ici et là des vaches et des chevaux, perdus dans les champs vides.

Nous partageâmes de nouveau des gâteaux secs – des grandes boîtes de Biscuits Parein, pour lesquelles on se battait même quand elles étaient vides, car on pouvait y ranger facilement toutes sortes de petites affaires. La nuit, au lieu de dormir, nous poursuivions fiévreusement nos travaux. Avec les scies émoussées à notre disposition, nous devions scier à ras de terre les troncs des rangées de saules ; au sol, les arbres et leurs cimes devaient nous protéger contre le vent et la pluie. Les troncs les plus gros étaient coupés en deux dans le sens de la longueur, pour recouvrir une partie des tranchées. Les officiers nous donnèrent l'ordre de construire des tranchées pouvant être défendues des deux côtés. J'en demandai la raison. Nous étions apparemment proches d'une boucle capricieuse du fleuve, en forme de S. Si les Allemands traversaient l'Yser, nous serions immédiatement encerclés. Du café fut préparé dans une ferme ; nous le bûmes avidement dans nos timbales. Il était six heures du matin, tout le monde avait envie de dormir quelques heures. Juste au moment où Segers le bossu et Lievens sortaient de la ferme avec le énième bidon de café, l'enfer se déchaîna de nouveau. Un obus éclata juste à côté d'eux et pulvérisa l'un d'entre eux. Nous ne retrouvâmes même pas son corps ; l'autre avait été lui aussi tué sur le coup. Comme si les Allemands voulaient donner un aperçu de leur précision de tir, ils firent aussitôt tomber quelques bombes bien ciblées sur les chevaux et les vaches dans les prés derrière nous. Dans les cratères formés par les bombes, nous vîmes des pattes d'animaux dressées comme des bâtons : la fumée bleue de la poudre continua pendant un moment de former des volutes autour d'elles. L'ennemi était parvenu, par un pont de fortune, à atteindre l'autre rive. Ce fut la panique, on se battait ici et là, la baïonnette au fusil. Puis des obus commencèrent à siffler au-dessus de nos têtes. En un éclair, la ferme et la grange attenante furent aplaties. Vers dix heures du matin, il ne restait plus rien du charmant paysage. Nous étions entourés d'un tas de ruines et d'une terre retournée où pas un signe de vie ne se manifestait. Nous répliquâmes par des tirs de mitrailleuses dirigés sur les emplacements d'où provenaient les tirs d'obusiers. Une bombe de gros calibre s'abattit sur notre nid de mitrailleuses. Nous vîmes les corps de nos camarades voler en l'air, des membres arrachés nous frôlèrent littéralement les oreilles.

Les jours s'enchaînaient, nous étions brimbalés entre une alerte soudaine et des heures de silence au cours desquelles tout paraissait calme et paisible. En général, notre artillerie déclarait forfait, tirer n'avait d'ailleurs aucun sens : là-bas aussi, les bouches de feu étaient usées par la chaleur et nos canons légers n'avaient pas une portée suffisante. De plus, certains jours, un brouillard glacial obstruait la vue.

Cette nuit-là, dérivant silencieusement sur le fleuve, un radeau arriva sur lequel étaient posées de grandes caisses de nouvelles munitions. Nous n'avions aucune idée de la manière dont il nous était parvenu.

Cependant, le spectacle qui s'offrit à nos yeux le lendemain matin dans la pénombre nous fit froid dans le dos : des chiens, des lapins, des chats, des belettes, des putois et des rats traversaient le fleuve en masse comme une armée irréelle en traçant, de leurs museaux sensibles à fleur d'eau, d'innombrables triangles sur la surface lisse et noire ;

les écluses à Nieuport avaient été ouvertes, et jusqu'à Stuivekenskerke, Pervijze, Tervate et Schoorbakke, le pays se couvrait d'eau peu à peu. Nous prîmes lentement conscience que la marche de l'ennemi serait peut-être ainsi interrompue. Le cœur battant, nous regardions. Il fut strictement interdit de tirer sur les animaux, pour ne pas trahir notre position. Nous les vîmes par conséquent, ces messagers au nez fin d'un monde maudit, prendre la fuite face à cet incompréhensible Armageddon, arriver à terre, secouer l'eau de leur fourrure, courir sans se soucier de rien le long de nos tranchées, fuyant à l'aveuglette comme des lemmings. Personne ne chercha à s'emparer des animaux, personne ne voulait en tuer pour les manger, même si nous avions faim. Tels des anges du Jour du Jugement dernier déguisés, ces créatures fantomatiques trempées disparurent de notre champ de vision, traversant en bondissant la plaine boueuse noire et brillante dans la lumière grise du matin. Stupéfaits, nous fixions la surface sombre du fleuve encore sillonnée de rides. Au loin, nous vîmes le vague reflet de l'eau approchant dans les polders. Nos commandants passèrent dans les rangs en répétant qu'il serait difficile de nous ravitailler et que nous devrions nous débrouiller seuls pendant des jours, avec peu de renfort à l'arrière dans les terres. On ne nous distribua que des boîtes de sardines et des biscottes humides. Les hommes juraient, pris de haut-le-cœur à cause de ce mélange entre le café qu'ils venaient de boire et le sel des sardines.

On annonça qu'il était interdit de se déplacer pour ce que l'on appelait ses « besoins naturels ». D'ailleurs depuis une semaine, beaucoup de soldats faisaient leurs besoins à l'endroit où ils étaient assis, si nécessaire on pissait dans son froc pour avoir chaud, ne serait-ce qu'un instant, dans cette maudite brume matinale. Dans les recoins de nos tranchées, la montagne d'excréments s'élevait au fil des jours, nous essayions de l'éviter du regard. Parfois, on jetait quelques pelletées de terre par-dessus, mais la puanteur pénétrante s'était depuis longtemps imprégnée dans nos têtes, dans notre respiration, dans nos os. On vit ici de façon plus primitive que les hommes des cavernes, bordel ! s'était écrié Carlier, et il avait craché dans la boue.

Un matin, une semaine plus tard, nous entendîmes pleurer un enfant. Un garçonnet d'une dizaine d'années était debout sur l'autre rive. Le commandant nous interdit d'aller le chercher. Carlier dit que c'était une honte, il retira son uniforme, sauta dans l'eau et nagea jusqu'à l'autre côté. Au moment où il voulut tendre la main à l'enfant, celui-ci détala. Les Allemands se mirent à tirer avec toutes leurs bouches de feu, nous n'avions aucune idée d'où provenaient les tirs. Carlier tomba à la renverse, roula sur la berge jusque dans l'eau, plongea en profondeur, ne ressortit que lorsqu'il fut arrivé de notre côté. Tout le monde avait suivi la scène en retenant son souffle ; Carlier fut hissé à terre, le commandant dit qu'il méritait en réalité une lourde sanction, mais en voyant à quel point le procédé des Allemands nous avait indignés, il en resta là.

Nous prîmes conscience que nous avions en face de nous un ennemi sans le moindre scrupule. Ce genre de tactique de guerre psychologique était nouveau pour nous, nous avions été éduqués avec un sens rigoureux de l'honneur militaire, de la morale, et de l'art de la guerre, nous avions appris à faire élégamment de l'escrime et à réaliser des opérations de sauvetage, nous avions appris à réfléchir à l'honneur du soldat et de la patrie. Ce que nous voyions ici était d'un autre ordre. Cela bouleversait nos pensées et nos sentiments, nous ressentions, le cœur rempli d'angoisse, que nous devenions d'autres hommes, prêts à tout ce que nous avions évité auparavant. Entre-temps, plusieurs de nos officiers se disputaient en français ; l'un voulait donner l'ordre de traverser le fleuve, un autre criait que c'était de la folie.

Gaspillage de munition et de vies humaines!* rugit De Meester.

Au bout d'un certain temps, ils semblèrent tout de même être parvenus à concocter un plan. Nous fûmes envoyés par petits groupes de quatre à dix hommes le long des rives du fleuve pour tenter d'apercevoir depuis la boucle d'éventuelles manœuvres de l'autre côté. Près de la ferme aplatie par les bombes, une centaine d'hommes étaient disposés en cercle, prêts à tirer. On nous avait distribué des pelles et nous creusions, espacés les uns des autres, en comblant peu à peu la distance qui nous séparait ; au bout de quelques heures, nous avions créé une nouvelle tranchée d'une centaine de mètres. On nous ordonna ensuite de descendre aussitôt dans la tranchée et de ne plus bouger jusqu'à nouvel ordre. La nuit tomba ; nous nous endormîmes sur la fine couche de paille que nous étions allés chercher dans la grange détruite. D'autres à même le sol boueux, certains plus ou moins debout, courbés au-dessus de leur fusil, d'autres encore, en position fœtale, le visage tourné vers la petite paroi de terre. Nous avions envie de fumer, mais l'odeur de la cigarette aurait pu permettre à des éclaireurs ennemis de détecter notre présence.

Cette nuit-là, je repensai à ma mère, et soudain, je ne sais pourquoi, au fait que je n'avais encore jamais couché avec une fille – ce qui me valait régulièrement les moqueries des autres. Je songeai à la jeune fille dans la mare peu profonde – était-ce encore il y a si peu de temps ? Je la vis se lever derrière le voile chaud de ce paysage estival près du port, elle qui avait porté les vêtements de Bernadette Soubirous. Sa peau douce, nue, brillait comme une tache de lumière dans l'obscurité. Comment un tel miracle est-il possible, comment pouvons-nous voir dans nos rêves la lumière et la vie, alors qu'il fait sombre autour de nous ? Je ressentis dans mon corps une grande agitation, je fus assailli par le désir, et le diable de la tentation de me satisfaire s'empara de moi. Ici et là, j'entendais dans le noir des frottements d'étoffe réguliers. Je savais ce que cela signifiait. Je le comprenais de la part des autres, mais dans mon cas, je ne me le serais pas pardonné. Je fus étranglé par un immense désir de pouvoir enfin me laisser aller moi aussi, pour une fois, oui une fois enfin, à l'abri du regard du Tout-Puissant et de ses prêtres, hors de portée de la confession, ici dans cet enfer de mort et de boue que même les animaux du paradis avaient fui. En avais-je le droit, juste une fois ? Avant même d'avoir pu entreprendre quoi que ce soit, uniquement à la pensée d'une telle éventualité, un liquide chaud, source de bien-être, se répandit dans mon pantalon de l'armée ; je fus surpris, eus le vertige et me mis à pleurer en silence, priant la Vierge de me pardonner ma faiblesse. Je vis la jeune fille, mon désir ne s'estompait pas, je me retournai en soupirant dans la paille sale, cédai finalement à mon envie, avec un sentiment de culpabilité extrême, pleurai, priai pour être absous, m'endormis.

Quand on nous réveilla en nous secouant, je découvris à côté de ma tête le morceau de viande de porc cuit encore tiède qu'on nous avait distribué juste avant que nous nous assoupissions. Nous avions dû dormir à peine trois heures. Les clairons faisaient entendre un son étouffé, la sonnerie d'assaut ; l'ordre général suivit tandis que, titubant de sommeil, nous formions les rangs dans les tranchées.

Soldats, portez-vous en avant! Pour les Flamands: Stormpas vooruit!*

Aussitôt après, cri de panique : nom de Dieu, il y a des Allemands dans nos tranchées !

Les clairons retentirent ; grelottant de froid, nous fîmes un bond en avant, certains quittaient déjà les tranchées, en rang par quatre ils se ruaient sur l'ennemi, qui la nuit avait traversé le fleuve. Un grenadier portant son colback noir sous le bras, un chasseur vêtu de vert, un canonnier venu de l'ancienne ceinture de forts, un pontonnier, chaque fois le commandant tirait quelques balles à côté de leur tête pour les couvrir. Nous parcourûmes ainsi, en courant et en tirant, plus d'un kilomètre.

En rang !

Suivez, suivez, suivez, serrez les rangs, bordel !

La mort et le malheur planaient dans l'air glacial.

Martien et Kimpe, premier sergent-major à partir de maintenant.

Merci, mon commandant.*

Garde-à-vous.

Oui, mon commandant.*

Marroi, soldat.

Oui, mon commandant.*

Tous les trois, vous allez rester à la même hauteur, espacés chacun de cent cinquante mètres, vous devez repérer tous les endroits où l'on peut s'abriter en essayant de se rapprocher de l'ennemi, vous allez tenter de tracer une parallèle nous permettant de gagner du terrain en direction du front ennemi.

Martien, cinquante mètres en avant et à droite. Kimpe au milieu. Marroi à gauche. En cas de résistance, vous revenez et vous vous joignez à nous. Baïonnette au fusil. Foncez !

Je m'élançai le premier, quittant nos positions cul par-dessus tête, des mottes d'herbe volaient tout autour de moi, des débris provenant de caves étaient projetés en l'air, je plongeais d'un trou d'obus à un cratère de bombe, sautais derrière des troncs d'arbre, attendais le signal annonçant que les autres se joignaient à l'assaut. Mais le silence persistait derrière nous ; au-dessus de nos têtes sifflaient les balles et les obus, les bombes brisantes et les shrapnels. À ma gauche, je ne voyais déjà plus Kimpe. On lui avait dit de partir une fois que j'aurais parcouru cinquante mètres, mais le sol retourné n'accordait aucune visibilité. J'étais en pleine confusion, je me jetai au sol et rampai aussi vite que je pus. Partout des clôtures de barbelés détruites par les tirs, des vaches mortes, des fragments de mur et du fer tordu, des flaques profondes et des cratères, un cheval mourant faisant des tourniquets désespérés avec sa tête. L'écume floconnait et bouillonnait sur son museau et ses sabots raclaient la boue. J'abrégeai les souffrances de l'animal en tirant, le fusil contre sa tête sensible aux poils bruns. De la boue et du sang giclèrent. Le feu provenant de l'ennemi était si proche à présent que je pouvais voir le nid de mitrailleuses, bouches infernales de canons qui aboyaient, claquaient, crépitaient si fort que je n'entendais ni ne voyais plus rien. Soudain, j'arrivai près d'un talus. Devant moi s'étendait, un mètre et demi plus haut, un pré. Ici, nos hommes pourraient se rassembler en sécurité pour donner l'assaut. Mais comment les avertir ? La boucle était extrêmement traître. Si je retournais sur mes pas, j'étais sûr de mourir ; même nos propres hommes me tireraient dessus, sans se douter de qui j'étais. Je devais donc passer au-dessus de la digue pour regarder ce qu'il y avait derrière. Soudain je vis au loin à ma gauche Kimpe grimper sur la digue ; il sauta en avant, plongea sous la clôture cassée. J'en fis autant ; nous marchions tous les deux, à une distance de cent cinquante mètres, vers la ligne ennemie. C'est de la folie, me suis-je dit. Les balles volaient autour de moi à la hauteur du genou, je marchais et sautais au-dessus de cadavres et encore d'autres cadavres, si proches les uns des autres que je fus bientôt à bout de souffle, mais là-bas, devant nous, devait être la *parallèle de départ** que l'on nous avait ordonné de repérer. Je bondissais comme un forcené en zigzaguant, tandis que les balles sifflaient tout autour, je dansais comme un imbécile pour sauver ma peau. Je finis par atteindre l'ultime rangée de barbelé. Je devais maintenant agir à toute allure. Je bondis, mais sentis un impact me transpercer le corps, je ne sais où, un éclair blanc devant les yeux, l'impression que mon ventre se déchirait. Je culbutai dans un fossé sec tandis que pleuvaient des petites bombes à fragmentation. J'étais allongé, tremblant, à plat ventre, mon aine gauche me faisait si mal que, pendant une minute, j'eus la respiration coupée et je crus asphyxier. Je ne pouvais ni appeler à l'aide, ni tousser, je ne pouvais pas approcher de mon fusil un peu plus loin au bord du fossé, je ne pouvais pas me défaire de ma lourde besace qui était tombée sur moi, j'étais totalement paralysé. Le regard voilé, je vis les digues de l'Yser à une centaine de mètres devant moi. Juste avant de perdre conscience, je marmonnai : mission accomplie, *mon commandant**.

Puis tout devint noir et silencieux.

Au bout d'un long moment, je me réveillai. Il commençait à faire nuit. Une bruine tombait à la verticale, j'étais trempé. J'étais étendu à côté du fossé, manifestement j'avais tout de même réussi à en sortir, alors que je n'en avais plus aucun souvenir. Je gisais là peut-être depuis des heures, en plein dans la ligne de mire des fusils ennemis. Sur ma gorge était posée la lourde chaussure d'un mort. Je crachai, tournai très prudemment la tête : partout autour de moi des camarades morts. Visiblement, l'assaut avait été fatal. La douleur me lacérait tout le corps. Je restai allongé sans bouger jusqu'à ce que la nuit tombe et que les tirs s'arrêtent. Je mourais de soif, ma douleur à l'aine me faisait terriblement souffrir. Dans le noir, je tâtais quelque part sous mon ventre le cratère de chair molle que le sang rendait collant. Je pleurai pendant un certain temps, persuadé que j'allais crever sur place. En désespoir de cause je me mis à ramper, au cœur de la nuit, en m'appuyant sur mes coudes à travers la boue, traînant derrière moi mes jambes insensibles. Mais même cela faisait manifestement du bruit, on tirait à présent aussi dans l'obscurité, à l'aveuglette, dans ma direction ; les coudes en lambeaux, le sang gouttant de mon pantalon et des manches de mon manteau, priant la Vierge Marie, je passai à côté de vaches mortes, de chevaux éventrés, de soldats morts au visage éclaté, sans rencontrer âme qui vive, sauf peut-être un gars gémissant quelque part dans l'obscurité. Parfois, je posais la main en plein dans le corps déchiqueté d'un mort, je frissonnais, rampais loin derrière les tranchées abandonnées.

Quand les premières lueurs du jour apparurent dans le ciel, je me glissai en sanglotant vers le énième trou, convaincu que j'allais mourir. Comme par miracle, j'y aperçus deux brancards de la Croix-Rouge. Un médecin et deux jeunes prêtres étaient accroupis là ensemble. J'étais apparemment arrivé à des centaines de mètres derrière la ligne de combat. Je roulai dans le trou. On me prodigua les premiers soins, j'entendis marmonner le médecin des armées et perdis de nouveau connaissance. Quand je me réveillai, je m'aperçus que j'avais un morceau de carton épinglé sur la poitrine ; je ne pouvais pas bouger suffisamment pour lire ce qui y était écrit. On me transporta, avec d'autres blessés, sur une charrette. Nous roulions sur les routes défoncées, quelque part au-delà de la boucle fatale de Tervate. Le matin même, le reste de notre bataillon fut massacré par les mitrailleuses et les obus des troupes allemandes très bien retranchées. De Nieuport à Dixmude, cent cinquante jeunes soldats tombèrent en moins d'une semaine.

Je restai plusieurs jours à haleter de douleur dans une sorte de baraquement. Là-bas, j'appris aussi ce qu'il était advenu de notre fameuse *parallèle de départ** : notre commandant avait attendu pendant deux heures notre signal, aucun de nous trois n'était parvenu à remplir sa mission. Dans le doute, ils avaient foncé, sabre au clair et baïonnette en avant, sur la ligne ennemie et avaient été fauchés presque sans exception. Nous perdîmes, de ce seul côté du front, huit mille officiers cette semaine-là. D'innombrables jeunes gars crevèrent dans la boue et restèrent sur place sans qu'on puisse les identifier, d'autres furent blessés, faits prisonniers ou succombèrent sur la charrette en route pour le baraquement où je me trouvais. Secoué et brimbalé sur les routes pavées défoncées, j'arrivai avec d'autres blessés par camion à l'arrière du front. Dans une maisonnette en triste état, nous fûmes examinés par un autre médecin des armées, les commandants étant méfiants et cherchant toujours à démasquer les simulateurs : certains enfilaient l'uniforme ensanglanté d'un camarade mort et essayaient, en poussant des gémissements et des soupirs, d'être emportés parmi les blessés. Les deux jeunes aumôniers étaient en état de choc. Ils pleuraient sans discontinuer et durent eux-mêmes être évacués. Chaque fois que nous étions transportés jusqu'à un autre poste de secours, toujours plus loin du front, nous étions examinés par un médecin, on nous apportait les premiers soins. Chaque fois nous étions moins nombreux, je vis des gars mourir à côté de moi, sur le plateau d'un camion. Le ciel gris était tourmenté et vide ; des corneilles, se laissant porter par le vent glacial, poussaient des croassements triomphants qui pénétraient dans les profondeurs de mon corps brisé. Finalement, nous arrivâmes à Calais. Dans un hôtel réquisitionné, nous fûmes pour la première fois allongés sur des lits, on nous servit de la soupe et du pain. Ensuite, nous fûmes transportés dans un hôpital, je ne sais où. On me retira une balle de l'aine. À mon réveil, le médecin des armées se tenait à côté de mon lit. Il me remit la balle comme s'il s'agissait d'une décoration militaire.

Vous avez eu de la *chance**, mon ami. À deux centimètres près, vous étiez touché en plein milieu de la colonne vertébrale. Vous auriez été paralysé pour le restant de vos jours.

Il me tapota la joue. Je ne pouvais pas bouger. Je dormis des journées entières sans rien manger. Ensuite, on nous servit une soupe de légumes aqueuse qui me donna tout de suite la diarrhée. Je me sentais aussi fragile qu'une feuille d'automne ballottée par le vent. La nuit, je faisais des cauchemars dans lesquels des chevaux morts enlisés dans une boue gorgée de sang se redressaient et piétinaient des soldats. Un matin, en voyant les infirmières aller et venir en silence dans leurs uniformes gris, ces jeunes femmes silencieuses qui nous soignaient avec leur voix douce et leurs mains précautionneuses, j'éclatai en sanglots, à ma grande honte. Le lendemain, nous fûmes cinq à être embarqués à bord d'un bateau. Liverpool, disait-on, on allait nous emmener à Liverpool. Je dormis pendant toute la durée du voyage.

4

De Liverpool allait me rester le souvenir, quand on me fit repartir au combat six mois plus tard, d'une prise de conscience soudaine dont l'effet allait perdurer tout le restant de ma vie. Mais avant d'en arriver là, nous fûmes transportés sous la grêle et en pleine tempête, tandis qu'un vent glacial soufflait sur le Mersey, large fleuve agité, dans un hôpital près de la grande cathédrale en construction, sur Hope Street ; puis au printemps dans un lieu de convalescence, d'abord quelque part à Wallasey, sur l'autre rive. Plus tard, je séjournai de nouveau à Liverpool, dans le quartier de Toxteth. Les jours s'écoulaient comme dans un rêve diffus de tranquillité et d'apaisement. Je passai plusieurs semaines en fauteuil roulant, poussé par une infirmière silencieuse appelée Maud. Les premières semaines, j'eus du mal à trouver mes mots et, la nuit, je restais éveillé, gêné par mon comportement maladroit. Au bout d'un certain temps, en m'aidant de béquilles, je pus clopiner d'un bout à l'autre du couloir. Je n'allais pas réussir à retrouver le lieu où nous séjournions ; Maud avait dit qu'il était à une dizaine de minutes à pied de la rive du Mersey. Je me souviens que l'établissement de soins était à côté d'un parc où quelques vieux chênes s'élevaient derrière des murets. Les premières semaines, chaque mouvement me faisait mal ; je sentais, à tout instant de la journée, que même le geste d'un bras mobilisait les muscles de mon bas-ventre : on aurait dit que chacun de mes mouvements était actionné par cet endroit sensible. J'avais des difficultés à uriner et j'étais gêné devant l'infirmière digne qui devait m'aider avec ma sonde, un tube brun d'où coulait constamment du sang dilué dans la petite bassine émaillée qu'elle tenait devant moi ; je jurais entre mes dents quand je trébuchais sur le pas d'une porte.

Au bout d'un mois et demi, cependant, je fus suffisamment rétabli pour effectuer les premiers exercices censés me remettre en forme. Je faisais de courtes promenades, que je prolongeais peu à peu. J'allais m'asseoir sous les arbres du cimetière de Saint-James, pour dessiner à l'ombre de la cathédrale inachevée, dont les travaux de construction avaient été interrompus par la guerre. Bientôt, quelques soldats me demandèrent un portrait. Je les dessinais, au fusain, et la silencieuse Maud se penchait au-dessus de ma feuille. Ce fut un jour de printemps, vers la mi-mars. Je sentis un parfum de violette des bois et, quand je levai la tête, je vis ses yeux verts posés sur mes mains. Je tentai de me ressaisir, et sans réfléchir davantage, mais surtout pour cacher ma grande nervosité parce que je ne savais pas quoi dire, je lui confiai brusquement ce dont je venais de m'apercevoir : mon père mort jeune avait séjourné quelque part par ici, il y avait de cela des années, envoyé par la congrégation de Saint-Vincent. Elle réfléchit un instant, puis dit qu'il y avait une église Saint-Vincent-de-Paul sur la rue Saint-James, et s'éloigna.

À partir de ce moment-là, je ne connus plus de repos. Comment avais-je pu être aussi bête et ne pas me rappeler en dus gaat hij op zoek naar vader = démarche v SHook

plus tôt que mon père avait vécu ici, pendant près d'un an ? La guerre m'avait-elle à ce point ébranlé que j'en avais perdu la mémoire ? Au cours des nuits d'insomnie qui suivirent, je me frappais la tête. Mon père avait peint ici, mais où ? Et quoi ? Dès qu'il était rentré à la maison, sa santé s'était vite dégradée ; nous ne lui avions pratiquement pas posé de questions et, de son côté, il n'avait pas raconté grand-chose, car parler le fatiguait beaucoup. Pourquoi ne l'avais-je pas interrogé sur son séjour ?

Me faisant des reproches, j'écrivis à ma mère une longue lettre où je lui parlais de ma vie à Liverpool. Dès que le temps et mon état le permirent, je me mis à chercher. Dans la rue Saint-James, je trouvai effectivement l'église Saint-Vincent-de-Paul. Le cœur battant, j'entrai dans ce lieu humide et sombre ; sur les murs ternes à gauche, il n'y avait pas la moindre trace de fresques sur lesquelles mon père aurait pu travailler. À droite étaient suspendus des panneaux représentant un chemin de croix. Il se trouva que des ouvriers étaient présents dans l'église pour blanchir quelques murs à la chaux. Ils ne se souvenaient pas de fresques qui auraient pu être recouvertes par la couche de chaux. Je visitai les jours suivants pratiquement toutes les églises de Liverpool, m'étonnant de découvrir sur place une si forte présence catholique ; Maud me raconta que cela venait des émigrés irlandais. Je me rendis dans l'église du Sacré-Cœur, l'église Saint-Philippe-Néri, qui était encore en construction, l'église Saint-Luc qui serait bombardée pendant la Seconde Guerre mondiale, l'église Thomas-de-Canterbury, l'église Saint-Antoine, les plus petites églises et chapelles dans les quartiers reculés. Je ne découvrais pas d'indice qui aurait pu me mettre sur la piste des fresques que mon père avait restaurées et complétées dans les environs. Il avait travaillé dans un monastère ou une école, me suis-je vaguement rappelé. Je marchai donc jusqu'à Everton Valley pour visiter le Notre-Dame College. Je ne trouvai nulle part ce que je cherchais, et mon obsession et mon sentiment de culpabilité ne faisaient que croître.

Un jour en fin d'après-midi, au mois de février, alors que je me promenais le long des docks, je tournai au hasard dans toutes les rues possibles, finis par me retrouver dans un faubourg miséreux, je m'égarai, tombai sur un jardin fermé et vis une sorte de monastère avec une petite église. J'entrai sans le moindre espoir, juste avec l'intention de prier à la mémoire de mon père défunt. Je m'agenouillai sur un prie-Dieu simple et dur. Des volutes s'élevaient de bougies qui brûlaient quelque part et une femme étendue à plat ventre sur le sol en pierre priait. Je sortis mon chapelet de ma poche. Je me plongeai dans une longue prière répétitive qui m'apaisa et j'eus l'impression que tout me glissait des épaules. Quand je me levai, purifié, je vis derrière l'autel une peinture représentant apparemment saint François ; une couronne de petits oiseaux volait autour de sa tête à moitié chauve. Je montai les deux marches qui menaient à l'autel, le contournai et sentis un choc électrique me parcourir le corps : le saint avait incontestablement le visage de mon père. Je n'en croyais pas mes yeux, mais il était là – il s'était représenté ici, où nul ne pouvait le lui reprocher, persuadé que personne ne le saurait ou ne s'en apercevrait jamais. Ici, loin de ceux qui le connaissaient, mon père s'était immortalisé sous les traits de son saint patron… C'était *son* visage, quelques mois avant sa mort, une mort que peut-être il sentait déjà rôder dans son corps maigre. Je regardai le tableau, perplexe. Voilà à quoi avait ressemblé son visage quand nous étions allés le chercher à la gare du Sud, à Gand, ce jour lointain durant les années calmes qui avaient précédé la guerre.

À droite du saint se tenait un jeune berger, et je reçus un nouveau choc. C'était indéniable : ce garçon qui tendait gentiment la main au saint – il avait mon visage. Je regardai encore une fois, convaincu pendant un instant d'être en proie à une telle tension que je me faisais des idées. Mais non, il m'avait peint de mémoire dans les moindres détails, comme j'étais à l'époque, un garçon d'environ quatorze ans, avec mes cheveux raides hérissés, mon cou large et court, mes yeux bleus que j'avais hérités de lui – j'étais là à côté de mon père dans un coin discret, tapi dans la pénombre d'une petite église. Avait-il fait des croquis de moi pendant que je dormais derrière le poêle de Louvain ? Avait-il peint purement de mémoire ? Je me souvins soudain que j'avais posé pour le personnage du Christ dans le monastère des Frères de la Charité, peu de temps avant son départ pour Liverpool. Avait-il emporté un certain nombre de croquis là-bas ? Dans ce but, ou tout simplement comme les gens, plus tard, emporteraient en voyage des photos de ceux qui leur étaient chers ? Jamais il n'en avait soufflé mot. La possibilité que je puisse m'en apercevoir ne lui avait pas effleuré l'esprit. Je me souvins de sa crise de larmes, le jour de son retour, quand il avait vu mes croquis : qui sait, peut-être avait-il pensé à ce moment-là à cette fresque… Aussitôt ressurgirent les souvenirs d'églises où j'étais resté assis à côté de lui, tout au long de mon enfance. Je pouvais encore tout me représenter : ses mouvements, sa légère toux quand il était concentré sur son travail, l'odeur de térébenthine et d'huile. Submergé par un accès de mélancolie, je fixai longuement la fresque. Au bout d'une demi-heure, je sortis. Plongé dans mes souvenirs et en proie à des émotions confuses, je retournai dans le centre de la ville. Je vis la statue de Pallas Athéna, illuminée par une soudaine éclaircie, briller telle une apparition surnaturelle au sommet de la coupole du Town Hall. J'entendis le cri des mouettes qui survolaient les rues, j'allai prier un moment dans la Saint Nicholas Church, je marchai jusqu'au terminus du Great Western Railway, le long du Mersey gris foncé et agité. Je m'assis sur une bitte d'amarrage le long des docks et fixai devant moi la vague bande de ciel bleu au-dessus de Birkenhead. Cette nuit-là, je dormis à peine. J'écrivis à nouveau une lettre à ma mère, dans laquelle je lui racontais ce que j'avais vu, et en même temps, cela me parut si invraisemblable que je fus pris d'un doute ; n'avais-je pas imaginé tout cela ?

Le lendemain, j'essayai de reconstituer mon parcours tortueux. Je marchai dans les rues et les parcs, traversai les places et longeai des allées, mais à mon désespoir je ne pus retrouver la petite église. Il ne me restait plus beaucoup de temps ; quelques jours plus tard, nous allions repartir pour Londres. Nous faisions déjà des exercices préparatoires toute la journée et ma énième bévue me rendait très nerveux : dire que je n'avais noté ni le nom de l'église ni celui de la rue ! J'avais encore une après-midi libre et, durant les quelques heures qui précédèrent le moment où j'étais tenu de me présenter, je parcourus une dernière fois tous les quartiers où je pensais être passé. Sans m'en rendre compte, j'avais tourné en rond et j'étais revenu à mon point de départ. J'arrivai essoufflé dans l'établissement de convalescence. Maud me lança un regard soupçonneux et me demanda si je me sentais vraiment prêt à repartir.

Un militaire doit respecter les ordres, lui dis-je, et avant de prendre conscience de ce que je faisais, je lui fis un salut militaire. Je crus apercevoir dans ses yeux une lueur de moquerie.

En pleine confusion, rongé par le remords et un sentiment de culpabilité, je fus acheminé vers le convoi militaire pour Londres. Je me jurai de revenir un jour ici pour retrouver la petite église. Bien des années plus tard, comme l'occasion ne s'était toujours pas présentée, j'ai demandé à la congrégation de Gand une liste de toutes les églises et monastères de Liverpool, c'était en 1939. Une petite église galloise correspondait à peu près à celle dont je me souvenais mais, apparemment, elle avait été démolie – je ne pouvais pas imaginer non plus qu'il ait peint dans cet endroit. Jamais je n'ai pu oublier l'impression qu'a produite sur moi la découverte de cette fresque lointaine, perdue. Peut-être m'a-t-elle même amené à être l'homme que je suis devenu, hésitant entre une vie bien remplie, difficile, et la peinture, silencieuse, qui m'a apporté l'apaisement.

Nous marchâmes au pas vers la gare de Lime Street. Les sinistres wagons, certains présentant des impacts de balles, nous attendaient. Nous quittâmes la ville, passant le long de hauts murs sombres, dans des tunnels et sous des ponts tapissés de suie noire. Nous laissâmes bientôt loin derrière nous l'atmosphère marine sur les rives du Mersey. En chemin, je vis défiler les paisibles collines et les vieux arbres entourés de pâturages près de Wolverton. J'eus l'impression d'être arraché au centre de gravité de mon existence ; je m'aperçus aussi seulement à ce moment-là que j'avais été amoureux de mon infirmière Maud et trop timide pour même aller lui dire au revoir avant de partir, lorsque nous nous dirigions en rangs vers le camion de l'armée. Je ressentais des tiraillements à l'aine, ma cicatrice était encore sensible quand j'étais fatigué à force d'avoir marché, j'avais parfois des crampes musculaires, ce qui ne m'arrivait pas avant, mais je savais aussi que j'étais suffisamment rétabli et que je n'avais plus aucune chance d'obtenir une prolongation de mon séjour dans le calme paradisiaque de l'établissement de convalescence. J'avais rangé mon carnet à dessin, quelque part au fond du sac de jute qu'on nous avait remis à notre départ. Plus nous nous enfoncions dans les terres, plus le ciel se couvrait, il se mit à pleuvoir sur les banlieues grises. Des traits sinueux, tels des asticots de verre, progressaient de plus en plus vite sur les fenêtres des compartiments, qui étaient saturés de bavardages et de rires, de chansons braillées à tue-tête, de fumée de tabac et de relents d'alcool. La vie rude de soldat recommençait.

★

À Londres, je revis le fils de mon beau-père. Sa femme anémique était morte pendant un bombardement, il avait pris la fuite comme tant d'autres, errait à présent depuis des semaines à travers la ville et venait régulièrement vérifier dans les dortoirs de militaires s'il ne voyait pas des connaissances. Il fondit en larmes quand il me reconnut, il me recommanda d'être prudent, me confia que sa vie était brisée, qu'il n'avait plus envie de continuer. Je lui demandai des nouvelles de ma mère et de mes sœurs, lui dit de retourner à Gand, parce que c'était là qu'il était chez lui et qu'il irait de mal en pis s'il restait ici. Il me raconta que mes deux frères vivaient de nouveau à la maison, ce qui me soulagea. Emile avait dix-neuf ans, Jules seize ans, ils pouvaient être appelés à tout moment. Son propre frère, Raymond, le deuxième fils de mon beau-père, errait lui aussi quelque part, il ne savait pas où. C'était en mars 1915. Quelques jours plus tard, nous devions faire la traversée en direction du front.

Alors que j'étais encore à Londres, je reçus une lettre de ma mère, que l'on avait fait suivre de Liverpool par courrier militaire. Elle était émue de ce que j'avais écrit à propos de la fresque murale. Elle écrivait qu'elle avait envie de venir en pèlerinage, mais qu'Henri le lui interdirait certainement. Ayant échappé à la mobilisation car il boitait de la jambe droite, il lui rendait la vie insupportable avec ses sautes d'humeur désagréables. Elle n'avait encore jamais écrit de façon si ouverte et explicite à propos d'Henri. Avec un mélange de tristesse, d'émotion et d'angoisse, je vis les falaises crayeuses de Douvres sombrer lentement derrière le bateau, nous étions depuis à peine une heure en pleine mer quand nous entendîmes distinctement au loin le grondement sonore de tirs d'artillerie ; on aurait dit le grognement d'un animal gigantesque qui nous attendait à l'horizon et qui, affamé, ouvrait grand ses mâchoires pour nous dévorer. Nous retournions en enfer.

*

Quand je me présente à la visite médicale, l'examen est vite terminé.

Eh bien, mon brave, marchez un peu. Allez-y ! Un, deux, plus vite!*

Le bruit d'un énergique coup de tampon sur le bureau.

Bon pour le service actif. Au suivant!*

Je reconnais avec étonnement ma capote au col à moitié arraché par une balle dans le paquetage qu'on me remet. Dès que j'essaie d'enfiler le haillon nettoyé à la vapeur et élimé, on vient me le reprendre.

Je reçois un paletot bleu à boutons ronds et noirs, une paire de vieilles chaussures usées, un bonnet à rabats pour couvrir les oreilles. Visiblement, les stocks de tenues militaires sont épuisés. Je parcours ainsi seul, dans cette curieuse tenue, peut-être les vêtements d'un civil mort, la dernière partie du chemin vers l'arrière du front, longeant des batteries de réservistes, une ferme isolée dans les terres, où entrent et d'où sortent des soldats. Je ne vois pas le moindre visage connu et commence à me faire du souci. Mais arrivé au bout d'une longue allée bordée de peupliers malmenés par les bombes, j'entends soudain brailler des ordres. Saisi d'effroi, j'ai pour la première fois clairement devant les yeux la dernière scène de l'année dernière : la ruée avec Kimpe vers la berge où j'ai été blessé par une balle. À travers une haie de troènes, j'aperçois dans la cour d'une ferme ouverte un officier supérieur debout au milieu de soldats qui forment un grand cercle autour de lui et écoutent en silence. Quand je franchis le portail, la plupart des soldats tournent leur tête vers moi. Je m'apprête à me retirer pour ne pas perturber le discours, mais le capitaine rugit : *Approchez*!*

Je tente de me frayer un chemin à travers les hommes, mais on tire sur mes vêtements, quelqu'un me prend les mains, veut me serrer dans ses bras : Martien, crénom de nom, tu es encore en vie ? Qu'est-ce que tu viens faire ici dans cette curieuse tenue ?

C'est Kimpe qui me donne l'accolade. Lieutenant Kimpe à présent.

Rompez les rangs!* rugit le capitaine. Les soldats font le salut militaire, ils s'éloignent au pas vers la grange.

Je dois suivre le capitaine et Kimpe. Dans son bureau, aménagé dans la pièce à l'avant de la ferme qui sent le renfermé, le capitaine me demande de décliner mon identité.

*C'est Martien, mon capitaine**, dit Kimpe rayonnant.

*Taisez-vous**, Kimpe.

Nom?*

Sergent-major Martien, mon capitaine.*

Il n'arrive pas à mettre la main sur le moindre document, il est donc bien obligé de demander à Kimpe de rendre compte de mes états de service. Je suis affecté à la *quatrième section**, on va vérifier si j'ai effectivement été promu au grade de premier sergent-major pour services avérés au front. Je reçois une vingtaine d'hommes sous mon commandement pour le front à Noordschote. Je peux aller chercher un uniforme et un nouveau fusil dans l'arrière-cuisine.

Le front est apparemment calme et dans un « quasi-statu quo », selon l'expression pédante de Kimpe.

Cette section revient tout juste de l'écluse de Boezinge, où tout de même deux recrues ont trouvé la mort quand les Allemands ont tenté de la prendre.

*Soyez brave comme vous l'avez été auparavant**, dit le capitaine. Il me fait un signe de tête entendu.

Je le salue et sors ; une dizaine de soldats se précipitent vers moi, me tapent dans le dos, crient tous en même temps.

Alors, vieux biffin, on te croyait six pieds sous terre depuis longtemps… De Meester t'a vu tomber, puis plus rien.

Je raconte mon histoire, mais je ne dis rien de la fresque de mon père.

Dans l'après-midi, nous avons droit à une inspection sévère des fusils, des munitions et des denrées alimentaires. On nous met en garde contre les fils barbelés dans la boue quand nous rampons, contre les grenades qui n'ont pas explosé, on nous parle d'une nouvelle catégorie de grenades, qui dégagent du gaz lacrymogène après l'explosion.

Apparemment, les Français ont été les premiers à les utiliser, et peu de temps après les Anglais. *Bromacétone*, dit Kimpe. Une saloperie, que le vent amène toujours dans notre direction. Il suffit de respirer cette cochonnerie quelques minutes pour se retrouver, quelques jours plus tard, à cracher ses poumons et à crever comme une bête.

Nous passons les premières semaines à remplir interminablement des sacs de sable. Chaque mouvement imprévu déclenche de l'autre côté un tir de mitrailleuse, qui crépite pendant plusieurs minutes. Nous devons être prêts à des attaques surprises à tout instant. L'ensemble du régiment se trouve dans une curieuse situation. En état d'alerte, vingt-quatre heures sur vingt-quatre : au bout d'un certain temps, il paraît atteint d'une sclérose totale. Dans le même temps, il règne souvent un tel calme, pendant plusieurs jours, que nous semblons oublier que nous sommes toujours en danger de mort ; une indifférence prend possession de nos esprits et de nos corps. Certains gars restent assis pendant des heures sans rien fixer de particulier, comme s'ils étaient devenus des aveugles qui voient. La terre se réchauffe ; après les heures fraîches du matin, les champs boueux dégagent de la vapeur et brillent sous une curieuse lumière. Un groupe de vanneaux voltige au-dessus de l'horizon, parfois nous entendons le croassement rauque de corneilles qui décrivent des cercles dans le ciel près d'une rangée d'arbres, dans la tiédeur de l'après-midi nous percevons des mouettes au loin, mais en dehors de cela, les animaux ne semblent plus être de ce monde – sauf les rats qui grouillent dans nos tranchées, bien sûr. Ils sont partout, nous vivons avec leurs couinements perçants, ils filent entre nos pieds, ils rongent tout ce qui est détaché ou attaché, ils puent et ils s'accouplent, ils mettent bas et prospèrent, ils grignotent nos biscottes et rongent les morts, ils vous marchent sur le visage la nuit, et quand vous en tuez un, il y en a cinq pour le remplacer. Parfois, on en cuit un, mais la viande a un sale goût, boueux et pâteux. Un commandant rugit que nous allons attraper la peste avec ça. Nous recrachons cette viande répugnante, nous nous rinçons la bouche avec de l'eau saumâtre.

Le ravitaillement, qui a lieu la nuit, devient de plus en plus chiche : conserves, biscottes pâteuses, ni légumes ni fruits, presque jamais de viande fraîche, très rarement un vieux pain humide, de l'eau crasseuse dans des bidons cabossés empestant le fer. Au bout de quelques jours, j'ai de nouveau les gencives qui saignent, et après quelques jours encore, me revoilà avec la diarrhée. Au-dessus de nous filent des nuages blancs, comme on se les représente dans une scène idyllique. Certaines heures, nous nous reposons en rêvant, allongés à un endroit où un peu d'herbe a envie de pousser, appuyés sur un coude, savourant l'odeur du printemps et des jeunes pousses. Mais la plupart du temps, ce qui monte à nos narines, c'est l'odeur de pisse des rats, la puanteur de la paille humide et les effluves des latrines ouvertes creusées à la hâte. Nous n'en serions pas là si nous avions pu brûler le fatras qui propage des infections et les restes qui pourrissent, mais le moindre panache de fumée déclenche une salve hargneuse. Quand la situation demeure paisible et calme pendant plusieurs jours, un officier vient dans les tranchées, beugle que ce n'est pas la fête foraine ici, agrippe un fusil et tire sciemment plusieurs coups en l'air, si bien que l'enfer recommence car les Allemands répliquent. Nous sommes ainsi soumis en quelque sorte au jugement de Dieu, mais sans Dieu : ce que nous faisons et ce que nous ne faisons pas est déterminé par un verdict imprévisible qui peut, à tout instant, pour le mouvement le plus banal, avoir la mort pour conséquence. La moindre erreur d'appréciation peut s'avérer ni plus ni moins le Jugement dernier. Non que la mort en devienne banale, mais mourir n'en paraît que plus absurde : cet enfer de douleur, cette atrocité informe qui s'écoule du corps, le spectacle insoutenable des gars qui gémissent juste avant la mort, qui de leurs mains sur leur corps déchiré fouillent leur propre fin, qui pleurent en appelant leur mère. Des enfants, ce sont d'innombrables jeunes gens d'à peine vingt ans anéantis, eux qui devraient à présent connaître une vie lumineuse et qui sombrent ici dans l'horreur.

Je prie chaque jour. Comme un robot, je débite d'interminables prières car, plus qu'une foi inébranlable, le rythme de la prière m'aide à résister aux crises de désespoir et d'angoisse face à la mort. Les autres essaient de dénicher quelques rares brins de tabac ou un peu d'eau-de-vie distillée infecte, en pratiquant un troc usurier : ta montre contre un verre d'eau-de-vie ou dix cigarettes, ce genre de commerce, à longueur de journées et de nuits glaciales, tandis que les grondements de l'artillerie vibrent dans nos intestins qui gargouillent. Je m'agrippe à tout ce qui me relie encore à ma lointaine jeunesse : la montre de mon père, qui par le plus grand des miracles marche encore. Elle tictaque dans la poche de mon manteau comme un deuxième cœur, et quand je la prends dans mes mains, je vois devant moi la fresque à Liverpool, et je parle dans mes pensées avec mon père, jusqu'à ce que mon cœur s'apaise et batte au rythme apaisant de sa montre.

*

Ce qui nous reste de ce côté-ci de l'Yser n'est guère plus qu'une bande de terre à peine défendable, quelques tranchées pleines de flotte autour de villages rasés, des routes pilonnées par les bombes sur lesquelles plus aucun véhicule ne peut circuler, une charrette à cheval que nous traînons à grand-peine et qui craque sous le poids de caisses de munitions humides et menace à tout moment de basculer dans le fossé, de sorte que nous nous échinons comme des damnés, réprimant des cris d'alerte, pour chaque dizaine de mètres gagnés ; les officiers grommelant dans de plus grands trous entourés de planches, où les fantassins doivent venir jour après jour écoper l'eau et nettoyer les bottes toujours maculées de boue des officiers ; notre sempiternel va-et-vient dans les tranchées, le dos courbé, puants et crasseux, nos uniformes infestés de poux, le trou de balle en feu tant il est irrité faute d'eau propre pour se laver après chaque crise de diarrhée, le cheminement à quatre pattes, la colique au ventre, sur les lourdes mottes de terre comme des trolls dans une histoire d'épouvante, le soleil du soir qui effleure la plaine déserte, les panaris aux doigts écorchés par les barbelés, le souvenir saisissant d'une autre vie, invraisemblable, quand quelque part dans un sureau, une grive se met soudain à chanter ou une brise printanière apporte l'odeur des pâturages, loin derrière la ligne de garnison ; et voilà que nous nous jetons à plat ventre sous une volée d'obus venue de nulle part, le morceau de pain que nous tenions dans la main tombe sur le sol transformé en bouillie à force de piétinements dans la tranchée fumante.

Tout à coup, nous entendons juste au-dessus de nos têtes les petits appareils de nos deux aviateurs : ce sont les héros Coppens et d'Oultremont, ils rasent les positions ennemies, lancent des grenades, remontent aussi vite que leurs coucous branlants le permettent, font demi-tour, tirent sous la mitraille, reviennent chaque fois in extremis en lieu sûr, laissant derrière eux, au-delà de l'étendue d'eau, l'ennemi grinçant des dents et assoiffé de vengeance, terré dans ses bastions vindicatifs, dans ses retranchements imprenables et ses nids meurtriers de mitrailleuses. Beaucoup d'entre nous se sentent faibles et résignés, ils chantent pour se donner du courage, nous nous réveillons au milieu d'un vacarme assourdissant et nous endormons aux premiers rayons du soleil, épuisés par le délire de persécution qui parcourt nos rangs la nuit. Il est déjà arrivé que plusieurs gars, surpris par un bruit inattendu dans l'obscurité, abattent leurs propres camarades. Cela nous ronge, nous ne pouvons pas continuer, nous devons continuer.

★

Curieusement, le plus souvent, moi je ne suis pas morose. Au contraire, d'une source inexplicable jaillit chaque jour une énergie nouvelle, ce n'est même pas de l'acharnement, mais juste une énergie absurde, la solide amitié des gars entre eux, leur humour primaire et leurs plaisanteries idiotes qui les amènent, avec la régularité d'une horloge, à s'étrangler de rire, adossés aux bords sales de la tranchée, jusqu'à ce que la main d'un imprudent soit arrachée par un tir et qu'il faille étouffer les hurlements de la victime en lui enfonçant un chiffon dans la bouche, tandis que les officiers, de leur cagna, ne cessent de siffler : *Silence ! Silence, là-bas*★ *!*

De la tranchée, nous voyons défiler sur une bande de ciel bleu de hauts nuages blancs comme dans un rêve, nous nous relayons pour monter la garde sous les rafales de pluie désolantes, nous rampons sur deux kilomètres dans la pénombre pour un litre de lait, nous crapahutons avec nos croquenots lestés de glaise gluante, dérapons à tout bout de champ ou voyons notre gamelle écrasée par un pied négligent. Pour tuer le temps, les plus adroits taillent dans les douilles en cuivre, avec la pointe de leur baïonnette aiguisée sur un éclat d'obus, de petites bagues de femme, des babioles qu'ils tentent de troquer contre quatre ou cinq cigarettes. Une fois par semaine, un colporteur vient, nul ne sait d'où, jusqu'aux tranchées de la ligne arrière pour vendre des journaux : *Le vingtième siècle* et *De Legerbode.*

*C'est bien le vingtième siècle, merde alors, gardez votre courrier**, grommelle Kimpe, *mon œil**, sacré nom de nom !

J'essaie autant que possible de maintenir la discipline ; parfois, quand j'en envoie quelques-uns en patrouille, j'ai droit à un virulent : t'as qu'à y aller toi-même, sergent de mes deux. J'aboie qu'ils doivent la fermer ; un jour, il y en a un, l'éternel rouspéteur, le Liégeois Maigeret, qui s'est pris mon poing dans la gueule. Cela rétablit l'autorité et l'ordre, il n'y a pas d'autre moyen. Une pensée me traverse parfois l'esprit : comme je suis loin de ce que j'aurais voulu devenir !

*

Le temps des premières cerises arrive. Parfois, une jeune paysanne vient jusqu'à l'arrière des positions, elle dit qu'elle a des fruits à vendre, mais personne n'a un sou, c'est la foire d'empoigne jusqu'à ce que les hommes aient fait tomber toutes les marchandises d'entre les mains de la paysanne qui proteste et, quand quelques mains se glissent sous ses jupes, commencent à tirer sur sa veste et qu'elle se met à crier, je menace d'appliquer des sanctions, je tape dans le tas. À mon grand étonnement, ils m'obéissent et battent aussitôt en retraite. J'ai de la compassion pour ces garçons ; ils n'ont pas grand-chose pour distraire leurs pensées, tandis que, pour ma part, je lis régulièrement les quelques livres français que le vendeur de journaux m'a apportés. Parfois un officier, reconnaissant de l'ordre qui règne dans ma troupe, me donne quelque chose à lire. Dans la pénombre, quand nous avons un accès de mélancolie, nous chantons les chansons dont nous nous souvenons, *en sourdine** ; le fantassin Laurent Mordin, de Charleroi, a étudié la musique, il nous apprend à chanter sur des tons qui s'accordent, c'est très beau, il dit que nous allons créer une grande chorale après la guerre et tout le monde le croit sur parole. Jusqu'à la patrouille suivante, quand le prochain ténor reste accroché en hurlant dans les barbelés et que nous sommes obligés de faire glisser la victime comme un animal dans un trou peu profond, bien contents de pouvoir au moins l'enterrer, mais pas avant de lui avoir retiré tout ce qui pourrait encore nous servir, jusqu'à son linge de corps. Nous devenons durs mais nous sommes sentimentaux ; nous rions et pleurons en même temps ; nous dormons en veillant et veillons en dormant ; nous nous disputons tout en nous étreignant, nous nous donnons des coups alors qu'au fond, nous n'en avons rien à faire ; rien ne reste plus à sa place dans nos corps et dans nos pensées, nous respirons tant que nous vivons et nous vivons simplement parce que nous respirons, tant que cela dure.

Hicketick, un Anversois du contingent de 1914, qui était auparavant chef cuisinier dans un mess d'officiers, se plaint à présent de la nourriture infecte qu'on nous fait ingurgiter. Parfois, il file discrètement, revient avec un ramier, ou avec un poulet égaré ou un faisan. Ensuite, il racle le saindoux sur plusieurs tartines, allume loin derrière notre tranchée un petit feu à l'abri d'un remblai de terre dans la pénombre, et fait mijoter dans le couvercle de sa gamelle la viande découpée en morceaux, ce qui nous donne un furieux appétit et nous incite à mendier un morceau. Ensuite nous mastiquons et avalons, le goût persiste comme une envie lancinante d'en avoir davantage, nous mâchons le pain et buvons la mauvaise bière que les ravitailleurs apportent à présent à intervalles irréguliers.

Je ressens le besoin de tout écrire, mais je n'en ai pas le temps. Je me demande parfois si un jour nous allons réussir à nous sortir de là, ou bien je dessine avec l'extrémité noire de suie d'un rameau sec. Cela me calme, de dessiner. Les gars se tiennent alors à distance, ils manifestent un certain respect quand je suis occupé. Je m'isole donc le plus souvent quand vient le soir, qui à présent reste suspendu longtemps au-dessus de la campagne sans vie. Je dessine les souches d'arbres sombres, là où autrefois on pouvait voir un paysage feuillu ; le timon dressé à la verticale d'une roulotte bâchée dans un cratère ; les restes d'un toit ressemblant à un wigwam qui s'affaisse ; les vestiges d'un mur recouverts d'herbe et d'orties. Des mottes d'herbe accrochées aux lattes hérissées vers le ciel d'un chevron de toiture effondrée ressemblent, dans le crépuscule, à des têtes empalées. Je frissonne et consigne. Un groupe de perdrix s'envole au-dessus de nous en produisant des petits rouf rouf, quelqu'un en tire une au vol, l'artillerie ennemie se déchaîne quelques instants plus tard dans un bruit assourdissant, nous nous projetons contre la terre qui jaillit autour de nous, un rire stupide parcourt nos rangs, des esclaffements et des ricanements bêtas, parce que nous avons une fois de plus réussi à nous en sortir. Regarde, dit Hicketick, il y a deux perdrix là-bas sur le talus. Martien, qui va tirer, toi ou moi ? Il faut les toucher toutes les deux d'un seul coup, sinon elles vont t'échapper. Je vise et tire, les oiseaux semblent se cacher, une salve vient dans ma direction, je reste couché jusqu'à ce qu'elle cesse. L'ennemi se fatigue lui aussi à ce petit jeu, ils tirent distraitement, comme par habitude. Hicketick pousse un juron, je rampe dans la pénombre vers les perdrix ; l'une est morte, l'autre se convulse. J'arrache leurs petites têtes, je reviens en rampant. Hicketick me dit que nous ne pouvons pas les préparer tout de suite, que la viande doit d'abord s'attendrir quelques jours. Je hausse les épaules, enfonce les animaux dans la gamelle d'un camarade mort.

Je disparais avec cinq de mes hommes pour monter la garde à l'avant-poste le plus éloigné : vingt-quatre heures à veiller et à noter les déplacements observés dans les positions allemandes. Nous sommes si proches que nous pourrions de part et d'autre atteindre les postes ennemis d'un jet de pierre. Même quand nous apercevons un casque à pointe au-dessus du talus, nous ne tirons pas. Il est inutile de déclencher ici de grands combats qui nous coûteraient à tous la vie. Mais quand, à la tombée de la nuit, un Allemand jette soudain une grenade qui atterrit juste devant notre trou, je suis furieux. Je m'empare d'une de nos grenades, dégoupille et la lance avec rage dans leur direction. Nous nous bouchons les oreilles, attendons l'explosion. Rien. Rien ne se passe. Nous attendons, stupéfaits : la grenade, tombée devant leur avant-poste, n'a pas explosé. Dans le noir, j'envoie un des gars vérifier ce qu'il en est. Un peu plus tard, nous entendons une détonation, une fusillade infernale se déclenche, des cris et des hurlements de l'autre côté et du nôtre, des grenades volent de part et d'autre, nous courons vers l'arrière pour sauver notre peau. Au bout de dix minutes, le calme revient. Une chouette hulule dans le tronc d'un saule taillé en têtard qui s'est affaissé en oblique le long d'un fossé scintillant sous un faible clair de lune. Le gars que j'ai envoyé vérifier la grenade n'est pas revenu ; j'ai sa mort sur ma conscience. Je donne l'ordre à mes hommes d'occuper de nouveau l'avant-poste, le plus silencieusement possible, je rampe quant à moi jusqu'à l'endroit où gît la victime. Je suis si proche que j'entends les Allemands parler. Mon cœur me bat dans la gorge. J'essaie de traîner le garçon dans la boue, mais c'est impossible. Toute sa poitrine est déchiquetée, il est étendu sur le dos. Je prends prudemment son fusil, ses munitions, je lui fais une petite croix sur le front.

Gotsedewaddu, c'est ce qui me vient à l'esprit. *Gotsedewaddu*, camarade, nom de Dieu !

Je reprends ma place parmi les hommes dans le trou. Leur reproche se traduit par un silence écrasant. Paralysés par le froid et l'humidité, nous voyons la relève arriver dix heures plus tard.

Dans la tranchée, je retrouve Hicketick. Il me demande où sont les perdrix. J'ouvre la gamelle : une puanteur saisissante se répand. Elles ont pourri en vingt-quatre heures, bordel, dit-il. Des vers grouillent déjà dans les yeux enfoncés.

Je vais les préparer avec une bouteille entière de vin rouge pour les officiers, dit-il en clignant de l'œil, et il disparaît.

C'est le mois de mai 1915. *Le vingtième siècle* écrit : *Il ne se passe toujours rien sur le front belge**.

5

Le temps devient une durée monotone, la durée perd sa direction, la direction fait place à l'immobilisme et à l'ennui, l'ennui rend indifférent et las, les jours filent à travers nos doigts. Effectivement, parfois il ne se produit rien pendant toute une semaine, une semaine où les commandants essaient de distraire leurs hommes à l'aide de petits projets, la construction d'un meilleur abri en bois pour les officiers, l'aménagement d'un « cirque de guerre » à l'arrière du front où, les soirs d'été, un spectacle ridicule est présenté : Jef Brebants, un soldat d'infanterie, avance sur les fines planches en chancelant dans le rôle d'une ballerine grotesque, en tutu, les voiles de la jupe gonflant au-dessus de ses genoux osseux et de ses pieds plats chaussés de grosses pantoufles à carreaux, deux chaussettes roulées en boule et comprimées sous son bustier font l'effet de seins noduleux, l'une d'elles ne tarde pas à descendre jusqu'au niveau du ventre, l'autre roule devant ses pieds. Tandis que quelques soldats entonnent une chanson grivoise, il perd de vue en dansant le bord de la scène et dégringole, comme dans la plus classique des comédies burlesques, ses jambes blanches en l'air et son caleçon crasseux exposé à tous les regards. Les hommes rugissent, se tapent les cuisses, chahutent, jettent en l'air leurs bonnets infestés de poux. L'hilarité est une explosion, une libération de l'indifférence oppressante du moment. Mais en retournant vers la tranchée, le maladroit Jef Brebants, encore transporté par le succès qu'il a récolté, reçoit une balle ennemie dans l'œil droit. La moitié de son visage est arrachée, il râle comme une bête, défèque dans son pantalon, vomit et tombe en avant. Quelqu'un lui donne le coup de grâce car son cerveau pend de sa tête. Nous nous sommes tous aplatis au sol et rampons sur la dernière centaine de mètres jusqu'à ce que nous puissions rouler à l'intérieur de la tranchée.

Les Boches sont toujours proches, ces salauds sont toujours à l'affût, ils saisissent toutes les occasions pour nous démoraliser. Cela donne parfois lieu à des éruptions de haine aveugle – quelqu'un se précipite en avant avec son fusil en proie à un accès de fureur, atterrit quelques secondes plus tard criblé de balles quelque part dans le pré marécageux devant nous. La nuit, nous risquons nos propres vies pour aller chercher l'attaquant suicidaire et lui faire au moins l'honneur d'un trou dans le sol, afin qu'il puisse ensuite être inscrit parmi les « morts au champ d'honneur ».

Comme ma mère l'a fait autrefois pendant mon enfance, j'écris des lettres pour les autres, le plus souvent à leur marraine de guerre, comme on appelle l'hôtesse chez qui ils ont séjourné pendant leur convalescence. En français et en anglais, tant bien que mal, j'en apprends un peu plus chaque jour ; on a fait livrer pour moi deux petits dictionnaires et, tandis que je feuillette ou prépare les brouillons, les gars passent, me donnent une tape dans le dos et me demandent pour plaisanter : *Martien, ça va bien* ?*

Je dessine aussi les affiches pour les représentations théâtrales et pour les soirées chantantes, qui se déroulent pour nous distraire loin derrière les lignes. Certains jours sont suspendues aux arbres ici et là mes têtes de clowns et d'acteurs, crayonnées ou peintes à la gouache sur du carton, avec en dessous la liste de noms des personnes qui donnent le spectacle. On me demande alors pour me taquiner où j'ai déniché le miroir pour dessiner cette tête de benêt. La fanfare joue des arias de *Cavalleria rusticana*, la *Chanson de printemps* de Mendelssohn, le *Largo* de Haendel ou des extraits de *L'Arlésienne* de Bizet. Certains gars pleurent à chaudes larmes dès qu'ils entendent trois mesures de musique.

Parfois, nous devons tenir la garde sans transition. Pendant trois jours et trois nuits les balles nous sifflent autour des oreilles, ces jours-là nous ruminons de sombres pensées et chacun pense pour soi, sans rien dire : quand est-ce que cela va être mon tour d'en finir comme une bête ? Lorsqu'on fait l'appel, certains s'écrient : *Mort pour la Patrie* !* Ou : Mort à force de bouffer de la paille ! On rit jaune, on grommelle, les commandants secouent la tête en grimaçant, mais beuglent de moins en moins souvent. Je regarde en silence les gars qui s'enfoncent dans le fatalisme autour de moi, la plupart plus jeunes que moi – des gars qui sont faits pour exercer un bon métier, qui ont le cœur là où il faut, des jeunes qui ont fait des études et devraient maintenant fonder une famille et avoir des enfants – ils sont allongés ici sous la pluie tiède, puants et le corps couvert de gale, sans perspective de changement, s'abandonnant au cynisme et à la pulsion de mort, abrutis par les plaisanteries idiotes des imbéciles du régiment, se grattant comme des singes et pleurant quand la colique leur donne des frissons et leur fait redouter une infection mortelle, craignant une balle perdue, l'accident d'une charrette branlante dont le timon se brise, le souffle qu'émettent à longueur de nuits des chevaux en train de crever lentement.

Vers la mi-août, l'occasion se présente encore une fois : nous sommes debout en cercle dans l'obscurité, appelés par un officier français.

*Un homme de bonne volonté ! Une fois, deux fois**...

Personne.

L'officier tousse, a l'air désappointé, répète sa question.

Quelqu'un frotte sa chaussure par terre.

Au-dessus de nous scintillent les étoiles, en bas de l'horizon s'élève la lune. Au loin une chouette hulule.

Je ressens à nouveau de la colère contre mes propres hommes.

Bande de froussards, dis-je à mi-voix. Je fais un pas en avant et salue.

*À vos ordres, mon commandant**.

Je reçois la mission d'élargir un avant-poste pour sortir de l'impasse où nous sommes coincés depuis plusieurs mois déjà. Il faut installer sur le terrain inondé devant nous des barbelés en forme de demi-cercle, en quatre rangées, à fleur d'eau. L'eau est boueuse là-bas et pue, on glisse au moindre mouvement brusque sur les couches de vase retournées par les obus. Ce sera une corvée d'une vingtaine de nuits, à effectuer avec l'aide de huit hommes que je peux choisir moi-même. Je vais dormir, attends le lendemain matin pour sélectionner les hommes. J'ai du mal à les convaincre, ils ne sont que trop conscients du danger d'une telle entreprise. Il est déjà midi quand les ergotages et les protestations se calment et que les huit me suivent à l'arrière pour chercher les premiers chargements de planches, de piquets, de marteaux, de pinces coupantes, de clous et de rouleaux de fil de fer barbelé. On nous donne des gants de travail, un gros barda, des cuissardes. Nous allons chercher des billets pour les interventions d'urgence aux postes de secours.

La première nuit, nous commençons par fabriquer un radeau ; dès les premiers coups de marteau prudents, l'enfer se déchaîne autour de nos têtes. Dans l'obscurité, nous traînons toutes les planches et les poteaux pour les remettre sur un chariot et les transporter deux cents mètres derrière où, le lendemain, en sécurité à l'abri d'une digue près de l'arrière, nous construisons le radeau en enveloppant les marteaux dans du tissu. Vers midi, nous tombons de sommeil, nous recevons l'autorisation de nous reposer quelques heures dans une petite ferme à l'arrière du front, on vient nous apporter une marmite de soupe. Nous retournons à la tranchée, où les hommes jouent aux cartes et fument. Ils nous regardent en silence, avec un mélange de sarcasme et d'admiration.

La nuit suivante, nous traînons le radeau vers l'avant-poste, l'attachons avec des cordes à une souche d'arbre. Les premiers piquets doivent être solidement plantés. Une fois encore, au bout de deux coups, une mitrailleuse de l'autre côté ouvre le feu. Des canards caquettent en battant des ailes, puis s'envolent, les balles nous sifflent autour des oreilles. Nous nous laissons tomber dans l'eau, là encore des salves se déchaînent à l'aveuglette. La lune croissante s'élève au-dessus des terres dévastées, la lune traîtresse, silencieuse, qui peut nous coûter la vie. Nous ne pouvons pas rester en contemplation toute la nuit sans rien faire, nous nous mettons en quête de pierres que nous enveloppons de chiffons, nous nous déplaçons avec le plus de précaution possible pour ne pas effrayer les oiseaux aquatiques. Des rats, avec leurs museaux pointus, nagent dans cette pâle lueur, nous ressemblons à des zombies qui effectuent des manœuvres absurdes au ralenti.

Nous finissons, au bout de deux nuits, par vivre vraiment sous l'emprise de la peur. Les Allemands semblent se douter qu'il se passe quelque chose dans les parages ; parfois, quelques balles traçantes passent au-dessus de nos têtes. Nous restons alors totalement immobiles, aveuglés, le cœur battant. Le moindre mouvement, et c'est la fin, je l'ai appris à mes hommes : ne pas céder à la panique, réfléchir à toute allure et agir le plus silencieusement possible. Comme un troupeau de moutons affolés, nous nous blottissons les uns contre les autres derrière quelques arbres qui sont tombés, chaque fois que l'on tire. Puis je donne l'autorisation de boire un peu de café tiède et de manger un morceau de pain dur et acide. Nous mâchons et avalons ensemble, l'odeur de la boue se mêle à celle d'une nuit d'été, aux fumées de poudre qui flottent. Quand une balle passe en sifflant juste à côté de la tête de Bonne à l'instant où il se lève, exaspéré de fatigue, il s'écrie : va te faire foutre, saleté de Boche ! – et il tire à son tour. Aussitôt après, une salve se déchaîne, Bonne tombe, criblé de balles, dans l'eau peu profonde, des grenades tombent tout autour, les coups de feu se poursuivent pendant plus d'un quart d'heure.

À présent, notre travail n'a servi à rien, dis-je aux hommes tremblants.

Ils veulent retourner à la tranchée, je sors mon pistolet et leur dis : le premier qui part, je l'abats. Ils restent allongés en grognant, disent qu'ils sauront me retrouver si un jour ils s'en sortent vivants. Je réplique : vous pouvez continuer à dire ce que vous voulez, vous avez raison, c'est un travail de cinglés, mais ce n'est pas moi non plus qui en ai eu l'idée.

Le matin arrive, nous nous endormons, épuisés, dans le champ, réveillés de temps à autre par des ordres criés plus loin, le craquètement d'une charrette qui passe sur la route défoncée, la plainte et le bourdonnement incessants de nuées de moustiques qui, dans la chaleur de l'après-midi, volent autour de nos têtes et finissent par nous faire tourner en bourrique à force de nous obliger à nous donner d'innombrables claques sur la joue.

Il nous faut plus d'une semaine et demie pour tendre quatre rangées de barbelés.

Une nuit de lune décroissante, alors que nous nous reposons après quelques heures de travail, nous sommes témoins d'un curieux spectacle : dans l'herbe éclairée par une lumière argentée rampent des milliers de petites anguilles, qui se tortillent et scintillent, une armée translucide de civelles dans le somptueux silence de la nuit. Elles sortent des polders inondés, d'où émane une puanteur révoltante d'eau saumâtre et où des zones de frai ont dû se créer. C'est un mouvement gigantesque, aussi loin que s'étend notre regard, un rituel très ancien qui se déroule dans un silence de mort. Les innombrables petites anguilles glissent en ondulant à travers l'herbe comme si elles obéissaient à un ordre, elles dégagent une odeur de vase ; il en vient toujours davantage, le rituel miraculeux dure plus d'une heure. Les gars assistent à la scène, bouche bée, il y en a un qui se met à prier. La lune disparaît, les dernières anguilles se faufilent sous notre regard fatigué, nous pensons rêver. Nous sommes réveillés des heures plus tard par le soleil qui éclaire nos yeux et nous nous demandons si nous n'avons pas tous fait le même rêve.

Au bout de trois semaines, nous avons enfin achevé nos travaux de fortification. Les mains abîmées, le dos cassé, les os amollis par l'humidité, notre haleine puant la boue et notre écœurement. Juste avant le lever du jour, la dernière nuit, que nous passons à poursuivre fiévreusement notre travail jusqu'à ce que nous ayons fini, je contrôle, debout près du radeau, le dos tourné à l'ennemi, si les barbelés sont tendus partout également. Soudain, j'entends une détonation. Un choc électrique me parcourt la moelle épinière, tout mon corps picote, de la sueur coule soudain à grosses gouttes de mon front dans ma bouche qui cherche à happer l'air. C'était pas loin, pas vrai, mon petit Martien ? dit quelqu'un à côté de moi. En haut de ma cuissarde droite, il y a un trou d'où jaillit du sang. Je marmonne : je me suis encore fait avoir, et je tombe le visage dans l'eau. Une salve éclate, je sens que je vais étouffer dans la boue, des images défilent à toute allure dans ma tête, je lève la tête hors de l'eau, roule sur mon dos, vomis, manque de m'étouffer, quelqu'un me fait rouler sur le ventre, redresse ma tête en me tirant par les cheveux puis la pousse vers le bas, je hoquette, sanglote, vomis et cherche à reprendre mon souffle. Puis tout devient noir.

Je suis réveillé par une douleur atroce qui me lance jusque dans le dos et le cou tandis que deux hommes me portent en trébuchant jusqu'au poste de secours. Je vois l'officier qui sort tout juste de la tente.

*Le travail est fini, mon commandant**, dis-je, et je sombre à nouveau dans une sorte de rêve fébrile.

Deux brancardiers m'allongent sur une civière, ils lavent la plaie, en nettoient la boue et la saleté, désinfectent le tout à l'alcool, ce qui me fait bondir de douleur. Une infirmière me plaque en arrière rudement, je halète, je me frappe la tête comme un forcené contre le lit de camp tandis qu'on me fait un premier bandage. La civière est chargée à l'arrière d'un camion à plateau. Cahotant, grinçant, le véhicule franchit les creux et les bosses sur le trajet vers l'hôpital de campagne à Hoogstade. On me met dans un lit, la douleur me rend fou. On est le 18 août 1915.

*

Vous êtes le chouchou de votre régiment, dit l'infirmière tandis qu'elle me lave à l'eau tiède. Un officier est venu nous dire que nous devions être aux petits soins pour vous. Elle a des boucles cuivrées, l'infirmière, des boucles qui s'échappent de sa coiffe gris clair. Avec ses grands yeux verts, elle me regarde en souriant.

Vous allez recevoir une médaille bien méritée des mains du roi, à ce qu'on dit.

Je siffle de douleur quand elle approche de l'incision qu'a pratiquée le chirurgien dans ma cuisse, j'essaie de sourire.

Je ne suis qu'un simple sergent-major, dis-je en bredouillant.

Reposez-vous encore un peu, dit-elle. Il faut d'abord reprendre des forces.

Elle me couvre avec les draps amidonnés, les tend et les lisse du plat de la main. Elle s'éloigne dans un bruissement à travers la grande salle ensoleillée, où l'on entend çà et là des gémissements et des plaintes. Je dors comme une souche, de la fin de l'après-midi jusqu'au milieu de la matinée suivante.

Le lendemain, les cinquante soldats de notre salle commune sont soulevés de leurs lits et transportés sur des brancards jusqu'à une grande pelouse.

À notre étonnement, une fanfare est en train de jouer. Les cuivres brillent dans la lumière de l'après-midi, un baryton chante : *J'aime le son du cor**, puis suit le *Ballet égyptien* de Luigini. Le soleil perce à travers les nuages, un parfum de fleurs flotte au-dessus de l'herbe un peu humide. Septembre est déjà dans l'air, la douceur soyeuse de l'après-midi associée à la musique m'alanguit. Cette quiétude, cette harmonie, ce luxe inouïs – pas de poux, de rats, de boue, d'uniformes fétides, de grondements de mortiers, d'hommes agonisants, de pieds enflés comprimés dans des bottes mouillées, de nuées de moustiques autour de la tête – j'en ai le vertige. Quand je regarde à côté de moi, je vois un peu plus loin les infirmières en rang qui écoutent. Certaines ont la tête penchée, l'une d'elles a les bras croisés sur sa poitrine, une autre rit de ce qu'on lui chuchote à l'oreille. L'andante me prend à la gorge. Je me souviens du kiosque dans ma lointaine ville natale où, enfant, j'entendais cette même musique un dimanche matin, en marchant entre mon père et ma mère sur la place d'Armes. Les draps de mon lit sentent le savon de Marseille. Entre les mouvements du ballet, on entend au loin le grondement sourd des tirs sur la ligne de front. Dire que ce paradis de lumière et de clarté est porté par le fracas de cet enfer lointain… Je pense à mes hommes qui sont restés là-bas, à Rudy le bigleux de la rue Lossy, qui m'a dit : Martien, tu as tiré le gros lot, t'es tranquille pour six mois, profites-en bien. Aujourd'hui c'est mon tour, demain ce sera le tien. Et il a ri.

Une semaine plus tard, une grande agitation règne dès le petit matin. Les infirmières expédient notre toilette et nous expliquent d'un ton enjoué qu'elles n'ont pas le droit de vendre la mèche. Mais après midi, tout s'éclaircit : sous nos yeux éberlués, la reine en personne entre dans notre salle, en simple tenue d'infirmière. Elle s'arrête devant chaque lit et propose du chocolat ou des cigarettes aux soldats blessés. Elle me donne les deux quand elle s'adresse à moi : vous êtes *courageux**, m'a-t-on dit, un *honneur** pour notre patrie. Je bredouille : Majesté, je... Je veux lui dire qu'enfant, j'ai chanté pour elle sur la place d'Armes, l'infirmière aux yeux verts se tient à côté d'elle, elle écarte de son front quelques boucles cuivrées et me sourit pour m'encourager. Les mots restent coincés dans ma gorge, je sens un sanglot monter en moi. Et la reine est déjà repartie, j'ai un besoin urgent d'aller aux toilettes, je suis incapable de bouger, je transpire de désarroi et de gêne.

⋆

Au bout de trois semaines, je ne peux toujours pas bouger d'un millimètre ma jambe blessée.

Avec une vingtaine d'autres hommes, on me fait transporter, après consultation du médecin de la salle, vers le nord de la France. Nous longeons la côte en voiture, allongés sur des brancards et douloureusement conscients des cahots et des chocs sur la route. Nous arrivons dans deux véhicules de l'armée au casino de Dinard, transformé en hôpital. Une grande salle avec vue sur la mer. Silence, bruissement, air salin, mouettes le matin, la corne lointaine des bateaux de pêche. L'absence persistante du grondement des canons à l'arrière-plan nous siffle dans les oreilles. C'est un curieux spectacle, des lits et encore des lits disposés dans la salle de bal de forme circulaire, séparés par des couloirs pour les infirmières. Ici et là, une chaise sur laquelle sont posés des flacons de médicaments et tout un bric-à-brac.

Les premiers jours, on ne me juge pas digne d'intérêt, personne ne s'adresse à moi, les infirmières qui apportent les repas ne disent pas le moindre mot. Au bout de trois jours seulement, un militaire passe nous demander nos noms. Des noms flamands, cela l'exaspère, nous devons chaque fois les lui écrire nous-mêmes sur un morceau de papier. Au bout de quelques heures, de petits écriteaux avec nos noms sont fixés aux lits. Deux médecins de l'armée entrent un instant plus tard dans la salle, ils examinent chaque soldat quelques minutes.

Quand ils arrivent à mon lit, l'un d'eux écarte brutalement les draps.

Levez la jambe.

Je ne peux pas.

Levez la jambe, sergent, puisque je vous l'ordonne !

C'est impossible, je suis désolé.

*Bon. On verra**.

Le lendemain matin à huit heures, un colosse qui a retroussé les manches de sa chemise se tient à côté de mon lit. J'avale de travers ma dernière gorgée de café.

Il sort un pot en métal contenant de la vaseline, dévisse le couvercle. Il jette un coup d'œil dans un carnet et retire les draps de mon lit.

Laissons voir Jésus!* dit-il en riant.

Il tient la main à plat quelques centimètres au-dessus de mon gros orteil.

*Eh bien, mon vieux, donnez un bon coup de pied contre ma main**.

Je n'arrive pas à lever ma jambe d'un centimètre. Les muscles sont totalement paralysés.

Le bourreau entre alors en action. Il enduit ma cuisse de vaseline et se met à la pincer, la presser, la marteler avec la tranche de la main et la claquer avec ses grosses pattes d'ours brutales.

Je transpire, pouffe, soupire et halète, j'étouffe presque de douleur.

*Mais voyons, gueulez, criez, mon vieux, inspirez pour l'amour de Dieu, mon brave** *!*

Il me saisit les deux poignets et me fait agripper les barreaux en fer en dessous de mon lit. Je tire de toutes mes forces, la torture se poursuit pendant plus de cinq minutes.

Quand je suis complètement épuisé, il me donne une tape sur les fesses et dit : *Voilà, ça suffit pour la première fois. Tenez bon. À demain**.

Lorsque, le lendemain matin, je le vois approcher, avec sa trogne de bandit, je me mets à transpirer tellement que la sueur ruisselle de mon front dans mes yeux.

Il me décoche un large sourire.

*On n'a pas peur, hein**.

Il me tapote la joue et la torture recommence. Une fois encore, il repousse mes mains vers les barreaux de mon lit.

Il s'avère à la fin que j'ai tordu les barreaux.

*Je ne vous casse pas la cuisse, il ne faut pas casser votre lit**, dit-il en ricanant.

Au bout de dix jours, ma jambe reprend vie lentement. Même l'infirmier militaire n'en revient pas. Il avoue avoir pensé que les muscles étaient trop gravement déchirés pour se réparer.

Il faut encore une semaine entière avant que je puisse me mettre prudemment debout à côté de mon lit et essayer de m'appuyer aussi sur la jambe blessée. Je tombe aussitôt. Mais à partir de ce moment, je peux faire lentement des petits exercices dans mon lit ; je parviens à soulever ma jambe de quelques centimètres, la brute jubile, la vaseline vole près de mes oreilles.

Par une journée d'octobre, appuyé sur une canne, je sors pour la première fois seul dehors en clopinant. Je suis submergé par l'air marin ; une curieuse lumière éclaire le ciel, les mouettes planent au-dessus du parc et des maisons patriciennes, la mer est calme et bleu-vert, je vais m'asseoir sur un banc près de la digue. Des gens passent en bavardant, quelques bateaux sont bercés par les flots juste à l'extérieur de la baie du Prieuré. À ma gauche, au loin, je vois vaguement la silhouette moyenâgeuse de Saint-Malo. J'entends le froissement des feuilles jaunes, couvertes de rosée, dans les arbres, une brise bruire dans l'herbe, on dirait qu'il n'y a jamais eu la guerre.

⋆

Tous les jours, je reste assis quelques heures à regarder le paysage et à faire quelques esquisses rapides. Une jeune fille qui porte une boîte à chapeau ronde marche contre le vent ; une vieille femme vêtue de vêtements noirs claquant au vent jette du pain aux mouettes, qui descendent dangereusement en piqué vers ses mains ; un soldat appuyé sur des béquilles passe en chancelant, son moignon soigneusement enveloppé dans une jambe de son pantalon.

Soudain un vieil homme se tient derrière moi. Ma main s'arrête.

La prestidigitation est un art très peu apprécié⋆, dit-il, et il poursuit son chemin.

Interloqué, je reste assis, le regard dans le vague. Pourquoi cet inconnu a-t-il apparenté l'art de dessiner à celui, peu apprécié, de magicien ?

De Dinard à Saint-Malo, les bateaux font tranquillement la navette. Un jour, je fais la traversée. La surface de la mer est lisse, les poissons bondissent hors de l'eau, les mouettes plongent et piaillent dans la bande blanche d'écume derrière le bateau. Assis sur le pont, je suis libéré de tout. À l'instant où je le pense, je sens ma gorge se serrer et vois dans mon souvenir mes camarades ramper dans la boue, épuisés et découragés.

Tandis que je reprends la direction du casino ce soir-là, prudemment, à petits pas à l'aide de mes béquilles, une infirmière vient à ma rencontre et me réprimande : pourquoi faut-il que je prenne de tels risques ? De plus, une lettre m'attend à côté de mon lit. Je l'ouvre en déchirant le rabat sur lequel apparaît une petite couronne : j'ai une citation à l'Ordre du Jour des Armées pour recevoir l'insigne de chevalier de l'Ordre de la Couronne. Le lendemain, un courrier arrive d'Angleterre : Raymond, le fils de mon beau-père, m'invite à venir lui rendre visite à Swansea, où il séjourne en tant que réfugié.

On est déjà à la mi-novembre quand, tôt le matin, avec une vingtaine de soldats, nous prenons le bac pour Saint-Malo, faisons tamponner notre passeport sur place et sommes escortés, un peu après midi, vers un bateau dont le capitaine nous accueille par un salut militaire.

Je me promène encore une heure dans Saint-Malo ; les ruelles, les rochers sur la plage. Quelque part sur le rivage, un petit hippocampe mort est ballotté par les vagues, léger et transparent. Je suis seul dans la vie, me dis-je en voyant approcher une jeune femme en face de moi sur la plage, et je ne sais pas si je reverrai un jour ma mère. C'est une femme élégante, quoique entièrement vêtue de noir ; elle porte un petit parapluie, qu'elle plante à chaque pas dans le sable dur. Je n'ose pas la regarder dans les yeux. Une fois qu'elle m'a dépassé, je me retourne, et je vois qu'elle en fait autant. Nos regards se croisent un instant.

Ma jambe me lance encore parfois, j'ai trop forcé. J'embarque épuisé sur le bateau, qui part vers quatre heures de l'après-midi. Quelques soldats sont déjà ivres ; la solde que nous avons reçue, ils l'ont aussitôt dilapidée. La cloche du bateau tinte, le sifflet à vapeur retentit, le son ricoche contre les façades des maisons, je me demande où vit cette jeune femme, et la solitude s'abat sur moi d'un seul coup.

Nous naviguons vers Southampton, la ville qui trois ans auparavant a perdu neuf cents jeunes hommes dans le naufrage du *Titanic* ; la plupart d'entre eux s'étaient enrôlés comme matelot, ouvrier, commis de cuisine ou garçon de cabine. Donc là-bas, il y a des quantités de bonnes femmes seules à qui proposer ses services, dit un soldat, et il crache sur le pont. Le capitaine vient faire la leçon aux soldats bredouillants. Il faut que, pendant toute la traversée, ils restent sur le pont avec une ceinture de liège attachée autour de la taille, et ils ont la stricte interdiction de se rendre de l'avant sur bâbord. Il sait de quoi il parle : les lourdes malles contenant des pièces métalliques, que le bateau transporte vers l'Angleterre, peuvent se détacher et un passager inattentif risque d'être écrasé entre la cargaison qui glisse et le bastingage.

Je m'installe sur un banc recouvert d'une toile à bâbord.

Au début, tout se passe bien, nous nous balançons paisiblement sur l'eau en passant à peine à cinq cents mètres de la petite île de Cézembre, avec sa célèbre prison où bon nombre de soldats flamands sont envoyés par des tribunaux militaires.

Au bout d'une heure, de sombres cumulus apparaissent au-dessus de la mer violette devant nous, un vent violent se lève, les hommes jurent, le capitaine vient sur le pont et interdit strictement tout déplacement à présent. À peine quelques minutes plus tard, le bateau se met à se cabrer tel un étalon récalcitrant ; des puits s'ouvrent dans la surface de l'eau, parfois de plus de cinq mètres de profondeur, la proue s'y écrase à grand fracas, comme si elle tombait sur des plaques de métal. Secoués, nous nous sourions d'un air crispé en nous agrippant au banc. Quelques minutes plus tard encore, l'orage éclate au-dessus de nos têtes ; le bateau semble perdu sur les flots furieux. Nous voyons le capitaine, qui se rendait dans la cabine de pilotage, se faire projeter contre le bastingage, s'effondrer, se redresser en chancelant et disparaître en toute hâte dans la cabine. Le vent hurle et pleure, tous les diables de l'enfer sont déchaînés. Des vagues gigantesques déversent des trombes d'eau sur le pont, elles éclatent en éventail et nous donnent le sentiment de perdre tout sens de l'orientation. Je vais m'allonger à plat sous le banc ; un soldat vomit aussitôt sur mes pieds. À partir de ce moment-là, pas moyen d'y échapper, tout le monde est malade, malade à en crever, nous vomissons tripes et boyaux, certains soldats qui viennent à peine de se rétablir pleurent de douleur, la tempête devient encore plus violente. Le bateau plonge parfois de haut, la proue au-dessus des vagues, pour s'abattre avec un gigantesque claquement dans un énorme trou, et nous sommes persuadés que notre dernière heure a sonné. C'est la nuit, il n'y a pas de direction, pas de terre, pas de monde, rien en dessous ni au-dessus, pas de droite ni de gauche, il y a du vomi et de l'eau salée, il y a du bruit, des craquements, le bateau semble se briser, cela dure des heures et des heures et n'en finit pas.

Au lever du jour, éreintés et à moitié morts, certains soldats, arrimés par leurs camarades à des tuyaux ou des poteaux, sont ballottés, inertes, d'un côté et de l'autre comme des sacs mous. Le bateau n'avance plus mais se balance, encaissant un coup après l'autre, impossible à manœuvrer sur la mer tourbillonnante. Le capitaine attend. Nous sentons les coups de fouet s'abattre sur nous et prions, secoués par des crampes, que cela cesse enfin. Nous aurions dû arriver de l'autre côté vers dix heures la veille. Dans la faible lumière, nous constatons qu'il n'y a de terre nulle part à l'horizon. Convaincus que nous allons faire naufrage, certains gars glapissent comme des chiens, tandis que, pris de spasmes, ils expriment de leurs corps les derniers restes de bile, en bavant et grinçant des dents tant ils se sentent mal et misérables.

Vers neuf heures, la tempête est pour une bonne part terminée, mais la mer reste si houleuse que les trépidations des moteurs qui redémarrent suffisent à redonner à tout le monde une terrible sensation de vertige. Nous approchons de la côte avec une lenteur infinie et en prenant le vent de biais. Les bateaux se balançant à quai font retentir leur corne de brume pour nous indiquer qu'il ne faut pas amarrer ; notre bateau s'écraserait aussitôt. Nous restons donc à tanguer et à rouler jusqu'à la fin de l'après-midi, tandis que cette interminable calamité de couleur bleu et blanc crache son écume sur nos corps essorés, tout comme l'écume sur nos lèvres bouillonne, et nous, gueules grimaçantes de diables et de démons, nous rampons pour tenter d'échapper à nous-mêmes, en nous agrippant à ce qu'il nous reste de volonté.

C'est encore pire que tout ce que nous avons pu connaître dans les tranchées, hoquette un soldat à mon oreille. Il est six heures quand le capitaine commence prudemment à louvoyer en direction du port, à reculons, un mètre après l'autre. Une grande vague nous soulève, nous fracasse presque contre la paroi du quai. Une fois encore, nous nous éloignons du quai, d'une centaine de mètres, tous les bateaux ballottés par les flots font sonner leur corne de brume pour nous mettre en garde.

Vers sept heures du soir, notre bateau est à quai, continuant de se balancer, et nous, les animaux malades, les poux et les rats, nous rampons et roulons comme des mourants à quai, restons encore une heure sous la pluie et dans le vent à haleter, nos pantalons couverts de merde et des effluves de bile flottant autour de nos têtes.

Quand nous sommes en état de nous lever en chancelant, la nuit est déjà tombée.

Le capitaine nous examine et nous compte. Il manque un soldat ; personne n'a la moindre idée d'où il se trouve.

C'est chaque fois la même chose, bougonne le capitaine, c'est encore moi qui vais trinquer pour les ivrognes qui sont passés par-dessus bord.

Il nous emmène dans un petit bistro où nous pouvons nous remettre de nos émotions.

Nous prenons le temps seulement maintenant de nous regarder, car les jeunes filles qui doivent nous servir se mettent la main devant la bouche : nous sommes aussi jaunes que des Chinois, maigres et décharnés à force d'avoir vomi, repoussants, les yeux caves, avec des traces de salive séchée sur nos joues.

Personne n'a envie de manger ; nous sombrons aussitôt dans un sommeil sans rêve sur les simples lits de camp qui nous sont proposés un peu plus tard dans les petites chambres à l'entresol, tandis que dehors dans l'obscurité la tempête de novembre s'apaise en frappant des coups sourds sur le toit.

*

Le lendemain, je somnole dans le train jusqu'à Londres où, abruti et vide, comme quelqu'un qui a perdu tout objectif et toute direction dans la vie, j'attends pendant deux heures ma correspondance. Mes camarades des tranchées me manquent. De Londres, je me rends à Swansea en passant par Bristol. Je suis assis, transi de froid et sombre, seul dans mon malheur à bord du train qui se traîne à travers les collines désertes. De la neige fondante ruisselle des haies et des arbres. Personne ne dit rien. Sur les quais qui défilent, partout des soldats repliés sur eux-mêmes, certains fumant, manifestement rétablis et repartant pour le front. D'autres comme moi, brisés et pâles, en route pour quelques semaines de convalescence. Longtemps après minuit, nous arrivons dans une vieille gare délabrée. Je m'enquiers du chemin pour me rendre à l'établissement où séjourne Raymond, patauge pendant une heure à travers la neige en empruntant un sentier qui longe la côte, arrive dans une station balnéaire insignifiante, emprunte une longue rue avec quelques boutiques et des maisons basses, trois hôtels qui donnent sur la digue. Tout paraît à l'abandon ; seul un soldat monte la garde devant des baraques en bois le long de la digue, il me prend pour un officier en me voyant dans le noir et se met aussitôt au garde-à-vous.

Good evening, sir.

Good morning, you mean.

Il rit, demande : *How is war in Belgium ?*

Je marmonne quelques mots, lui demande le chemin vers Home Rest.

Je continue de marcher le long de la côte ; des vagues écumantes sur une plage couverte d'une fine couche de neige.

Pas une lumière à l'horizon et il est sept heures. Je suis fiévreux et épuisé, vois installé devant une des villas un fauteuil de jardin sous un auvent. Je m'y allonge, ma jambe me picote, me lance, me brûle, je suis totalement anéanti. Je m'enroule sur moi-même comme un enfant, bascule dans un enfer de remords : j'aurais dû me rendre à Liverpool pour repartir à la recherche de la fresque de mon père, qu'est-ce que je suis venu faire ici, simplement pour croiser Raymond, mes camarades sont allés dans le sud de la France pour se rétablir, je suis un parfait idiot, mes pieds sont tellement gelés qu'ils vont se détacher, je n'aurais jamais dû faire cette maudite traversée, je suis si faible que j'en ai la nausée et je tremble tellement que mes os craquent.

Dans un majestueux petit château à l'ancienne, qui émerge de la brume matinale glaciale, je finis par rencontrer le deuxième fils de mon beau-père, je lui pose des questions sur ma mère, mes sœurs, prudemment pour ne pas le vexer, parce qu'il sait ce que je pense de son père en tant qu'époux de ma mère. Vers onze heures du matin, je perds connaissance, peut-être parce que nous nous sommes assis près du feu de cheminée, et je tombe par terre. Je me réveille seulement deux jours plus tard, le corps encore couvert de taches rouges dues à la septicémie que j'ai contractée.

Je vis, comme anesthésié, dans ce coin perdu pendant un mois et demi – j'accompagne un pêcheur en mer, le gros poisson suspendu après plusieurs heures à sa ligne rudimentaire s'avère être un *dogfish*, un démon impropre à la consommation qui frétille et nous regarde d'un œil affolé en grimaçant tandis que le pêcheur, à l'aide de son couteau, fait une entaille pour dégager le crochet de sa gorge, puis laisse glisser l'animal colossal dans l'eau tourbillonnante. Une trace de sang, rien d'autre, et de nouveau cette neige mouillée sur nos visages.

Port Talbot, l'odeur de sel, de jute, de corde, de pauvreté. Les terrils des mines de charbon dans le lointain.

Mauvais poisson, mauvais café, mauvais pain. Nous avons des dents qui pourrissent et un mauvais goût dans la bouche. Nous mastiquons en silence, parfois pris de haut-le-cœur, nous regardons les arbres dépouillés se détachant sur la ligne d'horizon que forme la mer gris-vert. Noël apporte de la neige fondante et des pluies cinglantes. Quelques infirmières sont assises à notre table pour un repas frugal. Presque aucun mot n'est échangé. Le nouvel an est à peine fêté. Dans une petite chapelle, une longue prière monotone est dite pour les morts et les blessés. Le lendemain, sous un soleil d'hiver aveuglant et par un vent âpre, nous découvrons un cheval maigre comme un clou battu à mort près de la digue devant la mer. Tout semble irréel. Je me sens nostalgique.

Le dernier jour de mon séjour, nous visitons une usine de munitions à Swansea ; un des membres de la direction nous sert de guide. Je revis en passant devant les fours brûlants, je me souviens de la fonderie, la discussion me ragaillardit. Je vois de nouvelles techniques qui m'étonnent profondément : la production en un tour de main, en comprimant une masse de métal incandescente, d'une centaine de feuilles fines comme du papier à cigarettes qui servent à fabriquer des boîtes de conserve et des gobelets pour les soldats. Quelque chose en moi ne peut plus faire la différence entre ce que je pense et ce que je vois.

Bringuebalé dans le même train d'une lenteur exaspérante, silencieux à côté du fils de mon beau-père, je suis assis en face de trois jeunes femmes anglaises faisant des commentaires à voix haute sur ces deux soldats belges naïfs qui, d'après elles, n'ont encore jamais touché une femme et dont l'un, là à gauche, serait le parfait modèle pour une statue en bronze du brave petit soldat, que l'on installerait sur un parterre et que les pigeons couvriraient de fiente. Elles éclatent de rire jusqu'à ce que je leur souhaite dans mon meilleur anglais, au moment de descendre du train, une bonne fin de voyage. Elles mettent la main devant la bouche, invoquent en même temps toutes sortes d'excuses, nous haussons les épaules et, tandis que nous nous éloignons sur le quai en agitant gentiment la main, j'ai une sensation de vertige, je sens quelque chose qui se démène dans mes intestins, quelque chose qui est le résultat d'une peur et d'un désir, une sorte de nausée qui ne me quittera plus pendant tout le voyage me ramenant au front, quand je me retrouve de nouveau à grelotter de froid dans un train branlant et crasseux, à regarder fixement à travers des fenêtres sales couvertes de traces de suie laissées par des bougies graisseuses. Partout on voit des signes de vandalisme, sur les bancs et sur le sol ; les toilettes souillées sont d'une telle saleté qu'elles sont inutilisables. Les soldats sont destructeurs et amers quand ils retournent au front après une permission.

★

Des mois s'écoulent et, comme avant, tantôt nous nous ennuyons, passons des demi-journées à dormir, tantôt nous sommes brusquement plongés deux heures durant dans l'horreur la plus totale, attaque surprise, ordres hurlés, panique, confusion, cris perçants des blessés, puis les morts sont emportés, morceaux de corps humains mutilés là où, à l'instant, un jeune homme fumait, et bavardait sans doute, dans la tranchée.

Mon récit devient monotone, comme la guerre devint monotone, comme la mort devint monotone, notre haine des Allemands devint monotone, et comme la vie elle-même devint monotone et finit par nous dégoûter.

Pendant ces jours confus, une chose me bouleverse. Un soir, on évacue un soldat mourant dont j'entends dire qu'il n'a qu'un bras et a cependant fait preuve d'un courage exceptionnel ; il travaillait comme volontaire aux services sanitaires. Une poutre dans une grange en feu s'est abattue sur lui. Je m'approche de la civière et reconnais le garçon de l'école de dessin, mon cher camarade virtuose capable de créer des univers à partir de simples petits traits. Sa nuque semble être brisée, former un angle curieux avec son corps. Il lève les yeux un instant et me reconnaît. Il veut dire quelque chose, cherche à se redresser, je remarque ce qui déjà me frappait tant autrefois : le moignon sous la manche de son uniforme déchiré accompagne le mouvement. Puis le garçon s'effondre. Impuissant, je marche à côté de la civière. Quand nous arrivons au poste de secours, il est déjà mort.

★

À un moment donné en juin 1916, on m'envoie pour la troisième fois en mission, cette fois vers un avant-poste d'éclaireurs, une étable entre deux lignes de combat. Chaque nuit, notre commandant y envoie trois hommes. Aucun d'eux ne revient. Cela déclenche des plaintes, des protestations, puis des sanctions et des intimidations. Au bout d'une semaine et demie, on me somme d'aller monter la garde sur place avec deux de mes hommes. Je salue, dis que je suis prêt à tout, mais que c'est de la folie. Le commandant me rétorque sèchement que je peux m'attendre à une sanction si jamais j'en reviens vivant.

Vers minuit, nous nous faufilons prudemment vers l'étable. Dans la pénombre, nous apercevons partout des morts sur le sol. Il y a encore leurs munitions dans l'étable. J'ordonne aux deux hommes de ramasser chacun le plus de balles possible et je les poste chacun à trois mètres de l'étable.

Je me glisse en avant tandis qu'ils me couvrent, dessine les emplacements où je soupçonne la présence de mitrailleuses, la longueur de la tranchée, la hauteur du remblai de protection. Je reviens furtivement sur mes pas. Pourquoi les autres gars n'y sont-ils pas parvenus ?

Nous ramassons toutes les balles, les fourrons dans nos sacs. Maintenant que nous disposons de manière inespérée d'une grande réserve de munitions, je demande aux gars de tirer tour à tour à une certaine distance tout au long de la nuit, en calculant précisément le nombre de balles dont nous avons besoin pour le faire et l'intervalle nécessaire entre les tirs. Cette nuit-là, pas un Allemand ne se manifeste, nous ne sommes pas faits prisonniers, nous rentrons à l'approche de l'aube avec un sentiment de triomphe. Mais juste au moment où nous pensons être dans la zone de sécurité, le feu se déchaîne. En quelques secondes, je vois deux gars bondir à côté de moi pour s'échapper et être aussitôt criblés de balles ; je reste allongé, immobile. Au bout de quelques minutes, je me lève prudemment et reçois aussitôt une balle dans le dos, une balle lâche qui entre dans mon dos en oblique et ressort au niveau de la hanche en longeant le bas de mon dos. J'étanche le sang qui gicle abondamment, je vomis, appuie autant que je peux pour refermer la grosse déchirure à l'avant, on me transporte dans l'obscurité encore vers l'hôpital de campagne, où le médecin de l'armée me dit : *Martien, t'as un abonnement ou quoi* ?*

Je grimace, tout se brouille, je ne me réveillerai que trois jours plus tard, avec un bandage taché de brun autour du ventre et une douleur atroce dans le dos. On m'a administré un puissant anesthésiant pendant des jours, sinon la douleur aurait été insupportable, me dit un infirmier. En plus, après ma guérison, je devrai passer devant le conseil de guerre, pour avoir utilisé des munitions qui ne m'ont pas été attribuées par ma hiérarchie. Je hausse les épaules, dit qu'ils peuvent aller au diable.

Repos à plat, ennui, douleur, frustration, pensées pour mes hommes dans la boue. Pour ma convalescence, on m'envoie cette fois pour trois mois dans le Lake District, dans une petite propriété à Windermere. Je m'y lie d'amitié avec l'hôtesse de la maison, Mrs Lamb, qui joue aux cartes avec moi et qui, l'après-midi à l'heure du thé, me parle de ses ancêtres. En fin de journée, nous nous promenons souvent ensemble dans le parc. Son mari est aussi au front, une intimité se crée entre nous dont nous ne savons pas quoi faire. Je ne suis qu'un simple soldat de Gand, je ne cesse de me le répéter, quand je suis allongé la nuit dans ma grande chambre au premier étage et que je l'entends encore marcher dans le couloir.

Pendant ma convalescence à Windermere, je lis dans les journaux qu'on utilise un nouveau gaz asphyxiant, le gaz moutarde, qui apparemment donne lieu à des scènes encore plus épouvantables que celles provoquées par les obus contenant du chlore dont nous avons déjà fait l'expérience en 1915. Je lis des articles à propos de massacres et ne parviens pas à trouver le sommeil pendant des nuits – combien de mes camarades sont-ils morts entre-temps, je ne peux que le deviner. J'ai à présent l'impression, parfois, que notre tranchée était, en dépit des morts hebdomadaires, un lieu protégé, relativement sûr. J'entends de plus en plus souvent, dans toutes les conversations, les gens exprimer leur dégoût face aux massacres absurdes, insensés, qui ne cessent d'être commis ; apparemment, même les Allemands en ont assez et désertent massivement. Existe-t-il d'ailleurs encore des hommes jeunes en Europe, demande Mrs Lamb de Windermere, et elle pose une main sur mon épaule. Je lis les journaux anglais, ils traitent de sujets très différents de ce que j'ai pu lire de temps à autre au front dans la presse belge francophone.

Au moment de prendre congé, Mrs Lamb me donne une cartouche de cigarettes anglaises, jaunes et ovales, et une écharpe qu'elle m'a tricotée, une longue écharpe, tu en auras besoin pendant les mois d'hiver au front, dit-elle soucieuse. Elle me prend dans ses bras. J'ai tremblé de chagrin, le jour où j'ai dû quitter Windermere. Au loin, j'ai vu les pics de Langdale se détacher sur le gris du ciel qui s'éclaircissait au lever du jour. Le front attendait de nouveau, nous allions entamer notre troisième hiver.

À mon retour au front, j'apprends que l'officier en

poste tient encore à ce que je sois sanctionné pour insubordination : quand je suis revenu blessé de l'avant-poste d'éclaireurs près de l'étable, j'avais encore une quantité de munitions sur moi que j'avais ramassées là-bas. On ne peut utiliser de munitions qui ne sont pas attribuées par la hiérarchie, j'avais commis une faute lourde.

Je suis appelé auprès d'un lieutenant, qui commence par me parler sévèrement puis m'énumère les sanctions possibles. Comme je ne sourcille pas et reste imperturbable, à attendre au garde-à-vous qu'il décide si je dois être traduit ou non devant le conseil de guerre, il me regarde longtemps droit dans les yeux. Il doit lire l'amertume sur mon visage. Il se plonge encore quelques minutes dans le dossier, y appose un coup de tampon, avec sa signature en dessous, puis dit : l'affaire est classée, Martien. Rejoignez vos troupes. Rompez.

Je salue, je ne dis pas un mot. Mais à partir de ce jour-là, je perds toute énergie, et la foi surtout. Le mépris des officiers francophones, l'humiliation publique et le traitement désavantageux dont font l'objet les soldats flamands sont d'autant plus insupportables que le sacrifice de vies humaines prend de l'ampleur. Le comportement des officiers contraste fortement avec la manière dont les Wallons ordinaires nous témoignent leur amitié, et se montrent la plupart du temps solidaires : de la chair à canon, voilà ce que nous sommes tous. Tandis que nos doigts sont presque gelés et qu'avec d'épais bonnets de montagne sur la tête et des lambeaux de flanelle dans nos bottes usées nous nous frictionnons les uns les autres à longueur de journées pour nous réchauffer et ne pas mourir de froid, les officiers sont assis dans des fermes bien chauffées. Toutes les deux semaines, un lieutenant vient inspecter rapidement les lieux, le nez en l'air, plaisantant sur les bienfaits pour la santé d'un froid aussi glacial, car cela permet de tuer tous les animaux nuisibles, et aussi *ces Boches**, dont c'est le tour maintenant. Personne ne rit, le lieutenant nous tourne le dos d'un air hautain et dit de manière audible à son subalterne : *Ils ne comprennent rien, ces cons de Flamands**.

Un jour, un commandant me fait de nouveau venir, un Bruxellois qui m'oblige à le saluer après chaque phrase. Tandis qu'il m'humilie de cette manière et que, comme un clown, je dois porter la main à mon front après chaque phrase et faire claquer les talons de mes bottes, il me regarde en ricanant et m'annonce d'un ton méprisant que je vais être transféré dans une autre section, parce que j'ai des rapports trop amicaux avec mes hommes et que je représente par conséquent un danger pour la discipline militaire. Je demande s'il s'agit d'un ordre de la hiérarchie. Il hurle en français qu'un *Flamand** n'a pas de questions à poser. Je salue et disparais, rassemble mes affaires en silence. Les gars regardent sans comprendre : qu'est-ce que tu fais, Martien ?

On me transfère, dis-je sèchement. Puis survient une chose que je ne pouvais pas prévoir : mes hommes sont pris d'un accès de fureur, ils se rendent tous au bureau du commandant, ils crient et brandissent le poing. Bientôt, des pierres volent. Le commandant sort, rugit en vain qu'ils doivent la fermer, que les mutins seront exécutés sur-le-champ. Le tapage ne fait que s'amplifier, des soldats arrivant de toutes parts renforcent la rébellion. On crie : Flamands, unissez-vous !

Le commandant vire au rouge foncé, disparaît dans la ferme, revient avec un officier. Ils parlent entre eux. On me montre du doigt, moi qui continue d'empaqueter mes affaires derrière le groupe de mutins. Deux lieutenants viennent me chercher, on me saisit sous le bras et on m'entraîne brutalement comme un condamné. Quand je me retrouve devant l'officier, je redresse le dos et le salue. C'est le même officier que celui qui m'a épargné le conseil de guerre. Il m'examine à nouveau attentivement, les yeux mi-clos.

*Eh bien**, dit-il, et il frappe de son petit fouet l'intérieur de sa main gauche gantée.

Je le salue de nouveau, sors de ma poche la petite boîte en fer contenant mes décorations, je les lui montre une à une, sans dire un mot.

Il comprend où je veux en venir. Il examine mes décorations, puis m'observe longuement.

Il finit par prendre parmi elles ma médaille de chevalier, dit lentement et avec insistance : *Sergent-major Martien. Vous avez de grands mérites. Mais on vous a trompé. Cette décoration est une contrefaçon**.

Il s'avère que ma plus importante décoration est un faux, la vraie a peut-être été subtilisée par le commandant même qui me l'a remise. L'officier regarde autour de lui en reniflant avec mépris.

Le commandant se recroqueville, veut intervenir.

*Taisez-vous, Delrue**, aboie l'officier.

*J'en ai marre de l'humiliation des Flamands**, s'écrie-t-il. *Et vous** – il montre ses commandants et les sous-lieutenants qui sont accourus au bruit – *vous êtes tous coupables de cette imposture, idiots**.

*Tenez, Martien, vous restez avec vos soldats dans votre régiment**.

Il me promet que, dans quelques jours, je recevrai ma décoration légitime et que je dois garder sur moi, en attendant, la fausse. Les hommes hurlent de joie, jettent leurs bonnets en l'air. Je salue, remercie, essaie de calmer mes hommes pour ne pas susciter encore plus de rancune chez les officiers. Nous retournons dans la merde, la puanteur, l'ennui, les tirs soudains, la tension, les morts qui tombent parfois devant nos pieds. Un Wallon de notre tranchée dit, dans un flamand défectueux, qu'il a honte. Cette nuit-là, nous découvrons dans notre tranchée un petit pichet de genièvre, dont j'ignore l'origine. Je fais passer le pichet, les gars chantent doucement, les nuages nocturnes sont bas et crachent de la bruine sur nos têtes. Un obus tombe à côté de l'endroit où nous sommes allongés, s'enfonce profondément dans le sol, n'explose pas. Nous attendons, inquiets, rien ne se passe.

Le temps nous a abandonnés, nous nous retrouvons quelque part dans un pli obscur, irréel, qui n'a ni début ni fin. Les saisons se suivent, les nuages filent au-dessus de nous, animaux mythiques et dieux capricieux dans la lumière vive de l'après-midi, nous sommes vieux avant l'heure, nous nous comportons comme des enfants fatalistes enfermés, obtus, indifférents à la vie et à la mort.

*

Pendant l'hiver de 1917-18 aussi, des gars meurent de privations, de froid, de pneumonie, du typhus, de chagrin, de maladies intestinales, de syphilis, de désespoir, de fureur, que sais-je encore, mais ce que nous apprenons de plus abominable vient de Passendale, en octobre et novembre de cette année-là. Nous sommes terrés dans nos tranchées, nous voyons que nos brancardiers sont appelés l'un après l'autre. Le mot Passendale est sur toutes les lèvres. Les officiers se taisent et regardent par terre quand nous demandons des explications. Les tirs de mortiers au loin sont plus lourds que tout ce que nous avons entendu jusqu'à présent. On utilise du gaz moutarde, les histoires dont nous prenons connaissance sont si épouvantables que nous sommes presque reconnaissants de devoir rester assis ici à pourrir dans la boue, simplement livrés au gel, aux mitrailleuses perfides et à l'arbitraire militaire. Les brûlures dues au gaz moutarde s'avèrent plus douloureuses que ce que l'on a vu jusqu'à présent ; apparemment, il n'y a pas non plus de pommade ou de médicament disponible pour alléger la souffrance des victimes qui hurlent. Le moral descend plus bas que les températures glaciales nocturnes. Des suicides masqués se produisent de nouveau – les gars qui marchent en direction des feux ennemis en criant : allez, tirez, bande de salauds, tirez-moi dessus. La plupart du temps, on accède à leur demande. D'une manière ou d'une autre, des boissons alcoolisées arrivent en quantité toujours plus grande dans les tranchées ; on chuchote que le commandement des armées en fait même livrer. Des soldats fanfaronnent et bafouillent, pleurent la moitié de la nuit en s'adressant aux étoiles et s'endorment au petit matin, anesthésiés et épuisés, et meurent de froid au petit jour, quand le froid s'attaque le plus cruellement à nos corps.

Le printemps apporte des rumeurs croissantes d'une capitulation imminente de l'ennemi ; parfois nous voyons au loin, telles des ombres noires se détachant sur le ciel rouge du soir, une file de soldats allemands qui se suivent en désordre en s'éloignant vers l'horizon, nous n'avons aucune idée de ce qu'ils font. L'été revient. Et avec lui les moustiques, les taons et les infections. Dans une tranchée sans issue, une gigantesque montagne d'excréments dégage une puanteur révoltante ; quand nous essayons de creuser au-dessous, il ne remonte que des cadavres à la surface, des membres arrachés, des éclats d'obus. Nous laissons le tout tel quel et battons en retraite avec des haut-le-cœur.

★

Peu de temps après la libération, j'ai une permission de quelques jours. En chemin, je constate les malheurs infligés à notre pays, les maisons bombardées, les vagabonds et les aventuriers, la pauvreté. Mais aussi le soulagement parce que la paix est là.

Des tentatives de pillage, ou de règlement de comptes avec ceux qui ont collaboré avec l'ennemi, surviennent ici et là. Quelques maisons sont réduites en pièces. Je revois ma mère, mes sœurs et mes frères, ce sont des moments émouvants. Ma mère, qui sort précipitamment de la maison, avec une pantoufle à un pied et un sabot à l'autre, voit mes décorations et ne peut s'empêcher de pleurer. Elle a changé, a l'air plus sensible et plus vulnérable. Mon beau-père Henri est devenu vieux, lent et sombre, et s'adonne discrètement mais continuellement à la boisson, de l'alcool de mauvaise qualité qu'il fabrique avec de la rhubarbe et des poires à moitié pourries, en les distillant en cachette. La vie de misère qu'ils ont connue pendant la guerre les a tous épuisés. Les cheveux de ma mère sont devenus complètement gris ; son dos droit et fier s'est courbé, mais sa force mentale est intacte. Mes sœurs sont devenues de jeunes demoiselles attirantes, Clarisse a une relation avec un gars bruyant aux cheveux roux, Fons, qui empuantit l'air de notre maison avec la fumée de sa pipe, mais fait rire tout le monde avec ses plaisanteries perpétuelles, au milieu de cette pauvreté et de ces douloureuses privations que la guerre a imposées à la population de la ville.

Quand je retrouve mon régiment, les rumeurs vont bon

train : la population allemande s'était même révoltée, le front s'émiettait depuis des mois déjà. Lorsque nous rentrons chez nous une bonne fois pour toutes, quelques semaines plus tard, je découvre parmi tout ce que l'on peut imaginer de décombres, de fatras et d'artillerie laissée sur place, une douille d'obus intacte dans un fossé au voisinage de Merelbeke, c'est un gros calibre, 215 mm. Mes camarades se moquent de moi, parce que je veux traîner cette chose lourde chez moi. J'arrive cet après-midi-là en sueur à la maison et donne la douille en cuivre à ma mère, qui dit qu'elle y plantera des fleurs. Elle ne l'a jamais fait ; j'ai posé plus tard la douille sur le montant de l'escalier de notre nouvelle maison, et Gabrielle, qui n'aimait pas astiquer, a dit : tu vas te débrouiller toi-même pour que ce cuivre reste propre, Urbain. C'est d'ailleurs ce que j'ai fait loyalement toute ma vie, chaque vendredi matin, avant que le week-end ne commence et que les enfants ne viennent à la maison.

*

J'apprends les histoires du quartier : une voisine affamée attendait un enfant d'un Allemand parce qu'il lui avait promis, en échange d'un « rapport sexuel », un pain ; après la guerre, on l'avait sortie de chez elle, on l'avait rasée et lui avait donné des coups de pied, ensuite elle avait fait une fausse couche. La fille d'un fermier avait caché dans la remise un Allemand, qu'elle rejoignait la nuit pour faire l'amour, son père l'avait découverte sur place et tuée à coups de pied, puis l'Allemand avait fracassé le crâne du fermier et s'était enfui.

Partout surgissent de véhéments patriotes, qui pendant la guerre se livraient à un commerce clandestin mais intensif avec les Allemands. Partout des traces et des témoignages sont fiévreusement effacés. Partout j'assiste à des querelles, de l'animosité, des ragots, des trahisons, des lâchetés et des pillages, tandis que les journaux exultent en évoquant une paix bienheureuse. Nous, les soldats qui revenons du front, nous sommes mieux informés. Nous nous taisons, luttons contre nos cauchemars, éclatons parfois en sanglots en sentant l'odeur du linge fraîchement repassé ou d'une tasse de lait chaud.

Dans notre rue sont suspendus ici et là des drapeaux, qui claquent dans le vent humide.

★

Derrière notre maison, dans la rue des Entrepreneurs, perpendiculaire à la nôtre, un marchand est venu s'installer, un fermier qui s'est enrichi pendant la guerre. Il vend des céréales et des pommes de terre. Souvent, personne ne savait où il s'approvisionnait, dit ma mère. Le commerce a un lieu de stockage derrière la maison, une cour intérieure oblongue derrière les murs de nos petites cours. Depuis la fenêtre de ma chambre, j'y vois les commis et les clients aller et venir. Le fermier a deux filles. L'une d'elles, la cadette, ressemble à ma mère : une beauté fière aux cheveux noirs, qui se déplace lentement et d'un air assuré dans la cour intérieure. Le soir, je fais le guet malgré moi, au cas où je la verrais passer. Un soir, j'ouvre la fenêtre et joue un peu sur le vieux luth que Jules a rapporté il y a des années. La jeune femme lève la tête, elle me voit. Je joue un air de soldats, elle rit. Elle a des yeux pâles, vifs, des yeux comme ceux de ma mère, et les mêmes cheveux noirs. J'ai le cœur qui bat si fort et les nerfs si tendus que, plus tard, je sens les cicatrices de mes blessures me brûler.

Les quelques semaines que je dois encore passer au front, cette vision ne quitte pas un instant mes pensées. La première chose que je fais, après l'annonce soudaine de l'armistice, quand nous prenons d'assaut les trains bondés dans le chaos le plus total pour rentrer chez nous en chantant, c'est de me poster dans ma chambre pour faire le guet. La guerre est finie. Je vois la jeune femme occupée, en bas dans la cour, le dos tourné vers moi. Soudain, comme si elle sentait quelque chose, elle se retourne brusquement et je regarde droit dans ses yeux pâles qui s'illuminent. Je me sens mal et suis pris de vertige, je dois m'agripper au pied de mon lit.

III

Jamais, disait-il, il n'aurait cru que les jours,
le temps et la vie puissent durer si longtemps pour une personne
que l'on a mise sur une voie de garage.

W.G. SEBALD

Assis devant la vieille coiffeuse, il lève de nouveau les yeux. Il pense à ce qu'il doit raconter maintenant. Son récit sur la guerre est enfin fini, après toutes ces années, il doit à présent décrire comment il a rencontré et perdu Maria Emelia.

On est en 1976, l'été qui restera gravé dans la mémoire d'une génération comme exceptionnellement chaud et sec. Il est vieux ; il a passé les treize dernières années, avec quelques interruptions, à écrire ces mémoires. Parfois, il ne touchait pas à ses écrits pendant des semaines, à plusieurs reprises il a même laissé passer six mois ; c'était au moment où il devait évoquer sa troisième blessure, et la trahison des officiers, comme il disait. À côté de lui sont posées ses décorations, il les a ressorties aujourd'hui car les souvenirs lui sont revenus très clairement en mémoire. Il se trouve qu'avec la description de la première fois où il a revu Maria Emelia, ce deuxième cahier est presque plein ; les feuilles vides restantes ne suffisent pas à tout restituer. Il hésite, pose le stylo, prend un petit dossier sous le sous-main de son bureau, commence à écrire une lettre :

Ma chère Gabrielle,
quand je songe à la mort de ta chère sœur…

Il repose le stylo, les mots ne lui viennent pas.

Il fait une chaleur oppressante, fin juillet, le monde entier semble manquer d'air. Il enlève le chapeau noir posé sur son crâne chauve et essuie à l'aide de son mouchoir la sueur sur son front.

Doit-il demander à sa fille de lui acheter un troisième cahier ?

Il n'en a pas envie. Les dernières feuilles ont beaucoup exigé de lui.

Le tout commence aussi à devenir flou, son écriture zigzague, il a les doigts déformés par la goutte.

En revanche, il parvient encore à peindre, une petite heure par jour, mais la station debout devant le chevalet le fatigue de plus en plus.

L'aîné de ses petits-enfants va bientôt devenir père. Il le voit rarement, il vit quelque part dans une ferme à la frontière néerlandaise, il a beaucoup changé en allant à l'université, lui qui était pieux et docile, il est devenu rebelle, il tourne Dieu et ses commandements en dérision et fait de la peine à ses parents. Ainsi va la vie : les parents travaillent et épargnent pour que leurs enfants puissent faire des études, et le résultat, c'est qu'ils apprennent des choses, là-bas à l'université, pour rabaisser leurs parents. Ses cheveux lui arrivent jusqu'au milieu du dos, il ne ressemble à rien. À son époque, les garçons devaient faire preuve de caractère, avoir les cheveux bien coiffés, de la discipline. L'aîné de ses petits-enfants ne pense qu'au plaisir, écoute ces cinglés de Liverpool – oui, Liverpool en plus – et tient de grands discours sur la politique. Le bleu de travail qu'il porte en guise de pantalon est déchiré. Il n'a tout de même pas été élevé comme ça, en parlant de politique, et surtout pas celle des rouges.

La chaleur lui donne un peu la nausée. Ou bien est-ce son cœur ? Il n'aurait pas dû penser à Maria Emelia. Mais il ne peut s'en empêcher. Les jours suivants, il notera quelques brèves pensées sur les premiers mois de ses fiançailles.

Le deuxième cahier se poursuit par quelques phrases en vrac, le texte se disperse, évoquant la nuit et la panique, l'encre a bavé à un endroit où l'on a l'impression que des larmes ont taché le papier. C'est là que s'arrête la description de sa vie. D'une certaine manière, la vie elle-même s'est aussi arrêtée là.

⋆

Il y a dans l'ethos disparu du soldat à l'ancienne quelque chose qui, pour nous, contemporains d'attentats terroristes et de jeux vidéo violents, est encore à peine concevable. Dans l'éthique de la violence est intervenue une rupture de style. La génération de soldats belges qui fut conduite dans la gueule monstrueuse des mitrailleuses allemandes au cours de la première année de guerre avait encore grandi selon l'éthique exaltée du dix-neuvième siècle, avec un sentiment de fierté, un sens de l'honneur et des idéaux naïfs. Leur morale de guerre tenait pour vertus essentielles : le courage, la maîtrise de soi, l'amour des longues marches, le respect de la nature et de son prochain, l'honnêteté, le sens du devoir, la volonté de se battre, si nécessaire, d'homme à homme. Les soldats se lisaient entre eux des petits livres qu'ils avaient emportés, entre autres des œuvres littéraires, souvent même de la poésie, même si celle-ci pouvait être très ronflante. La piété, une aversion radicale pour les abus sexuels, une grande mesure dans la consommation d'alcool, parfois même une abstinence totale. Un militaire devait constituer un exemple pour la population qu'il était tenu de protéger.

Toutes ces vertus d'une autre époque furent réduites en cendres dans l'enfer des tranchées de la Première Guerre mondiale. On enivrait sciemment les soldats avant de les amener jusqu'à la ligne de feu (un des plus grands tabous pour les historiens patriotiques, mais les récits de mon grand-père sont clairs à ce sujet) ; les bouis-bouis, comme les appelait mon grand-père, se multipliaient, et on en voyait pour ainsi dire partout à la fin de la guerre, de ces lieux où l'on encourageait les soldats à apaiser leurs frustrations sexuelles pas toujours en douceur – une nouveauté en soi, sous cette forme organisée. Les cruautés et les massacres transformèrent définitivement l'éthique, la conception de la vie, les mentalités et les mœurs de cette génération. Des champs de bataille à l'odeur de prés piétinés, des mourants comme au garde-à-vous jusqu'à l'heure de leur mort, des scènes picturales militaires avec en toile de fond la campagne du dix-huitième siècle remplie de collines et de boqueteaux, il ne resta que des décombres mentaux asphyxiés par le gaz moutarde, des champs remplis de membres arrachés, une espèce humaine d'un autre âge qui fut littéralement déchiquetée.

Les Flamands royalistes retournèrent chez eux traumatisés et, lors de l'entrée d'Albert Ier à Bruxelles à la fin de 1918, le défilé militaire fut à première vue triomphal. Mais, dans leur cœur, les nombreux soldats de retour éprouvaient, en plus du soulagement de voir arriver la paix dans un pays dévasté par les bombes, un sentiment de lassitude et de désillusion.

Certains eurent du mal à maintenir les apparences de patriotisme exigées pour l'occasion. Dans le tiroir de la petite table ancienne de mon grand-père, j'ai trouvé une pochette contenant douze cartes postales, des clichés du photographe bruxellois S. Polak. Sur une petite enveloppe simple en carton était inscrit en lettres élégantes : *Cortège historique de la rentrée triomphale du roi Albert et des armées alliées à Bruxelles, le 22 novembre 1918** – mais le patriotisme avait déjà à l'époque un arrière-goût étrange. L'identification à un noble idéal avait été mise en pièces ; les champs de la Flandre occidentale étaient semés de restes de pensées et de romances par trop naïves. On voyait sur ces cartes la musique du « département américain », la réception des « hauts dignitaires », une foule d'hommes en robes de cérémonie debout sur les marches autour du roi ; la parade de l'artillerie américaine, le cortège des *carabiniers** belges, le défilé avec le drapeau de l'Yser, un *pipe band* écossais, une fanfare française, le retour solennel du maire héroïque Adolphe Max à Bruxelles, le cortège avec la famille royale, et pour finir une foule animée se bousculant. Mais quelque part un ressort avait sauté, et les soldats qui observaient le tout en silence et s'abstenaient de pousser des exclamations le savaient : l'intimité de la sphère européenne avait été à jamais brisée. À travers les brèches infernales que la guerre avait ouvertes dans l'humanisme, s'engouffrait le feu d'un vide moral, d'une terre en friche qu'il était à présent difficile d'ensemencer par de nouveaux idéaux, car il apparaissait très clairement désormais que les gens s'étaient laissé grossièrement abuser par des idées. La nouvelle politique qui allait émerger, avec un pouvoir de destruction encore plus grand, était celle de la revanche, du ressentiment, de la rancune, des règlements de comptes ; mais jamais ne reviendrait le militaire qui faisait des longues marches une affaire d'honneur, qui avait appris à faire de l'escrime comme dans un cours de danse classique, qui était suffisamment idiot pour s'incliner devant un ennemi avant de le transpercer. Dans la merde des tranchées, dans les nuages de gaz moutarde mortels et lors des représailles sadiques contre la population sans défense que les Allemands avaient organisées partout, une part d'humanité d'un autre temps se perdit, et quand un écrivain allemand pacifique a fait remarquer, lors des guerres dans les Balkans qui se sont déroulées à la fin de ce même siècle, que les actes de violence étaient devenus particulièrement atroces parce que l'éthique de la guerre ne connaissait plus l'honneur, parce qu'il n'y avait plus de respect de l'ennemi par humanité, ni de notion de style ou de forme dans le combat, il ne laissait entrevoir que le sommet de cette notion de style que l'Europe avait perdue. La presse a éreinté l'écrivain : elle lui a reproché de se laisser aller à un sentiment de nostalgie déplacé.

Mon grand-père ne s'est jamais défait de cette désuétude touchante, trop profondément ancrée en lui ; mais la méfiance qu'il s'est mis soudain à manifester au cours des dernières années de sa vie, son délire de persécution pendant les années cinquante, ses emportements, ses accès de colère sans motif apparent, contre personne en particulier – mais peut-être, le plus souvent, contre cette candeur qu'il avait perdue –, tout cela en disait long, de manière silencieuse, discrète, amère, pour nous qui vivions avec lui.

⋆

Sa mère était remariée depuis quelques années quand ils étaient allés vivre dans une maison de la rue de Gentbrugge, non loin de ce que l'on appelait sur place le

« Pentagone », le point de convergence de cinq directions : la direction des origines de mon grand-père, autrement dit le pont qui enjambait l'Escaut à Gentbrugge, d'où venait sa mère ; la direction de la peinture : la rue du Prince-Albert, où vivait l'ami de mon grand-père, le peintre Adolf Baeyens ; la direction de ses souvenirs : en empruntant la rue de Gentbrugge vers la chaussée de Termonde, on rejoignait la Porte d'Anvers, l'environnement de son enfance ; la direction de son avenir : la rue de Destelbergen, car plus tard, c'est là qu'il construisit une maison, un peu plus loin sur les rives de l'Escaut ; et enfin l'amour – la rue des Entrepreneurs, une rue qui était perpendiculaire à la rue de Gentbrugge et où un négociant en pommes de terre et en céréales, M. Ghys, originaire de Boucle-Saint-Denis, était venu s'établir.

Depuis sa fenêtre, mon grand-père voyait tous les jours la fille cadette du marchand déambuler dans la cour intérieure : cette allure distinguée, leurs regards qui se croisaient. Un soir, il rassembla son courage, fit le tour du pâté de maisons et sonna chez la famille Ghys. On le fit entrer. Au bout d'une heure, il sortit du logement avec elle, emmena la jeune femme chez lui et la présenta à sa mère. Maman, voici Maria Emelia. Long silence. Mon grand-père avait la gorge nouée. Deux femmes aux cheveux noirs et aux yeux pâles s'examinaient ironiquement, l'une ressemblait à la version plus jeune de l'autre. C'est bien, Urbain, finit par dire sa mère. Elle serra les mains de son fils. Maria Emelia prit dans ses bras la femme souriant avec raideur. Voulez-vous une tasse de lait, mademoiselle ? Non, je vous remercie, c'est très gentil. Silence. À partir de ce jour-là, il se rendit chaque jour dans sa future belle-famille et fut accepté par le marchand comme un fils.

Les premiers cinémas ouvrirent leurs portes à Gand. Le soir, il va regarder avec son élégante fiancée les actualités de l'époque, des images sur des écrans grisâtres qui symbolisent pour eux une nouvelle époque. Il est fou d'elle. Il veut, pour elle, acheter une automobile, une Fiat 1919, un projet excentrique pour un homme dans sa modeste situation financière. Sa mère et la jeune femme ressemblent à deux sœurs, l'aînée et la cadette. Les atrocités de la guerre passent un peu à l'arrière-plan, même s'il a des crises d'angoisse, l'impression parfois de suffoquer, et des cauchemars dont il se réveille en nage et haletant. À l'époque, on ne prévoyait pas d'accompagnement à la suite d'un traumatisme ; il parvient seul à se contenir et rassure sa mère quand elle lui demande, inquiète, comment il va. L'amour lui fait du bien. Les tendances bigotes qui semblent être enracinées en lui s'estompent. Mais il continue de prier à s'en briser les doigts le dimanche, assis devant l'autel latéral de Notre-Dame des Sept Douleurs.

Il montre à la belle Maria Emelia Ghys, qui a vingt-cinq ans à ce moment-là – il en a pour sa part vingt-sept –, les fresques peintes et restaurées par son père, il mentionne la peinture qu'il a vue à Liverpool. Il parle sans arrêt, ils sont inséparables. L'amour autrefois ressenti par son père mort prématurément à l'égard de sa mère semble se répéter sous la forme de cette belle et fière jeune femme. Cette pensée lui procure un sentiment d'apaisement et d'équilibre, il est en admiration devant elle, les horreurs de la guerre se dissipent, il ressent un réel bonheur. Ils font des projets de mariage, il travaille à présent aux ateliers de la Société de chemins de fer sur la chaussée de Bruxelles, à Ledeberg. Il recommence à suivre des cours à l'académie des Beaux-Arts. Il lui promet de faire son portrait si elle pose pour lui.

⋆

Dans ses mémoires, je retrouve le passage suivant :

J'ai rencontré une jeune femme divine avec laquelle je peux m'engager dans une union et oublier les atrocités. Je l'ai déjà dit et chanté :

Respirer, haleter / sentir sa poitrine se gonfler / Aime-moi.

Etcetera.

Nous faisons nos courses ensemble. Ce que je préfère, c'est aller avec elle dans le champ voir le jeune poulain gambader et ruer. Le dimanche, nous allons danser dans la salle de concert de l'association ouvrière catholique Het Volk et je lui dis qu'elle ressemble à ce poulain.

Quand Maria ne se sent pas bien, je lui apporte des livres de Courths-Mahler, mais elle dit qu'elle a envie de lire autre chose et elle rit et me serre dans ses bras fougueusement. Je suis inquiet pour sa santé, elle est pâle comme une statue d'albâtre, mais elle a les joues rouges et elle est toujours pleine d'entrain. Courage, dit-elle, courage, mon petit soldat, nous nous marierons au printemps.

⋆

On est en 1919. La grippe espagnole se déchaîne contre l'Europe épuisée, un virus que les soldats américains auraient apporté avec eux sur le vieux continent et qui, cyniquement, se répand à une vitesse fulgurante du fait des rassemblements de masse qui sont organisés pour fêter la fin de la guerre. Le virus fait sur l'ensemble de la planète plus de cent millions de victimes, une perte supérieure à celle provoquée par cette guerre épouvantable que les populations viennent de subir. Curieusement, la grippe espagnole touche surtout les jeunes adultes et, à un moment donné, mon grand-père craint d'être contaminé. Il tousse, a de la fièvre, mal à la gorge : les premiers symptômes. Il doit garder la chambre, tout le monde attend, inquiet, mais au bout d'une semaine, il se rétablit. À présent, c'est sa belle Maria Emelia qui tombe malade, elle fait des malaises et se sent épuisée ; il lui arrive de s'évanouir et elle a une faible tension. Un jour, elle perd connaissance pendant quelques instants, alors qu'ils sortent du cinéma ; il la soutient jusqu'à ce qu'elle revienne à elle. Ce n'est rien, dit-elle, ce sont les images sur la guerre aux actualités, je n'avais pas idée de tout ce que tu as traversé. Le dimanche suivant, elle se sent mal tandis qu'ils se promènent parmi les fleurs sur la place d'Armes, il la raccompagne chez elle, elle doit se coucher aussitôt. Après quelques jours, elle a de terribles quintes de toux, ne peut retenir aucun aliment. Elle s'épuise, maigrit à vue d'œil, il est assis chaque soir à son chevet et tient ses mains dans les siennes. Ils parlent d'un ton inquiet de leur avenir. Puis une complication vient s'ajouter : Maria Emelia contracte une pneumonie. Il n'y a à l'époque rien qui puisse alléger ses souffrances. Les antibiotiques seront découverts en 1928, la pénicilline en 1928 également, la cortisone sera observée pour la première fois dans le cortex surrénal en 1935, le fénotérol, qui dilate les bronches, ne s'utilisera de manière courante qu'à la fin des années vingt. Il voit en quelques semaines son fier amour dépérir et se transformer en une ombre décharnée qui ne cesse de tousser, et quand elle commence à suffoquer, à chercher à reprendre son souffle comme il a vu son père le faire, il croit devenir fou.

On constate qu'elle a de l'eau dans les poumons. Une évolution fatale.

Un jour, elle lui dit : je te rends ta liberté, tu n'as pas d'avenir avec moi. Maria, je t'en prie, supplie-t-il, ne dis pas une chose pareille, au nom du ciel, tu as de la fièvre, c'est tout. Il prend ses mains dans les siennes. Elle le regarde si longuement et avec tant d'insistance avec ses yeux pâles incomparables qu'il se glace, sent les horreurs qu'il pensait avoir laissées derrière lui depuis la guerre l'envahir. Il est pris de nausée, a le vertige, cherche à se ressaisir, se jette sur elle, son visage plongé dans les cheveux noirs, détachés, de Maria. Les yeux fixes, elle garde le silence tandis qu'il pleure de désespoir et, le regard absent, elle lui caresse les cheveux.

Sa fin, dont on ne m'a parlé qu'en l'absence de mon grand-père, a dû être atroce. L'eau faisait tellement gonfler ses poumons que son cœur fut littéralement aplati, ce qui provoqua apparemment des douleurs insupportables. Les derniers jours, elle supplia de mourir, et les dernières heures, elle fit de nouveau savoir à mon grand-père qu'il était « dégagé de ses obligations envers elle » – des mots qui, d'après ce qu'on m'a raconté, le faisaient encore pleurer cinquante ans plus tard. Elle est morte dans ses bras, secouée par des douleurs que la compression de son cœur ne faisait qu'aggraver ; elle est restée immobile, inconsciente, dans ses bras jusqu'à ce qu'elle expulse son dernier souffle.

Il n'y a pas de mot pour décrire le chagrin qu'il éprouva. Il songea au suicide, et sa mère alla jeter dans l'Escaut le pistolet qu'il avait conservé après la guerre. Il retomba malade, espérant que la grippe espagnole l'emporterait aussi « pour la rejoindre, ainsi que la Sainte Vierge et notre père défunt ». Mais il n'est pas mort. Il était aussi résistant qu'un chat de gouttière, endurci par la fonderie, la pauvreté, la guerre et les privations, et il continua de vivre comme une plante accrochée à un rocher, contre son gré. Pour se suicider, il était en définitive trop chrétien, car il fallait s'incliner devant le sort que le Seigneur nous réserve. Le souvenir pieux de Maria Emelia ne présentait pas sa photo mais le Christ sur la croix, le très bon et très doux Cœur de Jésus, et elle avait elle-même demandé que l'on inscrive des paroles réconfortantes pour lui, le dernier jour où elle était encore pleinement consciente : *Pour toi, mon bien-aimé, avec lequel j'espérais fonder un foyer heureux, j'implore le Tout-Puissant de te prendre sous sa protection pour te renforcer dans l'épreuve.*

Ses parents, qui s'étaient déjà liés d'amitié avec sa mère, leur rendaient visite régulièrement. Ils amenaient systématiquement la seule fille qui leur restait, l'aînée, la farouche et silencieuse Gabrielle qui faisait tapisserie. Ayant à l'époque déjà plus de trente ans, elle était, comme on le disait alors sans pitié, une vieille fille. Au bout de quelques mois, le père Ghys fit venir mon grand-père auprès de lui et demanda avec insistance à l'excellent Urbain de ne pas abandonner leur famille. Ce dernier comprit le message. Il se ressaisit, demanda une semaine de réflexion, et le militaire en lui fit ce qu'il avait toujours fait : il dit oui car on le lui demandait.

*À vos ordres, mon commandant**.

*

C'est ainsi que le premier sergent-major Urbain Joseph Emile Martien, titulaire de la Croix du feu et décoré à trois reprises des insignes de l'Ordre de Léopold, dont une fois de la Croix à trois palmes et une fois de l'Ordre de la Couronne à une palme, puis de la Croix de Chevalier pour services méritoires, la décoration militaire avec un ruban, de la Croix de guerre à trois palmes et deux lions, de la Médaille de l'Yser de la couleur de l'Ordre de Léopold, entre autres distinctions et insignes – c'est donc ainsi qu'à près de trente ans, il épousa la timide Gabrielle Ghys, de trois ans son aînée, qui allait rester sa femme pendant près de quarante ans et à laquelle il porterait une réelle affection, pour reprendre ses termes.

À la Toussaint et le jour des Morts, qu'il pleuve ou qu'il vente, ils se rendaient sur la tombe de Maria Emelia, et il contraignait sa femme à réciter pendant des heures des Notre-Père pour sa sœur cadette décédée. Son adoration tournait à la dévotion, Notre-Dame des Sept Douleurs devint l'icône de sa propre Maria Emelia défunte. En entendant chanter le nom de Marie dans le *Stabat Mater* de Scarlatti, il était pris d'une telle crise de suffocation qu'il devait se faire administrer sur-le-champ une injection de cortisone. Nous étions à l'époque vers la fin des années cinquante, les années où il fut hospitalisé en psychiatrie. Comme il n'y a pas de photo sur le souvenir pieux distribué à l'occasion de l'enterrement de Maria Emelia, je n'ai pas pu me la représenter concrètement pendant très longtemps, car j'avais beau avoir souvent entendu parler d'elle, même si le langage permet de décrire ce qui se dégage d'une personne, il ne restitue pas pour autant l'identité physique.

À la naissance de sa fille, ma mère, il insista pour qu'elle aussi s'appelle Maria Emelia – Gabrielle ne pouvait qu'acquiescer, car pourquoi n'aurait-elle pas elle-même honoré sa sœur défunte, qui avait été en tout point la meilleure, la plus intelligente, la plus élégante, la plus éclatante ? Il y a des années, mon père m'a confié que Maria Emelia Ghys avait dû être une femme débordante de vie, tout comme ma mère, et il m'a fait clairement comprendre ce qu'il entendait par là ; je sais que leur mariage a été comblé par une passion durable, intense et physique, et peut-être est-ce aussi ce que mon grand-père aurait trouvé auprès de sa Maria Emelia. Au lieu de cela, il passa sa vie aux côtés d'une femme gentille, mais dépourvue de passion, qui au lit dormait en imperméable, parce qu'il arrivait à son mari de ne pouvoir réprimer ses instincts bestiaux et d'avoir apparemment la hardiesse de vouloir la prendre dans ses bras. Il est fort probable qu'il n'ait eu avec cette femme un réel rapport sexuel qu'à quelques occasions, ses seules expériences de l'amour physique, et l'on peut se demander dans quelle mesure elles ont été satisfaisantes. Une des légendes de la famille veut qu'une fois enceinte, Gabrielle soit allée voir la mère de son mari pour lui faire savoir qu'elle devait de toute urgence rappeler son fils à l'ordre, parce qu'il fallait en finir avec ces cochonneries, maintenant qu'elle était enceinte.

Le reste est silence, dévotion, prières devant les innombrables autels de la Vierge Mère, images pieuses, reproductions de diverses Vénus, Aphrodite, Salomé, Maïa et Diane, Madones, Vierges Marie de blanc et de bleu vêtues, fillettes d'Ingres, demoiselles, dryades et fées rustiques, subtilement copiées d'après le modèle, peinture à l'huile, art et mortification, faute et pénitence, contrition et repentir, chagrin et élévation – dimanches silencieux interminables, comme celui où je l'ai surpris les larmes aux yeux, regardant fixement la reproduction de la *Vénus* de Rokeby, peinte par Vélasquez. Le corps affligé et son allégorie. Peut-être la plus grande ironie de l'histoire fut que le sort qui avait frappé son beau-père le frappait à son tour – cela a dû en tout cas susciter chez sa mère des sentiments contradictoires. À la maison, j'entendais toujours dire qu'il faut avoir confiance dans le sort que nous attribue notre doux Seigneur miséricordieux. Il n'empêche que la Maria Emelia qui était ma mère, cette femme joyeuse, chaleureuse qu'était ma mère, plaignait parfois secrètement son père, inclinant la tête en disant : peut-être aurait-il mieux valu que je porte un autre nom, il se serait senti un peu plus apaisé.

L'image des deux époux âgés, paisibles et avisés, assis l'un à côté de l'autre, les mains entrelacées, est restée à jamais gravée dans ma mémoire. C'est un samedi après-midi, ils vont bientôt aller en ville. Elle a drapé autour de sa tête et de ses épaules, au-dessus de son manteau gris, sa mantille noire, qui sied à ses traits sévères. Il est assis le dos droit, tiré à quatre épingles dans son costume bleu nuit, de son regard vif il l'observe et dit : tu es très élégante, Gabrielle, viens, allons-y. Et elle, souriant avec mélancolie, se lève et dit : quel charmeur tu fais, Urbain.

Ils tirent la porte derrière eux. La maison est silencieuse.

Pour ce qui est de conduire une voiture, il n'a plus jamais voulu apprendre. Gabrielle était contre, il était bien trop nerveux pour faire ce genre de choses, avait-elle ajouté.

*

Qu'est-ce que cela peut bien signifier, de passer toute sa vie aux côtés de la sœur de son grand amour ? De la timide Gabrielle aux traits semblables à ceux de la flamboyante Maria Emelia, d'une femme qui refusait son étreinte ? Était-ce un moyen de se sentir plus proche de son grand amour ? Ou la réapparition inévitable d'un certain nombre de ses traits sous cette autre forme était-elle au contraire une torture qu'il aurait dû éviter coûte que coûte ? L'illusion de l'amour repose pourtant bien sur le principe de l'irremplaçable, de l'unique ? Le quasi-double, forcément associé à un pas-tout-à-fait, ne porte-t-il pas justement atteinte à la notion même d'identité de la forme aimée ? N'est-ce pas insupportable pour l'autre, qui doit vivre en sachant qu'une différence fatale est l'origine et le résultat de cette ressemblance ? Les réticences intimes de ma grand-mère étaient-elles dues au fait qu'elle le sentait sans rien dire, qu'elle en avait conscience, en souffrait et trouvait cela humiliant ? En se rapprochant d'elle, cherchait-il à retrouver l'autre dont il rêvait, commettant une forme d'adultère lorsqu'il voulait justement étreindre sa propre femme et se faisait chaque fois, tragiquement d'une certaine manière, rejeter ? N'était-ce pas se soumettre une deuxième fois à la torture, cette fois tout au long de sa vie ? Comment son amour initial pour la flamboyante Maria Emelia s'était-il transformé en un profond attachement à la discrète Gabrielle ?

Je ne m'y connais pas assez en neurologie pour comprendre ce qui se passe précisément quand, d'un seul coup, on est frappé par une silhouette, un regard, une attitude, quelque chose qui fait qu'une personne est unique à nos yeux. Je suppose qu'un ensemble de phénomènes très complexes surviennent au même instant, une sorte d'explosion associative qui suscite une impression d'unicité, le sentiment que le tout a une signification et un sens incontestables, immédiats et inconditionnels. Quand on est amoureux, on voit des symboles dans les choses les plus triviales. Le plus compliqué me paraît la soudure parfaite entre l'apparition physique et une quantité de répercussions psychiques et émotionnelles confuses sur le cerveau atteint. Dans le cas de mon grand-père, un troisième élément vient s'ajouter : la ressemblance, tant sur le plan physique que du caractère, entre sa propre mère qu'il adorait et sa grande passion. Ou cette ressemblance était-elle aussi en partie fantasmée ? Il y a pourtant des témoignages de membres âgés de la famille qui se souviennent de cette ressemblance avec sa mère !

C'est au sein de ce quadrilatère formé par quatre femmes – sa mère, son amour défunt, la sœur aînée, sa fille au nom fatal – que mon grand-père a passé sa vie. La seule issue possible était le cadre mental de la peinture – les formes éternellement jeunes, sublimées, chez Giorgione et Raphaël, la jeune femme sur le magnifique portrait de Palma l'Ancien, ou ses *Diane et Callisto*, nus, la *Vénus d'Urbin* du Titien, les innombrables jeunes femmes sensuelles sur les fresques de Tiepolo, la *Grande Odalisque* d'Ingres, au buste étiré –, c'étaient d'autres femmes, mais celles que je découvrais, dans la masse de reproductions déchirées des pages de ses livres, avaient surtout les cheveux foncés, des femmes charnelles des siècles précédents représentées dans des scènes mythiques, mais aussi des portraits de fières bourgeoises, posant parfois la main sur leur corset de brocart ou les doigts sur leur cou délicatement éclairé, une seule perle sobre ornant une petite oreille tournée vers le spectateur et à peine visible sous les cheveux relevés.

⋆

À propos des années vingt, il n'y a pas grand-chose à dire. Ils commencent par vivre dans un logement modeste, « de l'autre côté du fleuve ». En 1929, année du grand krach boursier, il peut acheter, avec l'argent de ses beaux-parents, un lopin de terre long et étroit sur l'autre rive de l'Escaut, en bordure d'un chemin de halage désert. Le terrain est bon marché, il s'agit en fait d'une ancienne décharge utilisée avant la guerre et à présent enfouie. Il ne venait encore à l'idée de personne de dépolluer les sols. La construction de l'agréable petit pavillon au toit zélandais se fait sur un sous-sol idéal pour un site de recherches archéologiques sur la fin du dix-neuvième siècle. Je me souviens avoir souvent déterré des squelettes de petits animaux dans la terre noire et pauvre. J'alignais les os dans la tente improvisée que mon grand-père m'avait fabriquée à l'aide d'une toile grossière « datant de la guerre ». Je suppose qu'il voulait dire la Seconde Guerre mondiale.

Ma mère naît en 1922. C'est une enfant frêle, de surcroît asthmatique comme son père et son grand-père, mais elle est vive, de nature enjouée, en tout point le contraire de sa mère silencieuse, une petite diablesse sautillante aux cheveux blonds ondulés, un être très différent qui, avec insouciance, pourfend et contredit l'atmosphère toujours ouatée de la maison parentale. En grandissant, elle est confrontée aux mœurs sévères de ses prudes parents. À treize ans, quand elle annonce de but en blanc qu'elle vient d'avoir ses règles, elle reçoit une gifle de son père, pour avoir parlé crûment, et une pile de linges de flanelle de sa mère silencieuse.

La maison est confortable. Il y a assez de place pour faire installer, à l'arrière, une cuisine, avec deux pompes à main en métal au-dessus de l'évier, l'une pour l'eau de pluie et l'autre pour l'eau du puits. On boit à volonté l'eau du puits, directement tirée du sous-sol de l'ancienne décharge, sans la faire bouillir. Le puits jouxte de surcroît la fosse d'aisances, elle-même située au-dessous de la réserve à charbon, pleine de poussière noire. Je me souviens des jours de printemps où la fosse d'aisances était vidée à l'aide d'un seau fixé à l'extrémité d'un bâton de deux mètres de long. Mon grand-père appelait cela un *loete*, bien que, d'après ce que m'apprend le dictionnaire, ce mot flamand a plutôt le sens d'une sorte de grattoir. Le purin était épandu au pied des vignes, des roses et des glaïeuls, des iris et des tulipes, des pruniers et des poiriers, des groseilliers et des groseilliers à maquereau. C'était une odeur pénétrante, douceâtre, associée au printemps et au soleil.

C'est là, dans cette maison de rêve en quelque sorte, sur les rives de l'Escaut, que mon grand-père aurait dû se sentir heureux, apaisé. Il travailla aux chemins de fer jusqu'à la moitié des années trente, époque où il présenta les symptômes d'un premier désordre mental. Il fut soumis à un examen médical et, en 1936, à quarante-cinq ans, dut prendre sa retraite, en raison de signes de surexcitation mentale. Il fallut vivre chichement. Depuis 1918, aussitôt après la guerre, le ministère des Finances lui versait, au titre de son inscription dans le « Grand livre des rentes afférentes aux ordres nationaux », un montant de cent cinquante francs belges par an, une pension d'invalidité militaire correspondant à 3,75 euros. Il avait aussi un *Carnet de Pécule**, dans lequel les sommes détaillées sont notées avec la date du versement : des montants qui varient entre deux et cinq francs belges. Les derniers paiements consignés annoncent : *Arrêté à la somme de cinq cent quatre-vingt-un francs septante centimes, le 23-12-1919, Le Quartier-maître ff**. Le 17 janvier 1922, il reçoit un brevet de pension avec un renouvellement de son inscription dans le Grand livre, sous le numéro 954. Le document est dressé à *Mont-Saint-Amand-lez-Gand**. En 1939, dix-sept ans plus tard, cette pension de guerre s'était multipliée, mais restait modeste. Sur un document jauni du 9 novembre 1939 (autrement dit le lendemain de l'attentat contre Hitler à Munich et exactement cinquante ans avant la chute du mur de Berlin), je trouve une indication sur le montant annuel qui lui était versé. Une pension militaire d'un montant de 1 269 francs ; une somme appelée « rente des chevrons de front » correspondant à 2 248 francs, et une rente pour les ordres nationaux de 748 francs, le tout représentant 4 265 francs par an, soit 106 euros. Sa pension militaire resta minime car il n'obtint jamais, pour ses faits de guerre, un grade supérieur à celui de premier sergent-major. Il en éprouvait une profonde amertume ; tous les sergents wallons, affirmait-il, étaient promus lieutenants pour leurs faits de guerre, même son propre beau-frère flamand David Ghys, car il vivait en Wallonie, un homme qui d'après lui n'avait même pas été blessé ; alors que lui, malgré ses décorations et ses blessures (il parlait parfois d'une quatrième et même d'une cinquième blessure, dont il ne dit rien dans ses mémoires), était resté sergent, « comme tant de gars flamands ».

Peut-être est-ce aussi pour cette raison que le flamingantisme montra le bout de son nez. Il se mit à orthographier son prénom Urbaan, et parfois celui de sa femme Gabriella ; il se plaignait que les Flamands étaient royalistes dans les tranchées, et les francophones républicains, mais que la famille royale n'avait pas récompensé les Flamands après la guerre, contrairement aux francophones ; et les francophones, disait-il en rouspétant, se livraient depuis à une discrimination scandaleuse, comme s'ils étaient les défenseurs élus de la famille royale contre les Flamands. Voici notre sang, à quand nos droits ? disait-il alors, citant l'inscription sur la célèbre pierre commémorant la guerre à Merkem, et il se mordait avec colère la lèvre inférieure.

La peinture constitue un réconfort, mais il ne va pas plus loin que les natures mortes, qui sont peintes avec trop de précision pour avoir du caractère. C'est justement son goût pour la virtuosité qui le prive de la force susceptible de donner une intensité à son travail. Il a horreur de Cézanne, de Van Gogh et autres « bricoleurs du dimanche » ; ils peignent avec l'autre extrémité de leur pinceau, dit-il avec condescendance. Il réalise un portrait plein d'amour de sa fille Maria ; elle est assise, le regard fixe, une poupée dans les bras, sur une chaise en osier. Ses yeux bleus, qu'elle a hérités de son père, regarde dans le vide paisible. Il semble avoir peint chaque cheveu, mais le réalisme est, comme il le sait lui-même, une question d'effet bien réfléchi.

⋆

Curieusement, à propos de la mort de Céline, sa mère tant aimée, je ne retrouve rien, pas un mot dans ses mémoires, pas d'histoires qu'auraient pu me confier les rares membres de la famille encore vivants. Elle meurt en septembre 1931, il a alors pour sa part quarante ans et travaille dans les ateliers du Grand Arsenal des Chemins de fer à Gentbrugge, il est le père d'une fillette de neuf ans, le mari de la sœur de sa promise et le propriétaire d'une maison en construction sur les rives de l'Escaut. Une photo a été transmise sur laquelle on le voit à côté de sa femme, elle-même assise à côté de la mère de mon grand-père ; peut-être la dernière photo d'elle.

C'est une photo qu'Henri Cartier-Bresson aurait facilement pu prendre, du moins pour l'atmosphère et le cadre : ils sont assis en enfilade, d'abord lui, puis sa femme Gabrielle avec un chapeau cloche à la mode dans le style de la fin des années vingt, puis une femme âgée corpulente au visage rond, qui ne ressemble plus en rien à l'élégante dame qu'il avait pour mère dans sa jeunesse. Céline a plutôt l'air, à présent, d'une paysanne bien en chair d'un certain âge, ses mains potelées sont posées sur ses genoux recouverts d'un vêtement foncé et une légère ombre suggère une certaine pilosité au-dessus de sa lèvre supérieure. Elle aussi porte un de ces petits chapeaux cloches caractéristiques de la fin des Années folles, elle sourit d'une oreille à l'autre dans sa direction, de toute évidence particulièrement amusée. Quant à lui, il porte son borsalino, ses bottines noires, une chemise blanche, un costume sombre, un insigne sur son revers et, bien évidemment, l'inévitable lavallière à deux pans, même s'ils semblent un peu plus courts. Ils sont assis sur un talus et, derrière eux, plus haut, on voit des dizaines de personnes qui regardent fixement une chose qui reste invisible. Le visage encore jeune de mon grand-père forme un curieux contraste avec la tenue qu'il portait aussi quand il était plus âgé et qui m'est si familière – un homme de quarante ans dans ces vêtements sombres et stricts, qui sont révélateurs du monde sévère dans lequel il vivait sur le plan affectif. L'homme lambda de quarante ans a de nos jours une tout autre apparence : jeans, T-shirt, tennis, éventuellement une casquette, un aspect juvénile qui indique que nous avons beaucoup plus de mal à prendre congé des illusions de la vie. Dans ces frusques de la bourgeoisie austère de ces années-là, il a réussi pour sa part, presque tout naturellement, à renoncer aux illusions de la jeunesse. Il observe quelque chose qui n'entre pas dans le cadre, je pense qu'il est en train de parler, il tient ses mains dans une curieuse position, comme s'il serrait entre les extrémités de ses doigts une très fine baguette invisible de chef d'orchestre. La scène me rappelle l'image estivale de 1957 dont je conserve le souvenir, sur la plage d'Ostende. Je m'aperçois que son apparence n'a pas dû beaucoup changer dans cet intervalle de vingt-sept ans. À l'arrière de la photo, il a noté à la plume :

Ma chère petite Mère comptait parmi les deux cents premiers pèlerins au cimetière de Dixmude : on La voit ici durant le dernier pèlerinage auquel Elle a participé, à l'époque des moissons en 1930. 250 000 Flamands ont rendu honneur à leurs morts ce jour-là.

Quelques recherches m'ont appris que la première Tour de l'Yser, plus petite – détruite lors d'un attentat à la bombe en mars 1946 et remplacée par la tour actuelle plus grande –, fut inaugurée le 24 août 1930. Dans cette première tour, le nom de mon grand-père devait être mentionné, accompagné d'une photo, parmi les héros de la bataille de l'Yser. En raison de l'attentat à la bombe prétendument « jamais éclairci », qui d'après ce qu'on dit fut exécuté en collaboration avec des membres de la Résistance sur ordre du haut commandement francophone de l'armée pour se venger de la collaboration flamande pendant la Seconde Guerre mondiale, toutes ces traces sont effacées. Lors d'une visite à la Tour de l'Yser, je constate que le seul talus sur le terrain se situe dans le voisinage immédiat de l'ancienne tour ; ils étaient donc assis au beau milieu de l'emplacement où se passait la célébration.

Avant 1924, les pèlerinages se déroulaient sur des lieux de commémoration dispersés près de l'Yser, après 1924 ils eurent lieu à Dixmude, là où la photo en question a été prise. Autrement dit, cette photo constitue un précieux document historique de la fameuse journée de l'inauguration, mais elle m'apprend aussi autre chose : sa mère était tellement intégrée à leur petite cellule familiale qu'elle les avait tout naturellement accompagnés à cette cérémonie à laquelle étaient venus assister de si nombreux spectateurs. On peut s'étonner que, ce jour-là, deux cent cinquante mille personnes se soient véritablement réunies sur ce champ de Dixmude, la plupart des sources parlent de soixante à cent mille (je suppose qu'il était impressionné par la foule et la cérémonie, mais en tout cas : ce pèlerinage de l'Yser devait encore dégager à l'époque une force mobilisatrice rafraîchissante, sous l'éclairage du Mouvement flamand d'inspiration humaniste animé par l'idée ancienne d'élever le peuple, une manifestation bien différente des événements provoqués par des néonazis dans les années quatre-vingt ou lorsque la racaille appartenant à ce qui s'appelait alors le Vlaams Blok[1] venait gâcher l'ambiance, le message pacifiste des anciens combattants étant trop « à gauche » à leur goût).

L'utilisation par mon grand-père de majuscules pour se référer à sa mère est dans son cas plutôt logique. Mais où est sa fille Maria, qui a huit ans à l'époque ? Est-ce l'enfant qui prend la photo, avec cet appareil à l'ancienne, tout de même bien plus compliqué que ceux que nous avons l'habitude de manier à présent ? Henri de Pauw, le beau-père de mon grand-père, est déjà mort à ce moment-là. Et au mois de septembre de l'année suivante, la mère de mon grand-père meurt à son tour, à un âge relativement jeune selon nos critères actuels. Ce que j'observe sur cette photo, c'est une quotidienneté rassurante, des gens simples sur un talus herbeux, se reposant à une vingtaine de mètres de la foule. Près du visage de Gabrielle, une tache sur l'émulsion m'empêche

1. Ancien nom du parti nationaliste flamand d'extrême droite.

de déceler son expression, mais j'ai l'impression qu'elle rit. Elle ne ressemble en rien à la femme plus âgée, introvertie, que j'ai eue pour grand-mère. Ses jambes bien faites sont croisées, elle porte des talons et, à tous égards, elle a l'aspect d'une bourgeoise bien habillée. Elle a alors quarante-trois ans. Céline a eu soixante-deux ans le 9 août, deux semaines avant que cette photo ne soit prise.

Toujours est-il que les mémoires ne contiennent pas un mot sur sa mort. Elle survient d'ailleurs durant les années trente, à propos desquelles je n'ai pratiquement rien retrouvé. *Cilense…* Peut-être que ce silence sur ces années exprime tout ce qu'il y avait à dire sur la vie de mon grand-père à l'époque. Sans doute était-il reconnaissant de connaître la routine d'une vie normale, alors que le monde entier se hâtait sans le savoir vers de nouvelles catastrophes – et lui-même vers ses premiers électrochocs. Mais je suppose à présent, avec ce que je sais, qu'il a peint aussi durant ces années-là le portrait secret de son rêve interdit, un tableau que je n'allais découvrir que plus tard.

⋆

Il passe la Seconde Guerre mondiale chez lui, ils vivent de sa maigre pension. Il raconte qu'après un an et demi de guerre, les eaux cristallines de l'Escaut étaient peuplées de quantités de poissons qu'il suffisait d'attraper, car l'arrêt de la production industrielle polluante permettait chaque jour une pêche miraculeuse, ou que le calme régnait et que l'air était pur car les cheminées ne crachaient plus de fumée. Certes, il fallait marcher pendant des kilomètres pour trouver une livre de beurre et un morceau de poitrine de porc, quelques kilos de pommes de terre ou un peu de lait pour sa fille, dans la force de la jeunesse, mais on n'en mourait pas. Il est confronté de nouveau en partie à la pauvreté qu'il a connue dans son enfance. D'après ce que j'ai pu conclure de ses récits, il n'en souffrait pas. Au contraire, la paralysie dont était frappé le monde l'apaisait. J'ignore ce qu'il pensait, éprouvait, disait, quand il entendait les histoires sur les différents fronts ; cette période est passée sous silence. Il est question de quelques confrontations avec des soldats allemands, parce qu'il rentrait après le couvre-feu et devait montrer sa *marchandise** : un maigre butin de denrées alimentaires qu'il était allé acheter à prix d'or à un paysan en allant jusqu'à Laarne. Il se mettait au garde-à-vous et disait : premier sergent-major Martien, au repos. Le militaire allemand le saluait tout aussi correctement et le laissait partir. Il est question de tickets de rationnement, de mauvais pain, de la voisine qui, en pleine guerre, avait dit à un militaire allemand lui demandant des renseignements : « Moi je me souviens parfaitement, môssieur, que ce vendredi-là, c'était un samedi », et avait claqué la porte au nez de l'Allemand stupéfait.

Au bout d'une année de guerre, les livraisons de peinture s'interrompent, le papier se fait rare et la toile devient introuvable. Pendant un certain temps, il fabrique lui-même sa peinture à l'aide d'ingrédients qu'il a stockés dans un placard à l'arrière de la maison et peint sur des petits panneaux en bois. Quand il arrive là encore au bout de ses réserves, il doit attendre la fin de la guerre avant de pouvoir se remettre au travail. Il dessine à nouveau au fusain, et peaufine son clair-obscur.

*

Il s'est aperçu assez tard, même si cela peut paraître invraisemblable, qu'il ne voyait pas correctement certaines couleurs. Cela a dû survenir vers le milieu des années soixante. Le daltonisme ou la dyschromatopsie est une curieuse affection. Comme il s'agit d'une anomalie de la perception des nuances de couleur qui peut être différente d'une personne à l'autre, on rencontre presque autant de profils, sur le plan des symptômes, que de patients. Chez lui, le daltonisme avait une forme partielle fréquente, qui lui faisait confondre surtout les teintes rouges et vertes – pas systématiquement, seulement certaines. Le vert vif et le rouge vif, par exemple, étaient à ses yeux assez proches ; les baies mûres rouge vermeil du sorbier ne présentaient pratiquement aucun contraste avec les feuilles agitées par le vent au sommet de l'arbre, surtout quand les rayons du soleil l'éclairaient verticalement. Il avait du mal à distinguer le vert foncé du noir, en particulier sur des surfaces brillantes comme celles des voitures. Curieusement, il suffisait parfois de le lui indiquer, il regardait alors plus attentivement et disait : c'est vrai, oui, je le vois aussi, maintenant. Apparemment, ce genre d'affection se transmet d'un homme à sa descendance masculine, mais invariablement par l'intermédiaire d'une femme qui est porteuse de cette caractéristique récessive, autrement dit toujours d'un grand-père à son petit-fils par l'intermédiaire de sa fille. Il a donc dû en hériter de M. Andries, le père de sa mère Céline. L'impossibilité de distinguer certaines nuances de couleur avait de lourdes conséquences, car pour préparer certaines teintes il devait ouvrir trois à quatre tubes Rembrandt – des couleurs pour lesquelles il ne pouvait pas se tromper parce qu'elles étaient tout simplement indiquées sur le tube –, ajouter une gouttelette d'huile de lin, puis commencer à mélanger. C'est là que les problèmes se posaient, car en préparant son mélange, il s'éloignait parfois beaucoup, sans s'en apercevoir, des teintes intermédiaires recherchées, et comme nous, qui vivions avec lui, ne tenions pas spécialement au réalisme des scènes qu'il peignait avec une grande sensibilité, nous pouvions facilement voir dans la couleur trop brune ou rouge de certains éléments du paysage une interprétation personnelle d'un effet de lumière particulier. Il ne prit conscience de l'ampleur de sa déficience qu'en peignant un jour avec un collègue, le peintre Adolf Baeyens, dans le jardin d'un château à Bergenkruis. Le lieu de pèlerinage de Bergenkruis n'était pas loin de là où il habitait. Ils s'y rendirent à pied : deux messieurs d'une autre époque se promenant dans l'allée bordée de grands hêtres et portant, en dépit de la chaleur, un costume soigné, une chemise blanche ornée d'une lavallière et un chapeau, chacun avec un petit chevalet sous le bras et des outils de peintre à l'intérieur d'une boîte en bois commodément suspendue à l'épaule. Ils s'installèrent confortablement en plein air, comme s'ils appartenaient encore à l'école de Barbizon, au dix-neuvième siècle. Ils peignirent sur place tous les deux une petite ferme à la lisière de la forêt, mais rentrèrent chacun avec une peinture totalement différente. Non seulement Baeyens avait un penchant pour l'expressionnisme et sa technique était plus anguleuse, mais la ferme était bleue chez l'un et rouge brunâtre chez l'autre. À partir de ce moment, mon grand-père se méfia de sa propre perception et, un matin qu'il peignait une énième vue marine sur laquelle apparaissaient des pêcheurs de crevettes, il constata que la mer sur la toile n'était pas d'un vert fidèle à la nature, mais avait pris une maudite coloration rouge brun. Une mer brune, c'était le comble ! Le hasard voulut que je sois témoin de ce moment dramatique. Il se mit à jurer, eut les larmes aux yeux, réduisit en pièces la petite peinture en la frappant contre sa chère table, essaya de déchirer la toile de fureur, ses mains se couvrant de la peinture encore mouillée. Il s'essuya les mains sur sa blouse, me lança un regard perplexe, ne prononça pas un mot mais, en proie à une rage impuissante, siffla entre ses dents. Je vis la peinture abstraite produite par ses mains qu'il avait essuyées sur sa blouse, je pense que je ne pouvais pas, à l'époque, prendre la pleine mesure du drame qui se déroulait sous mes yeux. Cela se passa des années après le décès de sa femme, si je fais un compte à rebours, sans doute vers 1962, j'avais à l'époque onze ans. Gabrielle est morte en 1958. Comment avait-il pu ne pas s'en apercevoir pendant si longtemps ?

À partir de ce moment-là, son style de peinture changea. Il paraissait soudain s'être mis à peindre de façon plus libre, plus vague et plus nonchalante, mais il se peut aussi qu'il ait commencé à y voir moins clair. Il se réfugia également dans ce qu'il savait le mieux faire, le dessin au fusain, qui lui offrait la possibilité d'utiliser magnifiquement la technique du sfumato. Innombrables sont les jeunes femmes à moitié nues près d'une source dans les bois, les apparitions semblables à des nymphes dans une forêt obscure qui suggèrent la pureté originelle, les masses de nuages oniriques et le jeu de lumière d'une multitude de feuilles estivales sur un sentier forestier rarement emprunté. Quand il appliquait cette technique, il était maître dans l'art d'évoquer une atmosphère mélancolique, arcadienne. Il offrait beaucoup de ces tableaux à des membres de la famille, des amis, des connaissances. Je ne l'ai jamais vu gagner un seul ancien franc belge avec sa peinture ou ses dessins ; je pense d'ailleurs qu'il n'en aurait pas eu l'idée, que cela aurait été en contradiction avec son goût du sublime qu'il avait cherché à satisfaire par la peinture tout au long de sa vie. Peut-être y aurait-il même vu une trahison vis-à-vis de son père toujours resté pauvre, Franciscus, le peintre de fresques.

⋆

Il m'emmena à l'Expo 58, l'Exposition universelle de Bruxelles, lui qui avait aussi vu celle de 1913. Je me souviens de blanc, de bâtiments blancs, d'allées blanches, d'une architecture nouvelle, pure, impeccable, du soleil, d'un soleil blanc, d'un monde qui m'aveuglait : tout est blanc dans mon souvenir. Pour une génération qui vivait encore dans de vieilles pièces plongées dans la pénombre, l'ensemble était éblouissant. L'Atomium paraissait blanc, les arbres paraissaient blancs, le monde était blanc. Même le pain était blanc, le pain blanc de l'Expo. Pourquoi tout était-il blanc ? Peut-être des fragments du pavillon américain me sont-ils restés en mémoire, ou le pavillon futuriste français, qui sait ! Seuls les gens étaient noirs, j'en suis certain. Les hommes étaient en noir, les femmes par contre en jupes noires et chemisiers blancs, et je marchais en tenant la main de mon grand-père vêtu de noir, il portait son chapeau noir et une lavallière noire. Un monde blanc et noir. Rien de plus. J'avais sept ans, il avait perdu sa femme au printemps, il devait être en plein deuil lors de cette visite et elle lui manquait certainement. Je ne me rappelle rien d'autre, dans mon souvenir elle est morte dans le fauteuil où je l'avais vue émettre un râle, un matin, tôt, et c'était en mai la même année – en août, cela faisait déjà longtemps pour un enfant de sept ans. Maintenant seulement, cinquante ans plus tard, tout cela me paraît parfois étrangement proche, ce monde en noir et blanc.

★

Schiplaken, janvier 2012

Sur Google, j'ai l'impression d'une carte géographique animée, qui me permet de repérer les emplacements des combats : en faisant la navette avec le curseur entre l'avenue des Passereaux et l'avenue Beethoven, entre un Body Fashion et une route des Perdrix, ces campements en brique d'un paysage flamand qui s'est urbanisé, je parviens à observer et à balayer le terrain comme si je disposais d'une carte d'état-major en 3D, ou comme si je survolais dans un hélicoptère de l'armée des lieux à cartographier. Mon observation par satellite tient du bricolage, mais elle me donne le sentiment d'avoir plus de prise sur les éléments, tout au long d'une après-midi dispersée. Le fameux cimetière est situé rue des Joncs, parfait, mais quand j'arrive concrètement sur place en voiture, c'est une de ces journées glaciales, sans lumière, qui donne l'impression que les gens ici doivent vivre sous une serpillière éternellement mouillée, tandis qu'ailleurs sur la planète, dans des lieux plus chanceux, on peut voir à perte de vue un bleu frais. Ici tout paraît plat et dépouillé. Les nouvelles constructions manquent d'imagination, sans parler de ces sempiternels et maudits cyprès, lauriers-cerises et gazons ras. La route en béton est déserte, une unique camionnette de livraison passe sur les jointures du revêtement en produisant un monotone docdoc, docdoc. Tandis que je la regarde filer, les enfants sortent de la petite école à côté du cimetière. Un maître agite un panneau de signalisation vers la rue vide. Soudain arrivent de tous côtés des quatre-quatre, des voitures de luxe, des minibus et des parents à pied ; on vient chercher les enfants, on les pousse dans des voitures, des portières claquent, les véhicules démarrent, l'un après l'autre ils disparaissent du champ de vision en direction des villas disséminées. Le silence revient ; on entend le vent dans les arbres nus. Il fait un froid mordant. À l'entrée du cimetière, le drapeau pendouille comme un oiseau mort. Je prends une photo du monument, un long mur sur lequel on peut lire en lettres de métal noir : AUX HÉROS DES COMBATS DE SCHIPLAEKEN.

La sombre statue au milieu, posée sur un socle qui porte l'inscription PRO PATRIA, ainsi que les dates des combats (26 août – 12 septembre 1914) constituent le seul témoignage de ce qui s'est déroulé dans les parages. La croix en pierre est tombée du socle, il ne reste plus qu'une marque cruciforme gris foncé. La statue en bronze de la main de Bernard Callie représente une mère debout, qui se penche au-dessus d'un soldat mourant. Il est vêtu de sa capote et appuie sa tête coiffée d'un casque contre les genoux de la femme ; elle semble poser une branche de buis sur son épaule. La besace du soldat pend encore autour de son cou en bronze. Une de ses jambes paraît avoir glissé du socle, ce qui confère à la statue un caractère dramatique. Le bronze est tacheté d'humidité et de mousse. Le long du mur, derrière lequel apparaissent les toits de l'école à côté de deux cyprès devenus informes, sont alignées deux rangées de petites tombes – ce sont plutôt des plaques nominatives inclinées – de près d'une centaine de victimes de la guerre. Je note un certain nombre de noms, en me disant qu'il y a de grandes chances que mon grand-père ait connu ces jeunes hommes : A. Van Dezande, B. De Munter, A. Vandecandelaere, J. Buffel, soldat carabinier, D. De Backer, artilleur, E. De Jonghe, J. Verhaeghe, A. De Groote,

L. L. Coene, J. Cravez, tous soldats du deuxième régiment de ligne.

Cela n'a aucun sens de noter ces noms. Je le fais pour m'occuper, mais bientôt mes doigts s'engourdissent et je poursuis mon chemin les mains dans les poches, penché contre le vent. Sur la pelouse derrière le cimetière se dresse une grande croix sur un socle. Au-dessus des murs, on aperçoit les cimes des arbres qu'un vent glacial secoue. C'est dans ce bois que cela s'est passé, me dis-je. Je remonte dans ma voiture, roule sur des petits sentiers sablonneux à travers les zones boisées désertes qui s'étendent ici et là entre les habitations. Il n'y a vraiment rien à voir, en dehors de cette unique épave de voiture sans roues, quelque part au milieu d'un bois, un objet qui semble concentrer en lui le délaissement, l'absence de tout ce qui aurait pu évoquer un souvenir. Je descends de voiture à un autre endroit, regarde autour de moi : même les arbres en étaient d'autres. Ici, il n'y a pas un seul arbre qui ait cent ans – peut-être datent-ils tous sans exception du lendemain de la Seconde Guerre mondiale. Ici, il n'y a aucun témoin. Ni dans le sable, ni dans les arbres, ni dans les maisons, ni sur les routes. Et c'est en songeant à cette absence que concrétisent ces arbres trop jeunes que je prends soudain conscience, presque physiquement, de l'éloignement de tout cela, de ce qui m'a tant occupé ces dernières années, par rapport à ma propre époque. Ces arbres idiots, bien trop jeunes, semblent presque hypocrites, complices du temps.

Je me rends en voiture jusqu'à Hautem-Sainte-Marguerite, où, là aussi, des combats atroces ont eu lieu, je croise la rue de la 22e ligne, passe par Weerde et Elewijt – qu'il a vu brûler après des bombardements –, je vais de Boortmeerbeek à Kampen, puis à Winksele, les lieux où il a marché, bivouaqué, combattu, creusé, dormi, couru pour sauver sa peau : même oubli absolu, paix banale et précieuse, je te salue. Un épicier, un boulanger, un parc de stationnement désert, un petit supermarché, une pharmacie design trop chic, un panneau de signalisation rouillé, un magasin de journaux dans un kiosque en plastique excentrique, une route en béton tel un ruban de vacuité sur une après-midi d'hiver. Personne dehors, de temps à autre une voiture roulant trop vite. Sur mon autoradio, les *Symphonies d'instruments à vent* de Stravinsky, musique dramatique et mobile parfaitement adaptée aux banlieues qui défilent, anonymes. Il est deux heures, deux heures et demie, je traîne longtemps pour absorber, encore et encore, ce rien absolu, ce rien qui a pour nom contemporanéité et qui m'entoure comme un solide cocon. Je rentre bredouille, même une poignée du sable froid et sale d'un sentier forestier ne me permet pas d'établir une forme de contact avec ce qui s'est passé ici autrefois. Dos-d'âne, panneaux de signalisation, un fou impatient qui se met à me faire des appels de phares parce que je tiens à respecter les limitations de vitesse et me dépasse à toute allure, autant que faire se peut, au point que je manque de sortir de la route au rond-point. La Flandre en l'an 2012. Rien. Absolument rien. Un lieu vide de sens et sûr, Dieu merci, c'est déjà ça. Je prends encore quelques photos, regarde à nouveau sur Google une fois rentré chez moi, où le tout paraît nettement plus intéressant que dans la réalité.

*

Tous les vendredis pendant les mois d'été, il se rendait avec sa femme, mais aussi régulièrement avec nous, la famille de sa fille, à Bruges, où dans la basilique du Saint-Sang, qu'il appelait la « chapelle du Sang », il portait le flambeau.

Que de fois les vendredis après-midi d'été je l'ai vu sortir du rang pendant le rite, recevoir la gigantesque bougie dans une hampe dorée et marcher solennellement en tête, suivant le prêtre qui officiait, à travers la foule priant ou chantant. La relique que devaient embrasser les fidèles pendant le culte suscitait en moi un mélange d'aversion et de fascination. Un prêtre assis sur un petit promontoire tendait avec raideur devant lui le tube en verre contenant le morceau d'étoffe marron séculaire, comme s'il était lui-même un peu dégoûté ; le précieux objet était, si je me souviens bien, brodé tout autour de fil d'or. Chaque fois que quelqu'un l'embrassait humblement en s'agenouillant, le prêtre essuyait imperturbablement à l'aide d'un chiffon blanc l'empreinte des lèvres pécheresses, pour qu'un prochain fidèle puisse apporter sa contribution tout aussi humble et sensuelle à cette tradition antique sans risquer une contamination bactérienne provoquée par la ferveur religieuse d'autrui. À l'extérieur, Bruges connaissait une vie ordinaire, profane, trépidante. Les drapeaux frémissaient au vent, les petits bateaux fendaient l'eau boueuse des canaux, on lisait *Bruges-la-Morte* en anglais à haute voix sur le quai du Rosaire et récitait le poème *Quai du Rosaire* du poète Rilke en français. Nous, à l'intérieur, nous participions au rite secret introduit au douzième siècle à l'instigation de Thierry d'Alsace, quand il avait rapporté de Terre sainte, depuis devenue la région la plus explosive de la planète, ce morceau d'étoffe ensanglanté (de nos jours, on lui intenterait probablement un procès pour exportation illégale de patrimoine national, même si de telles affaires sont complexes dans la Jérusalem actuelle). Le jour de l'Ascension, nous étions témoins de la procession du Saint-Sang. Mes pensées étaient occupées par ce chiffon ensanglanté ayant viré au marron, que j'embrassais chaque semaine, et plus j'avançais en âge, plus je m'interrogeais sur la durée de conservation du tissu, de chiffons ensanglantés, de reliques. Je trouvais de plus en plus invraisemblable que ce chiffon soit vraiment imprégné du Sang du Messie et m'étonnais de la singulière magie de ces rites solennels, des chants, des comportements, de la dévotion séculaire sans preuve solide à l'appui, bref de la force purement transcendante de mes semblables croyants. À l'extérieur, il y avait le monde, et cela rendait la religion, ici à l'intérieur, dans la pénombre remplie d'encens, attirante et profonde. Quand on prend ses distances, le monde semble toujours attirant et profond – les cygnes filaient sur la Minnewater, les dernières béguines s'éteignaient tandis que les colchiques fleurissaient en août dans les cours intérieures humides au bord de l'eau. Les Japonais trottaient dans la ville sans rien y comprendre. Le Saint-Sang était indissociable de l'obtention d'une copieuse glace, d'une promenade sur la place 't Zand, de la consommation d'une limonade à l'ancienne, à la terrasse d'un restaurant où un jour j'ai observé attentivement deux amoureux : un homme d'un certain âge parlait, en la dévorant du regard, à une jeune femme blonde aux boucles volant au vent et aux bras couverts de chair de poule, deux amoureux les yeux dans les yeux qui ont fait naître en moi un sentiment d'incompréhension, parce qu'ils ne semblaient pas vraiment assortis mais partageaient tout naturellement une certaine intimité. Religion, tourisme, premiers émois érotiques, été et hautes traînées de nuages, bannières claquant au vent et odeur de vieilles églises, clapotement tiède et lent de l'eau sur la proue de bateaux blancs.

« Voici le calice de la Nouvelle Alliance en mon sang versé pour vous » : les paroles du prêtre me résonnaient aux oreilles sans que je les comprenne. Pour mon grand-père, porter le flambeau à l'occasion du rite hebdomadaire était un repère dans le temps, un rythme associé aux semaines d'été, et quand je pense à lui, le dos droit et son crâne mat dégarni, vulnérable, qu'éclairait la lumière dorée des cierges, je comprends pourquoi il y tenait tant. En fait, il avait lui-même quelque chose d'un homme du Moyen Âge, d'un descendant de la soldatesque intemporelle, du chevaleresque tel qu'il est décrit dans les histoires du Graal. C'est ainsi qu'au fil des ans, dans mon souvenir, le tube de verre marron de la chapelle du Saint-Sang a fini par se confondre avec les récits anciens sur Parsifal, et j'ai compris que mon grand-père avait finalement toujours été le Fou pur, ce naïf intègre qui suscitait ma plus grande admiration car il ne semblait pas connaître l'égoïsme, ni la suffisance, la prétention, mais faisait simplement preuve de cette serviabilité naturelle, une caractéristique qui faisait de lui à la fois un héros et une bonne pâte sublime. Et quand je l'ai compris, je suis retourné un jour à Bruges, après tant d'années, et j'ai regardé en retenant mon souffle ce qui se passait dans la chapelle du Saint-Sang, et j'ai compris qu'en réalité je comprenais très peu.

⋆

Dans sa petite bibliothèque, j'ai trouvé, des années après sa mort, un exemplaire couvert de traces de doigts de la célèbre nouvelle de Georges Rodenbach, *Bruges-la-Morte*. Cette histoire est celle de Hugues Viane, le personnage principal, qui rencontre une écervelée ressemblant à s'y méprendre à sa regrettée bien-aimée et constate que cette femme ne peut finalement incarner qu'une caricature de sa passion initiale. Quelques passages étaient marqués de vagues traits de crayon. J'ai feuilleté les pages jaunies, illustrées de gravures touchantes aux couleurs estompées évoquant l'atmosphère de la Bruges gothique figée du dix-neuvième siècle. Des traces de peinture à l'huile bleue apparaissaient vers la moitié du livre et, sur une page vierge, j'ai vu un début d'esquisse d'un visage. « Bruges était sa morte, et sa morte était Bruges. Tout s'unifiait en une destinée pareille[1]. » Dans l'histoire, le rite de la procession du Saint-Sang joue un rôle décisif. Le jour où la procession a lieu, la femme s'amuse des bibelots que cet homme affligé a accumulés autour de lui pendant des années et conservés en

1. *Bruges-la-Morte*, Ernest Flammarion, 1892, publié sur Internet sous forme numérique par la dbnl, 2006 (http://www.dbnl.org/tekst/rode004brug01_01/rode004brug01_01.pdf).

entretenant une adoration naïve pour son épouse. L'écervelée va cependant plus loin. Elle le provoque par un travestissement blasphématoire. Elle prend la mèche de cheveux de la défunte Ophélie et s'en sert pour parader d'un air moqueur à travers la pièce. Hugues en perd la raison : il étrangle la femme qui, par son blasphème, l'a obligé à regarder en face la réalité ironique dissimulée derrière ce qu'il cherchait à sublimer. C'est une histoire sur l'impossibilité de revivre un grand, un unique amour. Mais c'est aussi l'histoire d'un Orphée moderne. Tout comme Orphée, Hugues descend dans une sorte de royaume des morts pour y rejoindre l'apparition de son amour perdu, ce qui est voué à l'échec. Tout comme Orphée, il perd deux fois son amour, parce qu'il confond le souvenir qu'il a d'elle avec son double qui vit sur terre.

Combien de fois mon grand-père a-t-il lu, ou relu, cette nouvelle sur l'amour orphique ? Il a par exemple souligné la phrase où Rodenbach affirme que Hugues n'a pu résister au suicide que parce qu'il se remémore de façon mystique son Ophélie. Tout comme le personnage principal dans l'histoire, mon grand-père vivait en secret avec un mausolée mental dédié à son amour perdu. Tout comme Hugues Viane, il a appris que l'unique ne peut revenir sous la forme d'un double, a fortiori quand il s'agit de sa sœur timide plus âgée. Avec ce livre entre les mains, j'ai pris soudain conscience qu'il a été en fait une sorte de veuf marié. En cachette, il pleurait la disparue avec autant de sollicitude que ce personnage de roman. Vers la fin du livre dépassait – je m'en suis étonné car je ne voyais pas encore le lien à l'époque – la reproduction déchirée de la *Vénus* de Rokeby peinte par Vélasquez, devant laquelle je l'avais trouvé un jour en larmes. Quelques pages plus loin, il y avait un petit morceau de papier calque très fin, soigneusement plié, qui contenait quelques longs cheveux noirs, autrefois soigneusement enroulés autour de l'extrémité d'un doigt en une parfaite petite spirale.

Passion secrète, doctrine secrète qui ne nous apprend rien. Fidèle à ce qui n'était pas, mais qui déterminait tout, donnait forme, accordait une signification secrète. Le plus important, il ne pouvait le partager avec les autres. Alors il peignait des arbres, des nuages, des paons, la plage d'Ostende, une basse-cour et des natures mortes sur des tables à moitié débarrassées, un immense travail de deuil, silencieux, dévoué, pour apaiser les pleurs du monde jusque dans les choses les plus quotidiennes.

*

Jamais il n'a peint la moindre scène de guerre. Jamais il ne lui est venu à l'esprit de dessiner un de ses souvenirs de guerre et, dans ce que j'ai trouvé après sa mort, il n'y avait plus aucune trace des portraits au fusain de ses camarades, dont il parle dans ses mémoires. Pas une seule de ses toiles ne montre un militaire, en dehors peut-être du petit autoportrait où il s'est représenté avec ses décorations et qui, d'un style assez académique, a sans doute été réalisé avant 1920 et ne témoigne en rien d'un esprit militaire, on dirait plutôt une photo d'identité agrandie peinte à l'huile, qui sait, pour faire plaisir à Maria Emelia. Il n'y a que le grand portrait encadré en noir et blanc où on le voit dans son uniforme, peut-être l'agrandissement d'une photo prise juste après la guerre, retravaillée au fusain et dont j'ai toujours pensé qu'il s'agissait d'un dessin, tant certaines lignes sont floues et obscurcies. En bas de la photo encadrée, il a écrit lui-même : « Ainsi revint Urbain de la guerre de 1914-1918. » La même inscription apparaît derrière, mais dans une autre écriture, peut-être celle de sa mère. Il n'y a rien de plus. Dans les innombrables tableaux qu'il réalisait, on ne trouve pas la moindre trace de malheur, tout au plus un nuage fuyant, bleuté, peint avec un pinceau de martre un peu plus gros, qui passe devant le soleil couchant, pas même l'annonce de *La Tempête* de Giorgione au-dessus d'une Arcadie Biedermeier.

Quoi qu'il en soit, à l'époque où son daltonisme a été confirmé, il ne produisit que quelques œuvres de petite taille, jusqu'à ce qu'il décide, vers le milieu des années soixante-dix, de faire quelque chose de grand. Il existe un tableau assez impressionnant, réalisé par Antoon Van Dyck, de saint Martin qui coupe son manteau en deux et donne la moitié à un mendiant. L'histoire est connue de l'iconographie, ce motif familier a souvent été peint, représenté tant par un maître hongrois anonyme que par Simone Martini, Jacob Van Oost ou El Greco. Van Dyck a réalisé deux variantes de ce motif. Il en a donné à chaque fois une interprétation dynamique et dramatique. Mon grand-père a reproduit la version que l'on voit dans l'église paroissiale de Zaventem, près de Bruxelles, et que Van Dyck a peinte à la demande du chancelier néerlandais du duché de Brabant, Ferdinand van Boisschot, l'année où ce dernier a été anobli.

Assis haut sur son cheval pommelé presque blanc, saint Martin porte une cuirasse qui brille d'un reflet sombre et évoque la noblesse et la dignité. Une de ses jambes solidement appuyée sur l'étrier suggère la force et l'adresse. Il est encore jeune, du chapeau sur sa tête pend de côté une grande plume. À sa gauche (donc du point de vue de saint Martin lui-même, à côté de sa main droite), on voit un deuxième cavalier, vêtu plus sobrement et montant un cheval brun qui présente une tache blanche sur la tête. À sa droite, le mendiant nu, dont le dos musclé magnifiquement rendu sur le plan anatomique est tourné vers le public, est assis sur une botte de paille. Il tire avidement sur le manteau rouge flamboyant qui se déchire. Près de lui, un deuxième mendiant coiffé d'un foulard d'aspect oriental lève les yeux et fait la moue, quelque peu sceptique, en observant le noble généreux. Il est infirme, agenouillé, et serre une béquille en partie visible qui, à en juger par l'étoffe juste en dessous de son aisselle, appuie à cet endroit. L'encolure puissante du cheval, courbée en avant, l'unique patte levée, les muscles tendus du dos du mendiant : tout dans le tableau est mouvement, force et intensité de la vie. Saint Martin manie une très fine rapière, qu'il tient droit devant sa poitrine, mais comme il est penché sur son cheval, elle nous paraît inclinée, une diagonale qui, à peu près à angle droit, découpe le bord supérieur du tissu. Le pan inférieur qui se détache flotte vers la droite, pointant dans une autre direction, celle du mendiant musclé recevant le tissu. Dans un instant, le manteau sera coupé en deux et l'étoffe rouge tombera, informe, sur le mendiant. À droite de la scène, on aperçoit aussi un fragment de colonne qui rappelle l'Antiquité, au loin dans l'arrière-plan, des nuages bas sont éclairés par une lumière de fin de journée. C'est un tableau magistral. L'élégance, la clarté et la pureté des lignes témoignent non seulement de la grande maîtrise de Van Dyck, mais aussi de l'esprit passionné et de la jeunesse du peintre, qui en 1621, quand il a réalisé cette œuvre, avait tout juste vingt-deux ans.

*

C'est pour ce tableau que mon grand-père a passé une semaine à fabriquer à grands coups de marteau un gigantesque châssis, dans la serre aux raisins au fond du jardin. Il a agrandi le tableau pour en faire une toile de près de deux mètres sur deux, curieusement un format plus grand que la peinture initiale à Zaventem, qui ne fait que 171 centimètres sur 156. Il a fait preuve à cet égard d'une audace et d'un esprit aventureux inattendus, la transposition du format exigeant d'analyser grâce à une grille précise l'image reproduite dans son livre. Il s'est mis sur son trente et un pour se rendre à La Plume d'or, sur la place du Marché du Vendredi, et y a acheté une toile carrée de deux mètres et demi de côté, qu'il a transportée chez lui sous les regards ahuris des personnes dans le tramway, lui-même les yeux rivés devant lui, portant le grand rouleau posé sur son épaule et manquant ici et là, en tournant, de flanquer un coup à un passant. Quand il a voulu recouvrir le châssis, il s'est avéré que l'emplacement qu'il avait prévu pour la toile, juste au-dessus de sa chambre à l'entresol, n'était pas assez grand : le mur extérieur à droite de la cage d'escalier était légèrement incurvé, empêchant l'installation de la toile à cet endroit. De surcroît, comme le plafond était un peu penché, la partie supérieure de la toile devait être biseautée. Il a démonté le châssis et fabriqué sans le savoir une chose qui, à l'époque, était très à la mode : ce que l'on appelait un *shaped canvas*, une toile d'un format irrégulier. Avec force travaux de menuiserie, il a adapté le côté en haut à droite, là où après la masse de nuages un arbrisseau surgit d'une fissure dans la colonne antique. À droite, un morceau de la colonne a également disparu, ce n'était pas une trop grande perte. Il a tendu légèrement la toile, l'a un peu humidifiée à l'arrière à l'aide d'une éponge lisse, a attendu trois jours, retendu soigneusement la toile avec des pinces plates et, seulement à ce moment-là, enfoncé définitivement des clous de tapissier. Quand tout lui a semblé en ordre, il a transporté la grande toile en haut des escaliers, il a manœuvré pour la faire entrer dans sa chambre à l'entresol, il l'a posée à côté de son lit – et il a commencé sa grande œuvre, qui lui a pris plus de six mois.

Il a dessiné une grille sur la reproduction et s'est penché pendant des semaines avec sa loupe et son compas de cuivre, que lui avait d'ailleurs offert en 1916 la délicieuse Mrs Lamb de Windermere, pour examiner la reproduction. Il n'avait pas besoin d'aller étudier la toile dans la modeste église paroissiale Saint-Martin à Zaventem où il l'avait vue à son retour de la bataille dramatique de Schiplaken à l'automne de 1914 et où, curieusement, aujourd'hui encore, elle est suspendue, quasi anonyme : tous les détails étaient gravés dans sa mémoire. À l'époque, il avait prié en tremblant devant son saint patron, un dimanche après-midi au tout début de la guerre, ému par ce qui lui était arrivé les semaines précédentes pendant l'horreur de Schiplaken et d'Hautem-Sainte-Marguerite.

Étonnamment, sa reproduction ne présente pas le moindre défaut et toutes les couleurs, pour autant que je puisse en juger sans pouvoir suspendre l'une à côté de l'autre les deux versions, sont correctes. Cela dit, ses couleurs sont un peu plus claires, comme si la toile originale avait eu droit à un bon nettoyage. En mettant tant d'amour à reproduire son saint patron, mon grand-père a répété le travail de son père, qui à Liverpool a peint son saint patron à lui, saint François. Il a dû éprouver une grande satisfaction, lorsqu'il a bouclé cette boucle : il rendait ainsi hommage à son père regretté. Dans la documentation qu'il avait conservée parmi ses croquis, je trouve quelques feuilles déchirées de la célèbre *Légende dorée* de Jacques de Voragine. Il s'agit de l'hagiographie de saint Martin, légionnaire romain devenu chrétien. En dehors de toutes sortes d'anecdotes intéressantes, de Voragine résume les vertus de saint Martin : l'humilité, la dignité dans le combat, le sens de la justice et la patience, l'application dans la prière, l'habileté à démasquer les démons. Mon grand-père a souligné au crayon rouge cette dernière vertu. Martin était le saint patron de tous les soldats ; les rois français portaient pendant les combats un scapulaire du saint. Antoon Van Dyck avait apparemment lui aussi en sa possession un tel scapulaire.

Le thème inspira mon grand-père, qui confectionna plus tard un tympan de grès en bas-relief, qui fut accroché au-dessus de la porte d'entrée du petit pavillon. Il avait à l'époque soixante-douze ans et était extrêmement vif pour son âge. Tandis qu'il se consacrait à cet important travail, à travers lequel il sublimait ses origines et son nom de famille modestes à la lumière picturale du grand Van Dyck, le chagrin que lui avait procuré la mort de sa femme sembla s'estomper un peu. Les cris d'admiration furent nombreux, mais son ami Adolf examina la grande toile et dit avec parcimonie : tu vois, je n'aurais pas cette patience, de faire le copiste. Il fit un gros clin d'œil à la fille de son ami, Maria Emelia, et l'amitié entre mon grand-père et lui se refroidit.

⋆

Quand je décide d'aller un jour de la semaine à Zaventem pour voir le tableau original, il pleut des cordes. Dans l'église déserte, on entend une douce musique. En longeant les colonnes massives, je m'approche prudemment de la peinture suspendue dans l'autel latéral droit et essaie de l'imaginer ici en octobre 1914, dans son uniforme souillé, agenouillé sur la première des deux marches de bois, avec sa besace, son fusil et sa petite gamelle cabossée, épuisé par la brutalité des premières confrontations lors de la progression de l'armée allemande. Comme je suis habitué au format plus grand de la copie, la toile originale me paraît petite. Elle a en outre effectivement des teintes plus sombres. Elle a été peinte sur sept larges planches fixées ensemble, et manifestement restaurée : la peinture à l'huile ajoutée ultérieurement est trop brillante, ce qui donne au chef-d'œuvre trop de reflets. De plus, au fil du temps et en raison de la variation du taux d'humidité, les panneaux se sont mis à gonfler légèrement, de sorte que l'on voit six jointures. Les colonnes corinthiennes de l'autel qui abrite le tableau sont peintes en *faux marbre*★ et *doré*★. Au-dessus des motifs Louis XV, le blason de Ferdinand van Boisschot orne une voussure dorée. Je remarque que le *faux marbre*★ ressemble fortement à celui que mon grand-père a lui-même appliqué dans le couloir haut de plafond de sa maison, de sorte que le tableau en est aussi entouré là-bas. Le *faux*★ était d'ailleurs un des points forts de mon grand-père ; il savait peindre sur les portes, les murs et les colonnes des motifs imitant le bois ou le marbre comme un *artisan*★ des siècles passés.

Un sacristain serviable surgit des coulisses à droite de l'autel. Quand il me voit assis longuement devant le tableau, à prendre des photos et des notes, il vient allumer avec obligeance quelques lampes devant l'autel latéral. Je lui exprime mon étonnement à propos de la présence d'un tel chef-d'œuvre, une des pièces les plus significatives du patrimoine mondial de la peinture, dans une église paroissiale flamande, sans aucune protection et presque anonyme. Il joint ses mains noueuses avec une certaine dévotion, me raconte qu'il était présent quand les fragiles panneaux ont été démontés pendant la Seconde Guerre mondiale et cachés dans une cave du voisinage pour éviter que les nazis s'en emparent. Il me donne un dépliant, je vérifie les données qui y sont communiquées, retourne le jour même à la maison au bord de l'Escaut pour regarder encore une fois la copie, m'étonne de la clarté, de la vivacité des couleurs, de l'élégance – de cette lueur initiale qui peut se dissimuler dans une copie.

⋆

Durant cette période, il a réalisé d'autres copies réussies d'œuvres connues – comme le portrait surprenant d'un garçon qui tient en laisse deux chiens de chasse, de la main d'Érasme Quellin le Jeune. L'enfant est habillé assez ostensiblement en fille, et pose dans une robe bleu et rose brillante et exubérante. Cette œuvre, plutôt anecdotique et sentimentale, n'a en soit rien de passionnant, mais elle témoigne de la virtuosité du peintre, c'est un échantillon caractéristique de la mentalité baroque anversoise, sur lequel il a porté son choix peut-être simplement parce qu'il avait envie de relever un défi technique en peignant l'étoffe changeante (et peut-être aussi parce que, tout jeune, il ressemblait lui-même à une fille, ce qu'il évoquait parfois en riant ; à la fin du dix-neuvième siècle, on habillait souvent les garçons en filles durant les premières années de leur vie, avant qu'ils ne deviennent propres car une robe évitait qu'on se salisse).

⋆

Sa copie la plus réussie cependant, même s'il s'agissait d'une préparation du travail définitif, est celle d'un célèbre portrait : l'*Homme au casque d'or*, exposé à la galerie Gemälde à Berlin et attribué pendant des siècles à Rembrandt. Il s'est avéré que le tableau n'était pas du maître lui-même, ce qui lui a fait perdre beaucoup de valeur : il a dégringolé, à l'époque, de vingt millions de marks à moins d'un million – une révélation glaçante qui a été épargnée à mon grand-père. En effet, des experts ont fait cette constatation en 1985, quatre ans après sa mort. Mais cette copie est devenue incontestablement la favorite de mon grand-père. Comme elle a eu un grand succès, il l'a reproduite plusieurs fois pour son cercle d'amis, si bien que j'ignore où sont précisément accrochées les copies qu'il a faites (ainsi, à ma stupéfaction, j'ai cru voir un jour dans le restaurant bruxellois Le Paon royal, au mur de la salle du premier étage, une de ses copies de la *Basse-cour avec un paon blanc*, œuvre D'Hondecoeter, une scène allégorique sur la domination du mal dans le monde, qui m'a incité à écrire un livre entier ; quant à savoir comment le tableau a pu arriver là, c'est pour moi un mystère ; il n'était pas signé non plus et était, techniquement, très en deçà de la copie que j'avais moi-même en ma possession).

*

Ce devait être un matin de la Saint-Nicolas à la fin des années cinquante que j'ai trouvé, sur la table surchargée de mandarines, de spéculoos et de personnages en chocolat, un magnifique petit avion. Le bon saint Nicolas me l'avait apparemment apporté cette nuit-là. L'appareil était fabriqué en fines planchettes de bois, une sorte de biplan dont la coque était peinte en bleu, les ailes en rouge et la queue en jaune et noir. Les petites roues étaient faites ingénieusement de deux pièces de monnaie, celles en fer de vingt-cinq centimes qui étaient grandes à l'époque et avaient un trou au milieu. À travers ce trou avait été glissé un fin bâtonnet, qui permettait de fixer les roues à la coque ; le bâtonnet étant inséré dans un trou un peu plus grand ménagé dans cette coque, les roues pouvaient tourner. Deux rivets maintenaient le bâtonnet en place. Le petit avion avait été découpé un peu maladroitement à la scie à chantourner, puis limé, et si pendant des années je n'ai pas compris que c'était mon grand-père qui avait confectionné cet objet de ses propres mains, cela ne peut s'expliquer que par ma foi inébranlable dans le bon saint Nicolas ; je ne l'ai donc jamais remercié, alors qu'il y avait mis tant de soin et d'amour. J'ignore où l'objet a disparu par la suite. Je suppose qu'il s'est perdu dans les bacs de terre poussiéreux de la serre aux raisins, avec une roue en moins ou une aile cassée entourée d'une quantité de fils, et quelque part une agrafe dépassant comme une patte cassée, je n'en sais rien. Des décennies plus tard, avec la lucidité que l'on peut avoir dans un rêve sur sa propre enfance, j'ai soudain eu devant les yeux le petit avion et j'y ai lu des lettres et des chiffres, que j'ai continué de voir même après mon réveil : DK100710. Je les ai notés, comprenant que mon grand-père avait cherché à ce que l'avion ait « l'air vrai » en y peignant cette inscription tel un nom de code, je trouvais cela pittoresque ; d'autres souvenirs de jouets perdus de mon enfance me sont revenus en mémoire ce jour-là, parce que j'avais fait ce rêve, puis j'ai oublié le tout.

Cependant, en lisant ses mémoires et en faisant quelques recherches, je suis tombé sur la date de la mort de Daniel Kinet, premier aviateur victime d'un accident aérien en Belgique, sur les terrains de Port-Arthur, non loin du lieu où mon grand-père a vu surgir d'une mare la jeune fille nue. Kinet s'est écrasé le 10 juillet 1910, vers dix heures. Je me suis souvenu de l'échec de la visite de mon grand-père à la clinique où Kinet allait mourir quelques jours plus tard, du statut de héros que l'homme avait acquis à ses yeux. DK100710 donc... Le petit avion se révélait soudain porteur d'un code secret, mais concret, celui du souvenir du héros de l'aviation belge. De toutes ces choses, combien y en avait-il que je ne comprenais pas ? Plus je lisais, plus je prenais conscience que je devais apprendre à supporter mon ignorance.

Ainsi apparaissaient d'autres traces de mes souvenirs, car ses mémoires soufflaient sur la poussière qui les recouvrait et je commençais à comprendre de plus en plus de signes. La première cigarette que j'avais fumée était une vieille clope jaunâtre de forme ovale, volée dans un étui à cigarettes en argent rangé dans le tiroir étroit de la fameuse petite table de mon grand-père. J'avais quinze ans, envie de pouvoir enfin faire cette expérience, j'étais parti m'asseoir avec mon trophée au fond du jardin derrière des buissons, et j'avais fumé la moitié de la curieuse cigarette au goût puissant. J'ai aussitôt ressenti une terrible nausée et, un instant plus tard, j'ai vomi. Dans ses mémoires, il est question d'un étui en argent contenant des cigarettes qu'il avait reçues de la mystérieuse Mrs Lamb de Windermere et donc conservées pendant toutes ces années comme un fétiche sans y toucher, car il n'a, à ma connaissance, jamais fumé. Ma petite sœur s'enveloppait souvent à l'époque dans une longue écharpe, qui était sans aucun doute celle que la même femme avait offerte à mon grand-père quand il avait dû repartir pour le front, une écharpe qui avait acquis dans ses histoires une dimension mythique et semblait à chaque récit devenir encore plus longue. Mais la véritable écharpe, il la laissait s'abîmer dans un vieux tiroir. Cela aussi en disait long sur la manière dont il se comportait vis-à-vis d'un passé qui ne voulait pas le laisser tranquille. Ainsi il s'avérait que, dans mon enfance, il existait partout des signes que j'étais incapable d'interpréter ; ce n'est qu'en associant mes souvenirs à ce que je lisais que j'ai pu, en toute modestie, entamer une restitution, une « réparation » qui était loin de compenser ma prodigieuse ignorance de l'époque.

★

Et soudain il y a ce tableau, cette scène, comme si elle se déroulait à l'instant sous mes yeux : c'est un jour du printemps, en avril je crois, le ciel est blanc et bas, ce doit être un début d'après-midi. Il est debout sur le couvercle en fer du puits servant à recueillir les eaux de pluie et m'explique ce que cela signifie d'être soldat, et que j'ai encore beaucoup à apprendre. Les bras ballants, je le regarde avec admiration. C'est alors que je lui demande brusquement : est-ce que tu sais encore faire le poirier ? Il me regarde fixement, soupire, pose son borsalino sur le banc à côté du muret, et hop, le miracle se produit : un homme de soixante-dix ans bascule d'un mouvement rapide dans la position du poirier, sa blouse tombe en partie devant ses yeux, sans qu'il renonce pour autant. Regarde, me lance-t-il d'une voix assourdie, et il lève une main dans ma direction, si bien qu'il n'est plus appuyé que sur une main et sa boule presque chauve. Je vois ses jambes de pantalon descendre lentement et ses mollets blancs se dresser en l'air comme des perches. Ses pieds sont à l'équerre, un peu écartés l'un de l'autre. Avant que je ne me sois remis de mon étonnement, il se tient de nouveau à l'endroit devant moi, frotte la poussière de ses mains, remet son chapeau et dit, le visage un peu rouge : tu peux tout faire, du moment que tu en as envie. J'approuve les paroles du héros de mon enfance en silence et bats en retraite timidement. Quant à lui, il va faire un peu de taille, dit-il, et il disparaît en sifflant dans le jardin.

⋆

Quelque chose m'a retenu, pendant toutes ces années, de faire la visite obligée de ces interminables cimetières avec des tombes blanches à perte de vue dans le Westhoek, ou de ces tranchées consciencieusement mises en scène pour donner une impression de « comme si on y était » au visiteur s'intéressant à l'Histoire. Quel intérêt d'aller me tenir devant le pont de Tervate, me disais-je, près de Stuivekenskerke, ou quelque part dans ces polders où d'innombrables obus qui n'ont pas explosé continuent de rouiller sur place, en sachant que rien ne peut mieux me familiariser avec les expériences de mon grand-père que les vieux cahiers sur ma table ? Dans les années quatre-vingt du siècle dernier, quand je vivais avec une jeune femme originaire du sud-ouest de la Flandre, j'allais parfois m'y promener les dimanches ; j'ai visité le monument de Käthe Kollwitz, la charmante Talbot House, le Tyne Cot Cemetery, les nécropoles sans fin, toutes ces choses que l'on doit avoir vues pour être autorisé à parler de la Première Guerre mondiale et du Westhoek. J'ai lu des livres horribles sur la bataille de la Somme et le fauchage de rangs interminables de jeunes Anglais qui montaient à l'assaut, et je me suis demandé ce que l'on pouvait encore ajouter à une pareille épouvante.

Mais ce n'est que lorsque j'ai visité avec mon fils la citadelle de Dinant, il y a seulement quelques années, que pendant une demi-heure d'angoisse, j'ai pu le mieux imaginer ce qu'avait connu mon grand-père. L'atmosphère confinée des tranchées reproduites dans le musée d'Armes, le faible éclairage, l'imitation naïve mais efficace de la vie de soldat durant les années de guerre – comme la visite se déroulait dans cet espace sombre et que j'avais du mal à avancer sur le sol inégal, j'ai soudain fait le rapprochement avec les pas hésitants de mon grand-père dans l'obscurité. Je touchais de mes mains les petits sacs de sable cimentés, observais la superficie, les fusils, les mannequins maladroits de soldats assis comme des rats pris au piège. Il régnait une odeur de moisi, comme on ne peut en sentir que dans les musées historiques. La lumière des ampoules ternes diffusait un triste éclairage sur les silhouettes immobiles, projetait des ombres qui s'étalaient telles des taches sombres sur les tranchées artificielles. J'avais l'impression d'emprunter le chemin me ramenant au royaume des morts, à contre-courant, et de voir l'Eurydice du souvenir se lever et me prendre par la main. Comme l'a dit un jour de manière frappante le subtil philosophe au marteau dans *L'Antéchrist*, je ne peux plus voir une peinture sans l'associer à des gestes, parce que je comprends qu'il ne s'agit pas d'un livre sur l'innocence, mais d'une lecture imprégnée de culpabilité historique qui a touché ma propre vie.

*

Maintenant qu'apparemment je suis sur le point de finir de raconter cette histoire, je dois me diriger vers les derniers tableaux, le portrait saisissant de Gabrielle, et le nu secret de sa sœur, que je n'ai découvert qu'en dernier. Je m'en approche avec précaution et en silence, comme un homme dans un musée imaginaire qui, les mains dans le dos, ferait avec précaution quelques pas en direction d'un tableau, retirerait ses lunettes de son nez de myope, se pencherait en avant et sourirait en remarquant un détail que lui seul peut voir. La salle du souvenir est silencieuse, une femme passe derrière son dos, elle s'évente pour se rafraîchir, le dépliant à la main, elle ne prête pas attention à l'homme singulier qui, un sourire niais sur son visage, regarde distraitement, le nez presque collé dessus, la vieille toile dans le cadre doré qui s'écaille.

Le portrait de Gabrielle, réalisé à partir de la petite photo en noir et blanc qui était sur le souvenir pieux donné à l'occasion de son enterrement, est presque classique et peut se mesurer à certains des meilleurs portraits de femmes de la tradition réaliste. Elle a sa mantille noire posée sur ses cheveux gris, porte sa veste grise, un chemisier de dentelle blanche fermé par son camée en ivoire. Elle regarde d'un air parfaitement paisible, serein, le spectateur. Son regard est celui des jours tranquilles, les jours où elle était assise sur un banc dans le jardin et observait autour d'elle les choses du quotidien qui pouvaient la rendre heureuse. La couleur dominante a un reflet doré, une sorte de lumière du soir semble rayonner sur son visage.

Cette quasi-idéalisation est le témoignage d'amour et de dévouement de mon grand-père envers elle, et par conséquent aussi une purification et une harmonie enfin trouvée. Ce n'était pas évident, compte tenu de la manière dont elle était morte. Un an avant sa mort, elle avait eu une hémorragie cérébrale dont elle s'était difficilement remise. Elle était devenue un peu gâteuse, avait dû réapprendre à marcher, à manger, à parler. Il s'était montré attentionné et dévoué, l'avait soignée, lavée, habillée chaque jour – elle était bien obligée à présent de mettre de côté sa pudibonderie, par la force des choses, maintenant qu'il était trop tard pour que prenne forme la moindre intimité corporelle. Il l'avait aidée toutes les fois où elle était tombée et s'était relevée pour réapprendre à tenir sur ses jambes, recommencer à faire ses premiers pas, comme si elle était son deuxième enfant, arrivé trop tard. Peu à peu, elle avait fini par devenir, malgré l'atteinte manifeste de ses capacités de réflexion et d'expression, une personne âgée relativement heureuse, calme et silencieuse, qui s'assoupissait en regardant dans le vague et savait montrer qu'elle était, pour sa part, satisfaite de la situation. Un matin, la deuxième hémorragie s'était produite dans son cerveau. Elle était assise dans le fauteuil à côté de la fenêtre, où elle s'installait souvent ; soudain elle a ouvert grand les yeux, les veines dans sa gorge se sont horriblement gonflées, son cou et son visage sont devenus violets, elle a agrippé sa gorge en émettant un râle, elle est tombée du fauteuil de biais. La panique qui s'est emparée de ma mère et de mon grand-père m'a fortement impressionné. Paralysé d'effroi, j'ai assisté à la scène, jusqu'à ce que ma mère me pousse en dehors de la pièce et me dise d'aller à l'école.

Toute ma vie cette scène m'est restée, et c'est d'ailleurs la dernière vision que j'ai eue d'elle ; quand je suis rentré à la maison ce soir-là, elle était de nouveau hospitalisée, et quelques jours plus tard elle est morte. Son portrait si souverain me regarde fixement, imperturbable, chaque fois que je retourne dans cette maison. Il contredit mon souvenir tragique et, pourtant, il est si réussi, si fidèle à la réalité, qu'on a encore l'impression qu'elle va se mettre à parler.

Il s'agit sans aucun doute de la seule et de la plus grande peinture originale que mon grand-père ait réalisée, comme si toute sa vie avait été un entraînement pour peindre ce portrait de la purification. En même temps, je ne pouvais m'empêcher de me demander s'il s'était lui-même demandé, en peignant Gabrielle, comment sa sœur cadette, Maria Emelia, aurait vieilli si elle avait vécu. L'image d'elle qu'il portait secrètement en lui ne pouvait pas vieillir, alors que sa sœur, elle, vieillissait pour ainsi dire à sa place. Gabrielle était en quelque sorte le portrait du vaniteux Dorian Gray. Ainsi, à mes yeux, le portrait de ma grand-mère s'est mis à ressembler à ces images de mon enfance, aujourd'hui passées de mode, qui lorsqu'on les bougeait laissaient entrevoir une autre illustration et avec lesquelles on pouvait s'amuser inlassablement en les remuant très légèrement : deux sœurs, dont l'aînée est la version apocryphe de cette lueur dans les yeux de la cadette, peintes toutes deux après leur mort.

⋆

J'étais alors loin de m'imaginer que j'allais découvrir le portrait de l'autre sœur, pourtant soigneusement caché. Mais une semaine plus tard, je retourne en voiture dans la maison au bord de l'eau. Je demande à mon père très âgé toutes sortes de détails et de circonstances. Il a déniché une boîte métallique dans un endroit à moitié dissimulé par une cloison au grenier, là où se trouvait à un moment donné ma chambre d'enfant. La petite clé de la boîte a été perdue, nous l'ouvrons avec précaution à l'aide d'un petit tournevis. Elle contient des dizaines de photos, des parents de mon grand-père par exemple, et je peux ainsi voir pour la première fois Franciscus et Céline, posant avec raideur à côté d'une colonnette en bois et d'un rideau présentant un paysage montagneux, au tournant du siècle ; des photos d'identité de mon grand-père quand il avait une trentaine d'années ; sa « carte du feu », comme on l'appelait, datant de la guerre. En la consultant, j'apprends qu'il a eu droit à partir de 1938, donc quand il était retraité des chemins de fer depuis déjà deux ans, à une modeste pension d'invalidité complémentaire, de quelques centaines de francs belges (plus tard, en vérifiant les listes interminables de noms des décorés de la Croix du feu, j'ai retrouvé son nom dans le volume 37-38, page 14 ; deux noms plus loin, il y a un certain Charles Martien de Gentbrugge, mais je n'ai pas réussi à savoir s'il était de la famille). Mon père et moi continuons de fouiller dans la boîte métallique et en extirpons un petit dossier rempli des cartes postales que mon grand-père a envoyées à sa mère depuis Windermere, dans le Lake District, d'innombrables photos de membres de la famille, des souvenirs pieux de quelques soldats, une magnifique boîte avec à l'intérieur un compas en cuivre et un signet de soie sur lequel sont finement brodés le texte *Bear the cross, and wear the crown*, la croix et la couronne ; une photo d'une infirmière anglaise gracieuse de Liverpool, qui est signée : *Yours sincerely, Maud Forrester*, des photos de l'école militaire (casquette, manteau bleu aux boutons brillants) ; un laissez-passer pour les musées belges datant de 1948 délivré par la « Direction générale des Beaux-Arts et des Lettres ». Je trouve aussi les morceaux de la montre de son père, qui s'est cassée en tombant ; à côté, il y a une balle sur laquelle est gravé au canif « 1916 ».

Mais surtout et sans cesse, je tombe sur des photos sans nom ni date, des photos d'une jeune femme qui ne peut être que Maria Emelia. Mes soupçons sont confirmés quand je découvre une photo où Gabrielle et elle sont ensemble, presque comme des jumelles et pourtant si différentes dans leur attitude et l'impression qu'elles produisent, posant chacune une main sur l'épaule de leur mère trônant au milieu, entre elles deux. De la moitié où se tient Maria Emelia, je trouve ensuite une dizaine de reproductions floues, la plupart du temps agrandies dans un format un peu plus petit qu'une carte postale (13 x 8). Finalement, tout au fond de la boîte, dans une chemise fermée, un portrait magnifique, net, de face, au sujet duquel il ne peut y avoir aucun doute. Il s'agit bien de Maria Emelia. Je regarde pour la première fois les traits sereins, ce visage qui détient la clé de la vie affective secrète de mon grand-père, la jeune femme qui aurait pu être ma grand-mère, dont j'aurais pu porter quelque chose en moi. Je vois le nez droit, le regard pâle mais sensible, les cheveux noirs rassemblés en un chignon sévère, le menton délicat se terminant en pointe, le long cou au-dessus de l'échancrure du chemisier blanc simple. Je prends conscience après quelques instants que cette femme n'aurait jamais pu être ma grand-mère ; si mon grand-père s'était marié avec la femme de ses rêves, je n'aurais tout bonnement pas existé. Elle est l'impossibilité d'un autre moi.

À en juger par leur exécution et leur format, les nombreux tirages n'ont manifestement pas tous été réalisés au même moment ; il ne s'agit donc pas d'un coup de tête. Pour obtenir d'autres exemplaires d'une photo existante sans disposer d'un négatif, il avait dû se rendre, la première fois en tout cas, chez « Monsieur le Tireur de portraits » sur la place de l'église de la paroisse du Sacré-Cœur, à une demi-heure de marche. Ensuite, il avait attendu probablement une semaine avant d'obtenir un nouveau négatif et les tirages, sans compter l'heure entière passée à faire l'aller-retour. Pourquoi tant de tirages de la même photo ? Et où est le négatif ? A-t-il toujours rêvé de peindre le portrait de Maria Emelia sans jamais en avoir le courage ? Combien de fois, innombrables, ces photos grisâtres sont-elles passées entre ses mains ? Pourquoi le portrait le plus beau, le plus grand, est-il glissé dans une enveloppe cachetée ? Je l'ignore.

Je me souviens du vague soupçon qui s'est insinué en moi quand, à la National Gallery à Londres, je me suis retrouvé avec mon fils devant la *Vénus* de Rokeby, de Vélasquez, et je demande à mon père s'il a la moindre idée de l'endroit où se trouve à présent la copie de ce tableau. Je crois me rappeler que, dans mon enfance, je l'ai vue quelque part au grenier. Nous grimpons ensemble l'escalier, entre-temps devenu un peu branlant, qui monte au grenier, et trouvons dans un coin, sous la poussière, une vingtaine de tableaux sans cadre, qui sont certainement emballés là, les uns contre les autres, depuis des décennies. L'avant-dernier tableau est la copie de la *Vénus* de Rokeby. Nous dégageons la toile de la pile, soufflons dessus pour enlever la poussière, et la voilà, nue, fière et paisible, dans toute sa grâce naturelle : la *Vénus* de Vélasquez.

Mais attends… le sang me monte à la tête : le visage dans le miroir qui nous regarde… n'est pas celui du modèle de Vélasquez, mais incontestablement le visage dont je viens de faire la connaissance sur la photo grisâtre sortie de l'enveloppe : le visage aux yeux pâles, lumineux – le visage de Maria Emelia. D'où la constatation que j'avais faite à Londres à propos des cheveux plus foncés... Pris d'une sorte de vertige, je me rends compte que cette copie, même si elle paraît identique, n'a jamais été une copie mais un acte d'amour camouflé ; avec une grande discrétion, l'adroit copiste qu'était mon grand-père a modifié les détails de façon à pouvoir imaginer un instant nue sa bien-aimée morte : le suprême péché, objet de son plus profond désir qui, tout au long de sa vie, a rongé son âme meurtrie. Il ne l'a pas fait en peignant son corps à elle, qu'il n'a jamais vu, mais en modifiant le visage dans le miroir pour qu'il ressemble à celui de Maria Emelia : un visage qui, parce qu'il est reflété dans le miroir, est en fait détaché du corps. Ainsi nous apparaît soudain cette silhouette double, nouvelle et nue, sur une vieille toile poussiéreuse : la *Vénus* de Vélasquez avec les traits de Maria Emelia idéalisée. Ce qui semblait être une imitation dissimulait l'original de sa passion : la charade de la peinture devenait ainsi l'allégorie de l'amour caché qu'il n'avait jamais pu oublier. Certaines personnes ne vivent jamais assez longtemps pour surmonter le choc de l'amour, même lorsqu'elles atteignent presque cent ans.

Je comprends seulement maintenant pourquoi cette peinture est restée des décennies dans le grenier : la dévote Gabrielle a dû être épouvantée en la voyant. Qui sait, peut-être ce portrait de sa sœur en Vénus nue, ce blasphème de l'amour conjugal, était-il la véritable raison de son rejet sexuel. Je ne le saurai jamais. La photo dans l'enveloppe, je ne m'en aperçois qu'une fois rentré chez moi, présente les vagues traces d'une trame dessinée d'un trait léger au crayon et gommé.

*

Par un matin de mai bien trop froid en 2012, je décide d'aller tout de même visiter la boucle de Tervate, plus pour apaiser ma conscience que pour vraiment retrouver ce qu'au fond je connais déjà pour avoir lu les mémoires de mon grand-père.

J'ai depuis longtemps un faible pour les senteurs salines évoquant la mer disparue qui flotte parfois au-dessus des polders par temps nuageux – cette terre, aussi plate que l'eau, aussi insondable et calme qu'une mer engloutie. L'eau saumâtre des ruisseaux, la salinité de l'air, l'odeur intense du sol et du bétail, la terre si rassurante, simple, le réconfort qui émane de cette vie rurale, en soi une vie qui se suffit. Dans ce type de paysage, des dizaines de milliers de jeunes Flamands et Allemands, Français et Anglais étaient allongés dans la boue, qui aspirait et absorbait, séchait et crissait, se pulvérisait et se fissurait, puis en cas d'averses se gorgeait à nouveau d'une fraîcheur humide et dégageait une vapeur aigre – les polders, les jours de mai ou de septembre, avec leurs vanneaux voltigeant au-dessus des champs, l'odeur acide des peupliers, les porcheries, les horizons tout autour. Un envoûtement des sens.

Tervate n'est en fait qu'un petit hameau. Le TomTom ne trouve que la rue Tervate sur le territoire de Dixmude. On peut y arriver en prenant la route qui traverse le hameau de Stuivekenskerke, on passe alors devant une élégante ferme-manoir avec un porche en forme d'arche, une allée qui mène jusqu'à la demeure et une belle cour intérieure, une oasis de paix et un élégant lieu de retraite. L'endroit a été transformé en hôtel, qui a pris le nom de Kasteelhoeve Viconia ; en 1914, on parlait de la ferme Vicogne. Dans la propriété, je longe des arbustes et des sentiers parfaitement entretenus et j'apprends que les Allemands ont occupé brièvement le domaine pendant la guerre, avec l'intention d'y installer leur quartier général. Le domaine aurait pu devenir un point stratégique, dans leurs plans visant à traverser cette maudite boucle de l'Yser, à seulement quelques centaines de mètres de là. Le bâtiment fut bombardé par les troupes belges le 24 octobre 1914 et réduit en ruine, comme auparavant le pont enjambant l'Yser et l'église de Stuivekenskerke. La destruction de ces trois points stratégiques enraya la progression allemande. Sachant que mon grand-père a daté ses souvenirs de la bataille de l'Yser entre le 17 et le 24 octobre 1914, il a participé à ce combat et la ferme dont il parle est peut-être celle de Vicogne. Au nombre de ceux qui, parmi les troupes ennemies, se battirent pour cette ferme, il y avait un soldat dénommé Adolf Hitler.

La route vers le fleuve est déserte. Dès que l'on arrive sur la digue de l'Yser, on voit le pont de Tervate, qui formait la frontière entre deux mondes : l'Europe occupée et l'Europe des Alliés. À présent, un panneau touristique m'indique que le sens de « vate », dans Tervate, est celui du mot néerlandais *wad*, gué, « un gué peu profond dans la plaine de l'Yser ».

Tout est visible ici, tout est plat et ouvert, pas un endroit où se cacher... On ne pouvait que s'enfoncer dans le sol, comme les rats et les taupes, c'était la seule possibilité : se cacher du ciel ouvert à l'infini. L'horizon se situe à peu près entre trois huitièmes de terre et cinq huitièmes de ciel, le rapport correspondant au nombre d'or, l'idéal des paysagistes et des esthètes. Tout en dessous de ce gigantesque ciel, les peupliers, les prés, la slikke, le schorre, les ruisseaux, puis, là à ma droite : la boucle en S meurtrière du fleuve. Tranquille paysage, coupable paysage.

Un peu après le pont, avec en fond sonore les petits gloussements réguliers, délicats, de quelques poules d'eau, je découvre un modeste monument. Je prends une photo du texte pour le taper ultérieurement :

AUX MORTS
DU
2e BATAILLON DU
1er GRENADIERS
COMMANDÉ PAR LE MAJOR A.E.M.
COMTE HENRI D'OUTREMONT
TOMBÉS AU COURS DE L'ASSAUT
EXÉCUTÉ LE
22 OCTOBRE 1914

Des lettres dorées, une petite croix en carton-pâte avec une rose en plastique qui, chaque fois que je la redresse, retombe sous la brise légère. Des taureaux mugissant dans une étable sur l'autre rive. En provenance des bordures de roseaux, un son que je n'ai pas entendu depuis des décennies : le chant d'allégresse de la fauvette. Et même un coucou, clairement audible, de l'autre côté du fleuve – là encore, on en entend rarement de nos jours. Selon une vieille superstition, l'année sera bonne quand on entend le chant du coucou au printemps.

Quel paysage inaltéré ! Calme. Paix.

Ce sont les sons doux, lointains, qu'il a dû entendre, lui aussi, que tous les soldats qui attendaient, dans l'angoisse de la mort, ont dû entendre : l'idylle dans l'enfer.

Paysage silencieux, nature indifférente, douceur, oubli de la terre, oubli dans cette eau coulant paisiblement qui a dû séparer la vie de la mort. En ce matin de printemps brumeux, tous les oiseaux ressemblent à d'étranges créatures qui crient des choses que je ne comprends pas. Mystique du temps et de l'espace. Quelle terre singulière que celle où nous avons l'habitude de vivre…

Un petit bateau du nom de *Doesburg* passe tranquillement, des Néerlandais pleins d'entrain agitent la main amicalement à l'intention du Belge qui, un cahier dans les mains, regarde l'eau fixement, peut-être qu'à leurs yeux je suis un élément qui contribue à la sympathique *couleur locale**. Des mouettes volent vers l'intérieur des terres, en quête de pâture, une sorte de manche flotte dans l'eau brune, juste en dessous de la surface. Une camionnette de livraison fonce sur la route étroite, un chien aboie dans le lointain, de jeunes frênes bordent le canal, les vaches dans l'herbe haute semblent enfoncées dans la verdure d'un tableau de l'époque de Constable. La curieuse boucle du fleuve empêche de distinguer toujours clairement ce qu'il y a sur l'autre rive et, de ce côté, on pouvait facilement se tromper en cherchant à déterminer l'emplacement et la nature de ce que l'on observait ; on pouvait par exemple imaginer que le casque à pointe au-dessus de l'herbe était déjà sur son propre côté de la rive, alors qu'il n'avait jamais traversé le fleuve. Mais l'inverse pouvait être tout aussi vrai, la mort vous prenait alors par surprise, en hurlant derrière vous dans la langue de Goethe. Des aubépines en fleur, des liserons, des boutons-d'or, des massettes, de la tanaisie, mais nulle part un coquelicot, pas de taches rouges dans le vert. *No poppies at all in Flanders Fields*. La nature a donc tout de même fait preuve d'un peu de retenue, grâce aux substances chimiques pulvérisées par les agriculteurs.

Rien ne bruit aussi paisiblement que les peupliers le long de l'eau par une fraîche et calme journée de mai. Les cormorans, les foulques macroules, les grèbes volent au ras de l'eau avec leur curieuse houppe, un héron sur un pieu ne s'envole pas à mon approche. Il reste planté là, à faire le guet, et paraît penser qu'il ne peut pas penser.

Le pont de Tervate est équipé d'une sonnerie qui retentit quand le pont s'ouvre pour laisser passer les bateaux. On entend la sonnerie à des centaines de mètres de distance, on entend le coq d'une ferme un peu plus loin. Tout est audible, visible et calme. Quel piège étrange et paradisiaque a dû être ce lieu avant d'être réduit par les bombes en un amas de débris et de boue : la convergence de la vie et de la mort dans les bruits de la terre. J'imagine des extraterrestres qui se poseraient en ce moment même sur cette planète et entendraient pour la première fois ces sons. Ce doit être hallucinant, envoûtant, une source d'extase, dans des cerveaux qui ne savent pas encore ce que c'est : le chant d'une fauvette. Quelle merveille, comment peut-on produire une chose pareille !

Je longe le fleuve sur quelques centaines de mètres. Il n'y a qu'un seul lieu où s'abriter dans le paysage : la digue surélevée sur l'autre rive. Du côté de Stuivekenskerke, où elle est plate, la digue forme une importante barrière derrière laquelle les maudits Allemands pouvaient se cacher. Pour lancer des obus, il fallait viser en arc de cercle, en tirant à l'aveuglette et en espérant faire une bonne récolte, *Ô Vlaand'renland*[1]. Les Belges répliquaient par des tirs depuis des endroits imprévisibles, en se déplaçant rapidement

1. « Ô Flandre », une allusion ironique aux vers de Cyriel Verschaeve, que l'on pouvait lire sur la première Tour de l'Yser : « *Hier liggen hun lijken als zaden in het zand / hoop op den oogst O Vlaanderland* » (« Ici gisent leurs corps telles des semences dans le sable / espoir d'une moisson, Ô Flandre »).

derrière le remblai de terre et en empruntant les tranchées, car il y en avait partout. Frustrations du côté allemand, fournissant toujours une raison suffisante pour des représailles contre quelques soldats en sentinelle manquant de vigilance.

Apparemment, le chemin le long de la digue n'est à présent guère plus qu'un parcours apprécié des coureurs cyclistes amateurs. Avec la régularité d'une horloge, il en passe un à toute allure, reniflant, des lunettes en plastique sur le nez, le regard rivé sur l'asphalte, immanquablement dans l'uniforme de notre époque : tenue moulante, coûteuses chaussures de sport, casque éblouissant, la bicyclette de luxe tel un oiseau vibrant entre des cuisses dont les muscles se tendent. Le sportif, arrière-petit-fils du soldat avec son lourd harnachement. Même âge, autre monde.

À mesure que j'avance, je parviens à peu près à évaluer où mon grand-père a risqué sa vie lors de l'assaut de la digue. Une fois que j'ai dépassé la boucle, je comprends aussi comment ils ont pu dissimuler pendant plusieurs jours un radeau de la vue des Allemands, ou obtenir en cachette des ravitaillements provenant de l'autre côté sans que l'ennemi ne s'en aperçoive. Tout s'explique littéralement par cette boucle en S que forme le fleuve. Logique du champ de bataille, jeu d'échecs avec le hasard et la mort.

Au-delà de la boucle, une pancarte indique : « Le pêcheur amoureux de la nature n'utilise que des lieux de pêche existants et respecte la végétation riveraine. » Là où l'on n'endommage à présent ni plante, ni même une feuille, les racines s'enfoncent profondément dans un sol rendu fertile et gras par un curieux engrais que l'on appelle homme, une matière respectueuse du biotope qui se transforme facilement en humus. Le fait que cet endroit reculé, d'un calme si irréel, ait pu devenir le décor de telles atrocités montre, une fois de plus, que toute logique guerrière est contraire aux données naturelles, aux instants ordinaires, à l'évolution normale des choses, une évolution qui, en définitive, ne veut rien savoir et ne tient guère compte de ce que font les gens.

Un autre bateau passe, cette fois rempli d'écoliers accompagnés de leurs professeurs. Le bateau s'appelle d'ailleurs l'*ÉTOILE DE L'YSER*. Les passagers, qui bavardent joyeusement, font de grands gestes à l'adresse de la silhouette sur la rive, et, quelle chance, voilà qu'elle leur fait signe en retour ! Quelle paisible plaine. Il suffisait de grimper dans un arbre pour apercevoir les tranchées de l'ennemi. Seulement voilà : il n'y avait plus d'arbres, il n'y avait que des trous et des bosses.

Un faucon crécerelle écrasé par une voiture adhère à l'asphalte, un coureur cycliste file à travers, quelques plumes s'envolent en tourbillonnant. Est-ce Armando qui a introduit le concept du paysage coupable ? Ou bien Claude Lanzmann, avec ces bois trompeurs dans son film *Shoah* ? En tout cas, le paysage ici pourrait être un tableau d'Anselm Kiefer, paysage aux cicatrices invisibles d'une catastrophe engloutie. Mais non, en fin de compte, ce n'est vraiment pas un Kiefer. Le trait de pinceau est trop fin, appliqué avec trop de tendresse, je vois chaque fleur et chaque feuille. C'est une petite peinture romantique, bien entendu, dire que je ne m'en suis pas aperçu plus tôt, un sujet qui correspond bien plus à un peintre du détail d'un autre âge, de surcroît en partie daltonien, qui distingue mal la couleur verte, alors qu'il y a toutes ces magnifiques teintes de vert ici autour de lui et pas une seule tache de coquelicot pour l'induire en erreur.

Au-delà de la frayère pour les perches, les gardons, les brèmes et les loches (là encore une pancarte verte donne commodément quelques indications), une petite chapelle dédiée à la Vierge se dresse le long de la route, comme si elle avait été érigée pour lui :

NE PASSE JAMAIS PAR ICI
Ô PIED HUMAIN
SANS SALUER AVEC RESPECT
LA VIERGE MARIE

Tandis que je me demande comment un pied humain peut saluer la Vierge Marie, un tracteur approche à grand fracas, avec de curieuses protubérances d'insectes dont il s'apprête à se servir pour répandre des substances toxiques dans les champs. *No poppies anymore.* Tout cela remonte à si longtemps, cela fait un siècle, je marche ici en portant ses gènes dans mon corps, plus seul que solitaire et en retard pour tout. Et voilà encore le coucou, cette fois proche, fort comme dans un rêve, ce qui me fait sursauter. Il vole au-dessus des arbustes dans la fraîcheur du printemps, lançant son appel comme certains jours de mon enfance. Il imite la pendule à coucou dans la pièce sombre du milieu, c'est mon grand-père qui relève les poids de cuivre et dit quelque chose d'indistinct à ma mère à propos du temps.

Les dernières années de sa vie, il y avait un morceau de musique capable de l'émouvoir plus que tout autre, de le transporter loin de nous vers un lieu imaginaire où nous ne pouvions plus l'atteindre tant que la dernière note ne s'était pas éteinte : la musique de ballet de *Rosamunde*, de Schubert. Je ne sais pas précisément ce qui le touchait tant dans cette mélodie un peu doucereuse mais d'une fluidité si naturelle, j'ignore s'il associait cette musique à des souvenirs concrets, par exemple s'il l'avait entendue lors d'un concert auquel il avait assisté en compagnie de quelqu'un, ou s'il s'était produit quelque chose pendant que cette musique était diffusée par la boîte marron, vissée au mur, du système de radiodiffusion des années cinquante. À l'époque, il n'existait pas de programme détaillé des émissions, aussi lorsque l'on entendait *Rosamunde*, c'était le plus souvent inattendu. Sa respiration s'entrecoupait alors d'une sorte de sanglot, il mettait les mains devant son visage, nous l'entendions respirer péniblement et chercher, hors d'haleine comme son père, à reprendre son souffle, à le ralentir, jusqu'à ce qu'il ait trouvé un rythme réconciliant son organisme avec le choc éprouvé juste auparavant en reconnaissant le morceau.

Au début s'élevait une musique de ballet légère qui évoquait une sorte de danse de fées, puis suivait la cadence plus sombre d'une réplique masculine, se prolongeant par une bribe de mélodie et se fondant à nouveau dans un rythme dansant. Mais c'était surtout lors de l'entracte n° 3 que survenait son trouble étrange, une émotion qui faisait que le monde autour de lui cessait d'exister. Cet andantino associe avec tant d'évidence la mélancolie et un sentiment rassurant d'appartenance, il a déposé sur le souvenir de mon enfance un tel voile de vague à l'âme et de beauté lointaine que, chaque fois que je vois surgir d'un de ses nombreux dessins sfumato au fusain la silhouette vaporeuse d'une femme sur le papier jaunissant derrière une plaque de verre poussiéreuse, je l'aperçois assis au beau milieu d'un paysage dessiné de sa propre main, quelque part près d'une source allemande introuvable, dans une forêt allemande imaginaire. Il porte son borsalino et je constate qu'il respire avec difficulté. Mais non, je n'entends rien, rien du tout, jusqu'à ce que quelque part, au loin, les premières notes de cet andantino résonnent et que des images apparaissent, des images d'une époque grise, tranquille, où les secrets constituaient un mode de vie normal, le façonnaient, le malmenaient, avec cette sensibilité cachée associée aux désirs passés sous silence. La musique de ballet n° 2 semblait l'apaiser un peu : l'andantino en *sol* majeur qui conclut *Rosamunde*, une renaissance d'une légèreté pastorale succédant à la mélancolie, son état le plus authentique. Peut-être Schubert avait-il un caractère semblable, ce qui faisait de lui une âme sœur par excellence. La mélancolie du compositeur, ses soupirs érotiques sublimés, sa tendance à intérioriser, conjuguée à une vie tragique, constituaient un ensemble d'éléments auxquels mon grand-père était sensible : toute sa vie, Schubert était resté pauvre et méconnu, et son épanouissement créatif avait souffert de la menace du service militaire. Il portait le même prénom que le père, mort prématurément, de mon grand-père ; il y avait en tout cas dans sa musique une ingénuité alliée à une profonde sensibilité, un sombre courage de vivre combiné à une forte émotivité, des traits de caractère qui s'exprimaient dans cet andantino aux sonorités innocentes. Combien de dimanches n'avait-il pas écouté ce morceau, tandis que tout devenait silencieux autour de nous ! Ou ces moments ne se sont-ils produits qu'à de rares occasions, qui dans ma mémoire se sont confondus en une vie ?

Toutes ces questions devront rester sans réponses. Mais le fait que justement le jour où j'ai pris, dans la maison silencieuse de mon père, la boîte contenant la photo de Maria Emelia et où j'ai contemplé pour la première fois le visage de la jeune femme – le fait que justement cette fois-là, en rentrant chez moi, j'ai entendu sur mon autoradio l'andantino de *Rosamunde*, m'a plongé dans un curieux état de choc, au point que j'ai failli aller droit dans le fossé, que mon cœur s'est tellement emballé que j'ai senti le sang battre dans mes tempes et que, lorsque je me suis garé sur le bas-côté pour rouvrir, les mains tremblantes, la boîte en fer et tenir la photo entre mes doigts, quelque chose en moi s'est élevé, pour ainsi dire avec mon grand-père défunt, qui tel un bon diable semblait prendre possession de mon corps, semblait entièrement me gagner à ses sentiments, son monde resté clos à jamais pour moi, et j'étais là, bon sang, avec une boule dans la gorge, à me mordre la lèvre inférieure, tandis qu'une voix à la radio annonçait que nous venions d'entendre cet andantino qui dure à peine sept minutes et qu'un morceau de Paganini allait suivre, un compositeur que j'ai toujours eu en horreur pour ses futiles élucubrations virtuoses. Sur le portrait de Schubert peint par Wilhelm August Rieder en 1875 (autrement dit près de cinquante ans après la mort de Schubert, en s'inspirant d'un pastel datant d'un demi-siècle), le compositeur est représenté avec une plume dans la main droite, le coude appuyé sur une partition ; alors âgé de vingt-huit ans, il a l'air assuré, en bonne santé et de bonne humeur, il porte un grand nœud papillon noir sur une chemise d'un blanc impeccable. Il avait à l'époque refusé la fonction de compositeur de la cour pour rester libre et indépendant, et posait avec autant d'assurance que mon grand-père a lui-même essayé de le faire en réalisant son autoportrait un peu raté sur lequel il se tient avec sa palette serrée dans la main gauche.

★

Les dernières années de sa vie, il avait de plus en plus de mal à peindre. Il souffrait de la goutte, d'une raideur dans ses articulations, de crispations dans ses mains, le pinceau lui glissant des doigts, de la cataracte qui lui troublait la vue et l'obligeait à travailler peu à peu à l'aveuglette, à retirer la peinture en la frottant au besoin avec ses doigts, formant ainsi une tache impressionniste, lui qui avait toujours détesté tous ces *klakpotters* modernes, lui, le modeste maître du détail peint fidèlement, l'homme capable autrefois de copier la délicate fleur blanche du désespoir du peintre. De curieuses taches apparaissaient sur ses rares petites toiles, là où auraient dû se trouver des visages, il peignait des petites voitures naïves aux pneus sphériques sur le quai le long de l'Escaut devant sa fenêtre, avec la maladresse d'un enfant qui veut faire une première expérience de la peinture à l'huile, une écriture singulière du bout de ses doigts devenus aveugles, passant à tâtons et tremblant au-dessus de la toile, ou il essayait de peindre un courtisan à moitié nu, une imitation pleine d'éclaboussures inspirée d'une reproduction du Titien, qui finissait par ressembler à un spectre flou sur un Degas dénaturé, sans qu'il prenne conscience de la douloureuse ironie de toutes ces petites tragédies. Avec raideur tant son dos le faisait souffrir, il glissait un pied après l'autre sur les carreaux croisés multicolores du sol de la cuisine. Dans sa chaise à bascule, il approchait le journal si près de son visage qu'il paraissait vouloir renifler les nouvelles. Il avait un appétit d'oiseau, était souvent assis sans bouger à chantonner en lui-même. Du fait de son grand âge, il n'était plus capable d'enfiler ou de retirer ses chaussettes, ou de couper ses ongles de pied calcifiés. Il finit par ne plus pouvoir se laver lui-même. Sa fille reçut l'autorisation, après avoir certes longtemps insisté, de lui faire prendre un bain une fois par semaine et de s'occuper de sa toilette. Parfois, il voulait garder dans ces moments-là son vieux borsalino sur la tête, car il avait le sentiment qu'il y avait, toujours et partout, des courants d'air, même les jours chauds et sans un souffle de vent, comme si la vie elle-même s'entrebâillait ; un frêle vieillard nu coiffé d'un chapeau noir dans le bain, ses cicatrices et petits trous sur le dos visibles et palpables uniquement par sa fille.

La nuit, il fallait régulièrement appeler le médecin quand mon grand-père se mettait à suffoquer et que sa gorge se serrait. Le docteur Rombouts, ainsi s'appelait ce vieux médecin aux imposants sourcils et à la chevelure grise à la Beethoven, faisait de la sculpture en amateur à ses heures perdues, et ces messieurs parlaient ensemble à voix basse, à la douce lueur d'une veilleuse à l'ancienne, de la théorie anatomique idéale, de l'homme de Vitruve et des rapports mathématiques de l'arc de Palladio. Juste avant l'aube, le médecin rentrait chez lui comme il était venu : dans son costume soigné, et sa grande cravate lâche nouée avec une certaine désinvolture. Chaque fois au moment de sortir, il se tournait un instant vers le vieillard reconnaissant d'avoir retrouvé son souffle maintenant que l'injection de cortisone commençait à faire effet, et disait : « Et soyez sage, sergent-major Martien. » Là-dessus mon grand-père émettait ce qui pouvait passer pour un faible ricanement et hochait sa tête chauve comme un cheval devant une clôture. Vers sept heures et demie du matin, après un café et une simple tartine, il restait assis à attendre qu'on finisse de l'habiller pour aller s'installer à sa petite table où, le stylo serré entre ses vieux doigts, il écrivait ce que je n'allais lire que des décennies plus tard, ou pour essayer, en tremblant et plein d'application, de copier les contours d'un visage moyenâgeux, puis de dire, en levant les yeux de sa feuille couverte de taches : ce Dürer, c'était vraiment un génie, tu ne trouves pas ?

★

Quand j'étais encore enfant, il chantait parfois une chansonnette anglaise :

My grandfather's clock
Was too large for the shelf,
So it stood ninety years on the floor…

Il rythmait les dernières paroles en tapant de la main sur sa petite table d'appoint :

But it stopped (boumboum) short (boumboum)
Never to go again
When the old man died (boum… boum).

Je l'ai entendue plus tard en écoutant un disque vinyle qu'un de ses frères lui avait offert, je ne sais pas ce qu'elle voulait me dire, pendant toutes ces années d'innocence imbécile.

★

Sur cette planète, il y a vraiment de quoi s'émerveiller constamment, surtout quand on commence à la regarder à la lumière d'un adieu qui peut être imminent. Le déplacement des molécules dans l'eau par exemple crée parfois un jeu très subtil de lumière changeante au crépuscule, dans la baie d'une mer du Sud, disons sur la plage de galets de la ville côtière italienne de Rapallo, quand le vent est tombé et que le rose des nuages du soir se livre à cet endroit à des variations infinies avec les reflets du bleu qui s'intensifie – ou encore la possession, chez les êtres vivants, de leurs yeux et de leur conscience, deux instruments complexes incompréhensibles leur permettant d'être adaptés à l'ensemble de ce merveilleux biotope, et le fait qu'ils trouvent tout cela parfaitement naturel, et respirent en ce lieu, eux qui sont infailliblement conçus pour un tel système.

Mon grand-père, les dernières années avant sa mort, était devenu un excellent observateur et ne cessait de s'étonner. Son étonnement semblait s'accentuer au fil du temps. Il possédait cette caractéristique singulière des personnes très âgées, éprouvant chaque jour, sans explication, la simple joie d'être encore là, de pouvoir participer à quelque chose de bien plus grand que lui, qui visiblement le transportait. Je crois même pouvoir dire qu'il lui avait fallu attendre ces dernières années pour se sentir vraiment heureux et en paix. Pourtant, rien de tout cela ne ressort de la sombre solennité de son autoportrait. Il s'est représenté un chapeau à la main, portant une chemise blanche, et la grande lavallière habituelle, ainsi qu'une veste bleu nuit. Il a le regard sévère, et même rigide, et l'ensemble n'a rien de comparable avec l'impression subtile et vivante que produit le portrait de sa femme, de sorte que sur cet autoportrait, suspendu à côté, il paraît plutôt absent et figé. Alors que dans le portrait de Gabrielle, il a mis tout ce qu'il aurait voulu lui donner, il s'est rendu pour ainsi dire vide et n'a pas réussi, à travers le miroir où il devait se voir jour après jour, à s'insuffler la vie, alors qu'il se regarde pourtant au fond des yeux. Là encore, j'ai mis des années à comprendre le drame silencieux de cette incapacité à se représenter soi-même, et quand je regarde à présent les deux portraits, j'y vois la répétition d'une tragédie silencieuse qui a lié ces deux personnes tout au long de leur vie.

Curieusement, il s'est peint de nouveau quelques années plus tard, cette fois avec le portrait de Gabrielle à l'arrière-plan (de l'autre côté est accrochée une nature morte, ce qui n'est pas sans ironie). Là encore, il est nu-tête, comme s'il avait ôté son chapeau devant la glace. Il nous regarde frontalement. Dans une main, il tient sa palette, le pouce dépasse du trou. Il est curieux qu'il tienne avec tant de raideur sa palette devant lui, comme s'il s'agissait d'un bouclier sur lequel il voulait nous indiquer à l'aide de son pinceau des signes secrets, quelque chose qui lui permettrait de se justifier. La palette n'a rien de cet attribut romantique du peintre qu'il a toujours été. Il s'est totalement défait de son attitude sévère, je le vois en l'occurrence plutôt comme un Douanier Rousseau, le peintre naïf d'animaux chimériques et de feuilles exotiques. Le regard n'est plus fixe à présent, mais pénétrant, il prend la pose, mais de façon très touchante. Ses épaules sont devenues extrêmement étroites. L'essence de la toile réside dans son regard perçant, dans ses yeux bleus vifs. La main semble être celle d'un jeune homme, et le pinceau paraît n'avoir presque aucun poids, comme la plume dans la main de Schubert.

S'il n'a pas réussi ses autoportraits, il triomphe en revanche dans sa copie de l'*Homme au casque d'or*. Ce portrait sombre d'un militaire au repos, l'atmosphère obscure autour de sa tête, l'éclairage spectaculaire du casque sous une lueur dorée – c'est mon grand-père tout craché durant les dernières années de sa vie. Et une fois encore, il a transformé la copie en énigme. Sous les traits du tableau initial, on reconnaît en fait incontestablement son propre regard, quand il pensait que personne ne l'observait et qu'il gardait les yeux fixés tristement devant lui, en songeant à Dieu sait quoi. Et alors qu'il n'est pas parvenu à chasser le militaire de son premier autoportrait et n'a donc pas réussi à se représenter lui-même, il a su admirablement faire triompher ici le peintre sur le militaire en copiant le pseudo-Rembrandt : un cliché de la peinture, imité par d'innombrables amateurs. La vérité de la vie se cache souvent dans des endroits que l'on n'associe pas à l'authenticité. La vie est en cela plus subtile que la morale des gens et leur dogmatisme. Elle œuvre comme ce peintre copiste qui, en se servant des apparences, représente la vérité.

Ainsi, ce paradoxe fut une constante dans sa vie : ce ballottement entre le militaire qu'il avait été par la force des choses et l'artiste qu'il aurait voulu être. Guerre et térébenthine. La paix de ses dernières années lui permit de prendre peu à peu congé de ses traumatismes. En priant Notre-Dame des Sept Douleurs, il trouva la sérénité. Le soir avant sa mort, il est parti se coucher en prononçant ces mots : je me suis senti si heureux aujourd'hui, Maria. Sa fille a approuvé de la tête et l'a embrassé pour lui souhaiter bonne nuit. Il est monté dans sa petite chambre à l'entresol.

Là, il a posé son borsalino sur la table près de la fenêtre comme il le faisait chaque soir. Il a retiré sa blouse, il a dénoué sa lavallière de soie noire, qu'il a déposée soigneusement sur le dossier de la chaise à côté de son lit. Il a enlevé sa chemise blanche, puis son maillot de corps ; son dos était criblé de marques bleues, cicatrices des années éprouvantes passées à la fonderie. Quand il ôtait son caleçon long, on voyait un autre trou bleuâtre dans son ventre devenu flasque, juste à côté de l'aine, et un autre sur sa cuisse maigre. Distinctions pour ses actes héroïques, gravées sur son corps. Il a enfilé sa longue chemise de nuit en flanelle, s'est couché et a dû se sentir mal au petit matin. Il a vomi, dans le grand seau blanc en émail à côté de son lit, juste un peu de bile, même pas de la nourriture, simplement une sorte de liquide qui semblait provenir d'un mauvais rêve. Puis il s'est recouché. Un peu plaintif, un peu essoufflé. Dans son rêve, il s'est empêtré dans un gros arbuste, un buisson épineux aux ramifications très fines, qui paraissait sur le point d'être emporté par le vent. Comme un animal blessé, il y est resté accroché, les bras et les jambes écartés telle une bête fixée à une échelle, et il a cessé de respirer. Dans sa tête, toutes les lumières se sont éteintes peu à peu et dissoutes dans un espace obscur, inconnu. Ainsi est mort paisiblement dans son sommeil, presque soixante-dix ans plus tard, le héros téméraire du front de l'Yser, qui tant de fois avait risqué sa vie sous le feu de l'ennemi. Sa fille l'a trouvé quelques heures après, une expression de calme complet sur son visage, la bouche entrouverte comme s'il avait été encore agréablement surpris de la dernière image aperçue de son vivant. La lumière du soleil entrait par la fenêtre à l'est, dans le jardin fleurissaient les iris d'un bleu profond, partout carillonnaient les cloches de la Pentecôte. Ma mère l'a touché avec précaution. Il était encore chaud, a-t-elle dit par la suite en pleurant.

*

Ainsi, devenu lui aussi un fragment dans une forêt de souvenirs, il s'élève, pas même un panache de fumée flottant au gré du vent. À la porte du paradis tant attendu, trépignant d'impatience à l'idée de rencontrer les êtres qu'il a chéris, il se tient bien droit, au garde-à-vous, attendant l'autorisation, comme s'il était de nouveau devant le médecin militaire de la caserne.

Sergent-major Martien ? finit par demander saint Pierre, en feuilletant une liste interminable de noms des titulaires de la Croix du feu.

*Non, mon commandant. Mon nom se prononce « Martine », pas « Martien ». C'est l'équivalent de Martin en flamand**, à vos ordres.

Il fait le salut militaire.

Composition : IGS-CP à L'Isle-d'Espagnac (16)
Achevé d'imprimer par Normandie Roto Impression s.a.s.
61250 Lonrai, le 14 septembre 2015
Dépôt légal : septembre 2015
Numéro d'imprimeur : 1504058

ISBN : 978-2-07-014633-8/Imprimé en France

269551